BESTSELLERWORLDBOOK 25

달과 6펜스

서머셋 모옴 지음 | 김정욱 옮김

소담출판사

김정욱

중앙대학교 광고학과 졸업. 진로그룹 홍보실 근무.
오리콤, 대홍기획, 삼희기획, 거손에서 카피라이터로 근무.
프리랜서 카피라이터로 〈Copy Copy〉를 운영하고 있다.

BESTSELLER WORLDBOOK 25

달과 6펜스

펴낸날 ㅣ 1992년 3월 2일 초판 1쇄

지은이 ㅣ 서머셋 모옴
옮긴이 ㅣ 김정욱
펴낸이 ㅣ 이태권
펴낸곳 ㅣ (주)태일소담
　　　　서울시 성북구 성북동 178-2 (우)136-020
　　　　전화 ㅣ 745-8566~7 팩스 ㅣ 747-3238
　　　　e-mail ㅣ sodam@dreamsodam.co.kr
　　　　등록번호 ㅣ 제2-42호(1979년 11월 14일)
　　　　홈페이지 ㅣ www.dreamsodam.co.kr

ISBN 89-7381-025-1 00840

The Moon And Six Pence

W. Somerset Maugham

그것은 천지창조를 바로 눈앞에서 본 사람만이 느낄 수 있는
두려움과 환희였으며, 아무도 모르게 대자연 속으로 숨어들어가
인간에겐 허용되지 않은 여러 가지 신성한 비밀들을 찾아낸
한 영혼의 작품이었다.

The Moon And Six Pence

차례

1

찰스 스트릭랜드를 처음 알게 되었을 때, 나는 솔직히 말해서 그가 여느 사람과 다른 인간이라는 인상은 조금도 받지 못했다. 하지만 지금에 와서는 그의 위대함을 부정하는 사람은 아무도 없을 것이다. 그러나 나는 때를 타고난 정치가나 공명을 세운 군인에게 느끼는 위대함을 말하는 것은 아니다. 그런 위대함은 인물 자체에 있다기보다, 그 인물이 차지하고 있는 지위에서 나오는 것일 뿐이다. 그러므로 그런 사람들은 자리에서 물러나게 되면 그 위대함은 대단치 않은 것이 되고 만다. 관직을 물러난 수상은 한낱 거드름을 피우는 웅변가에 불과하게 되고 군대를 떠난 장군은 한 마을의 마음씨 좋은 노인이 되고 만다. 거기에 비해 찰스 스트릭랜드의 위대함은 진짜였다.

어떤 이들은 그의 예술을 좋아하지 않을지도 모르지만, 그렇다고 전혀 무관심할 수는 없을 것이다. 그는 사람의 마음을 뒤흔들어 사로잡고 만다. 그가 비웃음의 대상이었던 시대는 이미 지나갔다. 이제는 그를 변호하거나 칭찬을 해도 조금도 이상하게 생각할 사람은 없다. 그가 가지고 있던 많은 결점은 오히려 그의 장점을 돋보이게 하는 필요 조건이 되어버렸다. 물론 오늘날에도 예술가로서의 그의 위치에 대해서는 여러 가지 이론을 제기할 수 있으며, 찬미자의 찬사에도 그를 비방하는 자의 혹평 못지 않게 혼란스러운 점들이 있다. 하지만 한 가지 의심할 수 없는 점은 그가 천재였다는 사실이다.

내가 보는 예술의 가장 중요한 관심사는 바로 예술가 그 자신의 개성이다. 그리고 그가 가진 개성이 특이하고 독자적이라면 그 외의 결점들은 기꺼이 용서할 수도 있다. 아마 벨라스케스는 엘 그레코보다 더 훌륭한 화가였을 것이다. 그러나 벨라스케스에 대한 칭찬은 이미 진부한 관습이 되어버렸다. 그에 비해서 관능적이고 비극적인 이 크레타 섬 사람은 자기 영혼의 신비를 마치 산 제물처럼 그대로 드러내 보이고 있다. 예술가란 화가나 시인, 음악가를 막론하고, 그 작품에 숭고하고 아름다운 장식을 하여 우리의 심미감을 만족시켜준다. 그리고 심미감은 성적 본능과 서로 통하는 것이 있어서 일종의 원시성을 느끼게 한다. 말하자면 그 자신이라는 큰 선물을 우리에게 주고 있는 것이다.

예술가의 비밀을 추적한다는 것은 마치 무슨 추리소설과도 같은 매력을 느끼게 한다. 그러나 그것은 우주의 비밀처럼 영원히 풀리지 않는 하나의 수수께끼이다. 스트릭랜드가 그린 그림에는 아무리 볼품없는 작품이라도 그의 특이하고 고난에 찬 복잡한 개성을 엿볼 수 있는데, 그의 그림을 싫어하는 사람도 그의 인간성에는 무관심할 수 없으며 그의 인생과 성격에 굉장한 호기심을 가져왔다.

스트릭랜드가 죽은 지 4년이 되는 해에야 모리스 위레가 《메르퀴르 드 프랑스》라는 잡지에 스트릭랜드에 대한 글을 기고했다. 그리고 뜻밖에도 그 글이 잊혀져가고 있던 무명 화가를 구했을 뿐 아니라 찰스 스트릭랜드라는 한 예술가에 대한 연구에 앞장을 섰으며, 비록 평론에 대한 내용의 차이는 있을지언정 그 뒤의 몇몇 비평가들은 그의 견해를 거의 그대로 이어받게 되었다. 프랑스에서 위레만큼 오랫동안 확고한 권위를 지켜온 비평가는 없었다. 따라서 그의 이론을 무시할 수 없었던 것이다.

하기야 그의 이론이 처음에는 좀 이상하게 생각되었을지도 모른다. 그러나 그 뒤의 평가는 그의 주장이 옳았다는 것을 확인해주었을 뿐만 아니라, 찰스 스트릭랜드가 얻은 오늘날의 명성도 그 무렵 그가 세운 이론의 토대 위에 확립된 것이라 할 수 있다. 이처럼 스트릭랜드가 일약 유명해진 것은 미술사에서도 가장 로맨틱한 사건 중의 하나이다. 그러나 여기서 내가 쓰고자 하는 것은 찰스 스트릭랜드의 작품론이 아니라 다만 그의 인격과 특이한 개성에 대해서이다. 문외한이 그림을 어떻게 아나, 보아서 좋다고 생각되면 가만히 지갑을 열어 수표책을 꺼내는 것이지, 라고 거만한 말을 하는 화가도 있겠지만, 나는 그런 견해를 가진 사람들에겐 도저히 찬성할 수 없다. 예술 작품을 전문가만이 이해할 수 있다고 하는 것은 너무 터무니없는 상식 밖의 생각이다. 예술이란 정서를 표현하는 것이며 정서는 모든 사람에게 통하는 언어이기 때문이다. 물론 나도 기교에 대한 지식이 없는 비평가는 작품의 바른 가치를 논할 자격이 없다고 생각하고, 내가 그림에 대해서 문외한이라는 사실도 서슴지 않고 시인한다. 다행히도 내 경우 그런 식으로 아는 체할 필요가 없게 된 것은, 찰스 스트릭랜드의 작품에 대해선 이미 우수한 화가이자 능숙한 비평가이기도 한 나의 친구 에드워드 레가트가 『현대 예술가 찰스 스트릭랜드의 작품에 대한 소고』(마틴 세커 출판사, 1917)라는 그의 소책자에서 이미 충분히 논했기 때문이다. 하지만 그 저작은 우리 영국이 프랑스의 비평 양식의 예보다 다소 손색이 있다는 점을 인정해야만 된다.

하여튼 모리스 위레는 그 유명한 스트릭랜드에 관한 책에서 독자의 호기심을 자아낼 수 있도록 아주 요령 있게 찰스 스트릭랜드의 생애를 쓰고 있다. 그의 진정한 목적은, 예술 지상주의적인 동기에서 고도로 독창적인 한 천재에 대해 세상 사람들의 주의를 환기시키는 데 있었다. 그리고 그는 뛰어난 저널리스트였던 만큼 스트릭랜드가 지닌 인간적인 흥미를 잘 조화시켰고, 그렇게 함으로써 자신의 목적을 한층 더 효과적으로 달성시켰다.

그래서 일찍이 스트릭랜드와 사귀던 사람들, 즉 런던에서 그와 만난 적이 있는 작가들과 몽마르트르 카페에서 그와 접촉한 일이 있는 화가들은, 그때까지 그를 한낱 자기들과 어깨를 같이하고 지내온 보잘것없는 화가 정도로 알았는데, 실은 진짜 천재였다는 사실에 두 눈이 휘둥그래졌다.

그 후에 갑자기 그에 대한 감상 또는 비평 등의 기사가 잇달아 프랑스와 미국 잡지에 실리기 시작했다. 그것으로 스트릭랜드의 평판이 한층 더 높아졌으며 대중의 호기심도 끊임 없이 증폭되었다. 이것은 입에 오르내리기에 적당한 화제였기 때문이다. 이런 현상은 바이트브레히트 로톨츠와 같은 이에게 방대한 스트릭랜드 론(論) 『칼 스트릭란트의 생애와 예술』이란 책을 쓰게 했고 이 책 속에는 스트릭랜드에 대한 글을 쓴 이들의 이름이 열거되어 있다.

인간은 천성적으로 신화를 만들어내는 능력을 가지고 있다. 그러므로 세상에 보통 인물과 다른 사람이 나타나면 그 사람의 삶 속에서 뭔가 괄목할 만한 일화나 놀라운 사건을 열심히 찾아내어 곧 그것을 화제 삼아 전설을 만들어서 결국 그것을 광적으로 완전히 믿어버리게 된다. 그것은 평범한 인생에 대해, 낭만적인 반기(反旗)를 드는 것이 된다. 따라서 주인공을 전적으로 그 전설 속에 나오는 불멸의 영웅적인 인물로 만들어버리는 셈이다. 예를 들면 월터 롤리 경(卿)의 이름이 인류의 기억에서 영원히 잊혀지지 않는 것도 그가 미지의 나라에 대영제국의 이름을 남겨서가 아니라 오히려 영국의 처녀 여왕 엘리자베스를 위해 입고 있던 망토를 벗어 흙탕길 위에 깔아주었기 때문이라고, 세상의 냉정한 지식인들은 넌지시 비꼬는 미소를 지으며 생각할 것이다.

찰스 스트릭랜드는 이름 없는 화가로서 일생을 마쳤다. 그는 친구를 만들기보다 오히려 적을 만드는 인간이었다. 그런 이유 때문에, 그에 대해 글을 쓰는 사람들이 그 빈약한 내용의 회상을 멋대로의 공상으로 보충했다는 것은 충분히 짐작되는 일이다. 또 스트릭랜드에 대한 일이 거의 알려져 있지 않았던 만큼 오히려 낭만적인 저술가라면 충분히 솜씨를 발휘할 만한 여지가 있었으리라는 것도 쉽게 상상할 수 있다.

하지만 정말 그의 생애에는 이상할 정도로 끔찍한 느낌이 드는 일들이 많았다. 또 그 성격에도 어딘가 모르게 잔인한 점이 있었으며 게다가 말년에 가서는 적지 않게 남의 눈을 끌 만한 점이 있었고 그의 운명에도 연민을 느끼게 하는 점이 있었던 것만은 사실이다. 그리하여 이 같은 알맞은 배경 속에서 당연히 전설이 나오고, 현명한 역사가라면 누구나 그것을 쉽게 부정할 수 없을 것이다.

그런데 찰스 스트릭랜드의 아들인 로버트 스트릭랜드 목사는 바로 그 현명한 역사가는 아니었다. 그 목사는 자기 아버지에 대한 전기를 썼는데 그 내용에 '세상에 널리 알려져, 현존하는 몇몇 사람들에게 적잖은 폐를 끼치고 있는 여러 가지 오해를 없애기 위해서' 라고 전제해놓았다. 그때까지 스트릭랜드 전기들 중에 잘 알려져 있던 것에는 세상의 점잖은 사람들의 눈살을 찌푸리게 하는 점들이 많았던 게 사실이다. 나는 다소 쓴웃음을 금치 못하는 기분으로 이 전기를 읽었으나, 그 내용이 너무도 보잘것없고 특색이 없어서 오히려 마음이 놓이는 형편이었다. 스트릭랜드 목사가 그린 자기 아버지의 모습은 자상하고 근면하고 착실하여 남편으로서나 아버지로서나 더 바랄 게 없는 사람으로 묘사되어 있다. 대체로 현대의 성직자는 소위 해석신학(解釋神學)이라는 학문을 배워서인지 모르지만, 무슨 일이든 그럴 듯하게 설명하는 데 놀라운 솜씨를 가지고 있다. 로버트 스트릭랜드 목사도 효자로서 어떤 종류의 일은 잊어버리는 편이 좋다고 생각되는, 아버지 생애에 있었던 모든 진상을 자기 딴에는 참으로 교묘한 논법으로 멋지게 해석하고 있다.

때가 되면 틀림없이 그는 성직자로서 중요한 자리에 앉게 될 것이다. 벌써부터 성직자들이 차는 각반으로 장딴지를 칭칭 동여맨 그의 모습이 아닌게 아니라 눈앞에 보이는 듯하다. 그러나 그러한 필법으로 자기 아버지의 전기를 썼다는 것은 훌륭하다고 할 수 있을지도 모르지만 역시 그것은 위험한 모험이었다. 그런 일은 스트릭랜드가 이미 얻은 명성에 반대적인 영향을 미칠 수 있기 때문이다. 왜냐하면 그의 작품에 매혹된 사람들 중에는 그의 성격에 대한 혐오감 또는 그의 죽음에 대한 연민의 정으로 말미암아 이상하게 마음이 끌리게 된 사람이 많았기 때문이다. 그래서 효자의 정성에서 우러나온 이러한 아들의 노력은 오히려 그의 아버지를 찬미하는 사람들에게 찬물을 끼얹는 결과가 되고 말았다. 이를테면 로버트 스트릭랜드 목사가 아버지의 전기를 출판하여 세상에 물의를 일으킨 바로 직후에 찰스 스트릭랜드의 중요한 작품 중에 하나인 「사마리아의 여인」(냇가에 엎드린 소사이어티 군도의 한 원주민 여자의 나체화. 배경은 야자나무, 바나나, 그 밖에 열대 식물이 늘어서 있는 풍경. 가로 60인치, 세로 48인치)이 화상(畫商) 크리스티의 가게에서 경매에 붙여졌는데, 그 낙찰 가격은 하락해 있었다. 9개월 전 어느 유명한 수집가가 사들였던 작품으로 그 사람이 갑자기 죽는 바람에 다시 경매에 붙여졌던 것이지만, 그 사이에 가격이 무려 235파운드나 떨어졌다는 건 결코 우연이 아니다. 사람에겐 신화를 만들어내는 놀라운 소질이 있어, 모든 비범한 것을 동경하는 마음에 흙탕물을 끼얹는 그런 것을 바라지 않기에 망정이지, 만약 그렇지 않았더라면 찰스 스트릭랜드의 힘과 독창성이 아무리 대단하다 하여도 그 어려움은 극복되지 않았을 것이다. 그러나 다행히 바이트브레히트 로톨츠 박사가 자신의 저서를 발표함으로써 간신히 세상의 예술 애호가들의 걱정을 전부 없애줄 수 있었다.

바이트브레히트 로톨츠 박사는 인간성을, 악질 정도가 아닌 극악(極惡)한 것으로 보는 역사가에 속하는 사람이다. 따라서 독자로서는 소설의 주인공을 가정 도덕의 본보기로 만들어놓고 즐거움을 얻는 작가들의 작품을 읽는 것보다 로톨츠 박사와 같은 사람들이 쓴 작품을 보는 편이 분명히 더 흥미로울 것이다. 나 역시도 안토니오와 클레오파트라 사이에, 연애 사건은 전혀 없었고 다만 경제적인 관련이 있었을 뿐이라면, 무미건조한 내용으로 보고 퍽 실망했을 것이다. 또 로마의 티베리우스 황제가 영국의 조지 5세처럼 나무랄 데 없는 어진 군주였다는 말은, 흥미도 불러일으킬 수 없고 도저히 그대로 믿을 수도 없다. 어쨌든 바이트브레히트 박사가 로버트 스트릭랜드 목사가 쓴 순진한 전기를 형편없이 깎아내렸으므로, 우리는 이제 이 불행한 목사에 대해 일말의 작은 동정을 금할 수 없을 정도이다. 성직자답게 점잖게 말을 돌리는 태도로 나오면 위선자라 낙인 찍히고, 구차하게 변명했다는 이유로 가차없이 거짓말쟁이라는 오명을 쓰고, 침묵을 지키고 있으면 사기꾼이라고 욕을 먹는 형편이었기 때문이다. 그런데 전기 작가로서는 비난받아도 할 수 없지만, 자식으로서는 오히려 당연하다고 생각되는 이러한 가벼운 허물로 인해서 영국인 전체가 점잖은 체하는 거짓말쟁이라느니, 우쭐거린다느니, 사기꾼이라느니, 교활하다느니, 심지어는 요리 솜씨마저도 형편없는 자들이라고 깎여내려지는 형편이다.

내 개인적인 생각에 스트릭랜드 목사의 가장 큰 실수는, 이미 세상 사람들이 다 알고 있는 자기 양친의 '불화'까지 부인하려고 했던 점이다. 즉, 찰스 스트릭랜드가 파리에서 어떤 친구에게 보낸 편지에서 아내를 '더없이 훌륭한 여자'라는 말로 부르고 있다는 것을 강조한 사실인데, 이것은 내가 보기에 더없이 경솔한 짓 같다. 그 이유는 불행히도 바이트브레히트 로톨츠 박사가 그 편지 원본을 입수해서 복사판으로 발표하였기 때문이다. 그것을 보면 '더없이 훌륭한 여자' 라는 말은 바로 다음 구절에서 비롯된 것 같다. '아내 이야기는 꺼내기도 싫네. 어쨌든 그녀는 더없이 훌륭한 여성이지. 지옥에나 가버렸으면 좋겠네.' 아무리 카톨릭 교회가 전성기인 시대라도 자기에게 불리한 증거가 되는 그 편지를 설마 이렇게까지 억지 해석을 하지는 않았을 것이다.

바이트브레히트 로톨츠 박사는 찰스 스트릭랜드의 열렬한 찬미자이긴 했지만 그를 위해 인간적인 약점을 속이는 따위의 일은 절대로 하지 않았다. 언뜻 보기에 겉으로는 아무렇지도 않은 행위 뒤에 가려져 있는 비열한 동기를 꿰뚫어보는 데 있어서 박사의 눈은 거의 틀림없었다. 박사는 미술학도이자 정신병리학자로서, 어떤 인간이든 스스로도 잘 모르고 있는 마음속 비밀까지도 거의 다 꿰뚫어보았다. 일상적인 예사로운 일로부터 깊은 뜻을 파악하는 데 있어서 어떤 신비가도 박사를 당해내지는 못할 것이다. 신비가는 입에 담기조차 삼갈 만큼 신성한 것을 보고, 정신병리학자는 말로 표현하기 꺼려할 만큼 추악한 것을 보는 것이 예사였다. 이 박학한 저자가 주인공 찰스 스트릭랜드의 명예를 떨어뜨릴 것 같은 사건을 모조리 찾아내가는 그 끈기에는 오히려 이상한 매력을 느끼지 않을 수 없게 된다.

주인공의 잔혹성과 비열함을 나타내는 그 어떤 일들을 찾아낼 때마다 오히려 저자는 주인공에 대해 더욱더 따뜻한 애정을 느끼는 것이다. 어떤 일화를 근거로 로버트 스트릭랜드 목사의 효심을 사정없이 뒤집어 엎어버릴 때는 마치 이교도를 화형에 처하는 종교 재판관과도 같은 기쁨을 느끼고 있는 것 같다. 박사는 찰스 스트릭랜드에 대한 일이라면 아무리 사소한 것일지라도 그냥 지나쳐버리지 않았다. 돈을 내지 않은 세탁소 청구서가 한 장 남아 있어도, 반 크라운 은화 한 닢을 빌어쓰고 갚지 않은 일이 있었다고 하더라도 틀림없이 어느 것 하나 빼놓지 않고 그 앞뒤 사정을 모두 밝혔을 것이다.

2

찰스 스트릭랜드에 대해 이제 자세히 이야기한 셈이므로 새삼스럽게 내가 더 이상 말할 필요는 없을 것 같기도 하다. 게다가 화가의 이름이 남는 것은 무엇보다도 그의 작품을 통해서이기 때문이다. 나는 그 누구보다도 그를 잘 알고 있었다. 처음 알게 된 것은 그가 아직 화가가 되려고는 결심하지 않았던 때였다. 그 후에 그가 파리에서 어려운 시절을 보내고 있을 무렵에도 여러 번 만나기는 했지만, 세계대전중 우연히 내가 타히티에 가지 않았더라면 아마 그에 대한 회상기를 쓰게 되지는 않았을 것이다. 이미 널리 알려져 있듯이 그가 말년을 보낸 곳은 그 섬이며, 내가 그의 생활에 대해 잘 알고 그와 친했던 사람들을 만난 것도 바로 그 섬에서이다.

그러므로 나는 그의 비극적인 생애 가운데, 지금까지 세상에 거의 알려지지 않은 그곳에서의 생활에 대해 어느 정도 사실을 밝힐 수 있는 위치라는 것을 알 수 있었다. 스트릭랜드가 진정으로 위대한 화가라고 한다면 생전에 그를 친히 알았던 사람들이 그에 대해 하는 말을 전혀 쓸데없는 이야기라고는 할 수 없을 것이다. 내가 스트릭랜드를 알고 있듯이 엘 그레코를 특별히 잘 아는 사람이 있다면 세상은 무슨 대가를 치르고서라도 그 회상기를 읽고 싶어할 것이다.

　그러나 그런 일은 내게는 다 구실에 지나지 않는다. 내가 구하고 있는 것은 따로 있다. 누구였는지 이름은 잊었으나, 사람은 정신의 안정을 구하기 위해 매일 자신이 싫어하는 일을 하는 게 좋다고 권유한 사람이 있었다. 어쨌든 이것은 현인의 말이었으므로 나도 이 교훈을 잘 지키고 있다. 즉, 매일 아침 억지로 일어나고 매일 저녁 억지로 잠자리에 드는 것이 바로 그 것이다. 그런데 천성적으로 나에겐 금욕주의적인 경향이 있어 보다 더 괴로운 고역을 나의 몸에 가중시키고 있다. 즉 그것은 매주 빼놓지 않고《타임즈》의 〈문예부록〉을 읽는 것이다. 계속 출판되는 셀 수 없는 책과 그 작품에 거는 저자들의 아름다운 꿈과 그들을 기다리고 있는 운명을 종합해서 살펴보는 것도 우리에게 유익한 훈련이기 때문이다. 그 많은 책 중에서 큰 성공을 거두는 것은 과연 몇 권이나 될까? 그리고 성공을 거두었다 하더라도, 그것은 결국 한때의 일에 지나지 않는다. 그럼에도 불구하고 우연히 만난 몇몇 독자들을 위해 불과 몇 시간의 휴식이나 여행의 지루함을 달래는 소일거리를 제공하려고 저자가 얼마나 고생하고 얼마나 쓰라린 경험을 겪고 얼마나 비통한 가슴앓이를 해왔는지 아무도 모를 것이다.

　〈문예부록〉 서평에 의하면 이러한 책들 중에는 심혈을 기울인 역작이나 좋은 작품이 많으며, 그 가운데는 온 생애를 바쳐서 쓴 작품까지 있다고 한다. 이런 사실에서 나는 하나의 교훈을 얻게 된다. 작가란 창작의 즐거움과 가슴속에 쌓여 있는 생각을 쓰는 일을 그 보람으로 여겨야 할 뿐 그 밖의 일에는 무관심하여야 되며, 호평이든 혹평이든 성공을 하든 실패를 하든 일체 신경쓰지 말아야 한다는 사실이다.

그런데 제1차 세계대전이 일어나면서 새로운 풍조가 생겼다. 젊은이들은 우리 구세대 사람이 모르는 신들에게로 눈길을 돌렸다. 그러므로 젊은 세대가 앞으로 밀고 나아갈 방향은 이미 짐작된다. 젊은 세대는 자신의 역량을 알고, 일어나 노크도 없이 우리의 방으로 들어와 그대로 우리들의 자리를 차지하고 앉았다. 그들의 외침도 귀를 막고 싶을 정도로 소란해졌다. 구세대에 속하는 사람들 중에는 청년들의 익살을 흉내내어 아직 젊은이에게 지지 않겠다는 마음을 가진 자도 있어 목청을 돋구어 악을 쓰고는 있지만, 그들의 고함은 공허한 소리로 들려올 뿐이다. 마치 바람난 여자가 분을 바르고 입술을 짙게 바르고서 그것으로 자기가 젊어진 것으로 알고 앳된 목소리로 떠들고 다니는 그런 처지나 다름없는 일이다. 현명한 사람들은 그런 꼴사나운 짓은 하지 않고 좀더 점잖은 태도로 스스로의 길을 가는데, 그 아무렇지도 않은 듯한 미소 뒤에는 관대한 비웃음의 표정이 감춰져 있다. 이는 그들 역시 전에는 지금의 젊은이들과 똑같이 떠들어대고 현실에 만족하는 낡은 세대를 짓밟아온 일을 기억하고 있기 때문이며, 또 용감한 새 시대의 기수임을 자처하는 지금의 젊은이들이라 해도 머지 않아 다음 세대에게 그 자리를 물려줘야 한다는 것을 이미 잘 알고 있기 때문이다.

세상에는 '이것이 마지막'이라는 말은 있을 수 없다. 니네베(아시리아의 옛 도시) 사람들이 하늘까지 닿는 탑을 쌓아올렸다지만 그때 이미 그 새로운 복음은 낡아버렸다. 그것을 말하는 자들에게 그렇게도 새롭고 달콤한 사랑의 표현도 사실은 액센트 하나 변하지 않고 몇 백 번 되풀이되어 왔던 말일 뿐이다. 역사는 항상 새롭게 돌며, 인간은 같은 궤도 위를 계속 오갈 뿐이다. 인간은 간혹 굉장히 오래 살아서 제대로 스스로의 자리를 지키고 있던 시대와는 상황이 전혀 다른 시대까지 살아남는 경우가 있다. 그것은 세상 사람들의 눈에 인간 희극 중에서도 가장 잊지 못할 한 장면을 보여주는 것이다.

이를테면 조지 크랩의 경우가 그러한 예이다. 그 무렵 그는 꽤 유명한 시인이었고 누구나 그의 천재성을 인정했었다. 세상이 복잡해진 오늘날에는 다소 보기 힘든 현상이 되었지만, 하여튼 그 당시 그는 자신의 천재성을 모든 사람들로부터 인정받았다. 크랩은 알렉산더 포프 일파로부터 시작법을 배운 시인으로 각운(脚韻)을 맞춘 대구(對句) 형식의 교훈적인 서사시를 썼다. 프랑스 혁명이 일어나고 이어서 나폴레옹 전쟁이 터지자, 젊은 시인들은 새로운 스타일의 시풍을 구축했지만 크랩만은 변함 없이 각운을 맞춘 대구 형식의 교훈적 서사시만을 썼다. 그러나 이 청년 시인들의 작품이 그렇게 큰 선풍을 불러일으켰으니만큼 그도 그들의 시를 읽었을 것이다. 하지만 그는 그 시를 변변치 못한 것으로 여겼을 것이다. 물론 그 중에는 졸작이 꽤 많았지만 키츠와 워즈워스의 서정시들, 콜리지의 한두 편의 시, 셸리의 몇 편의 시는 이제까지 그 누구도 발을 들여놓지 못한 광대한 시 정신의 신천지를 개척한 것들이다. 시인으로서의 크랩은 문단에서 사라져버린 것과 같았다. 그러나 끝까지 그는 각운을 맞춘 대구 형식의 교훈적인 서사시만을 썼다.

지금까지 나는 다만 현대 젊은 시인들의 작품을 슬쩍 단편적으로 본 데 지나지 않는다. 그러므로 어쩌면 그들 중에는 키츠 이상으로 정열적인 시인이나 셸리 이상으로 탈속적인 시인이 있어 세상 사람들이 즐겨 애송하고, 길이 기억될 작품을 이미 발표했는지도 모른다. 나는 먼저 그들의 세련된 수법에 감탄하며 그 훌륭한 문체에 경탄하지 않을 수 없다. 젊은 나이에 이미 능숙한 완성의 영역에 도달해 있으므로 이제 새삼 유망하다고 말하는 것이 오히려 이상할 정도다. 그처럼 풍부한 어휘로 보건대, 그들은 마치 요람 속에 있을 때부터 로제의『유의어 사전(類義語 辭典)』을 가지고 놀지 않았을까 하는 생각이 들 정도이다. 내가 보기에 그들은 너무 아는 것이 많고, 느끼는 것도 지나치게 과장되어 있어 속이 훤히 보이는 것 같다. 그리워서 못 견디겠다는 듯 등을 탁 두드리거나, 감격스럽다는 듯 내 가슴에 달려드는 그런 태도를 나는 별로 좋아하지 않는다. 그들의 정열도 나의 눈에는 약간 빈혈 증세처럼 보이고, 그 꿈 또한 다소 색이 바랜 것으로 보인다. 즉 나는 팔리지 않는 물건과 같은 신세이다. 나는 이미 한물 간 작가이기 때문에 앞으로도 여전히 각운을 맞춘 대구 형식의 교훈적인 이야기만을 쓸 작정이다. 그러나 만일 나 자신의 즐거움이 아닌 다른 목적이 있어서 그런 작품을 쓴다고 한다면, 그야말로 결국 한심스런 바보로서 세상의 웃음거리가 되고 말 것이다.

3

하지만 이런 것은 다 여담에 지나지 않는다. 처녀작을 발표했을 시절 나는 꽤 젊었지만, 다행히 그 작품이 세상의 눈길을 끌게 되어 여러 방면의 사람들이 나와 사귀고 싶어했다.

이리하여 나는 부끄러움과 열망이 뒤섞인 마음으로 처음 런던 문단에

선보이게 되었는데, 지금 그 시절의 일을 이것저것 돌이켜보면 왠지 어딘가 모르게 우울한 기분이 들기도 한다. 내가 문단에 드나들던 일도 이제는 옛일이 되었지만, 요즈음의 문단 특성을 묘사하고 있는 갖가지 소설 속의 이야기가 정확한 것이라면, 이제는 문단의 양상도 꽤 달라진 셈이다. 문단의 중심도 햄스테드, 노팅 힐 게이트, 켄징턴의 하이 스트리트였는데 이제는 첼시와 불룸즈버리로 바뀌었다.

당시는 사십 전이라면 다들 놀라움에 가득 찼었는데, 지금은 스물다섯을 넘어서면 뒤늦게 뭐냐는 식이다. 생각해보면 그 무렵의 우리들은 수줍어하여 감정을 밖으로 드러내지 않았고 세상 사람들의 놀림거리가 될까 두려워, 조금이라도 속이 들여다보이는 말이나 우쭐거리는 행동은 마음에 걸려 하지 못했었다. 그 무렵 점잖을 빼던 문인들 사이에 특별히 대단하고 굳은 정조 관념이 있었다고는 생각지 않지만, 그래도 오늘날 아주 당연한 것으로 되어버린 그 지나친 성의 혼란 상태는 보지 못했던 것 같다. 적어도 내 기억으로는 그 당시 사람들은 바람을 피워도 전혀 밖으로 나타내지 않았으며, 그것을 위선적이라고도 별로 생각지 않았었다. 작은 일을 크게 부풀려 생각하지 않았으며 여성도 아직 그 정당한 권리를 충분히 인정받지 못했었다.

나는 빅토리아 역 가까이에 살고 있었으므로 마차를 타고 먼 길을 달려가 대접이 융숭한 문인들 집을 빈번하게 드나들곤 했다. 소심했기 때문에 겁을 먹고 몇 번이나 그 집 앞을 왔다갔다하다가는 가까스로 용기를 내 현관 벨을 누르는 것이다. 그런 후에는 또 불안하게 가슴을 죄어가며 손님으로 붐벼 환기가 잘 안 되는 방으로 안내되어 거기서 이름 없는 많은 명사들에게 차례로 소개된다. 그들이 혹 나의 작품을 칭찬해주기라도 하면 나는 당황하여 어쩔 줄 몰라했는데, 상대방이 뭐라고 재치 있는 답변을 기다리고 있다는 것을 알면서도 그 답변이 머릿속에 떠오르는 것은 공교롭게도 언제나 파티가 끝난 후였다. 그럴 때면 나는 어색함을 감추려고 홍차 잔이나 조금 서툴게 자른 버터와 빵을 차례차례 돌리곤 했으며, 되도록 빨리 그 어색한 자리를 벗어나려고 애썼다.

나로서는 누가 나를 알아보는 일이 오히려 귀찮게 생각되었다. 그 명사들을 마음놓고 관찰하고 그들의 재치 있는 말에 귀기울이는 것이 나의 목적이었기 때문이다. 마치 갑옷이라도 입은 듯한 옷차림에 뒤로 넘어갈 것 같은 허리를 애써 곧추세우고 큰 코와 탐욕스러운 눈빛을 지닌 부인들과, 제법 부드러운 목소리를 내면서도 눈초리는 날카로운 생쥐 같은 느낌이 드는 조그만 노처녀들의 모습도 나의 기억 속에 남아 있다. 버터 바른 토스트를 먹을 때도 결코 장갑을 벗지 않고 그냥 먹어버리고, 또 아무도 보는 사람이 없으면 태연하게 그 버터 묻은 손가락을 의자에 닦아버리는 뻔뻔스러움에는 그저 놀라울 뿐이었다. 그 의자야말로 뜻하지 않은 수난을 당한 거겠지만, 아마 집주인 여자도 이 다음에 친구 집을 방문하면 그 집 의자에 똑같은 보복을 할 것이다. 그녀들 중에는 유행하는 옷차림을 하고 있는 여자도 있어 곧잘 이런 말을 하곤 했다.

"소설을 쓴다고 하면서 일부러 단정치 않은 옷차림을 하는, 그런 여자들을 도저히 이해할 수가 없어요. 날씬한 몸매라면 그 점을 최대한으로 살리는 게 좋지 않겠어요? 작은 발에 멋진 구두를 신었다 해서 편집자가 그 사람의 작품을 거절했다는 이야기는 들어본 일이 없어요."

그러나 그 중에는 또 유행을 좇는 일을 쓸데없는 짓이라고 생각하는 여자들도 있어서 그녀들은 이런 말들을 무시하고 이상하게 짠 옷감에다 야성적인 장신구들을 몸에 달고 다녔다. 그러나 그처럼 괴상한 옷차림을 하고 있는 남자는 거의 없었다. 남자들은 언제나 평범한 옷차림을 하려고 애쓰고 있었다. 세상 일에 밝은 일반인으로 보이기를 원했으므로 그들은 어디를 가나 큰 회사의 중견 간부급 직원으로 보였으며, 또 항상 어딘가 모르게 피곤해 보였다. 그때까지 작가라는 사람을 한 번도 만난 일이 없었던 내게는 그들이 아주 색다른 사람으로 보였었다. 어딘가 모르게 이 세상 사람 같지가 않았던 것이다.

　　그들 사이에서 주고받는 말은 아주 재치 있는 것들이었다. 즉, 동료 작가 한 사람이 사라지자마자 그들은 등 뒤에서 묘한 독설을 퍼부어 그를 형편없이 뭉개버리는 것이다. 나는 언제나 어이없는 표정으로 그 말에 귀를 기울이곤 했다. 예술가에겐 다른 사회인들은 지니지 않은 유리한 점이 한 가지 있다. 그들에게 있어서는 타인의 외모나 성격뿐 아니라 그의 작품까지도 풍자의 대상이 되는 것이다. 나로선 그처럼 적절한 유머와 유창한 말을 자유자재로 구사한다는 것을 도저히 생각할 수 없었다. 그 시절엔 아직 대화가 하나의 기술로 여겨지고 있었는데, 즉 그 자리에서 상대방의 말을 척척 받아넘기는 말솜씨가 가시나무로 불을 지펴 음식을 맛있게 만드는 것보다 더 높이 평가되고 있었다. 아직은 경구라는 것이 멋없는 사람들이 세련된 척하는 데 사용되는 틀에 박힌 대사로까지 여겨지고 있지는 않았으므로 교양인의 대화에서 그것은 생기를 불어넣는 역할을 했다. 그처럼 기지에 찬 대화를 내가 지금 하나도 기억하지 못하는 것은 애석한 일이지만, 일단 이야기가 우리들의 장사 — 예술도 따지고 보면 하나의 훌륭한 장사이다 — 또는 돈에 대한 것이라면 편한 마음으로 가볍게 이야기한 적은 없었던 것 같다.

이를테면 최근에 나온 신간 서적에 대한 이야기가 끝난 뒤에는 당연히 그것이 몇 부나 팔렸는가, 저자가 선금을 얼마나 받았는가, 또 저자가 그것으로 돈을 얼마나 벌겠는가, 하는 화제가 나온다. 그 다음에 출판사 이야기가 나와 이 출판사는 인심이 좋은데 저 출판사는 인색하다든지, 인세를 많이 지불해주는 곳과 책의 내용이야 어떻든 간에 책을 잘 팔아주는 곳 중에 어느 쪽으로 가는 것이 상책이라든지, 어떤 회사는 광고를 잘하지만 어떤 회사는 서툴다든지, 어디는 경영이 세련되고 근대적인데 다른 어느 곳의 경영은 구식이라는 등의 이야기가 나온다. 그 다음은 출판 알선 대행가에 대한 말과 그들의 출판 계약 능력 등이 화제에 오른다. 다시 바꾸어 편집자의 결점이 입에 오르내리고 그들이 선호하는 작품, 1천 단어에 원고료 얼마를 지불하느냐, 지불은 빠른 시일 내에 잘 해주느냐 미루느냐 하는 이야기로 이어진다. 나로서는 듣는 이야기마다 다 낭만적인 느낌에 사로잡혔고 그들에게 매우 친근감을 느꼈기 때문에 마치 비밀 결사대에 가입한 것 같은 기분이었다.

4

그 당시 나에게 가장 친절했던 사람은 로즈 워터퍼드였다. 그녀는 남성적인 지성과 여성적인 고집을 함께 가진 여류작가로, 그녀의 작품은 독창적이고 사람의 허점을 찌르는 내용이었다. 어느 날 나는 우연히 그녀의 집에서 찰스 스트릭랜드 부인을 만났다. 미스 워터퍼드가 베푼 티 파티에 참석했을 때이다. 그녀의 좁은 객실에는 그날 따라 많은 손님들이 이야기를 나누고 있었다. 모두 다 이야기를 하고 있는 것 같기에 나 혼자 가만히 앉아 있자니 어쩐지 어색한 마음이 들었다. 그때도 내성적인 성격이었으므로, 서로들 이야기에 정신이 팔려 있는 자리에 끼여드는 것은 나로서는 상상할 수도 없었다. 미스 워터퍼드는 손님들의 세심한 부분까지 신경을 써주는 여주인이었으므로 내가 어색해하고 있는 것을 보고는 곧바로 내 옆으로 다가왔다.

"스트릭랜드 부인과 이야기해보겠어요? 그분은 지금 당신 소설을 몹시 칭찬하고 있으니까요."

"뭐하시는 분인데요?"

나는 내가 생각해도 어이없을 만큼 문단 사람들을 잘 몰랐을 때였기에 스트릭랜드 부인이 만일 유명한 작가라면 그 점을 미리 알아둔 다음 이야기하는 편이 좋을 것 같아 그렇게 물었다. 로즈 워터퍼드는 대답을 더 신중하게 하려는 듯 진지한 표정으로 시선을 아래로 내리깔았다.

"그분은 곧잘 오찬회를 열지요. 조금만 이야기를 나눠보세요. 그러면 분명히 당신도 초대할 거예요."

로즈 워터퍼드는 잘 비꼬아대는 성격의 소유자였다. 그녀는 인생을 소설의 무대로 보고 대중을 그 소재로 생각하고 있었다. 대중 속에서 혹 자신의 재능을 인정해주는 사람만 있으면 가끔 초대하여 아낌없이 대접하곤

했다. 그녀는 그런 사람들의 인기 작가에 대한 무조건적 숭배를 경멸하면
서도 그들 앞에서는 기분 나쁘지 않게 대하며 유명한 여류작가답게 행동
했다. 나는 스트릭랜드 부인의 자리에 안내되어 10분 가량 이야기를 나누
었다. 시원스러운 목소리의 소유자라는 것 말고는 별로 눈에 띄는 특징이
없는 사람이었다. 부인은 그 무렵 건축중에 있던 웨스트민스터 사원이 내
려다보이는 아파트에 살고 있다는 이야기를 해서 나 또한 그 근처에 산다
고 하자 쉽게 서로 친근감을 느끼게 되었다. 또한 육해군 백화점은 템즈 강
과 세인트 제임스 공원 사이에 사는 모든 사람들에게 유대감을 심어주고
있었다. 스트릭랜드 부인은 나에게 주소를 물었는데, 그 후 며칠 뒤 나는
오찬회 초대장을 받았다.

예정된 약속 같은 것은 없었으므로 나는 기꺼이 초대에 응했다. 너무 빨
리 가는 것도 뭣할 것 같아 웨스트민스터 사원 주위를 세 번이나 돌다가 조
금 늦게 도착해보니 벌써 파티는 시작되어 있었다. 미스 워터퍼드와 제이
부인, 리처드 트위닝과 조지 로드가 와 있었다. 모두 작가들뿐이었다. 이른
봄, 활짝 갠 날이었으므로 다들 기분이 좋았으며 화제가 끊이지 않고 계속
해서 이어졌다.

미스 워터퍼드는 걸핏하면 샐비어잎 빛깔의 드레스에 수선화 한 송이
를 꽂고 파티에 나가던 소녀 시절의 탐미적인 취향과 하이힐에 파리 식 프
록코트 차림을 한 처녀 시절의 경박한 멋부림 사이를 지금도 오락가락하
고 있는 것 같았다. 그날은 새 모자를 썼기 때문인지 유난히 더 떠들어댔으
며 지금까지 한 번도 들어본 일이 없을 정도로 친구들에 대해 무섭게 험담
을 하고 있었다. 제이 부인은 음담을 뛰어난 기지로 잘못 알고는 속삭이는

듯한 낮은 목소리로, 눈처럼 하얀 테이블보마저 붉게 물들일 것 같은 이야기를 이것저것 꺼내놓고 있었다. 리처드 트위닝도 익살스러운 하찮은 이야기로 열을 올리고 있었고, 그에 반해 조지 로드는 대부분의 사람이 너무도 잘 알고 있는 자기의 재치를 이제 새삼스레 밝힐 필요도 없다는 얼굴로 음식만 부지런히 먹고 있었다. 스트릭랜드 부인은 말을 많이 하지는 않았지만 대화에 모든 사람들이 참가하도록 조절해갈 만한 재치는 있었다. 이야기가 끊기면 그 자리에 적당한 화젯거리를 꺼내 다시 이야기를 이어나가게 하는 것이다. 부인은 37세의 나이로 키는 약간 큰 편이었고 뚱뚱하다는 말은 듣지 않을 정도로 포동포동하게 적당히 살진 여인이었다. 미인이랄 것까지는 없었지만 부드러운 갈색 눈에 언제나 다정한 표정을 띠고 있었기 때문인지 호감이 가는 인상이었다. 혈색은 다소 창백한 편이었고 짙은 갈색머리는 곱게 손질되어 있었다. 세 명 중 화장을 하지 않은 여인은 그녀뿐이었는데, 그것이 다른 여성과 비교해볼 때 소박한 느낌을 주었다.

식당 장식도 그 시절 유행에 맞는 아주 검소한 것이었다. 흰 나무로 벽 아래쪽을 두르고, 초록빛 벽지 위에는 산뜻한 검은 액자에 넣은 휘슬러의 동판화가 몇 장 걸려 있었다. 공작 무늬가 들어 있는 초록빛 커튼이 늘어뜨려져 있었고 잎사귀가 우거진 나무 사이에서 흰토끼들이 놀고 있는 문양의 초록빛 카펫은 어딘가 모르게 윌리엄 모리스(1834~1896, 영국 시인, 공예 미술가)의 영향이 엿보였다. 벽난로 위에는 네덜란드 델프트의 푸른 도기(陶器) 하나가 놓여 있었다. 그 무렵 런던에는 이와 똑같은 실내 장식을 한 식당이 적어도 500개쯤은 있었을 것이다. 청초하고 예술적인 풍치도 있었지만 조금은 무미건조한 느낌을 주었다.

돌아가는 길에는 미스 워터퍼드와 같이 걸었다. 날씨도 좋았고 그녀도 새 모자를 쓰고 있었으므로 우리는 함께 공원을 걸어서 지나가기로 했다.

"오늘 파티는 정말 좋았어요."

내가 먼저 말을 꺼냈다.

"어때요? 음식은 맛있었나요? 나는 늘 그녀에게 말했어요. 작가를 초대하려거든 음식을 듬뿍 대접하라고요."

"좋은 충고로군요. 그런데 그 부인은 왜 작가를 초대하고 싶어하나요?"

미스 워터퍼드는 어깨를 움츠려 보였다.

"작가들이 이야기를 재미있게 하기 때문이래요. 문단의 움직임을 알고 싶은 거겠죠. 이런 말을 하면 좀 뭣하지만 사람이 좀 단순한 편이에요. 작가는 다 위대하다고 생각하니까요. 어쨌든 우리를 오찬회에 초대하는 것이 즐거운가 봐요. 그래서 나도 마음이 가벼워요. 난 그녀의 그런 점이 싫지 않아요."

돌이켜 생각해보면, 높은 햄스테드 언덕 위에 사는 거물(巨物)로부터 낮은 체이니 워크의 서재에 있는 무명 작가에 이르기까지 유명인이라면 그 뒤를 쫓아다니는 많은 무리들 가운데 스트릭랜드 부인이 가장 순진한 사람이었다고 생각된다. 그녀는 시골에서 아주 조용한 소녀 시절을 보냈으므로 뮤디 순회 문고에서 보내오는 소설은 소설 자체의 로맨틱한 분위기뿐 아니라 런던의 로맨틱한 생활도 함께 전해왔다. 그 또래의 문학 소녀에게는 드문 일이었지만 그녀는 정말 독서를 좋아했다. 문학 소녀란 대개 소설보다 그것을 쓴 작가에게, 그림보다 그것을 그린 화가에게 더 관심을 갖는 것이 보통이었으므로 그녀는 언제나 상상의 세계를 만들어 그 속에서 일상 생활에서는 도저히 얻을 수 없는 자유를 누리며 살고 있었다. 그 후 작가들과 알고 지내게 된 그녀는 그때까지 관람석 쪽에서만 바라보고 있던 무대로, 자기가 직접 나가보고 싶은 마음이 들었다. 작가들을 인기 배우라도 보는 듯한 눈으로 바라보며, 그들을 초대하여 대접하기도 하고 저마다 자유분방하게 살고 있는 그들과 생활을 함께함으로써 정말 자기 시야가 점점 넓어지는 것 같은 기분을 느끼기도 했다. 그러나 작가들이 타당하게 행하고 있는 인생에 대한 법칙은 과연 그들에게는 유효하지만 그것으로 그녀 자신의 인생을 맞추어 살 생각은 전혀 없었다. 이상한 옷차림, 엉뚱한 이론이나 역설에 걸맞게 도덕 관념을 벗어난 그들의 생활 방식은 분명 그녀에게는 흥미 있는 일이었지만, 그렇다고 해서 그녀의 소신을 흔들어놓을 만한 점은 조금도 없었다.

"그 부인에게 남편은 있습니까?"

"그야 물론이죠. 직장인이에요. 아마 주식 중개인일 거예요. 굉장히 재미없는 사람이에요."

"부부 사이는 좋은가요?"

"좋은가 봐요. 만찬회에 초대받으면 만날 수 있어요. 하지만 만찬에 손님을 초대하는 일은 여간해선 없어요. 어쨌든 남편 되는 사람이 아주 말이 없는 데다 문학이나 예술에는 손톱만큼도 흥미가 없으니까요."

"훌륭한 여성들이 왜 답답한 남자와 결혼하는지, 이유를 모르겠군요."

"하지만 지적인 남자라면 훌륭한 여자와는 결혼하고 싶어하지 않는 법이에요."

나는 이 말에 뭐라고 대답을 해야 좋을지 몰랐으므로 부인에겐 자식이 있느냐고 화제를 바꿨다.

"아들 하나에 딸 하나예요. 둘 다 학교에 다니고 있죠."

이것으로 그 부부에 대해선 별로 할 말도 없었으므로 화제는 다른 곳으로 옮겨졌다.

5

그 해 여름 나는 여러 차례 스트릭랜드 부인을 만났다. 가끔 그녀의 아파트에서 열리는 즐거운 오찬 모임이라든가 좀더 거창한 티 파티에도 나갔다. 그녀와 나는 이상하게도 마음이 맞았다. 어쩌면 젊은 나이에 문학이라는 험한 길에 첫발을 내딛은 나를 잡아주고 싶다는 마음이 그녀에게 있었는지도 모른다. 또 나로서도 사소한 걱정거리라도 있을 때 찾아가면 항상 주의 깊게 들어주고 적절한 조언도 해줄 수 있는 사람이 있다는 것은 마음 든든한 일이었다. 스트릭랜드 부인은 천성적으로 동정심이 많은 여자였다. 동정심은 분명히 사람의 마음을 흐뭇하게 해주지만 그 반면 본인이 그것을 의식적으로 남용할 우려가 있는 것이기도 하다. 왜냐하면 그 속에는 탐욕스럽고 잔인한 마음이 있기 때문이다. 친구들의 불행을 보면 기다리고 있었다는 듯이 당장 달려가 동정심을 발휘해서 오히려 그 불행을 기뻐하는 것 같은 점마저 엿볼 수 있으며, 또 동정심을 마치 유정(油井)처럼 분별없이 분출시켜 때로는 상대방을 몹시 당황하게 만드는 경우도 있다. 세상에는 그 같은 동정의 눈물에 푹 젖어 이제 나 같은 사람이라면 새삼 눈물을 흘릴 여지가 없는 그런 사람들도 있다. 스트릭랜드 부인도 그렇게 동정심을 베푸는 사람이었다. 그녀의 동정어린 말에 귀를 기울이면 오히려 이쪽이 상대방에게 은혜를 베풀고 있는 것 같은 기분이 들었다. 나의 젊은 혈기 때문이었겠으나 이 점을 로즈 워터퍼드에게 털어놓았더니 그녀는 이렇게 대답했다.

"우유란 맛있게 마련이고 거기다 브랜디라도 한 방울 떨어뜨리면 더 맛이 좋아지잖아요. 하지만 젖소 입장이 되어보세요. 누가 젖을 짜주었으면, 하고 바라는 거예요. 젖이 붓는다는 것은 굉장히 불편한 일이니까요."

로즈 워터퍼드는 신랄하기 이를 데 없는 독설가로, 이런 혹평을 그녀만큼 가할 수 있는 사람도 없었고, 또 그녀만큼 매력적인 표현으로 구사할 줄 아는 사람도 없었다.

스트릭랜드 부인에겐 또 한 가지 좋은 점이 있었다. 생활 환경을 언제나 우아한 분위기로 꾸며놓는다는 것이다. 아파트의 방은 항상 꽃으로 깨끗하게 장식해놓았고 응접실 의자를 씌운 천의 무늬도 화려하지는 않았지만 밝고 아름다웠다. 예술적 분위기가 물씬 풍기는 아담한 식당에서의 식사도 즐거웠다. 식탁도 훌륭하고 하녀들도 차림새가 깔끔하고 귀여웠으며 음식도 맛있었다. 누가 보더라도 스트릭랜드 부인은 훌륭한 주부였다. 분명히 어머니로서도 손색이 없었을 것이다. 응접실에는 그녀의 아들과 딸 사진이 걸려 있었다. 아들인 로버트는 럭비 고등학교에 재학중이며 열여섯 살이었다. 운동복을 입고 크리켓 모자를 쓴 멋진 모습의 사진과 연미복에 빳빳한 칼라 차림의 사진이 나란히 놓여 있었다. 소년은 어머니를 닮아, 자연스럽고 시원한 이마와 사색적인 아름다운 눈을 지니고 있었다. 단정하고 건강한, 성실한 소년 같았다. 언젠가 내가 그 사진을 바라보고 있으려 니 부인이 말했다.

"머리는 어떤지 모르지만 성품이 좋은 아이예요."

딸은 열네 살이며 어머니와 똑같은 짙은 갈색머리가 어깨 위로 보기 좋 게 늘어져 있었다. 게다가 인정 많은 표정과 침착하고 차분해 보이는 맑은 눈매도 어머니를 빼다박은 것 같았다.

"둘 다 어머니를 닮았군요."

"네, 남편보다는 저를 많이 닮았나 봐요."

"그런데 왜 남편 되시는 분은 제게 소개해주지 않으십니까?"

"정말 만나보고 싶으세요?"

그녀는 살며시 미소지어 보였다. 너무나 상냥한 미소였는데 거기다 얼 굴까지 발그레하게 붉혔다. 중년 부인이 그렇게 얼굴을 붉힌다는 것은 쉽 지 않은 일이었다. 아마 이런 순진한 면이 그녀의 가장 큰 매력이었는지 모 른다.

"하지만 남편은 문학하고는 거리가 먼 분이에요. 그야말로 정말 맹물이 에요."

말은 그렇게 했지만 조금도 나쁜 뜻은 아니었으며, 오히려 그녀의 말에 서는 자상한 애정마저 느껴졌다. 그것은 우선 남편의 가장 큰 결점을 인정 해놓고 친구들의 비난으로부터 남편을 보호하려는 것 같았다.

"증권 거래소에 다녀요. 전형적인 주식 중개인이죠. 만나보면 정말 지 루하고 답답하실 거예요."

"부인께서는 매일 그런 생각을 하고 계십니까?"

"그렇다면 어떻게 함께 살 수 있겠어요? 우린 부부예요. 그리고 나는 그이를 아주 좋아해요."

그녀는 부끄러움을 감추려는 듯 생긋 웃었다. 모르는 사이에 고백을 했으므로 나에게 놀림이나 받지 않을까 걱정하고 있는 것 같았다. 상대방이 로즈 워터퍼드였다면 틀림없이 그대로 넘어가지 않았을 것이다. 그녀는 잠깐 망설이는 듯 눈에 상냥한 빛을 띠었다.

"그이는 꾸밈이 없는 사람이라 증권 거래소에 나가면서도 돈하고는 인연이 없는 편이에요. 하지만 아주 마음씨 좋고 친절한 분이에요."

"그럼 저하고 마음이 잘 맞을 것 같군요."

"그러시다면 가까운 시일 안에 우리와 같이 식사하도록 해요. 하지만 이건 아셔야 해요. 본인 의사에 따라 만나게 해드리는 거니까 아주 따분한 저녁을 보냈다고 해서 저를 탓하시면 안 돼요."

6

이리하여 나는 찰스 스트릭랜드를 만나게 되었으나 그것은 다만 인사를 주고받는 정도의 기회밖에 되지 않았다. 어느 날 아침 스트릭랜드 부인에게서 전갈이 왔다. 만찬회를 열 예정인데 오기로 한 손님이 한 사람 못 오게 되었으니 나보고 대신 그 자리를 메워달라는 청이었다. 편지 내용은 다음과 같았다.

미리 말씀드립니다만, 퍽 지루하고 답답하실 겁니다. 원래 따분하고 재미없는 모임이지만 오늘 만찬회에 참석해주시면 정말 고맙겠습니다. 저와 둘이서 잠깐 이야기를 나눌 수도 있을 테니까요.

의리상으로도 거절할 수 없어서 나는 그녀의 초대를 받아들였다. 스트릭랜드 부인이 남편에게 나를 소개하자 그는 그저 무뚝뚝하게 손을 내밀었다. 그녀는 명랑한 얼굴로 남편을 쳐다보며 가벼운 농담을 한마디했다.

"이분을 초대한 건 나도 정말 남편이 있다는 걸 보여주기 위해서였어요. 글쎄 이분은 내게 남편이 있다는 사실을 믿지 않는 것 같아서요."

스트릭랜드는 자기도 예의상 웃어야겠다는 표정으로 가볍게 웃어 보였을 뿐 아무 말도 하지 않았다. 그리고 새로 손님이 들이닥치는 바람에 손님 접대에 쫓기어 결국 나는 혼자 남게 되었다. 이윽고 손님이 다 모여 식사가 시작되기를 기다리는 동안 나는 내가 안내하게 되어 있던 부인과 이야기를 나누었는데, 문명인들이란 그렇지 않아도 짧은 인생을 어째서 이렇게 지루한 모임으로 낭비하는지 모르겠다는 생각이 들었다.

그날 밤 모임은 초대한 쪽이나 초대받아 온 쪽이나 왜 일부러 초대하고 초대받았는지 알 수 없을 만큼 맹숭맹숭한 파티였다. 참석 인원은 열 사람이었는데, 처음부터 모여봤자 별로 이렇다 할 관심도 없고 헤어지고 나서야 오히려 마음이 편한, 순전히 사교적인 모임에 지나지 않았다. 스트릭랜드 부인 쪽에서도 그다지 마음 내키는 일이 아니었지만, 다만 저녁식사 빚이 있기 때문에 그것을 갚는 뜻에서 초대했을 뿐이며, 손님 쪽에서도 그런 의미로 초대에 응했을 뿐이었다. 손님들 입장에서 보면 부부끼리 마주앉아 먹는 권태로운 식사에서 오랜만에 벗어나고 싶은 마음에, 또 하인들에게 잠시라도 쉴 시간을 줄 수 있고 무엇보다도 거절할 만한 이유도 없으며 자기네들도 만찬에 초대한 일이 있으니까 당연히 초대받을 권리가 있다는 것 정도가 참석하게 된 이유인지도 모른다.

식당은 꽉 차서 불편할 정도였다. 참석한 손님은 왕실 변호사 부부, 어느 정부 관리 부부, 스트릭랜드 부인의 언니와 그 남편인 맥앤드루 대령, 그리고 어느 하원의원 부인과 나였다. 내가 초대된 것은 하원의원이 국회를 빠져나올 수 없게 되었기 때문이었다. 어쨌든 너무 고상한 파티였다. 지나치게 고상해서 부인들은 화려한 옷차림도 하지 못한 채 너무 자기 자신에게 신경쓰는 나머지 마음대로 웃지도 즐기지도 못하고 있었다. 남자들은 경직된 자세로 앉아 있었으나 대체로 모두 만족스러운 듯 보였다.

그러나 저마다 어떻게든 파티를 잘 이끌어가고 싶다는 마음에서 여느 때보다 큰 소리로 떠들어댔으므로 식당 안은 매우 시끄러워졌다. 하지만 모두 함께할 수 있는 공통의 화제는 없어서 옆 사람하고만 이야기를 나누고 있었다. 제각기 수프와 생선, 앙트레를 먹을 때는 오른쪽 사람과, 그리고 구운 고기 요리와 디저트가 나올 때는 왼쪽에 앉은 사람과 이야기를 나누었다. 정치 이야기, 골프 이야기, 아이들 이야기, 지금 상연되고 있는 연극 이야기, 왕립 미술관에 전시된 그림 이야기, 날씨, 휴가 계획 등 이야기는 계속되었고 갈수록 더욱더 소란스러워졌다. 스트릭랜드 부인은 속으로 파티가 성공적이었다고 기뻐했을는지도 모른다. 그녀의 남편도 자신의 역할을 제대로 하고는 있었지만 아마 말수가 적은 탓이었는지 파티가 끝나갈 무렵에는 양 옆에 앉았던 부인들의 얼굴에 피곤한 기색이 역력했다. 여자들은 그를 다루기가 힘겨운 눈치였다. 한두 번 스트릭랜드 부인의 조금 걱정스러운 눈길이 남편에게 가서 머물렀다.

마침내 그녀는 자리에서 일어나 부인들을 식당에서 데리고 나갔다. 스트릭랜드는 아내를 내보낸 뒤 문을 닫고 식탁 맞은쪽 끝으로 가 왕실 변호사와 정부 관리인 사이에 자리잡고 앉아 붉은 포도주를 한 잔씩 돌린 다음 궐련을 권했다. 왕실 변호사가 포도주 맛을 칭찬하자 그는 그 술을 입수한 경위를 말했다. 그러자 포도주와 궐련 이야기가 한바탕 화제에 올랐다. 변호사는 현재 맡고 있는 사건에 대해 이야기했고 대령은 폴로 이야기를 꺼냈다. 나는 할 이야기가 없었으므로 가만히 앉아, 되도록 관심있는 듯한 표정으로 이야기를 듣고 있었다. 그리고 나 같은 사람은 안중에도 없는 것 같았으므로 그 기회에 스트릭랜드를 자세히 관찰할 수 있었다. 그는 생각했던 것보다는 몸집이 큰 남자였다.

무엇 때문에 나는 그때까지 그를 야위고 보잘것없는 남자로만 생각해왔는지 모르겠지만 만나보니 어깨가 딱 벌어져서 늠름하고 손발이 큰 남자로, 파티복을 어색하게 걸치고 있었다. 잘생긴 얼굴은 아니었다. 그렇다고 추남도 아니었다. 이목구비는 번듯했으나 그것이 지나치게 커서 균형이 잘 맞지 않는 느낌이었다. 면도를 말끔히 한 탓에 큰 얼굴이 더 커 보였다. 붉은 기가 도는 머리를 짧게 깎았으며 푸른색 같기도 하고 잿빛 같기도 한 작은 눈을 지니고 있었다. 전체적으로 보아 그저 평범하다는 느낌이었다. 그리고 스트릭랜드 부인이 남편에 대해 어느 정도 열등감을 느끼고 있는 것을 이해하게 되었다. 예술이나 문학 세계와 조금이라도 관계를 가져보려는 여자에게 그렇게 자랑거리가 될 만한 남편은 못 되었던 것이다. 아무리 보아도 사교적 재능은 없는 인물이었다. 그런 점은 고사하고라도 평범함에서 벗어난 특색이라고는 아무 것도 없었다. 요컨대 선량하고 정직하지만, 재미있지도 않고 멋대가리도 없는 한낱 평범한 남자에 불과했다. 사람은 좋아 보이지만 도저히 사귀어보고 싶은 마음은 들지 않는 별 도움이 못 되는 남자였다. 아마도 그는 가치 있는 한 시민이며 선량한 남편이자 아버지이고 성실한 주식 중개인이었겠지만, 그렇다고 해서 일부러 상대해 시간을 허비할 이유는 없어 보이는 사람이었다.

7

계절이 바뀌어 마침내 여름이 되기 시작하자 내가 아는 사람들은 다들 피서 준비를 하고 있었다. 스트릭랜드 부인도 가족들과 함께 노퍽 해안으로 떠날 예정이라고 했다. 아이들이 해수욕하기에도 편리했고 남편이 골프를 치기에도 적격이었기 때문이다. 우리는 작별 인사를 나누고 가을에 다시 만나기로 약속했다. 나 역시 어디론가 떠날 예정이었다. 그런데 마침 런던을 떠나려던 그날 백화점 앞에서 나는 아이들을 데리고 백화점에서 나오는 스트릭랜드 부인을 만났다. 나와 마찬가지로 그녀 역시 런던을 떠나기 전에 필요한 물건을 사러 나온 것이었다. 모두 더위에 지쳐 있었으므로, 나는 함께 공원에 가서 아이스크림이라도 먹자고 했다. 스트릭랜드 부인은 나에게 아이들을 보이고 싶었던 모양인 듯, 두말 없이 응했다. 아이들은 사진에서 본 것보다도 훨씬 더 귀여워서 그녀가 자랑할 만도 했다. 내가 아직 젊었기 때문인지 아이들도 수줍음을 타지 않고 계속 여러 가지 즐거운 이야기들을 해주었다. 참으로 귀엽고 건강한 아이들이었다. 우리는 공원의 나무 그늘 아래서 무척 즐거운 시간을 보냈다.

한 시간 남짓 있다가 모두 마차를 타고 돌아가자 나는 늘 다니던 클럽까지 혼자 터벅터벅 걸어갔다. 아마 나도 모르게 외로운 기분이 들었는지도 모른다. 실은 어느 정도 부러운 마음으로 조금 전에 본 단란한 생활을 생각하고 있었다. 그들은 서로를 진정으로 사랑하고 아껴주는 것 같았다. 남이 보기에는 무엇이 우스운지 전혀 알 수 없는, 자기들끼리만 살짝 통하는 농담을 주고받으며 즐거운 듯 웃어댔다. 무엇보다도 대화의 발랄함을 중히 여기는 입장에서 본다면 찰스 스트릭랜드는 재미없고 지루한 사람임에 틀림없지만 그의 생활에는 그 정도의 머리가 적합했으며 그것만으로도 남부럽지 않은 성공은 물론, 행복까지도 마음놓고 차지할 수 있었다. 스트릭랜드 부인은 사랑스러운 아내였고 게다가 남편을 진심으로 사랑하고 있었다. 아무 걱정 없는 정직하고 남부럽지 않은 생활과 건강하고 명랑한 두 아이가 있어, 그들이 속한 민족과 사회적 지위의 정통을 이어나가는 것을 미리부터 기대할 수 있다는 그 자체만으로도 의미 있는 것이라고 나는 마음 속으로 그려보고 있었다. 그들 부부는 서서히 늙어가고 아들과 딸도 성년이 되어 제각기 결혼을 하게 될 것이다. 한쪽은 아름다운 처녀가 되어 남자답고 잘생긴 청년, 아마도 틀림없이 군인과 결혼하여 결국은 건강한 어머니가 될 것이다. 그리고 아들도 건강하고 예쁜 처녀를 얻게 될 것이다. 그럼 늘그막에는 둘 다 편안한 생활을 하게 되고 자식과 손자들에게 둘러싸여 어떤 식으로든 의미 있는 행복한 생애를 보내며 오래오래 살다 저세상으로 떠나게 될 것이다.

틀림없이 이것이 수많은 세상 부부들이 걷는 인생사일 것이고, 그 생활 속에서는 그런 대로 소박한 아름다움마저 엿볼 수 있다. 그것은 마치 상쾌한 나무 그늘로 뒤덮인 초원 사이를 흐르다가 그곳을 지난 다음 소리도 없이 굽이쳐 흘러 마침내 큰 바다에 이르는 조용한 시냇물을 연상케 한다. 그러나 그 바다가 너무도 고요하고 냉담하여 사람은 갑작스레 뭐라 말할 수 없는 불안감에 사로잡히게 된다. 절대 다수의 세상 사람들이 살아가는 그러한 생존 양식에 어딘가 잘못된 점이 있다고 느꼈던 것은 아마 그 무렵부터 내 가슴속에 자리잡고 있던 천성 탓이었는지도 모른다. 나도 그런 생활이 지니는 사회적 가치는 인정했고, 또 그러한 안일한 행복을 모르는 바는 아니었지만, 나에겐 어딘가 모르게 좀더 위험스럽게 살아보고 싶은 욕망이 깃들어 있었다. 그리고 그러한 안일한 인생의 기쁨 속에는 경계해야 할 그 무엇이 숨어 있는 것 같은 기분이 들었다. 단지 나로서는 어떤 변화, 또는 어떤 뜻밖의 일에 부딪힐지도 모르는 암초나 마음놓을 수 없는 얕은 여울목도 두려워하지 않을 각오가 되어 있었다.

8

이것으로 스트릭랜드 집안 식구들을 두루 소개한 셈인데, 다시 읽어보니 내 기억 속에서도 그 인물들의 모습이 어렴풋하게 남아 있는 것 같다. 그들의 뚜렷한 개성을 전혀 묘사하고 있지 못하기 때문이다. 그래서 이것은 어쩌면 나의 관찰이 모자라서 그런 게 아닌가 하고 그들의 모습을, 눈앞에 보는 듯한 특이한 점을 어떻게든지 기억해내려고 머리를 쥐어짜보는 것이다. 기이한 말투라든가 남과 다른 묘한 버릇 같은 것을 지적함으로써 그들에게 개성을 부여할 수 있으리라는 생각이 들기 때문이다. 그렇게라도 하지 않는다면, 마치 색바랜 비단 벽걸이 속에 들어 있는 인물들처럼, 인물과 배경의 구분이 뚜렷하지 않고 좀 떨어진 곳에서 보면 그 형태 자체를 알아볼 수 없는 한낱 보기 좋은 색채만을 느끼게 될 것 같다. 변명 같아서 미안한 말이지만, 그러나 그들이 나에게 준 인상은 바로 그런 것이었다. 세상에는 완전히 사회 속에 머물고 그 속에서라기보다 다만 그것에 의해서만 살아가는 흐릿한 그림자 같은 사람들이 많은 법인데, 그들도 마치 그런 흐릿한 그림자였던 것 같다.

이 같은 사람들은 유기체 속의 세포와 같은 존재로 없어서는 안 될 요소임에는 틀림없지만 건강을 유지하는 동안은 보다 더 중요한 유기체 전체 속으로 휘말리어 결국 그림자 같은 존재에 불과한 것이다. 스트릭랜드 집안은 중산층 중에서도 본보기 같은 가정이었다. 문단의 인기 작가를 좋아하는 순수한 취향의 명랑하고 손님 접대를 잘하는 아내, 자비로운 신이 마련해준 생활 속에서 만족하며 자신의 본을 다하고 있는 약간 무뚝뚝한 남편, 귀엽고 건강한 두 아이들…… 참으로 평범한 가정이었으며, 특별히 호기심 많은 세상 사람들의 이목을 끌 만한 점은 하나도 없었다.

그 뒤 얼마 후에 일어난 모든 일들을 생각해보아도, 당시의 찰스 스트릭랜드에게서 뭔가 특이한 점을 하나쯤은 발견했을 법한데, 그토록 아무 것도 알지 못한 나 자신이 참으로 어리석었다는 생각이 든다. 필경 그랬을 것이다. 그러나 그때와 지금은 나의 사람 보는 눈도 상당히 달라졌다고는 생각되지만, 비록 스트릭랜드 집안 사람들을 처음 만났을 때, 사람 보는 눈이 지금만큼 예리했다 하더라도 역시 마찬가지였을 것이다. 단지 그 후에 겪은 경험에 의해 인간이란 얼마나 예측할 수 없는 존재인가를 알았기 때문에 지금의 나로서는 그 해 가을 런던에 돌아와서 듣게 된 소식에도 아마 그토록 놀라지는 않았을 것이다. 돌아온 지 하루도 채 되기 전에 나는 저민 거리에서 우연히 로즈 워터퍼드를 만났다.

"아주 기분 좋은 것 같군요. 무슨 좋은 일이라도 있나요?"

내가 묻자 그녀는 빙긋이 웃었다. 그녀의 미소에는 다소 심술궂은 빛이 감돌고 있었다. 어떤 친구의 스캔들을 듣고 난 뒤의 모습으로 여류작가다운 예민함을 잔뜩 곤두세운 표정이었다.

"찰스 스트릭랜드 씨를 만난 일이 있죠?"

웬일인지 그녀의 얼굴뿐 아니라 몸 전체에서 야릇한 생기가 발산되고 있었다. 나는 고개를 끄덕이며 그 불쌍한 사람이 직장에서 쫓겨나거나 아니면 무슨 사고라도 당한 건 아닌가 생각했다.

"정말 놀라운 일이에요! 그 사람이 글쎄 부인을 버리고 집을 뛰쳐나갔어요."

미스 워터퍼드도 거리 한복판에서 그런 이야기를 길게 할 수는 없다는 것을 생각했는지, 자못 작가답게 그 얘기만을 알리고, 그 밖의 자세한 사정은 일체 모른다고 딱 잡아뗐다. 아무리 길거리라고는 해도 그런 말을 하지 못하는 여자라곤 도저히 생각할 수 없었지만 어쨌든 그녀는 막무가내로 입을 다물었다.

"난 정말 아무 것도 몰라요."

이쪽에서 다그쳐 묻는 질문에 그렇게 대답하더니 그녀는 자못 우습다는 듯 몸을 움츠리며 말을 이었다.

"뭐, 시내 어느 찻집에서 일하던 젊은 여자가 바로 얼마 전에 찻집을 그만두었을지도 모르지요."

그녀는 나를 보고 생긋 웃더니 치과에 갈 약속이 있다며 쾌활한 발걸음으로 사라져버렸다. 나는 걱정보다는 오히려 흥미를 느꼈다. 그 무렵 나는 아직 직접 겪은 인생 경험이 적었기 때문에 어쩌다 아는 사람들한테 소설 속에 나오는 것과 같은 사건이라도 일어나면 몹시 흥분하곤 했었다. 솔직히 말해서 지금의 나는 아는 사람 사이에 이런 사건이 일어났다 해도 아무렇지 않게 되었지만, 그때는 다소 충격을 받았다. 스트릭랜드는 분명히 40세였을 것이다. 그런 나이에 연애 사건을 일으키는 것은 추태라고 생각했다. 나는 그 무렵, 젊음의 시건방진 생각에서 남자가 남의 웃음거리가 되지 않고 연애를 할 수 있는 나이를 35세 정도라고 생각했었다.

게다가 그 소식을 듣고 내심 나는 약간 당황했었다. 왜냐하면 시골에서 스트릭랜드 부인에게 가까운 시일 안에 런던으로 돌아간다는 편지를 쓰고 그 끝에다 이렇다 할 답장이 없는 한 어느어느 날짜에 찾아가겠으니 차라도 한 잔 대접해달라고 덧붙여 썼기 때문이다. 더구나 그날이 마침 그 약속한 날짜였다. 스트릭랜드 부인으로부터는 아무런 회답이 없었다. 지금 그녀가 과연 나를 만나고 싶어할까? 틀림없이 이번 사건으로 내 편지에 대한 일은 다 잊어버리고 말았을 것이다. 차라리 찾아가지 않는 편이 더 좋을 것이다. 또 그녀로서는 이번 사건을 외부로 알리고 싶어하지 않을지도 모른다. 그 뜻밖의 소문이 이미 내 귀에 들어왔다는 눈치를 보이는 것은 매우 분별없는 짓이 될 것이다. 약속을 어겨 마음씨 좋은 부인의 감정을 상하게 하는 것도 두렵고, 그렇다고 폐를 끼치기도 뭣하여 나는 어떻게 해야 좋을지 알 수가 없었다. 그녀가 무척 괴로워하고 있으리라는 생각은 들었지만 나로서는 도와줄 수도 없는 처지라 그런 모습을 보는 것도 싫었다. 그러나 마음 한구석에서는 다소 안됐다고 생각하면서도 그녀가 그 괴로움에 어떻게 대처하고 있는지 보고 싶기도 해서 나는 도무지 마음을 결정할 수가 없었다.

그러다 결국 모르는 체하고 찾아가 하녀에게 스트릭랜드 부인의 형편을 물어보는 것이 좋겠다고 생각했다. 부인이 나를 문 앞에서 돌려보낼 수도 있으리라는 생각이 들었다. 그러나 문 앞에 나온 하녀에게 미리 준비해 간 말을 막상 전하고 나자 거북해서 죽을 지경이었다. 어두운 현관에서 대답을 기다리며 나는 당장에라도 도망치고 싶은 마음을 가까스로 참고 있었다. 하녀가 다시 나왔다. 긴장된 나의 눈에 비친 하녀의 태도로 보아 집안에 들이닥친 비극을 완연히 알 수 있었다.

"들어오세요."

하녀가 말했다. 그리고 나는 응접실로 안내되었다. 블라인드가 반쯤 내려져 있어 방은 조금 어두웠다. 스트릭랜드 부인은 창문을 등지고 앉아 있었다. 그녀의 형부인 맥앤드루 대령이 불이라도 쬐는 듯한 자세로 불도 없는 벽난로 앞에 서 있었다. 공연히 왔다는 생각이 들었다. 두 사람에게는 나의 방문이 뜻밖이었던 모양인 듯 부인은 약속을 뒤로 미루는 것을 잊었기에 할 수 없이 나를 맞아들인 것 같았고, 대령은 왜 하필 이럴 때 찾아왔나 하고 귀찮아하는 것 같았다.

나는 애써 태연한 태도로 말했다.

"잊으셨는지 모르겠습니다만, 오늘 찾아뵙겠다고 하였기에……."

"물론 기다리고 있었어요. 곧 차를 준비하겠어요."

방을 어둡게 해놓았지만, 울어서 부어오른 스트릭랜드 부인의 얼굴을 보지 않을 수는 없었다. 그렇지 않아도 평소에 좋지 않았던 얼굴빛이 완전히 흙빛으로 변해 있었다.

"알고 계시죠, 저의 형부를? 여름 휴가 바로 전 만찬회에서 한 번 만나셨지요."

우리는 말없이 악수를 나누었으나, 나는 몹시 당황하고 있었다. 무엇부터 이야기해야 좋을지 몰라 쩔쩔매고 있으려니, 스트릭랜드 부인이 먼저 여름 휴가를 어떻게 보냈느냐고 물어 나를 곤경에서 구해주었다. 그 덕분에 차가 나올 때까지 그럭저럭 이야기를 이어나갈 수 있었다. 대령은 위스키 소다수를 갖다달라고 하면서 덧붙였다.

"에이미, 처제도 한 잔 들지."

"괜찮아요. 저는 차로 하겠어요."

이것이 불행한 사건이 일어나고 있다는 사실을 알려주는 최초의 말이었다. 나는 일부러 아무 것도 모르는 체하고 되도록 스트릭랜드 부인을 이야기에 끌어들이려고 애썼다. 대령은 여전히 벽난로 앞에 서서 아무 말이 없었다. 나는 예의를 지키면서 자리를 뜨려면 어느 때쯤 일어나야 할까 생각하고 있었다. 그런데 문득 스트릭랜드 부인은 도대체 어쩌려고 이런 자리에 나를 들어오라고 했는지 알 수 없는 기분에 사로잡혔다. 방에는 꽃 한

송이 없었고 여름 휴가 전에 넣어두었던 여러 가지 물건들도 아직 꺼내놓지 않은 상태였다. 언제나 그처럼 친근하던 방이 지금은 왠지 모르게 서먹서먹했으며, 벽 건너편에 시체라도 누워 있는 듯한 묘한 기분까지 들었다. 나는 차를 다 마셨다.

"담배라도 한 대 피우시겠어요?"

그렇게 말하고 부인은 사방을 둘러보며 담배 상자를 찾았으나 상자는 보이지 않았다.

"담배가 없나 봐……."

그녀는 갑자기 왈칵 울음을 터뜨리더니 방에서 나가버렸다. 나는 깜짝 놀랐다. 지금 생각해보니 언제나 그녀의 남편이 사오던 담배가 그곳에 없었으므로 자연히 남편 생각이 났는지도 모르며, 그에 따라서 이제껏 몸에 배었던 가정 생활의 조그만 즐거움이 완전히 사라진 것을 느끼고 갑작스런 슬픔이 치솟았을 것이다. 지난날의 생활도 이것으로 끝이구나, 하고 생각했을 것이다. 더 이상 체면 같은 것을 차릴 여유가 없었을 것이다.

"저는 이제 돌아가는 게 좋을 것 같군요."

대령에게 말하고 나는 자리에서 일어났다. 그러자 갑자기 감정을 폭발시키며 대령이 외쳤다.

"그 불한당 같은 녀석이 처제를 버리고 도망쳤어요. 당신도 그 얘기 들으셨겠죠?"

나는 어떻게 대답해야 할지 몰라 잠시 주저했다.

"세상이란 본디 말이 많은 곳이라 뭔가 일이 일어났다는 것을 들어서 알고는 있습니다만……."

"웬 여자와 손잡고 파리로 도망쳤어요. 에이미에게는 동전 한 푼 남겨 놓지 않고!"

"정말 안됐군요."

나는 뭐라고 얘기해야 좋을지 알 수가 없었다. 대령은 위스키 잔을 단숨에 비웠다. 그는 키가 크고 야윈 쉰 살쯤 된 남자로, 축 늘어진 코밑 수염에 머리는 반백이었다. 푸르스름한 눈과 허약해 보이는 입매를 지니고 있었다. 처음 만났을 때 그가 바보스러운 얼굴로 퇴역하기 10년 전부터 매주 사흘을 빼놓지 않고 폴로를 하고 있다며 자못 자랑스러운 듯 떠벌리던 일이 생각났다.

"제가 있으면 오히려 부인께 폐가 될 것 같군요. 정말 뭐라 드릴 말씀이 없다고 부인께 꼭 전해주십시오. 혹시 제가 할 수 있는 일이 있다면 무슨 일이건 기꺼이 도와드리고 싶다고 전해주세요."

그러나 그는 내가 하는 말에는 조금도 귀를 기울이지 않는 것 같았다.

"도대체 처제는 앞으로 어떻게 될까요? 애가 둘이나 있는데…… 공기만 마시고 살 수도 없을 테고…… 벌써 17년이나 되었는데……."

"17년이라뇨?"

"결혼한 지 그렇게 되었다는 말입니다."

그가 내뱉듯이 말을 이었다.

"나는 처음부터 그자가 못마땅했지만 동서니까 되도록 참아왔어요. 당신도 그 사람을 설마 신사라고는 생각지 않으셨겠죠? 그런 남자와 결혼한 것이 큰 잘못이었던 겁니다."

"하지만, 이것으로 두 분 사이의 모든 것이 끝난 건 아니잖습니까?"

"이제 처제로서는 이혼할 일밖에 없어요. 실은 아까 당신이 방에 들어왔을 때도 그 이야기를 하고 있었지요. 당장 이혼 소송을 제기하라고 했어요. 그렇게 하는 것이 자신은 물론 아이들을 위해서 옳다고 말입니다. 그 녀석 조심해야 할 겁니다. 내 눈에 띄기만 하면 절반 죽을 정도로 흠씬 두들겨패줄 테니까!'

그러나 내가 본 스트릭랜드는 억세고 우람한 남자였으므로, 안된 말이지만 맥앤드루 대령의 손으로는 감당하기 힘들 거라는 생각이 들었다. 하지만 물론 그런 말은 입 밖에 내지 않았다. 죄인을 혼내고 싶은 도덕가가 격분하여도 악인을 단단히 혼내줄 완력이 없으면 옆에서 보고 있는 쪽에서는 언제나 괴로운 노릇이다. 이번에야말로 자리를 떠야겠다 결심하고 있는데, 스트릭랜드 부인이 돌아왔다. 눈물을 깨끗이 닦고 콧잔등에 새로 분까지 바르고 있었다.

"눈물까지 보여서 정말 미안해요. 하지만 아직 계셔주셔서 고마워요."

이렇게 말하고 그녀는 자리에 앉았다. 나는 무슨 말을 해야 좋을지 난감했다. 어쩐지 마음이 내키지 않았고 나와 전혀 관계 없는 일에 나서고 싶지 않았다. 그때만 해도 나는 들어주는 사람만 있으면 상대방이 누구이건 가리지 않고 자신의 사생활을 털어놓는 여자들이 흔히 빠지기 쉬운 죄악을 아직 모르고 있었다. 스트릭랜드 부인은 애써 그런 기분을 자제하고 있는 것 같았다.

"사람들은 뭐라고 이야기하나요?"

그녀가 물었다. 마치 내가 그녀의 가정에 들이닥친 불행에 대해 모든 것을 알고 있는 것으로 추측하는 것 같아서 나는 당황하지 않을 수 없었다.

"시골에서 돌아온 지 얼마 안 되어서요. 만난 사람이라고는 워터퍼드 양밖에 없습니다."

그 말을 듣자 스트릭랜드 부인은 두 손을 확 맞잡았다.

"그럼 그 여자가 뭐라고 했어요?"

내가 대답하기를 망설이자 그녀는 강조하듯 재차 물었다.

"꼭 알고 싶어요."

"어쨌든 세상 소문이란 다 그렇고 그런 게 아닌가요? 그녀라고 예외는 아니지요. 뭐 주인께서 집을 나가셨다는 말을 하긴 하더군요."

"다만 그 말뿐이던가요?"

나는 로즈 워터퍼드가 헤어질 때 찻집 여자 이야기를 조금 내비쳤던 일을 그 자리에서 굳이 말하고 싶지는 않았다.

"그 밖에 또 제 남편이 누구하고 같이 도망쳤다는 식의 이야기는 하지 않던가요?"

"아뇨……."

"그래요. 그것을 물어보고 싶었을 뿐이에요."

나는 뭔가 좀 마음에 걸렸지만 어쨌든 이쯤에서 자리를 떠도 좋으려니 생각하고, 스트릭랜드 부인에게 손을 내밀어 악수를 청했다.

"만일 도와드릴 수 있는 일이 있다면 기꺼이 돕겠습니다."

내 말에 그녀는 쓸쓸한 미소를 지어 보였다.

"정말 고맙습니다. 하지만 누군가의 도움을 받을 수 있는 일인지 어떤지 잘 모르겠군요."

판에 박은 위로의 말을 할 생각은 없었으므로 나는 돌아서서 대령에게 작별 인사를 했다. 그러자 대령은 내 손을 잡지도 않은 채 서둘러 말했다.

"나도 지금 갈 겁니다. 빅토리아 거리 쪽으로 간다면 함께 갑시다."

"좋아요. 같이 가시지요."

나도 재빨리 대답했다.

9

"아무래도 보통 일이 아니에요."

밖으로 나오자마자 대령은 곧바로 다시 얘기를 시작했다. 그가 함께 따라나온 것은 조금 전까지 그의 처제와 몇 시간에 걸쳐 논의했던 문제를 이번에는 나와 한번 되풀이하려는 속셈에서였다는 것을 알 수 있었다.

"그 여자가 누구인지 아직 몰라요. 그저 불한당 같은 녀석이 파리로 도망쳤다는 사실밖에는."

"두 분 사이가 퍽 좋은 것 같았는데요."

"좋았죠. 당신이 들어오기 바로 전만 해도 처제가 그러더군요. 부부가 된 뒤 지금까지 말다툼 한 번 한 일이 없다고 말입니다. 게다가 당신도 알지요. 이 세상에 처제만큼 마음씨 고운 여자도 좀처럼 없을 겁니다."

상대방이 이렇게 자진해서 속 이야기를 해왔으므로 나는 몇 가지 물어봐도 괜찮을 것 같은 생각이 들었다.

"설마 부인께서 사전에 전혀 눈치를 못 챘던 것은 아니겠죠?"

"아니요. 전혀 그런 건 눈치채지 못했답니다. 그 사람 8월에는 처제와 아이들과 함께 노픽에서 보냈어요. 그때만 해도 달라진 데라곤 전혀 없었다는군요. 나도 아내를 데리고 며칠 그곳에 가서 함께 골프를 친 일이 있어요. 9월이 되자 그 사람은 동업자에게 휴가를 줘야 한다며 먼저 런던으로 돌아갔고 처제는 계속 남아 있었던 거죠. 6주간 계약으로 시골집을 임대해 쓰고 있었으니까요. 기한이 끝나기 직전에 남편에게 며칠 뒤 런던으로 돌아가겠다고 편지를 쓴 모양이에요. 그런데 글쎄 그 답장이 엉뚱하게 파리에서 날아왔다지 뭡니까. 더구나 그것이 이제 부부 생활을 청산하겠다는 결심까지 쓴 편지였어요."

"이유가 씌어 있었습니까?"

"그것이 글쎄, 이유는 전혀 없었어요. 나도 그 편지를 봤지만 겨우 열 줄도 안 되는 간단한 내용이었어요."

"정말 이상한 일이군요."

우리는 마침 길을 건너야 했으므로 이야기가 끊어졌다. 나는 조금 전 대령의 이야기가 아무래도 믿어지지 않았다. 혹시 스트릭랜드 부인이 그녀 나름대로 어떤 이유가 있어 형부에게 진상을 어느 정도 숨기고 있는 것이 아닌가 하는 생각이 들었다. 17년이나 결혼하여 살아온 남자가 아내를 버리는 데는 어딘가 부부 사이가 순조롭지 않다는 것을 아내 쪽에서도 눈치챌 만한 무슨 일이 있었을 것이다. 대령이 나를 쫓아오며 말을 이었다.

"물론 여자하고 도망쳤다는 것 말고 무슨 이유가 있겠어요? 자기 아내보고 혼자서 그 이유를 생각해보라는 것인데 그 녀석은 그러고도 남을 녀석이니까요."

"부인께선 어떻게 하실 작정인가요?"

"뭐니뭐니해도 먼저 확실한 증거를 잡아야겠죠. 그래서 내가 직접 파리로 가볼 생각입니다."

"그러면 증권 거래소 일은 어떻게 하고 그런 행동을 했을까요?"

"그것이 바로 그 녀석의 교활한 점이에요. 작년부터 몰래 청산해왔던 게 틀림없어요."

"그래, 동업자에겐 그만두겠다는 말을 미리 했었답니까?"

"말 한마디 없었답니다."

대령도 사업 일은 대충밖에 몰랐고 나 역시 전혀 모르는 처지였으므로 스트릭랜드가 일에서 어떻게 손을 떼게 되었는지는 전혀 알 수 없었다. 다만 배신당한 동업자가 머리끝까지 화가 나 소송이라도 하겠다고 나섰으며, 모든 것을 정리해도 동업자 쪽에서 4, 5백 파운드 손해를 보게 된다는 말이었다.

"하지만, 아파트 가재 도구가 처제 이름으로 되어 있어 그래도 다행이에요. 어쨌든 그것만은 처제 것이 될 테니까."

"부인께서 진짜 무일푼이 되었다는 말입니까?"

"네, 그래요. 처제가 가지고 있는 것이라고는 이제 2, 3백 파운드의 돈과 그 가재 도구뿐이니까요."

"그럼 부인께선 앞으로 어떻게 살아가실 작정이신가요?"

"그걸 누가 압니까? 하나님외에는……."

사건이 점점 복잡한 부분에 이르자 대령은 분을 참지 못하고 함부로 욕설을 퍼부었으며, 듣고 있는 나로선 사정이 이해되기는커녕 오히려 뭐가 뭔지 더욱 알 수가 없었다. 그러나 대령이 문득 육해군 백화점의 시계탑을 올려다보고는 클럽에서의 트럼프 놀이 약속을 생각해내 세인트 제임스 공원을 빠져나갔고, 나도 그제야 그에게서 풀려나게 되었다.

10

그로부터 며칠이 지난 어느 날, 스트릭랜드 부인에게서 편지가 왔다. 저녁식사 후 잠깐 들러달라는 전갈이었다. 가보니 그녀 혼자 있었다. 엄숙할 만큼 검소한 검은 드레스는 버림받은 여인의 슬픔을 암시하고 있었다. 나는 아직 순진했던 만큼 그녀가 마음의 슬픔을 억누르고 그녀 나름대로 자신의 상황에 맞게 옷차림을 바꾼 것을 보고 다소 놀랐다.

"뭐든 부탁드리면 도와주시겠다고 요전에 말씀하셨죠?"

그녀가 말했다.

"네, 그렇게 말씀드렸지요."

"그럼 죄송하지만, 파리에 가서 찰리를 만나주시지 않겠어요?"

"제가 말입니까?"

나는 당황했다. 그녀의 남편하고는 딱 한 번밖에 만나지 않았는데, 나로선 부인의 생각을 이해할 수 없었다.

"프레드는 자기가 가겠다는 거예요."

프레드란 맥앤드루 대령을 말한다.

"하지만 그분이 가면 오히려 곤란해요. 일을 나쁘게 만들어놓기만 할 거예요. 그렇다고 달리 부탁드릴 만한 사람이 없어서요."

그녀의 목소리는 조금 떨리고 있었고, 나는 더 이상 입을 다물고 있는 것은 너무 잔인하다는 생각이 들었다.

"그러나 저는 부인의 남편과는 언젠가 한 번 만나 인사만 나누었을 뿐이라, 남편께서는 저를 알아보지도 못할 겁니다. 가봤자, 문간에서 쫓겨나기 쉬울 겁니다."

"그런 일쯤이야 그냥 받아넘겨주실 수 없겠어요?"

그녀가 미소를 띠며 말했다.

"그럼 제게 원하시는 일이 정확히 어떤 것인가요?"

그러나 부인은 내 질문에 직접적으로 대답하지는 않았다.

"남편이 당신을 잘 모른다는 사실이 오히려 더 나을 것 같아요. 그이는 원래 형부를 싫어했어요. 바보 취급하면서, 어쨌든 군인을 별로 좋아하지 않았던 사람이니까요. 그러니까 형부가 가게 되면 보나마나 싸움이 벌어질 거예요. 그렇게 되면 사태는 좋아지기는커녕 오히려 나빠지는 것이 고작일 거예요. 하지만 당신이 저를 대신해 일부러 찾아왔다고 하면 그이도 조금은 귀를 기울여줄 거예요."

"부인을 알게 된 지도 얼마 되지 않았고 게다가 자세한 사정도 잘 모르는데 이런 문제를 떠맡으라니 아무래도 좀 어려운 일이 아닐까요? 저 역시 주제넘게 뛰어들고 싶지는 않군요. 왜 부인이 직접 남편을 만나러 가시지 않습니까?"

"그이가 혼자가 아니라는 것을 아셔야 해요."

이렇게 말하는 데는 나도 대꾸할 말이 없었다. 나는 파리로 찰스 스트릭랜드를 찾아가 명함을 내밀었을 때 그가 그것을 엄지손가락과 둘째손가락

사이에 살짝 끼워들고 방으로 들어가, 우리가 이런 말을 주고받는 장면을 상상해보았다.

(그래, 나를 찾아오신 이유는 무엇인가요?)

(댁의 부인 일로 좀 드릴 말씀이 있어서요.)

(아, 역시 그렇군요. 하지만 당신도 좀더 나이를 먹으면 남의 일에 참견하지 않는 편이 현명하다는 것을 알게 될 겁니다. 잠깐 고개를 돌려보시지요. 자, 저쪽이 나가는 문입니다. 그럼 이만 실례합니다.)

이런 식으로 나온다면, 위엄을 갖추고 그 자리를 물러나오기는 좀 어려울 것 같았다. 이럴 줄 알았으면 스트릭랜드 부인이 문제를 스스로 해결할 때까지 런던에 돌아오지 말걸, 하고 후회했다. 힐끗 쳐다보니 그녀는 깊은 생각에 잠긴 듯 고개를 숙이고 있었다. 그녀는 이내 나를 쳐다보고는 크게 한숨을 내쉬며 애써 미소지었다.

"정말 생각도 못해본 일이에요. 결혼한 지 17년이나 되었지만 찰리가 설마 다른 여자에게 빠지는 그런 사람인 줄은 꿈에도 생각지 못했어요. 지금까지 우리는 줄곧 사이좋게 살아오기도 했고요. 물론 나도 그이가 모르는 취미를 꽤 많이 갖고는 있었습니다만."

"그럼 부인께서는……."

나는 뭐라고 말을 이어야 좋을지 몰라 잠깐 주춤거렸다.

"남편과 함께 간 여자가 누구인지 알고 계시나요?"

"아뇨, 전혀. 아무 것도 짐작이 안 가는걸요. 정말 이상해요. 흔히 남자가 여자를 사귀게 되면 둘이서 식사를 한다든가 하는 일이 남의 눈에 띄어, 결국 그것이 아내의 친구나 아는 사람을 통해 아내 귀에 들어오게 마련이잖아요. 그런데 저는 전혀 그런 주의를 받아본 일이 없어요. 그러니까 그이의 편지는 저에겐 정말 날벼락 같았어요. 저는 그이가 완전히 행복하게 살고 있는 줄 알았으니까요."

그녀는 가엾게도 울기 시작했다. 정말 측은해 보였다. 잠시 뒤 그녀는 차차 마음을 가다듬고 눈물을 닦았다.

"하지만 지금 와서 울어봤자 무슨 소용이 있겠어요. 결국 중요한 문제는 앞으로 어떻게 해야 할 것인가를 결정하는 일이에요."

그리고 그녀는 도무지 두서없는 이야기를 꺼내기 시작했다. 얼마 전의 이야기를 하는가 하면 두 사람이 처음 만났던 일이며 결혼 생활에 대한 이야기를 하는 등 걷잡을 수 없이 오락가락했다. 그런 이야기를 듣고 있노라니, 이 부부의 생활이 한 장의 그림이 되어 나의 머릿속에 떠올랐는데, 그것은 내가 전부터 상상했던 것과 거의 비슷한 것이었다.

스트릭랜드 부인은 어느 인도 주재 공무원의 딸로, 아버지가 은퇴하자 깊은 산골로 이사해 살면서 해마다 8월이 되면 가족과 함께 이스트본을 찾아가 지내곤 했고, 그곳에서 그녀는 스무 살 때 처음으로 찰스 스트릭랜드를 만났다. 그는 그때 스물세 살이었다. 두 사람은 함께 테니스를 치기도 하고 바닷가 산책로를 걷기도 하고 흑인으로 분장한 순회 극단의 노래를 들으러 다니기도 했다. 이리하여 그녀는 그가 청혼해오기 1주일 전부터 이미 결혼하기로 마음먹고 있었다. 두 사람은 처음에 런던에서 살기로 하고, 햄스테드에 살다가 나중에 살림이 나아지자 시내로 옮겨왔다. 그리고 두 아이가 태어났다.

"그이는 두 아이를 무척 귀여워했어요. 그래서 아무리 내가 싫어졌다

해도 어떻게 저 아이들까지 버리고 갈 수 있었을까, 하는 생각이 들어요. 도저히 믿어지지 않아요. 지금도 사실 같지가 않아요."

그녀는 결국 파리에서 온 편지까지 보여주었다. 하긴 나도 벌써부터 그 편지가 몹시 보고 싶었지만 차마 먼저 보여달라는 말은 할 수가 없었다.

사랑하는 에이미
당신이 돌아왔을 때 아파트는 아무 이상이 없을 거요. 당신이 이른 대로 앤에게 말해두었으니까, 집에 도착하기 전까지는 당신과 아이들의 식사가 준비되어 있을 거요. 그러나 내가 집에서 당신과 아이들을 맞아줄 수는 없소. 이미 당신과 헤어져 살 결심으로 내일 아침 파리를 향해 떠날 예정이오. 이 편지는 파리에 도착한 다음 부치기로 하겠소. 이제 다시는 돌아오지 않겠소. 내 결심은 절대로 바뀌지 않을 거요.

찰스 스트릭랜드

"한마디 설명은커녕 미안하다는 말도 전혀 없으니, 아무리 생각해도 이건 너무한 것 아닌가요?"

"이런 편지 치고는 꽤 간단하고 이상하군요."

"정신이 이상해졌다고밖에는 생각할 수 없어요. 그이를 유혹한 여자가 대체 어떤 여자인지는 모르지만, 어쨌든 그 여자로 인해서 그이는 완전히 변해버린 거예요. 틀림없이 오래 전부터 사귀어왔던 거예요."

"왜 그렇게 생각하시나요?"

"프레드가 알아냈어요. 남편은 언제나 1주일에 서너 번은 브리지 게임을 하러 간다고 집을 비웠어요. 그런데 프레드가 그 클럽의 회원 한 사람을 알고 있어서, 그 사람보고 찰스도 브리지를 무척 잘한다고 말했나 봐요. 그랬더니 그 사람이 깜짝 놀라면서 찰스가 그곳에 있는 것을 본 일은 한 번도 없었다고 하더래요. 그래서 모든 것이 들통이 난 거죠. 그 여자가 있는 곳으로 찾아간 게 틀림없어요."

나는 한동안 입을 다물고 있었는데 문득 두 아이들 생각이 났다.

"이번 일을 로버트 군에게 설명해주시느라고 무척 괴로우셨겠군요."

내가 조심스럽게 말했다.

"아이들한테는 아직 아무 말도 하지 않았어요. 마침 돌아온 날이 아이들이 개학하기 하루 전이었으니까요. 그래서 침착하게 아버지는 사업상의 일로 출장을 가셨다고만 말해뒀어요."

갑작스런 불행을 당하고도 평소처럼 웃는 얼굴로 아이들을 기분 좋게 학교에 보내기 위해 모든 필요한 것에 신경을 쓴다는 것은 정말 쉬운 일이 아니었을 것이다. 스트릭랜드 부인이 또다시 울먹이기 시작했다.

"가엾게도 우리 아이들은 앞으로 어떻게 되겠어요. 이제 우리는 어떻게 살아야 하죠?"

이성을 잃지 않으려고 두 손을 꽉 쥐어보기도 하고 펴보기도 하며 몹시 애를 쓰는 그녀의 모습이 너무도 애처로워 보였다.

"제가 무슨 도움이 된다면 물론 파리에 가겠습니다만, 그러려면 우선 제가 부인의 생각을 자세히 알아야지요."

"전 그이가 돌아와주기만을 바래요."

"하지만 맥앤드루 대령은 부인께서 이혼하실 작정이라고 그러시던 것 같던데요."

"이혼은 절대로 안 해요."

그녀의 말투가 갑자기 격렬해졌다.

"제가 그러더라고 남편에게 전해주세요. 절대로 그런 여자하고는 결혼하게 할 수 없다고요. 그쪽에서 그렇게 나온다면 저도 오기가 있어요. 절대로 이혼하지 않겠어요. 아이들을 생각해서라도 말이에요."

그때 나는 어머니로서 자식을 생각해서라기보다는 극히 자연스러운 여자의 질투에서 그러는 줄 이미 알고 있었다.

"그럼 부인은 아직도 남편을 사랑하고 계십니까?"

"잘 모르겠어요. 어쨌든 돌아오기만을 바래요. 돌아오기만 하면 이번 일은 없었던 것으로 하겠어요. 결혼한 지 17년이나 되는 부부사이인걸요. 저도 그렇게 속이 좁은 여자는 아니니까요. 지금 돌아오면 모든 일이 순조롭게 해결되어 그런 일이 있었다는 걸 아무도 모르게 될 거예요."

문득 스트릭랜드 부인이 세상의 이목만을 걱정하고 있는 것이 조금 마음에 걸렸다. 남의 평판이라는 것이 여자의 일생에 얼마나 큰 영향을 끼치는지 그 무렵 나는 아직 모르고 있었기 때문이다. 여자들이 아무리 마음속 깊이 감동하고 있는 경우라도 항상 그 어떤 허세적인 면을 버릴 수 없는 것은 그런 탓이리라.

스트릭랜드가 있는 곳은 알고 있었다. 그의 동업자가 스트릭랜드의 거래 은행 앞으로 편지를 내어 거처를 감추다니 무슨 수작이냐며 그를 나무란 데 대해, 스트릭랜드가 냉소적이고 유머러스한 답장을 보내 동업자에게 정확한 주소를 알려왔기 때문이다. 그 편지에 따르면 그는 어느 호텔에 묵고 있는 모양이었다.

"그런 호텔 이름은 들어본 일이 없지만 프레드가 잘 알고 있어요. 아주 호화스러운 호텔이래요."

그녀의 얼굴이 갑자기 붉어졌다. 남편이 넓고 화려한 호텔 방에 들어앉아 비싼 레스토랑을 찾아다니며 식사를 하고 있는 장면, 낮에는 경마, 밤에는 연극을 보며 매일 여자와 놀아나는 모습을 머릿속에 그려본 것 같았다.

"하지만 그 나이에 그렇게 계속 오래 가지는 못할 거예요. 어쨌든 그인 40인걸요. 젊은 사람이라면 또 몰라도 그 나이에, 더구나 머지 않아 곧 성인이 될 아이까지 있는데 그런다는 것은 꼴사나운 일이에요. 그리고 그이 건강도 지탱하지 못할 거예요."

분노와 슬픔에 그녀의 가슴이 시달리고 있는 것 같았다.

"그이에게 전해주세요. 가족들 모두 그이를 몹시 기다리고 있다고요. 모든 일이 전과 조금도 다름 없는 것처럼 보이면서도 실은 모든 것이 변해버렸어요. 저는 그이 없이는 살아갈 수 없어요. 차라리 자살하는 편이 나을 거예요. 지난 일이며 함께 살아온 생활에 대해 잘 말씀드려주세요. 아이들이 아버지에 대해서 물으면 전 뭐라고 대답해야 할지 모르겠어요. 그이가 쓰던 방은 지금도 떠났을 때 그대로이며, 주인이 돌아오기만을 기다리고 있어요."

그리고 그녀는 내가 그에게 전할 말을 일일이 가르쳐주고 어쩌면 그쪽에서 나올지도 모를 대꾸에 대해서도 적절한 대답을 자세히 일러주었다.

"어쨌든 최선을 다해주세요. 내가 지금 얼마나 슬퍼하고 있으며, 어떤 처지에 있는지 잘 전해주세요."

그녀가 애원했다. 모든 수단 방법을 다 써서 스트릭랜드가 마음을 돌릴 수 있게 해달라는 것이었다. 그녀는 이제 마음껏 소리내어 울었다. 나도 가슴이 몹시 뭉클하여 스트릭랜드의 냉혹한 잔인성에 분개하였고, 그를 데려오기 위해 최선을 다하겠다고 약속했다. 그리고 모레에는 떠나서 어떻게든 결말을 볼 때까지 파리에 머물러 있어야 한다는 그녀의 말에 동의했다. 그런 후 밤도 꽤 깊었고 둘 다 서글픈 이야기에 지쳐 있었으므로 곧바로 나는 그녀의 집을 나왔다.

11

파리로 가는 동안 나는 공연한 일을 떠맡았다는 생각에 마음이 편치 않았다. 당장은 스트릭랜드 부인의 괴로워하는 모습을 눈앞에 보지 않아도 되었으므로 나는 문제를 좀더 냉정하게 생각해볼 수 있었다. 그녀의 행동에는 모순된 점이 있었다. 깊은 슬픔에 잠기며 나의 동정을 사려고 자신의 불행을 일부러 과장하고 있는 것 같았다. 그녀는 처음부터 내게 눈물을 보일 작정이었을 것이다. 미리 손수건을 여러 개나 준비해놓았으니 말이다. 나는 부인의 용의주도함에 감탄했으나 지금에 와서 생각해보니 그것이 오히려 눈물의 효과를 약화시킨 셈이었다. 그녀가 남편이 돌아오기를 바라는 것도 남편을 사랑하고 있어서인지 아니면 말많은 세상의 스캔들이 두려워서인지, 나는 그것조차 알 수 없었다.

그녀의 찢겨진 가슴속에도 애정을 짓밟힌 데 대한 괴로움 외에 체면을 손상당한 분함이 뒤섞여 있는 것처럼 느껴져 웬일인지 석연치 않은 기분이 들었다. 사람의 마음이라는 것이 얼마나 모순에 찬 것이며 성실한 사람에게도 얼마나 많은 위선이 숨겨져 있고 고결한 정신 속에도 얼마나 많은 비열함이 숨어 있는지, 또 사악한 마음속에는 얼마나 많은 선량함이 깃들어 있는지, 그 무렵의 나는 아직 모르고 있었다. 그랬기 때문에 그런 불분명한 부인의 모습이 조금은 천하게 느껴지기도 했다. 어쨌든 이번 여행은 어딘가 모르게 모험적인 일면도 있었으므로 파리가 가까워짐에 따라 조금씩 기운이 솟아올랐다. 또 연극 속의 인물이라도 된 듯한 눈으로 자신의 모습을 상상해보고 바람난 남편을 너그러운 아내 곁으로 데리고 가는 믿음직스러운 친구 역할을 하는 것을 스스로 만족스럽게 생각하기도 했다.

스트릭랜드를 만나는 날은 파리에 도착한 다음날로 정했다. 시간을 정하려면 신중해야 한다는 생각 때문이었다. 점심을 먹기 전에는 사람의 마음을 움직이려고 해보았자 성공할 가망성은 없을 것이다. 나 자신도 그 무렵 연애 사건으로 밤이나 낮이나 가슴이 꽉 차 있었지만, 그래도 역시 차 마시는 시간까지 만나서 즐기려는 생각은 한 일이 없었기 때문이다.

내가 투숙한 호텔 직원에게 스트릭랜드가 묵고 있다는 벨쥬 호텔이 어디 있는지를 물어보았다. 그런데 담당 직원이 그런 호텔 이름은 들어본 적이 없다고 대답하자 나는 약간 당황하지 않을 수 없었다. 스트릭랜드 부인의 이야기로는 리볼리 거리 뒤쪽에 있는 호화스런 호텔이라고 했다. 지배인과 둘이서 호텔 안내서를 살펴보았으나 그런 이름의 호텔은 므완느 거리에 딱 한 곳 있을 뿐이었다. 그 지역은 상류에 속하기는커녕 오히려 좋지 않은 구역이었다. 나는 고개를 가로저었다.

"설마 이런 데는 아닐 텐데……."

그러자 지배인도 어깨를 움츠렸다. 파리 안에서 그런 이름의 호텔은 그곳밖에 없었다. 나는 문득 그가 행방을 감춰버렸다는 생각이 들었다. 주소를 동업자에게 알릴 때 이미 골려줄 생각을 하고 있었을 것이다. 어째서 그런 생각을 하게 되었는지 지금도 모르겠지만, 나는 그때 스트릭랜드라는 사나이의 성격은 틀림없이 남을 골려줄 수 있는 사람이라 생각했다. 무섭게 화가 난 그 주식 중개인을 먼 파리의 변두리에 있는 악명 높은 호텔까지 끌어들여 허탕치게 하려는 속셈이었을 것이라고 생각했다. 그러나 어차피 여기까지 왔으니 일단 가보는 것이 좋을 것 같았다. 다음날 저녁 6시쯤 나는 택시를 타고 므완느 거리를 찾아가 길모퉁이에서 내렸다. 호텔로 들어가기 전에 그곳 주위를 한번 살펴보고 싶었기 때문이다. 거리에는 빈민 계층의 생활용품을 팔고 있는 조그만 가게들로 즐비했고, 그곳에서 왼쪽으로 거리 한복판쯤에 벨쥬 호텔이 있었다. 내가 잡은 호텔도 수수한 호텔이었지만 그래도 벨쥬 호텔에 비하면 아주 호화로운 편이었다. 기다랗게 크기만 한 다 낡은 건물로, 페인트칠은 처음부터 안 한 모양이었다. 그 건물이 얼마나 지저분한지 양 옆에 있는 집들이 다 깨끗해 보일 지경이었다. 더러운 유리창들은 모두 닫혀 있었다.

명예와 의무를 내던지고 수수께끼 미녀와 죄의 쾌락을 누릴 찰스 스트릭랜드가 설마 이런 곳에 있을 리 만무했다. 뭐가 뭔지 알 수가 없었고 마치 우롱당한 듯한 기분이었다. 하마터면 확인해보지도 않고 그대로 돌아서 나올 뻔했으나, 스트릭랜드 부인에게 최선을 다했다고 보고해야 한다는 생각에 나는 할 수 없이 안으로 들어갔다.

입구도 어떤 가게 옆으로 쑥 들어간 곳에 있었다. 문이 활짝 열려 있어 안으로 들어가니 '사무실은 2층' 이라는 표지가 붙어 있었다. 좁은 계단을 올라가니 층계참에 유리를 낀 조그만 사무실 같은 곳이 있었는데, 안에는 책상 하나와 의자 두 개, 그리고 바깥쪽에는 벤치가 하나 놓여 있었다. 아마도 그 위에서 야경꾼이 담담한 마음으로 밤을 새울 터였다. 주위에 사람은 아무도 없었으나 초인종 밑에 '웨이터' 라고 씌어 있었다. 벨을 누르자 조금 뒤에 웨이터가 나왔다. 눈초리가 교활하고 무뚝뚝한 젊은이가 셔츠 차림에 슬리퍼를 신고 있었다. 왜 그랬는지 나도 모르겠지만 그때 나는 아주 태연한 태도로 무심히 질문을 던졌다.

"여기에 혹시 스트릭랜드라는 사람이 묵고 있지 않나?"

"6층 32호실입니다."

나는 너무 어이가 없어 한동안 아무 말도 나오지 않았다.

"지금 방에 계신가?"

웨이터는 사무실 게시판을 쳐다보았다.

"열쇠를 맡겨놓지 않았으니 올라가보면 계실 거예요."

말이 나온 김에 한 가지 더 물어봐도 상관없을 것 같았다.

"부인도 함께 계신가?"

"남자분 혼자예요."

웨이터는 내가 올라가는 것을 의심스러운 눈으로 지켜보았다. 계단은 무척 어두웠으며 공기도 제대로 통하지 않아 퀴퀴한 곰팡이 냄새가 코를 찔렀다. 3층까지 올라가니 실내 가운을 걸치고 머리가 헝클어진 어떤 여자가 문을 열고 내가 지나가는 것을 잠자코 쳐다보았다. 가까스로 6층까지 올라가 32호실 문을 두드렸다. 그러자 안에서 소리가 나고 문이 반쯤 열렸다. 찰스 스트릭랜드가 내 앞에 버티고 서 있었다. 그는 입을 열지 않았다. 틀림없이 나를 알아보지 못하는 눈치였다. 나는 되도록 상냥한 말투로 내 이름을 대려고 애썼다.

"잊으셨는지는 모르겠습니다만, 지난 7월에 댁 만찬회에 간 적이 있던 사람입니다."

"들어오시오."

유쾌한 목소리로 그가 말했다. 들어가보니 아주 좁은 방이었다. 그 좁은 방에 프랑스에선 흔히 루이 필립 식이라고 불리는 가구류가 발 디딜 틈도 없이 잔뜩 놓여 있었다. 큰 나무 침대에는 새빨간 오리털 이불이 파도처럼 부풀려 있었고 커다란 양복장, 둥근 테이블, 한쪽에 아주 작은 세면대, 빨간 천을 씌운 의자가 두 개, 이런 것들이 방 안 가득히 있었다. 역시 하나같이 더럽고 다 낡은 것들이었다. 맥앤드루 대령이 마치 직접 보고 온 것처럼 허풍을 떨던 사치스러움은 찾아볼래야 찾아볼 수 없었다. 스트릭랜드가 한쪽 의자에 놓여 있던 옷을 마룻바닥 위로 밀어 던진 뒤에야 가까스로 내가 자리에 앉을 수 있는 그런 형편이었다.

"무슨 일로 오셨소?"

그가 물었다. 방이 좁아서 그런지 예전에 보았을 때보다 그의 몸집이 훨씬 더 커 보였다. 밴드가 달린 옷처럼 생긴 풍성한 웃옷은 꽤 후줄근해 보였고, 여러 날 동안 면도도 하지 않은 모양이었다. 전에 만났을 때는 말쑥해 보였으나, 그에 비해 지금은 차림새도 단정치 못했고 머리도 꽤 너저분했다. 하지만 마음만은 아주 편한 모양이었다. 내가 이제 곧 꺼내려는 말을 그가 어떻게 받아들일는지는 도저히 짐작도 할 수 없었다.

"실은 댁의 부인을 대신해서 찾아왔습니다."

"마침 저녁 먹기 전에 한잔하러 나가볼까 하던 참이오. 같이 갑시다. 압생트 어떻소?"

"네, 좋아요."

"그럼, 갑시다."

그는 솔질을 해야 될 것 같은 중산모를 머리 위에 집어썼다.

"같이 식사를 해도 괜찮겠소? 어쨌든 내가 당신한테 저녁식사를 대접한 일도 있다고 하니……."

"좋습니다. 그런데 혼자 계십니까?"

"물론 혼자요. 사실 말이지 벌써 사흘째 아무하고도 말을 하지 않았소. 내 프랑스어 실력이 영 신통치 않아서 말이오."

나는 앞장서서 계단을 내려오며, 그 찻집 여자하고는 도대체 어떻게 된 것일까 생각해보았다. 벌써 싸우고 헤어져버린 것인가, 아니면 열기가 식어버린 것인가? 그러나 만일 그가 소문과 같이 1년에 걸쳐 준비해왔다면 설마 그럴 리는 없을 것이다. 우리는 클리시라고 하는 거리까지 걸어가 어느 큰 카페의 테라스에 있는 테이블에 자리를 잡고 앉았다.

12

클리시 거리는 그 시간만 되면 늘 사람들로 북적거리고 있었다. 거기서 조금만 상상의 나래를 펴면 길가는 사람들 속에서 쓸쓸해 보이는 로맨스의 주인공을 얼마든지 찾을 수 있을 것 같았다. 회사원이나 여점원, 오노레드 발자크의 소설 속에서 방금 막 걸어나온 듯한 노인들, 인간의 약점을 이용하여 돈을 뜯어먹고 사는 남녀 등등……. 파리의 빈민층이 사는 지역에는 사람의 피를 들끓게 하고, 언제든지 무슨 일이 일어날지도 모른다는 것을 알려주는 듯한 활기가 넘쳐흐르고 있었다.

"파리는 잘 알고 계십니까?"

내가 물었다.

"신혼여행 때 한 번 와봤을 뿐이오."

"그런데 그런 호텔은 어떻게 찾아내셨어요?"

"어디 싸구려 숙소가 없느냐고 물었더니 누가 가르쳐주었소."

그때 압생트 술이 나왔으므로 우리는 진지한 표정으로 누구나 그렇게 하듯이 녹아가는 설탕 위에 물을 몇 방울 떨어뜨렸다.

"실은 진작 제가 찾아온 이유를 말씀드릴까 했습니다만……."

나는 약간 곤혹스러워하며 말을 꺼냈다. 그의 눈빛이 번득였다.

"나도 조만간 누가 올 줄은 알고 있었소. 에이미로부터 편지도 자주 왔고 해서……."

"그럼 제 용건도 잘 알고 계시겠군요."

"편지는 읽어보지 않았소."

나는 잠깐 시간의 여유를 갖기 위해 담배에 불을 붙였다. 그러나 이 문제에 대해 어디서부터 말을 꺼내야 좋을지 몰라 망설였다. 상대방을 설득할 수 있는 애원조의 말과 비분조의 말을 여러 가지 준비해왔으나, 이곳 클리시 거리의 분위기에서는 아무래도 그런 말들이 전혀 걸맞지 않을 것 같았다. 갑자기 상대방이 나직이 소리내어 웃기 시작했다.

"당신은 쓸데없고 골치 아픈 일을 맡아 가지고 왔나 보군."

"아뇨, 절대로 그렇게 생각하진……."

"그럼 빨리 끝내봐요. 그런 뒤 오늘밤 우리 즐겁게 마셔봅시다."

나는 또다시 머뭇거렸다.

"부인이 얼마나 고통받고 계신지 아십니까?"

"뭐, 그러다 잘 이겨낼 거요."

도저히 제정신이 아닌 듯한 무감각한 얼굴로 그가 대답했다. 나는 너무나 어처구니가 없었지만 그런 기미를 애써 보이지 않으려 했다. 그리고 사제였던 나의 숙부 헨리가 친척들에게 특별 원호회 기부금을 내라고 부탁할 때 사용하던 목소리를 그대로 흉내내기로 했다.

"터놓고 말씀드려도 상관없겠죠?"

그는 미소를 지으며 고개를 끄덕였다.

"부인이 당신한테서 이런 식으로 대접당할 만한 무슨 큰 잘못을 저질렀나요?"

"아뇨, 없소."

"그럼 부인에게 무슨 불만이라도……."

"없어요."

"그렇다면 17년이나 함께 살아오셨고 더구나 부인에게 아무런 잘못도 없는데 그런 식으로 버리고 나온다는 것은 너무 심한 일이 아닐까요?"

"심한 일이지."

나는 하도 기가 막혀서 그를 힐끔 쳐다보았다. 뜻밖에도 이쪽에서 하는 말을 다 긍정하고 나서니 오히려 내가 그에게 허를 찔린 기분이었다. 이렇게 되니 나의 입장은 점점 더 난처해졌다. 나는 설득하고, 애원하고, 권고하고, 타이르고, 그래도 안 되면 화를 내어 상대방을 꾸짖고 욕할 각오까지 하고 왔는데, 죄인 쪽에서 이렇게 서슴지 않고 자기 잘못을 인정하고 비난받을 각오로 나오니 아무리 덕이 높은 논자라도 두 손 들고 말 것이다. 모든 것을 부인하는 것이 버릇인 나로서는 이런 경험은 처음이었다.

"그래서요?"

스트릭랜드가 얘기를 재촉했다. 나는 자못 경멸조로 말했다.

"그야 뭐 본인이 다 인정한다면 더 말할 것도 없죠."

"그렇겠군."

이런 식으로 나가다가는 도저히 맡은 임무를 완수할 수 없을 것만 같아 나는 마음이 초조해지고 화가 났다.

"하지만 그럴 수가 있습니까? 세상에 자기 아내에게 한 푼도 남겨놓지 않고 집을 나와버리는 사람이 어디 있습니까?"

"그게 잘못이오? 왜 그럴 수 없다는 거요?"

"도대체 그럼 부인은 앞으로 어떻게 살아가란 말입니까?"

"17년간이나 부양해왔소. 이젠 자기 손으로 직접 벌어먹어도 좋을 것 아니오."

"그런 일은 할 수 없어요. 그게 쉬운 일인가요?"

"한번 그렇게 살아보라고 해요."

물론 이 말에 대해서는 나도 얼마든지 반박할 수 있었다. 이를테면 여자의 경제적 지위라든가, 남자가 결혼이라는 행위로 암암리에 승인했을 아내에 대한 부양 의무라든가, 그 밖에 할 말은 얼마든지 있었을 것이다. 그러나 정작 가장 중요한 점은 하나밖에 없다는 생각이 들었다.

"그럼 이제는 부인을 돌보지 않겠다는 말입니까?"

"그렇소, 전혀."

이 말은 그들과 관계된 모든 사람에게 몹시 심각한 문제였지만, 상대방의 대답이 너무도 뻔뻔스러워 오히려 웃음이 터져나올 것 같아 나는 웃음을 참느라고 입술을 꽉 깨물지 않으면 안 되었다. 그러나 다시 그의 몰인정한 말을 떠올리고 아이들에 대한 정을 불러일으켜야만 했다.

"말도 안 되는 소립니다! 정말 기가 막히는군요. 아이들 일도 생각해볼 필요가 있지 않습니까? 아이들에게는 죄가 없습니다. 낳아달라고 부탁한 것도 아니잖아요. 당신처럼 모든 것을 버리고 모른 체해서야, 그야말로 아이들은 구걸이라도 해야 할 것 아닙니까?"

"그 애들도 다른 아이들보다 오랫동안 편한 생활을 해왔어요. 그리고 또 누군가가 뒤를 돌봐줄 거요. 정 안 되면 이모네 집에서 학비 정도는 대줄 거요."

"하지만 아이들이 귀엽지 않습니까? 둘 다 정말 온순하고 착한 아이들 아닙니까? 그 아이들과도 정말 앞으로 인연을 끊으실 작정인가요?"

"물론 어렸을 때는 귀여웠지. 하지만 이젠 다 자라서 특별히 그렇다 할 것도 없소."

"하지만 사람의 정이란 것은 그런 게 아닙니다."

"그야 그럴 테지."

"그러고도 부끄러운 생각이 들지 않습니까?"

"뭐, 별로."

나는 여기서 다른 각도로 공격해보기로 했다.

"그렇게 한다면 세상에선 아무도 당신을 사람으로 보지 않을 겁니다."

"그러라지."

"모든 사람이 싫어하고 혐오하고 경멸해도 괜찮단 말인가요?"

"그렇소. 상관없소."

그의 몰인정한 대답에는 남을 우습게 보는 점이 있어 심각한 질문을 하는 내가 오히려 어리석은 것 같은 느낌이었다. 나는 잠깐 입을 다물고 곰곰이 생각해보았다.

"하지만 사람이란 자기가 세상 사람들의 비난을 받고 있다는 것을 의식하면서 편안한 마음으로 살아갈 수는 없는 것입니다. 그렇잖아요? 정말 아무렇지도 않을 수 있나요? 결국은 그것이 뼈아프게 느껴지지 않겠어요? 누구라도 어느 정도 양심이라는 것이 있는 법인데 언젠가는 그 양심이 머리를 쳐들게 마련입니다. 당신도 예외는 아닐 거예요. 만일 부인이 돌아가신다 해도 당신은 양심의 가책을 느끼지 않을 거란 말입니까?"

아무 대답이 없었다. 나는 한동안 잠자코 앉아 그의 대답을 기다렸으나 결국 내가 다시 말을 꺼내었다.

"뭐라고 말씀 좀 해보세요."

"당신은 정말 멍청한 사람이라는 말밖에 할 말이 없소."

나는 너무나 화가 났다.

"그러나 어쨌든 당신은 싫건 좋건 부인과 아이들을 부양해야 할 의무가 있다는 걸 알아야 합니다. 법이 가만히 보고만 있지는 않을 테니까요."

"아무리 법이라도 설마 돌멩이에서 피를 짜낼 수는 없겠지. 나는 무일 푼이오. 있어 봐야 겨우 백 파운드 될까?"

나는 점점 더 당황하지 않을 수 없었다. 분명히 그가 묵고 있는 숙소를 봐도 그 말에 거짓은 없는 것 같았다.

"그럼, 그 돈을 다 쓰면 어떻게 할 건가요?"

"일해서 벌어야겠지."

그는 너무나 냉정했다. 여전히 이쪽 질문을 무시하는 듯한 조소의 눈빛이 엿보였다. 나는 잠시 입을 다물고 이제 무슨 말을 해야 할까 생각하고 있었다. 그런데 이번에는 그가 먼저 말을 꺼냈다.

"그 사람은 재혼하면 될 거요. 아직 나이도 젊고, 얼굴도 못생긴 편은 아니니까. 아내로서 나무랄 데 없는 여자라는 것은 내가 보증하오. 이혼할 마음이 있다면 그렇게 하도록 해주겠소."

이번에는 내가 웃을 차례였다. 그럼 그렇지. 이 엉큼한 바람둥이가 이제야 실토하는군. 뭔가 이유가 있어 여자를 데려왔다는 사실을 감쪽같이 감추고 지금까지 이러쿵저러쿵 딴소리를 해서 여자가 있는 곳을 숨기려고 했던 거로군. 나는 단호하게 말했다.

"하지만 부인은 비록 당신이 이혼을 원하더라도 절대로 이혼할 생각은 없다고 그러시던데요. 아주 굳은 결심을 하고 계십니다. 그러니까 앞으로 당신도 이혼 생각은 아예 하지 않는 게 좋을 겁니다."

그는 놀라서 나를 쳐다보았다. 분명히 굉장히 놀라는 표정이었다. 그의 입술에서 비웃음이 사라지고 말투가 갑자기 진지해졌다.

"그야 뭐 나로서는 별로 상관없는 일이오. 나야 둘러치나 메치나 마찬가지니까."

나는 웃음을 터뜨리고 말았다.

"바로 그 점이에요. 내가 아무리 바보라도 그런 수에 넘어갈 줄 알았다가는 큰 잘못입니다. 당신이 여자를 데리고 왔다는 소문쯤은 이미 들어 알고 있으니까요."

그는 약간 놀란 듯 눈을 크게 뜨더니 갑자기 큰 소리로 웃어댔다. 그 소리가 너무나 요란한 탓에 주변에 앉아 있던 사람들이 다 우리 쪽을 쳐다보았다. 그 가운데에는 멋도 모르고 덩달아 따라 웃는 사람들까지 있었다.

"뭐가 그리 우스운가요?"

"딱하군, 에이미도 참……."

그는 흰 이를 드러내 보이며 히죽거렸다. 이어서 그의 얼굴에는 지독한 경멸의 빛이 떠올랐다.

"여자들 속은 왜 그렇게 얕을까? 사랑! 자나깨나 사랑밖에 모르지. 남자에게 버림받으면 곧 다른 여자가 생긴 줄로 생각한단 말이야. 그래, 내가 여자 하나 때문에 집을 뛰쳐나올 만큼 어리석은 인간으로 보인단 말이오?"

"그럼, 부인을 버린 것은 여자 때문이 아니란 말씀인가요?"

"물론 아니오."

"당신 명예를 걸고 하시는 말입니까?"

그때 왜 그렇게 물었는지 나 자신도 알 수 없는 일이지만, 젊은이로서 아직은 순진한 기분에 불쑥 튀어나왔던 것 같다.

"물론 명예를 걸 수 있소."

"그럼 도대체 왜 집을 나오셨습니까?"

"그림을 그리고 싶기 때문이오."

나는 오랫동안 그의 얼굴을 물끄러미 바라보았다. 도저히 납득이 가지 않았다. 제정신을 가진 사람처럼 보이지 않았다. 그때만 해도 나는 한창 젊은 나이였기 때문에 나의 눈에는 그가 그저 중년 남자로 보일 뿐이었다. 한마디로 어이가 없었다.

"하지만 당신은 지금 사십입니다."

"그러니까 더 늦기 전에 빨리 시작해야 했던 거요."

"전에도 그림을 그려본 적이 있으신가요?"

"어렸을 때 화가가 되고 싶었는데, 아버지가 화가가 되면 돈을 못 번다고 나를 장삿길에 들어서게 한 거요. 사실은 1년 전부터 조금씩 그림 공부를 하고 있었소."

"그럼 부인에게 브리지를 하러 클럽에 간다고 한 뒤 당신은 몰래 그림을 그리러 갔던 거군요."

"그렇소."

"그렇다면 왜 부인에겐 솔직히 말씀 안 하셨습니까?"

"나만의 비밀로 해두고 싶었기 때문이오."

"그래, 그림은 잘됩니까?"

"아직은 잘 안 되오. 그러나 이제 곧 그리게 될 거요. 그러니까 이렇게 파리까지 찾아온 것 아니겠소. 런던에선 원하는 것을 이룰 수 없었소. 그러나 이곳에선 틀림없이 잘될 거요."

"하지만 당신 나이에 시작해서 과연 잘될 수 있을까요? 대개는 열여덟 살 때부터 시작하는 게 정상 아닙니까?"

"나는 열여덟 살 때보다 지금 더 빨리 배울 수 있소."

"자신에게 재능이 있는지 없는지 어떻게 아십니까?"

그는 아무 대답도 없이 거리를 지나가는 사람에게 눈길을 보내고 있었는데, 그렇다고 그들을 쳐다보는 것도 아닌 것 같았다. 그 뒤의 말도 전혀 대답이라고는 할 수 없었다.

"나는 그림을 그려야 해요."

"그렇다면 어려운 모험이 아닙니까?"

그러자 그는 내 얼굴을 물끄러미 쳐다보았다. 그 눈이 어딘가 모르게 이상한 빛을 띠고 있었으므로 나는 왠지 그의 시선에 신경이 쓰여 불편한 느낌이 들었다.

"몇 살이오, 당신은? 스물셋?"

이것은 오히려 내가 그에게 던질 질문인 것 같았다. 내 나이 정도에 이런 모험을 하려고 한다면 또 모르지만, 그는 이미 젊음을 모두 지나보낸 사람으로, 안정된 사회적 지위와 아내, 그리고 두 아이까지 있는 주식 중개인이 아닌가. 나 같은 젊은이가 그런다면 몰라도 그가 화가를 지망한다는 것은 정말 어리석은 일이었다. 나는 어디까지나 솔직하고 정확하게 얘기하고 싶었다.

"물론 기적이 일어나는 수도 있으니까 당신이 유명한 화가가 되지 말라는 법은 없습니다. 그러나 솔직히 말해서 그런 확률은 만에 하나겠죠. 아무 결실도 없이 결국 실패하는 경우가 온다면 그야말로 이럴 수도 없고 저럴 수도 없을 게 아닙니까."

"그래도 나는 그려야 하오."

그가 거듭 되풀이해서 말했다.

"그럼 가령 당신이 앞으로 아무리 애를 써도 결국 삼류화가로 그친다면, 그래도 모든 것을 포기할 만큼 보람이 있었다고 생각하시겠습니까? 즉, 그것이 다른 직업의 경우라면 이렇다 할 재능이 없어도 상관없습니다. 다만 그 일을 해낼 만한 능력만 있으면 얼마든지 훌륭하게 해낼 수가 있으니까요. 그러나 예술가의 경우는 전혀 달라요."

"정말 당신은 지독한 바보로군."

"어째서 그렇습니까? 분명한 사실을 말하는 것이 바보란 말인가요?"

"나는 그리지 않고는 못 견디겠다고 하지 않았소. 이 마음은 나 자신도 어쩔 수 없는 거요. 물에 사람이 빠졌을 때 헤엄을 잘 치고 못 치고가 문제가 되겠소? 어떻게 해서든지 물 속에서 빠져나와야 하고 그렇지 못하면 그대로 죽는 것 아니겠소?"

그의 목소리에는 진정한 정열이 담겨 있었으므로 나는 나도 모르는 사이에 상당한 충격을 받았다. 그의 가슴속에서 일고 있는 어떤 격렬한 힘을 생생하게 느낄 수 있었다. 말하자면 지금 뭔가 강하고 압도적인 힘이 그를 꼼짝 못하게 꽉 잡고 있는 것 같은 느낌이었다. 나로서는 이해할 수 없었다. 마치 악마에게 사로잡혀 있는 것 같았고, 악마가 당장에라도 덤벼들어 그의 몸과 마음을 갈기갈기 찢어버리는 게 아닌가 하는 기분도 들었다.

그러면서도 그는 아주 멀쩡한 표정으로 앉아 있었다. 내가 호기심에 가득 찬 눈으로 그의 얼굴을 뚫어지게 쳐다보아도 전혀 의식하지 않는 것 같았다. 문득 사냥꾼 옷 같은 후줄근한 옷을 입고 먼지투성이 모자를 쓴 이

사나이가 낯선 사람의 눈에는 어떻게 비칠까 하는 생각이 들었다. 자루같이 불룩한 큰 바지, 꾀죄죄한 손, 면도를 하지 않아 붉은 수염으로 더부룩한 턱, 작은 눈, 보기 흉할 정도로 큰 코, 아무리 보아도 야비한 느낌의 얼굴이었다. 입도 큰 데다 입술도 두툼하고 육감적이었다. 이런 모습이고 보면, 나 역시 그가 어떤 사람인지 잘 파악하지 못할 것 같았다.

"그럼 절대로 부인 곁으로는 돌아가지 않겠다는 말씀인가요?"

이윽고 내가 다시 한 번 말을 꺼냈다.

"그렇소. 무슨 일이 있어도 돌아가지 않겠소."

"하지만 부인은 지금까지의 일은 다 없던 것으로 하고 다시 새 출발하기를 원하고 계십니다. 물론 책망하지도 않으실 겁니다."

"흥, 내가 그런 말에 넘어갈 것 같소?"

"그럼 세상 사람들이 당신을 악질로 생각해도 상관없다는 말씀이군요. 처자식이 구걸을 하고 다녀도 괜찮다는 말씀인가요?"

"나와는 상관없는 일이오."

나는 일부러 잠시 침묵을 지키다 되도록 또렷이 신중하게 말했다.

"정말 당신이라는 사람은 아무 짝에도 쓸모 없는 비열한 인간이군요."

"이제 그만큼 했으면 당신도 속이 후련할 거요. 그럼 어디 가서 식사라도 합시다."

13

그의 제안을 그대로 거절하는 것이 도리였다고 생각한다. 그 따위 사람하고는 같은 식탁에 앉기조차 불결해 한마디로 거절했습니다, 하고 돌아가서 보고했다면 최소한 맥앤드루 대령만은 나를 좋게 인정해주었을는지도 모른다. 그러나 본디 나에게는 턱 버티고 나가는 힘이 없어 그런 얼굴을 대할 때마다 오히려 도덕적인 행동을 하기가 꺼려지곤 했다. 이번 경우에도 아무리 떠들어봤자, 스트릭랜드 같은 남자에게는 소귀에 경 읽기려니 생각했기 때문에 결국 내 감정을 말로 표현하지 못했다. 머지 않아 틀림없이 백합꽃이 필 거라 생각하고 열심히 아스팔트 포장도로 위에 물을 줄 수 있는 것은, 시인이나 성자가 아닌 이상 생각할 수도 없는 일이다.

나는 두 사람 몫의 술값을 치르고 그와 함께 어느 싼 레스토랑으로 가서 둘 다 배가 부르도록 실컷 먹었다. 손님이 가득 차서 붐비는 곳이었다. 나에게는 젊은이의 식욕이 있었고 그에게는 굳어버린 양심에서 오는 식욕이 있었기 때문이다. 그리고 또 우리는 술집에 들러 커피와 술을 마셨다. 파리까지 오게 된 용건은 이미 다 말해버렸다. 이것으로 끝내야 한다는 것은 웬일인지 스트릭랜드 부인을 배신하는 것 같은 생각도 들었으나 나로서는 그의 비정한 무관심을 도저히 어떻게 해볼 수가 없었다. 나는 포기할 줄도 모르고 같은 말을 세 번씩이나 되풀이하는 그런 나약한 태도는 보일 수 없었다. 그리고 이렇게 결정이 난 이상 스트릭랜드의 정신 상태라도 깊이 관찰해보는 것이 뒷날 내게 참고가 되리라고 생각했다. 또 그러는 편에 내 관심도 훨씬 쏠렸다. 그렇기는 하나 이 일은 결코 쉬운 일이 아니었다. 스트릭랜드가 자기 자신에 대해 잘 표현하는 사람이 아니었기 때문이다. 마치 언어는 자신의 생각을 제대로 전달할 수 없는 매체라고 여기는 것 같았다.

그러므로 나는 상대방이 많이 쓰는 말이나 되는 대로 마구 내뱉는 말, 모호한 몸짓 따위로 그의 정신 상태를 살필 수밖에 없었다. 그는 입으로는 별로 대수로운 말을 하지 않았으나 뭔가 비범한 것이 그의 개성 속에 있는 것만은 확실했다. 성실성 또는 순수성, 뭐 그런 것이 들어 있었다. 처음 와보는 파리에 대해서도 — 신혼여행은 별도로 하고 — 별로 관심이 없는 것 같았다. 그에게는 아주 신기하게 느껴질 풍경을 봐도 일체 놀라는 기색이 없었다. 나 같은 사람은 수없이 파리를 찾아왔지만, 그때마다 가슴이 설레어 거리를 쏘다니다 보면 금방이라도 뭔가 뜻하지 않은 모험 속으로 빨려 들어갈 것 같은 기분이 들었다. 그런데 스트릭랜드는 전혀 무관심한 태도를 보이고 있었다. 돌이켜 생각해보면 그때 그 순간 자신의 마음속에 일어나는 것, 그 이외의 것은 일체 아무 것도 보이지 않았던 모양이다.

그날 밤 좀 뜻밖의 일이 생겼다. 술집에 몇 사람의 술집 여자가 있어 남자와 어울려 있기도 하고 자기네끼리 앉아 있기도 했는데, 이윽고 나는 그중 한 여자가 우리를 쳐다보고 있다는 것을 알았다. 그 여자는 스트릭랜드와 시선이 마주치자 생긋 웃었다. 그러나 그는 그것도 모르는 모양이었다. 여자는 이내 밖으로 나가더니 곧 다시 돌아와서 우리가 앉은 테이블을 지나면서 술 좀 사달라고 공손하게 말했다. 여자가 그대로 자리를 차지하고 앉아버렸으므로 나는 여자를 상대로 잡담을 주고받았는데, 그 여자는 아무래도 스트릭랜드에게 마음이 있는 모양이었다. 나는 그녀에게 이 사람은 프랑스어를 잘 모른다고 말해주었다. 그래도 여자는 몸짓까지 해가며 몇 마디의 프랑스어를 섞어 어떻게든지 그에게 말을 걸어보려고 했다. 그렇게 해야만 그가 더 쉽게 알아들을 수 있다고 생각한 모양이다. 그녀 역시 영어 단어 몇 개는 알고 있었다. 하지만 그것만으로는 도저히 말이 통하지 않자 프랑스어로 유창하게 말한 다음 그 말을 나에게 통역해달라고 했으며, 그가 뭐라고 대답했느냐고 내게 물었다. 스트릭랜드는 기분이 좋아졌고 약간은 재미있어하는 것도 같았지만, 여전히 아무런 관심이 없었던 것만은 확실했다.

"당신이 마음에 드는 모양이에요."

내가 웃으며 말했다.

"난 관심없소."

만일 내 경우였다면 나는 몹시 당황하고 난처했을 것이다. 여자는 웃는 눈과 아주 매력적인 입매를 지닌 데다 나이도 젊었다. 여자가 스트릭랜드의 어디에 끌렸는지 궁금했다. 그 여자는 자기의 마음속에 있는 말을 조금도 감추려 하지 않고 그것을 나에게 통역해달라고 했다.

"당신을 따라가고 싶다는군요."

"필요없소."

그의 대답에 나는 좀더 살을 붙여 듣기 좋게 통역해주었다. 여자의 청을 거절한다는 것은 약간 실례가 되는 것 같아서, 마침 가진 돈이 없어서 응할 수 없는 것이라고 말했다.

"하지만 난 이 사람이 좋은걸요. 그러니까 이렇게 말해줘요. 돈을 바라고 그러는 건 아니라고 말예요."

내가 그 말을 통역하자 스트릭랜드는 성가시다는 듯 어깨를 움츠렸다.

"당장 꺼지라고 해요!"

그의 몸짓으로 보아도 대답의 뜻은 알 수 있었다. 여자는 얼른 뒤로 몸을 젖혔다. 화장을 진하게 해서 잘 알 수 없었지만 틀림없이 얼굴이 빨개졌을 것이다. 여자가 자리에서 벌떡 일어났다.

"신사답지 못하군요!"

여자는 그렇게 말하고는 술집을 나갔다. 나도 약간 화가 났다.

"그렇게까지 모욕을 줄 필요는 없지 않습니까? 상대방은 오히려 당신에게 호감을 표한 셈인데요."

"저런 여자를 보면 구역질이 날 뿐이오."

그가 거칠게 말했다. 나는 어이가 없어 한동안 그의 얼굴만 쳐다보았다. 그의 얼굴에는 정말 싫어하는 표정이 나타나 있었다. 그런데도 왠지 야성적인 호색한을 연상시키는 얼굴이었다. 여자를 매혹시킨 것은 아마 그런 야수성이었을 것이다.

"여자가 필요하다면 런던에도 얼마든지 있을 텐데, 나는 그런 것 때문에 이곳 파리까지 온 게 아니란 말이오."

14

영국으로 돌아오는 동안 나는 스트릭랜드라는 인물에 대해 많은 생각을 해보았다. 부인에게 전해야 할 점을 일단 정리해두고 싶었다. 그러나 별로 한 일이 없어 도저히 그녀의 마음을 흡족하게 해줄 수는 없을 터였다. 무엇보다 나 스스로도 불만족스러웠기 때문이다. 스트릭랜드는 나를 혼란스럽게 했다. 어째서 화가가 될 생각을 했는지 그 동기도 정확히 알 수가 없었다. 물어보아도 잘 대답을 못해서인지 아니면 대답하기 싫어서인지 그것조차 분명치 않았다. 결국 나는 아무 것도 알아낼 수 없었다. 둔한 그의 마음에도 역시 모르는 사이에 일종의 반항의식이 싹터 그것이 서서히 자라게 된 것이 아닌가 하고 일단 생각해보기는 했으나, 그렇다면 그가 지금까지 한 번도 그런 단조로운 생활에 싫증을 느끼지 않았다는 엄연한 사실에 어긋나는 셈이 된다. 그가 권태로운 생활에 견디다 못해 가족과 인연을 끊고 싶은 마음에 화가가 되려고 결심했다면 그것은 이해할 수 있는 일이기도 했으며, 또 그런 일이라면 흔히 있는 일이기도 했다. 그러나 스트릭랜드는 그런 경우에 전혀 해당되지 않았다. 이것저것 생각해본 결과, 내가 보기에도 무리인 것 같았지만, 어쨌든 그때까지 아직은 낭만적인 데가 있었던 나로서는 그 동기로 다음과 같은 해석을 생각해보았다.

즉, 원래부터 그의 영혼 속에는 창조 본능이 깊이 뿌리박혀 있었으나 주위 환경 때문에 오랫동안 잠자고 있었는데, 마치 암세포가 인체의 조직 안에서 맹렬하게 자라 퍼지듯이 그러한 본능이 끝내 그의 마음을 완전히 휘어잡아 꼼짝 없이 행동으로 옮기게끔 만든 게 아닌가 하는 생각이었다. 예를 들면, 뻐꾸기가 다른 새 둥지에 알을 낳으면 마침내 알에서 깨어난 뻐꾸기 새끼가 다른 새끼들을 쫓아내고 끝내는 자기가 신세를 진 그 둥지마저 부숴버리는 것처럼 말이다.

그렇다고 해도 창조 본능이 구태여 이 무미건조한 주식 중개인에게 달라붙어 마침내는 그 자신의 파멸뿐 아니라 그의 가족까지도 불행하게 만들다니 너무나 기이한 일이었다. 그러나 생각해보면 이것은, 신의 손이 부와 권세를 마음껏 누리는 남자들의 마음을 사로잡아 끈질기게 괴롭히고 끝내는 굴복시켜, 그들에게 이 세상의 환희와 여자를 사랑하는 마음을 버리게 하고 인내와 괴로움에 찬 수도원의 금욕 생활을 택하게 하는 것과 비슷한 현상으로, 그렇게 이상할 것도 없었다.

인생의 방향을 바꾸는 것은 사람에 따라 여러 가지 형태와 갖가지 방법으로 다양하게 나타난다. 사람에 따라 줄기찬 격류가 바위를 단번에 산산조각내듯 과감한 개조를 필요로 하는 경우도 있고, 반대로 낙숫물이 바위에 구멍을 뚫듯 서서히 나타나는 경우도 있다. 스트릭랜드의 경우에는 광신자의 열성적인 면과 사도(使徒)의 격렬한 점을 다 가지고 있었다.

그러나 현실 문제로서, 그가 아무리 정열에 사로잡혀 있었다 해도 과연 그만한 가치의 작품을 그릴 수 있을는지가 의문이라고 나는 생각했다. 나는 그가 런던에서 밤에 그림을 배우러 다녔다고 말했을 때, 그때 같이 배우던 학생들이 그의 그림을 어떻게 생각했느냐고 물어보았다. 그러자 그는 히죽 웃으며 대답했다.

"다들 내가 장난 삼아 그림을 그린다고 생각하는 것 같았소."

"여기서도 지금 화실에 다니고 계십니까?"

"그렇소. 오늘 아침에도 당신이 주위를 빙 돌아보다가 내 그림을 보더니 눈썹만 한 번 치켜뜨고는 그대로 가버리더군."

스트릭랜드가 킬킬거리고 웃으며 말했다. 조금도 실망하는 빛이 없었다. 남의 의견 따위는 전혀 문제 삼지 않는 것 같았다. 그와 얘기하는 도중에 내가 가장 곤란했던 것도 바로 이런 면이었다. 세상에는 흔히 남이야 어떻게 생각하건 신경쓰지 않는 사람이 있는데, 그들은 대부분 자기 자신을 속이고 있는 경우가 많다. 자신이 속한 무리의 방침이 그런 이상, 세상 사람들 의견에 반대해 행동하는 것도 그다지 어려운 일이 아니다. 뿐만 아니라 오히려 터무니없는 자존심까지 생기게 된다. 즉 위험을 겪을 염려 없는 용기 있는 남자라면 일종의 자기만족을 얻을 수 있는 것이다. 남의 마음에 들고자 하는 욕구는 문명인에게 있어서 가장 뿌리 깊은 본능이다.

소위 진보적인 여자일수록 일단 사람들로부터 풍속을 파괴하고 어지럽힌다고 공격받으면 재빨리 세상에 대한 체면이라는 은신처로 도망치고 만다. 그러므로 나는 어떤 사람이 세상의 평판 따위는 조금도 신경을 안 쓴다고 큰 소리를 친다 해도 그것을 그대로 받아들이진 않는다. 요컨대 그것은 무지에서 비롯된 한낱 허세에 지나지 않기 때문이다. 아무래도 꼬리를 잡히지는 않을 테니까 세상이 뭐래도 겁날 것 없다는 그런 태도에 불과하다. 그런데 여기 세상의 평판이나 관습을 전혀 개의치 않는 남자가 있다. 그는 마치 온몸에 기름을 바른 레슬링 선수같이 전혀 붙잡을 수가 없고, 그래서 불법 행위와도 같을 만큼 자기 마음대로 행동하고 있다. 나는 스트릭랜드를 향해 이렇게 말한 적이 있다.

"만일 모든 사람이 당신처럼 제멋대로 행동한다면 이 세상은 곧 끝장나 버릴 겁니다."

"어리석은 소릴 다 하는군. 나같이 처신하는 사람이 그렇게 흔할 것 같소? 대부분의 사람은 평범한 생활을 하는 것으로 만족하는 법이오."

한번은 이렇게 빈정대보기도 했다.

"아무래도 당신은 이런 금언을 믿지 않는 모양이군요. '그대의 모든 행동을 보편적인 법칙에 맞게끔 하여라' 어때요?"

"그런 말은 들어본 일도 없지만, 쓸데없는 잠꼬대일 뿐이오."

"이것은 칸트의 말입니다."

"누가 말했든 헛소리는 헛소리요."

상대방이 이렇게 나오니 아무리 양심에 호소해봐야 효과가 있을 리 없었다. 스트릭랜드가 그 멋대로의 행위에 대한 세상의 비난에 전혀 개의치 않고 있음을 알고 나자, 나로서는 물러설 수밖에 없었다. 작별 인사를 하려는데 그가 끝으로 이렇게 말했다.

"나를 쫓아다녀봤자 헛수고요. 에이미에게 그렇게 전해줘요. 곧 호텔을 옮길 작정이니 아무리 찾아봐야 찾을 수도 없을 거요."

"내 생각에도 부인께선 당신 같은 사람과는 헤어지는 편이 더 나을 것 같습니다."

"바로 그 점이오. 당신이 제발 그 사람을 이해시켜주시오. 하지만 여자들이란 워낙 단순해서……."

15

런던으로 돌아와보니 스트릭랜드 부인에게서 온 편지가 나를 기다리고 있었다. 저녁식사가 끝나는 대로 곧 와달라는 내용이었다. 가보니 맥앤드루 부부가 벌써 와 있었다. 스트릭랜드 부인의 언니 되는 여자는 동생과 어느 정도 비슷한 외모이기는 했지만 그녀보다는 훨씬 나이들어 보였다. 아주 자신만만해 보였고, 마치 대영제국을 혼자서 짊어지고 있는 것 같은 표정을 짓고 있었다. 고급 장교의 부인들은 다른 사람들보다 지위가 훨씬 위라는 우월감에서 그런 표정을 보이는 수가 많았다. 동작도 활발하고 예절도 갖추었으나 인간으로 태어나 군인이 될 수 없으면 차라리 심부름꾼이 되는 것이 낫다는 신념을 감추려고 하지도 않았다. 그러나 근위병들은 거만하게 군다는 이유로 못마땅한 모양이었고, 여간해선 찾아오지 않는 그 부인들의 이야기는 입에 담기도 싫다는 투였다. 차림새는 돈만 많이 들였지 촌스러워 보였다. 스트릭랜드 부인은 옆에서 보아도 금방 알 수 있을 만큼 침착성을 잃고 있었다.

"그래 어떻게 되었나요?"

그녀가 물었다.

"남편분을 뵙기는 했습니다만, 제가 보기엔 돌아오실 생각이 아주 없는 모양입니다."

그러고 나서 잠시 입을 다물었다가 다시 말을 이었다.

"그림을 그리고 싶어하시더군요."

"아니, 도대체 그게 무슨 말이에요?"

스트릭랜드 부인이 기절할 듯이 놀라서 소리쳤다.

"남편이 그쪽에 대단한 관심을 갖고 있었던 것을 여태껏 전혀 눈치채지 못하셨습니까?"

"그 녀석 완전히 미쳐버렸군."

대령이 소리쳤다. 스트릭랜드 부인은 약간 이맛살을 찌푸렸는데, 기억

속에서 뭔가를 찾고 있는 모양이었다.

"그러고 보니, 결혼하기 전에 곧잘 화구를 들고 돌아다니던 기억이 나요. 하지만 그림 솜씨는 정말 엉망이었어요. 그래서 모두들 놀려대곤 했죠. 그림에 대한 소질은 전혀 없는 사람이었어요."

"물론 그런 말은 핑계일 뿐이야."

맥앤드루 부인이 말했다. 스트릭랜드 부인은 잠시 생각에 잠겨 있었다. 내 말을 어떻게 받아들여야 할지 무척 난감한 모양이었다.

그녀의 주부다운 본능이 처음의 당황하던 마음을 가라앉혔는지 지금은 응접실도 어느 정도 정리되어 있었다. 이런 일이 있은 뒤 내가 곧바로 찾아왔을 때는 마치 오랫동안 남의 손에 맡겨두었던 것처럼 어수선했는데, 이제 그런 모습은 더 이상 눈에 띄지 않았다. 그러나 파리에서 스트릭랜드를 만나보고 온 지금으로선 그가 다시 이 방에 있는 모습을 상상할 수는 없었다. 어쨌든 그에게 뭔가 주위 사람들과는 다른 점이 있다는 것쯤은 그들도 어느 정도 눈치챘을 텐데 하는 생각이 들었다.

"하지만, 화가가 되고 싶었다면 어째서 그 말을 제게 하지 않았을까요? 남편에게 그런 열망이 있었다면, 누구보다도 제가 가장 잘 이해해주었을 텐데요."

스트릭랜드 부인의 말이었다. 맥앤드루 부인은 입을 꽉 다물고 있었다. 그녀는 동생이 소위 예술을 한다는 사람에게 열중해 있는 것을 전부터 그리 달갑게 생각지 않았던 모양이었다. 그녀는 늘 '교양'이라는 단어를 입에 올릴 때면 일부러 비꼬듯이 얄보는 투로 말하곤 했다. 스트릭랜드 부인이 다시 말을 이었다.

"만일 그에게 그런 재능이 있었다면 제가 제일 먼저 격려해주었을 거예요. 그런 일을 위해서라면 어떠한 희생을 치르게 된다 해도 상관하지 않았을 거예요. 저도 주식 중개인보다는 화가와 결혼하고 싶었을 테니까요. 아이들만 없다면 난 무슨 짓이라도 하겠어요. 첼시의 누추한 화실을 얻어 살아도 이 집에서 사는 것과 다름없이 행복하게 살 수 있을 거예요."

"도저히 참을 수가 없구나!"

맥앤드루 부인이 버럭 소리질렀다.

"그런 바보 같은 말이 어디 있니! 너 제정신으로 말하는 건 아니겠지?"

"제가 보기엔 진심이신 것 같은데요."

내가 조용한 어조로 말했다. 그녀는 한심하다는 듯이 나를 쳐다보았다.

"사십 나이의 남자가 이제 와서 화가가 되기 위해 사업과 가족을 버리다니, 그런 일이 있을 수 있어요? 틀림없이 예술가 친구라든가 하는 그런 여자에게 걸려들어 여자 때문에 그 사람 머리가 돌아버린 거예요."

그 말을 듣는 순간 스트릭랜드 부인의 창백한 볼이 빨갛게 변했다.

"어떤 여자던가요?"

나는 잠시 말을 멈추었다. 내 대답이 폭발적인 선언이 된다는 것을 알고 있었기 때문이다.

"여자는 없었어요."

맥앤드루 내외는 도저히 믿을 수 없다는 듯이 소리를 질렀다. 스트릭랜드 부인은 자리에서 벌떡 일어났다.

"정말 그 여자를 만나지 못했다는 말씀인가요?"

"만나고 뭐고 그런 사람이 있어야지요. 남편께선 혼자였습니다."

"그럴 리가 없어요! 말도 안 되는 소리예요."

맥앤드루 부인이 소리쳤다.

"그러니까 역시 내가 가야 하는 건데 그랬어. 나 같으면 틀림없이 당장 찾아냈을 텐데."

"정말입니다. 당신이 가셨더라면 저 또한 얼마나 좋았을지 모릅니다. 그랬으면 당신 추측이 들어맞지 않았다는 걸 분명히 아시게 되었을 테니까요. 그는 고급 호텔에 있지도 않았습니다. 조그만 방 한 칸밖에 안 되는 곳에서 비참한 생활을 하고 있었어요. 집을 뛰쳐나간 것은 무슨 향락을 위해서가 아닙니다. 그리고 완전히 무일푼이더군요."

대령을 향해 들으란 듯이 내가 단호하게 말했다.

"그럼 우리도 모르는 무슨 죄를 저지르고 경찰의 눈을 피하기 위해 숨어사는 게 아닐까?"

이 빗나간 추측은 모두의 가슴에 한 가닥 희망의 빛을 던진 것 같았지만 나의 생각은 전혀 달랐다. 그러한 추측을 나는 신랄하게 반박했다.

"하지만 만일 그렇다면 아무리 뭐래도 동업자에게 자기 거처를 알리는, 그런 얼빠진 짓은 하지 않았을 겁니다. 어쨌든 확실한 것은 그가 여자와 함께 도망치지 않았다는 사실입니다. 연애 같은 건 하고 있지 않았어요. 다른 일이라면 몰라도 그런 건 전혀 안중에도 없는 것 같았어요."

나의 말을 마음속으로 생각하고 있는 모양인지 잠시 침묵이 감돌았다. 마침내 맥앤드루 부인이 말했다.

"만일 그것이 사실이라면 문제는 생각했던 것처럼 그렇게 나쁜 것만은 아니겠군요."

스트릭랜드 부인은 언니를 힐끔 쳐다보았을 뿐 아무 말도 하지 않았다. 그녀의 얼굴은 몹시 창백했으며 그 고운 얼굴이 그늘지고 표정도 일그러져 있었다. 나는 그녀의 마음을 제대로 읽을 수가 없었다. 맥앤드루 부인이 말을 계속했다.

"그런 일시적인 기분이라면 얼마 안 가 정신을 차릴 테지."

"처제가 직접 찾아가보는 게 어때요? 1년쯤 파리에서 함께 사는 것도 괜찮고 말이에요. 아이들은 우리가 돌봐줘도 되니까. 그 사람도 가정에 싫증을 느낀 모양인데, 그러다 보면 머지 않아 마음을 잡고 다시 런던으로 돌아올 거예요. 뭐 그렇게 걱정할 건 없어요."

완전히 결정을 내린 듯 대령이 말했다.

"나 같으면 그렇게 하지 않고 그 사람 하는 대로 내버려두겠어. 그러다 보면 제 풀에 지쳐 돌아와서 다시 전처럼 마음을 잡을 거야. 남자들이란 참 알 수 없다니. 그러니까 여자 쪽에서 그 점을 잘 다뤄야 해."

맥앤드루 부인이 동생을 돌아보며 냉정하게 말했다. 그녀 역시 남자들이란 언제나 인정머리가 없어 자기가 따르는 여자를 오히려 소홀히 하지만, 그렇게 된 데는 여자 쪽에도 책임이 있다는 보통 여자들과 다름없는 견해를 가지고 있었다. 즉 인간은 이성(理性) 외의 이치에 의해 움직인다는 것이다. 잠시 후 스트릭랜드 부인이 우리 세 사람을 천천히 둘러보았다.

"그이는 다시 돌아오지 않을 거예요."

"너도 방금 얘기 들었잖니. 그 사람은 누가 시중을 들어주지 않으면 잠시도 못 견디던 고생도 모르는 사람이잖아. 그러니까 그렇게 고생스러운 객지 생활을 얼마나 오래 견디겠니? 게다가 돈도 없다고 하잖아. 그러니 돌아오게 되어 있어."

"그이가 여자와 함께 도망쳤다면, 그래도 아직 기회가 있다고 생각했어요. 그런 생활은 도저히 성공할 수 없는 일이니까요. 석 달만 지나면 틀림없이 그 여자에게 싫증이 날 거예요. 하지만 집을 나간 원인이 그런 문제가 아니라면 이제 모두 끝난 거예요."

"허어 참, 너무 극단적으로 생각하는군."

대령은 군인 기질과는 전혀 맞지 않은 이런 사고방식을 경멸하듯 힘주어 말했다.

"처제가 생각해봐도 알 것 아니에요? 틀림없이 곧 돌아올 거예요. 그리고 아까도 언니가 말했듯이 그렇게 지낸 후에는 꼼짝없이 집으로 돌아오게 되어 있어요."

"하지만 전 그런 사람은 돌아오기를 바라지 않아요."

"에이미!"

스트릭랜드 부인은 분명히 노여움에 사로잡혀 있었다. 그 얼굴이 더욱 창백해진 것도 갑자기 그녀를 사로잡은 차가운 분노 때문이었다. 그녀는 약간 숨을 헐떡이며 빠른 속도로 말을 이었다.

"다른 여자와 사랑에 빠져 함께 도망친 거라면 차라리 용서할 수 있어요. 그런 일은 누구에게나 흔히 있을 수 있는 일이니까요. 그이를 나무라지는 않겠어요. 본디 남자는 유혹에 약하고 여자란 파렴치한 존재니까요. 하지만 이번 경우는 문제가 달라요. 난 정말 그이를 증오해요. 이제 무슨 일이 있어도 그이를 용서할 수 없어요."

맥앤드루 대령은 자기 아내와 함께 그녀를 타이르기 시작했다. 너무 뜻밖이어서 도저히 제정신이 아닌 모양이라고까지 말하며 그녀를 달랬다. 두 사람은 그녀의 마음을 이해할 수 없었던 것이다. 스트릭랜드 부인은 그들의 말을 무시한 채 절망적인 눈빛으로 나를 바라보았다.

"당신은 내 마음을 아시겠죠?"

"글쎄요, 남편분이 여자 문제로 부인을 버렸다면 용서해줄 수 있지만, 그 밖에 다른 이유 때문이라면 용서할 수 없다는 말씀이시죠? 여자라면 상대해볼 수 있지만, 그렇지 않다면 불가능하다고 생각하시는 건가요?"

스트릭랜드 부인은 나를 힐끔 쳐다보았을 뿐 아무 대답도 없었다. 내 말이 급소를 찔렀는지도 모른다. 낮고 떨리는 목소리로 그녀가 다시 말을 이었다.

"난 지금껏 설마 내가 이렇게까지 사람을 미워할 수 있으리라고는 생각지 않았어요. 솔직히 말해서, 가령 아무리 이런 상태가 오래 간다 해도 그이는 결국 나를 원하게 될 것이라고 내 자신을 달래왔던 거예요. 그이도 죽을 때가 되면 나를 부르러 오겠지. 그러면 달려가서 어머니처럼 부드럽게 품에 안고 '지금까지 있었던 일은 모두 잊어버리세요. 나는 언제나 당신을 사랑해왔으니까요. 지난 일은 다 없었던 것으로 하겠어요' 이렇게 말해주려고 했었는데……."

늘 생각하는 일이지만, 여자가 사랑하는 이의 죽음을 앞두고 어쩌면 이토록 아름답게 행동하려는 것인지, 나는 그 심리를 알 수가 없어 고개를 갸웃했다. 아니, 그뿐 아니라 때로는 남편들이 빨리 죽지 않음으로써 여자에게 이런 눈물겨운 장면을 보여줄 기회를 주지 않는 것에 대해 오히려 불만스럽게 생각하고 있는 건 아닌가 하는 느낌마저 들 때가 있다.

"하지만 이제, 모든 것이 끝장이에요. 남같이 느껴지니까 그런 사람이야 어찌 되든 나와는 상관없는 일이에요. 난 그이가 친구 한 명 없이 거지 신세가 되어 굶어 죽어버렸으면 좋겠어요. 몹쓸 병에 걸려 사라져버렸으면 좋겠어요. 그이하고는 완전히 끝났어요."

결국 나는 스트릭랜드가 했던 이야기를 마저 다 전하는 편이 오히려 좋을 것 같은 생각이 들었다.

"남편께서는 이혼을 원한다면 언제고 거기에 필요한 수속을 해주겠다고 그러시더군요."

"아뇨, 그렇게 마음대로 되진 않을걸요. 왜 내가 그이에게 자유를 줘야 되죠?"

"남편 쪽에선 뭐 꼭 그렇게 해주기를 원하진 않으셨습니다. 다만 그렇게 하는 것이 부인에게 이로울 거라고 생각하고 계실 뿐이죠."

스트릭랜드 부인은 참을 수 없다는 듯이 어깨를 움츠렸다. 그때 나는 그녀에게 약간의 실망을 느꼈다. 그 당시의 나는 지금과는 달리 인간이라는 존재를 좀더 완전한 개체로 생각하고 있었다. 그런데 그렇게 착한 여성의 마음속에 그다지도 무서운 복수심이 숨어 있는 것을 보니 심한 괴로움이 느껴졌다. 하나의 인간을 구성하는 요소들이 얼마나 잡다한 성질로 이루어졌는가를 나는 아직 잘 모르고 있었기 때문이다. 한 인간의 마음속에, 인색한 마음과 웅대함, 악의와 선의, 증오와 사랑, 이렇게 서로 반대되는 것이 나란히 존재한다는 것을 지금에야 나는 알게 되었다.

나는 스트릭랜드 부인을 괴롭히는 굴욕적인 마음을 덜어주기 위해 어떻게든 위로의 말을 해줄 수 없을까 여러 가지로 생각해보았다. 그리고 마침내 이렇게 말해주기로 했다.

"저는 분명히 남편이 스스로의 행동에 책임을 질 수 없는 상태에 있다고 봅니다. 제가 보기엔 그는 제정신이 아닌 것 같아요. 어떤 힘에 사로잡힌 사람처럼, 자기 자신을 본인도 마음대로 못하는 것 같아요. 말하자면 누군가가 그에게 마술을 건 것처럼 말입니다. 한 인간의 마음속에 다른 인격이 들어와 원래 있던 인격을 쫓아낸다는 그런 말을 들어본 적이 있죠. 저는 그를 보며 그렇게 생각했어요. 이상하게도 전혀 다른 사람처럼 변할 수도 있더군요. 아마 옛날 같았다면 세상 사람들은 찰스 스트릭랜드에게 악마가 씌웠다고들 말했겠죠."

맥앤드루 부인이 가운의 앞자락을 쓸어내리자 금팔찌가 손목까지 흘러내려왔다. 그녀가 서슴없이 말했다.

"모두 당치도 않은 해석 같군요. 어쨌든 에이미가 남편을 소홀하게 본 것만은 사실인 것 같아요. 얘가 그렇게 바쁘지 않았다면 자기 남편이 다른 곳에 마음을 쏟고 있었다는 것을 틀림없이 알아차렸을 거예요."

대령은 허공을 바라보고 있었다. 그의 얼굴을 보자, 어쩌면 저렇게 교활한 데라고는 전혀 없는 무사태평한 표정을 하고 있을 수 있을까 의아한 생각마저 들었다.

"어찌 됐건 찰스 스트릭랜드가 피도 눈물도 없는 몰인정한 사람으로 변하지는 않았을 겁니다."

그녀는 험악한 눈초리로 나를 쳐다보았다.

"그 사람이 자기 아내를 버린 것은 순전히 이기심 때문이지, 그 밖에 다른 이유는 없어요."

"간단히 말하자면 그렇게 설명할 수밖에 없겠죠."

나는 그렇게 대답했지만 그러나 그녀의 말이 이번 사태를 설명할 수 없다는 것을 잘 알고 있었다. 나는 피곤하다고 말한 다음 자리에서 일어섰으나 스트릭랜드 부인은 별로 붙잡으려고 하지도 않았다.

16

그 뒤의 일들은 스트릭랜드 부인이 얼마나 야무진 여자인가를 입증해주었다. 그녀는 가슴속의 괴로움을 조금도 내색하지 않았다. 세상이 얼마나 남의 불행에 대한 이야기를 싫어하고, 슬픔에 잠겨 있는 모습을 보지 않으려고 하는지를 재빠르게 알아차렸기 때문이다. 그녀의 불행을 동정하여 계속 그녀를 초대하고 싶어했기 때문에 그녀는 모임에서도 절대로 슬픈 태도를 보이는 일이 없었다. 명랑하고 스스럼없이 행동했지만 결코 지나침이 없었다. 그리고 자기 이야기보다는 오히려 남의 문제에 열심히 귀를 기울이곤 했다. 남편에 대한 이야기를 할 때에도 절대로 나쁘게 말하는 법이 없었다. 처음에 나는 왜 그녀가 남편에 대해 그렇게 좋게 말하는지 이해할 수 없었다. 어느 날 그녀는 나에게 이런 말을 한 적이 있다.

"왜 언젠가 당신이 찰스는 혼자 있었다고 그러셨죠? 하지만 그것은 분명히 당신이 잘못 안 것 같아요. 얻어들은 바에 의하면 아무래도 그이가 혼자서 영국을 떠난 것 같지는 않아요."

"만일 그렇다면 그는 자신의 흔적을 감추는 데 천재적인 솜씨를 가지고 있는 셈이군요."

그녀는 시선을 돌리며 얼굴을 약간 붉혔다.

"제 말은 다른 사람들이 이 점을 문제시하여, 그이가 어떤 여자하고 달아났다는 말을 하더라도 그렇지 않다고 반론을 펴지는 마시라는 거예요."

"물론 그러지 않겠습니다."

그녀는 다시 아무 일도 아니라는 듯 화제를 다른 데로 돌렸다. 이 일이 있고 나서 얼마 안 되어 이상한 소문이 그녀의 친구들 사이에 나돌고 있음을 알았다. 찰스 스트릭랜드가 엠파이어 극장의 발레 공연에서 본 프랑스 여자 무희에게 반하여 마침내 파리로 함께 도망쳤다는 것이다. 이 소문이 어떻게 나왔는지 알 수 없었지만 이상하게도 그 덕에 스트릭랜드 부인은 세상의 동정을 받았을 뿐 아니라 위신도 회복되었다. 더구나 그것은 직업을 구하려던 그녀에게 상당한 선전 역할을 해주었다. 맥앤드루 대령이 전에 그녀가 무일푼이라고 말한 것은 절대로 과장이 아니었으며 그녀는 당장 눈앞의 생계를 이끌어갈 걱정을 해야 했다.

그래서 그녀는 전부터 알고 있던 몇몇 작가들에게 일을 얻을 작정으로 곧바로 속기와 타이프를 배우기 시작했다. 본디 교육을 잘 받았던 탓에 그녀는 여느 타이피스트보다 더욱 수준급이었고, 부탁한 쪽에서도 몹시 동정을 했다. 알고 지내는 작가들은 자기 일을 맡기겠다는 약속뿐만 아니라 다른 동료들에게도 그녀를 소개해주었다.

아이도 없이 여유롭게 지내고 있는 맥앤드루 내외가 그녀의 아이들을 맡아서 돌봐주었으므로 스트릭랜드 부인은 스스로의 문제만 해결하면 되었다. 그녀는 살던 아파트를 세놓고, 가구를 팔아 웨스트민스터에 작은 방

두 칸을 얻어 새 출발을 하였다. 워낙 능력 있고 부지런하였으므로 그녀는 틀림없이 인생에서 성공할 것 같았다.

17

이 사건이 있고 나서 5년이 지난 뒤 나는 런던에서 살기가 싫어졌기 때문에 얼마 동안 파리에서 살기로 했다. 매일 똑같은 일만 되풀이하는 데에 지쳐버렸던 것이다. 친구들은 평온하게 저마다 나름대로의 길을 가고 있었으므로 이미 나에게 아무런 자극도 줄 수 없었다. 그들이 무슨 이야기를 할 것인지 만나는 순간 이미 다 짐작할 수 있었다. 그들의 사랑 문제까지도 진부하고 지루하기 짝이 없었다. 우리는 이를테면 정거장 사이를 왔다갔다하는 전차와 같았고 승객들 수까지 알 수 있는, 요컨대 판에 박은 듯 편안하기 그지없는 나날을 보내고 있었다. 나는 갑자기 이런 생활이 지겨워져서 끝내는 작은 아파트를 비우고 얼마 안 되는 가재 도구를 처분한 뒤 다시 새 출발을 하기로 마음먹었다.

출발하기 전에 나는 스트릭랜드 부인을 찾아갔다. 오랜만에 만나보니 그녀는 많이 달라져 있는 것 같았다. 많이 늙었고 야윈 데다 주름이 늘었을 뿐 아니라, 성격까지도 변한 듯했다. 그녀는 사업에 성공하여 지금은 챈서리 레인에 사무실을 내고 있었다. 자신이 직접 타이프를 치는 일은 거의 없었고 고용한 네 명의 타이피스트가 한 일을 정리만 하고 있었다.

원고를 좀더 깨끗이 보기 좋게 하기 위해 파란색과 빨간색 잉크를 쓰기도 하고 인쇄물 표지로는 엷은 빛깔의 결이 거친 종이를 사용했다. 일이 깨끗하고 정확하다는 소문 덕에 돈도 꽤 벌은 모양이었다. 그러나 그녀는 자기가 벌어서 생계를 유지한다는 사실이 체면을 손상시킨다는 생각을 버리지 못했고, 틈이 있을 때마다 양가 출신이라는 것을 은연중에 나타냈으며, 이야기하는 동안에도 가까이 지내는 명사의 이름을 계속 들추어 자기가 사회적으로 지위가 낮지 않다는 것을 상대방에게 인식시키려고 했다. 자신의 용기와 사업 수완을 오히려 부끄럽게 여기는 데 반해 한편으로는 다음날 밤 사우스 켄징턴에 사는 어느 왕실 변호사와 저녁 약속이 있음을 몹시 자랑스러워하기도 했다. 아들이 케임브리지 대학에 다니는 것이 큰 자랑거리였고, 딸도 사교계에 나간 지 얼마 안 되는데 벌써 무도회 초대장이 밀려든다면서 기쁨을 감추지 못하고 웃으며 말했다. 그때 나는 지금 생각해도 너무 어리석은 질문을 하나 했다.

"머지 않아 따님도 함께 일하게 되겠죠?"

"천만에요. 그 아이한테까지 일을 시킬 수는 없어요."

스트릭랜드 부인이 대답했다.

"그 애는 예쁘니까 곧 좋은 곳으로 시집가게 될 거예요."

"난 단지 그렇게 되면 부인에게 도움이 되지 않을까 해서 그냥 말했을 뿐입니다."

"모두들 그 아이에게 배우를 시키면 어떻겠느냐는 제의를 하지요. 하지만 그런 일을 시킬 수도 없어요. 그야 일류 극작가는 다 알고 있는 처지라 이쪽에서 부탁만 하면 내일부터라도 당장 좋은 배역을 맡을 수는 있겠죠. 하지만 그 아이에게 온갖 종류의 사람들과 사귀게 하고 싶지는 않아요."

스트릭랜드 부인이 뜻밖에 자존심만 높이자 나도 조금 흥이 깨졌다.

"그래, 남편 소식은 좀 들으셨습니까?"

"아뇨, 그 뒤로는 전혀. 아마 죽었는지도 모르죠."

"파리에서 우연히 만날지도 모르니까, 혹시라도 만나게 되면 부인 소식을 전해드릴까요?"

그녀는 잠깐 머뭇거렸다.

"만일 그이가 정말 어려운 처지에 있다면 조금은 도와줄 수도 있어요. 당신 앞으로 얼마간 돈을 보내드릴 테니 그것을 필요에 따라 그이에게 조금씩 전해줘도 되겠죠."

"그래요, 정말 좋은 생각입니다."

그러나 그 제안이 친절한 호의에서 나온 것이 아니라는 것을 나는 알고 있었다. 고생이 사람의 성격을 고귀하게 만든다는 말이 있는데, 그것은 결코 사실이 아니다. 행복은 가끔 그럴 수도 있지만 불행은 대개의 경우 사람을 인색하고 복수심에 사로잡히게 하는 게 고작이다.

18

파리에 온 지 아직 2주도 되지 않았는데, 나는 우연히 스트릭랜드를 만났다. 도착하자마자 나는 담므 거리에 있는 어느 아파트 5층에 조그만 방을 정한 뒤 200프랑을 주고 꼭 필요한 가구를 몇 가지 사들였다. 그리고는 아파트 관리인과 이야기를 해서 모닝커피를 끓여주는 일과 방 청소를 해주기로 타협을 보고 난 다음 곧바로 친구 더크 스트로브를 만나러 갔다.

더크 스트로브라는 사나이는 사람에 따라 다르겠지만 그 얼굴을 생각 만 해도 웃음이 터져나오든가, 아니면 차마 못 보겠다는 듯 어깨를 움츠리 고 싶어지든가 하는 그런 인물이었다. 이를테면 타고난 희극배우 같은 사 람이었다. 직업은 화가였는데, 그림 솜씨가 꽤나 엉망이었다. 그를 처음 만 난 것은 로마에서였는데, 그의 그림을 나는 아직도 잘 기억하고 있다. 흔해 빠진 그림 소재를 언제나 진지한 태도로 그리곤 했는데, 그때도 그는 스파 냐 광장의 베르니니가 설계한 돌계단 근처를 서성이는 사람들 모습을 예 술적 도취에 가슴 설레며 열심히 그리고 있었다. 그의 화실에는 끝이 뾰족 한 모자를 쓰고 수염이 더부룩하고 눈이 큰 농부의 그림이며 누더기를 걸 친 장난꾸러기들 그림, 고운 빛깔의 치마를 입은 여자들 그림으로 가득 차 있었다. 그리고 거기 그려넣은 인물들도 교회의 돌계단에 기대어 쉬고 있 다든지, 구름 한 점 없는 하늘을 배경으로 사이프러스 그늘 밑에서 뛰놀고 있다든지, 르네상스 풍의 우물가에서 사랑을 속삭이고 있다든지, 우차 옆 에 서서 캄파냐 들판을 걷고 있는 등 거의 장면이 정해져 있었다. 그리고 붓터치와 색채가 사진이 무색할 만큼 꼼꼼하고 정확했다. 빌라 메디치에 있던 어떤 화가는 그를 '초콜릿 상자의 대가'라고 부르곤 했다. 어쨌든 그 의 그림을 보고 있으면 마치 모네나 마네, 그 밖에 뛰어난 인상파 화가들이 화단에 존재하지 않았던 것 같은 생각이 들었다.

"나는 내가 위대한 화가라고는 생각지 않네."

언젠가 그가 말했다.

"미켈란젤로와 같은 천재가 아니라는 것은 알고 있지만 내게도 약간의 재주는 있다네. 내 그림을 사는 사람이 있으니까. 많은 가정에 로맨틱한 분위기를 전해주고 있단 말일세. 내 그림은 네덜란드뿐 아니라 노르웨이, 스웨덴, 덴마크까지 팔려간다네. 그거 아나? 사는 사람들은 대개 상인들이야. 그 중에는 유복한 상인들도 있어. 그런 나라들의 겨울은 상상할 수 없을 만큼 길고 어둡고 춥지. 그래서 모두들 이탈리아를 나의 그림과 같은 곳으로 알고 동경하는 거야. 그들이 바라는 게 바로 그것이니까. 이곳에 오기 전에는 나 역시 이탈리아를 그렇게 상상했거든."

지금까지 계속 그를 따라다니며 눈을 현혹시켜 그로 하여금 진실을 보지 못하게 가렸던 것은 바로 그런 마음속의 환영이었다고 생각된다. 그러기에 그의 마음의 눈은 잔혹한 현실을 보려고 하지 않고 여전히 이탈리아의 낭만적인 산정이나, 그림처럼 아름다운 유적만을 추구해온 모양이다. 이를테면 그가 그린 것은 일종의 이상상(理想像)이었다. 낡고 팔리지 않는 하찮은 물건처럼 보잘것없는 것이긴 했지만, 그래도 역시 이상상이긴 했다. 그러나 그에게는 분명히 그것이 어떠한 매력을 던져주고 있었다.

그의 그런 점을 알고 있었기 때문에 나는 다른 사람들처럼 더크 스트로브를 단순한 조롱의 대상으로 생각하지 않았다. 동료 화가들은 그의 그림에 대한 경멸을 조금도 숨기려 하지 않았다. 그러면서도 돈에 옹색해지면 언제나 주저 없이 그에게 손을 내밀곤 했다. 게다가 그의 좋은 마음씨와 남이 우는소리만 하면 곧 그것을 진실로 받아들이는 순진함을 이용하여 파렴치하게 그에게서 돈을 빌어 쓰고 있었다. 그는 또 비교적 감정이 풍부하여 아주 쉽게 감동하곤 했는데, 그것이 상대방에겐 오히려 우습게 보였는지 동료들은 친절을 받으면서도 조금도 고맙다고 여기지 않았다.

그에게서 뭔가 얻어내는 것은 마치 어린애에게서 돈을 빼앗는 것처럼 아주 손쉬운 일이었기 때문에 사람들은 오히려 그를 어리석다고 생각할 정도였다. 소매치기로 재빠른 솜씨를 자랑할 만한 거물이 되고 나면 택시 안에 보석이 잔뜩 든 핸드백을 두고 내리는 얼빠진 여자들에겐 오히려 분노감 같은 것을 느끼게 되듯이 말이다. 그는 아예 타고난 세상의 웃음거리였지만 그렇다고 결코 감각이 둔한 남자는 아니었다. 그는 끊임없이 자기를 상대로 하는 지나친 장난이나 악의 없는 농담에 속으로는 몹시 괴로워하고 있었다. 그럼에도 불구하고 마치 자진해서 일부러 당해주는 것처럼 보이기도 했다. 이처럼 마음에 상처를 입으면서도 그는 절대로 남을 원망할 생각은 하지 않았다. 설령 독사에게 물렸다 해도 상처가 다 나으면 곧바로 또 그 뱀을 가슴에 살며시 끌어안을 그런 인간이었다. 그의 일상 생활은 말하자면 소란스런 희극 형식을 띤 한 편의 비극이었다. 그리고 그러한 그를 나는 결코 비웃는 일이 없었으므로, 그는 그것이 고마운 듯 나에게 자신의 불행을 털어놓곤 했다. 그런데 그것이 또 딱하게도 엉뚱한 이야기라, 눈물겨운 이야기일수록 이쪽은 점점 더 웃음이 터져나올 뿐이었다.

또한 자신은 그림 솜씨가 서툴렀지만 그림에 대한 그의 감상안은 극히 예민했다. 그 때문에 그와 함께 화랑을 찾는 일은 더없이 즐거웠다. 누구의 작품이든 장점은 진심으로 예찬했고 단점은 예리하게 비평했으며, 모든 게 포용적이었다. 옛 대가의 작품도 올바르게 판별했고 현재의 화가들에 대해서도 깊은 이해를 가지고 있었다. 또 새로운 화가의 재능을 발견하는 눈을 지녀 그에 대한 찬사를 아끼지 않았다.

나는 지금까지 그보다 더 정확한 안목을 지닌 사람은 본 일이 없다. 게

다가 여느 화가들보다 교육 수준도 높았으므로 그들이 모르는, 그림과 연관성이 다른 예술 부문에도 일가견을 가지고 있었고 음악과 문학에 대한 그의 관심은 그림을 보는 그의 이해와 깊이에 다양성을 더해주었다. 나와 같은 젊은이에게 그의 조언과 지도는 더없이 귀중한 것이었다.

로마를 떠난 뒤에도 나는 그와 계속 편지를 주고받았다. 두 달에 한 번쯤은 그에게서 괴상한 영어로 쓴 장문의 편지를 받았고 편지를 읽을 때마다 나는 침을 튀기고 손짓을 하며 열심히 지껄이는 그의 모습을 생생히 떠올리곤 했다. 내가 파리로 오기 얼마 전에 그는 영국 여인과 결혼하여 지금은 몽마르트르의 어느 화실에 자리를 잡고 있다고 했다. 그를 못 본 지 4년이나 되었으므로 그의 부인을 만나는 것도 물론 처음이었다.

19

스트로브의 화실 벨을 누르자, 직접 문을 열었으면서도 그는 처음에는 내가 누구인지 알아보지 못했다. 그러나 기쁨의 환성을 내지르며 곧바로 나를 안으로 맞아들였다. 그토록 진심으로 반갑게 대해주니 정말 기뻤다. 그의 부인은 난로 옆에서 바느질을 하고 있었는데 내가 들어가자 곧 자리에서 일어섰다. 스트로브가 나를 부인에게 소개했다.

"기억나지? 왜 내가 늘 말하지 않았어."

그렇게 말하고는 나를 보며 그가 다시 말을 이었다.

"그런데 왜 오면 온다고 미리 알려주지 않았나? 언제 왔나? 그리고 언제까지 여기 있을 거야? 1시간만 빨리 오지 그랬나. 그랬으면 함께 식사를 할 수 있었을 텐데……."

그는 쉬지 않고 나에게 여러 가지 질문을 퍼부었다. 나를 의자에 앉혀놓고 내 몸이 마치 쿠션인 양 토닥거리며 담배와 케이크, 포도주 등을 내놓고 계속 권했다. 잠시도 나를 그냥 두지 않았다. 마침 집에 위스키가 없다고 낙심을 했다가는 커피라도 끓여야겠다고 하는 등 어쨌든 나를 대접하고 싶어서 열심히 머리를 짜냈고, 계속 기쁨에 넘쳐 웃어대고 수선을 떨며 혼자서 진땀을 흘렸다.

"오랜만인데도 스트로브 자네는 하나도 변하지 않았군."

나는 그를 향해 미소지어 보였다. 그 우스꽝스러운 생김새는 요전에 보았을 때와 비교해 조금도 다름이 없었다. 다리가 짧고 통통한 체구의 사내였다. 분명히 아직 삼십 전일 텐데 벌써 대머리였다. 완전히 둥근 얼굴에 비교적 혈색이 좋았으며 흰 피부에 입술만 새빨간 빛을 띠고 있었고, 동그란 푸른 눈에 큰 금테 안경을 쓰고 있었다. 눈썹은 아주 흐린 금빛으로 있는지 없는지도 모를 지경이었다. 마치 루벤스가 그린 뚱뚱하게 살진 명랑한 네덜란드 상인을 연상케 하는 모습이었다.

한동안 파리에서 살 계획으로 아파트 방을 빌렸다고 말하자, 그럼 진작 알려주지 그랬느냐며 그는 나를 몹시 나무랐다. 알려주기만 했으면 자기가 아파트를 구하고 가구도 빌려주고 이사할 때도 거들어주었을 텐데, 일부러 돈을 들여 가구까지 살 필요가 있었느냐고 마구 나를 꾸짖었다. 자기 손을 조금도 빌리려 하지 않다니, 친구로서 그렇게 남을 대하듯 할 수 있느냐고 하며 몹시 섭섭해했다. 그가 그렇게 수선을 떠는 동안 스트로브 부인은 아무 말 없이 조용히 앉아 양말을 꿰매면서 입가에 부드러운 미소를 띤 채 남편 말에 귀를 기울이고 있었다.

"하여튼 보다시피 나는 결혼했네. 내 아내 어떤가?"

화제를 돌리며 그가 불쑥 물었다. 그리고는 아내에게 환한 미소를 던지며 안경을 콧등 위로 밀어올렸다. 땀 때문에 안경이 계속 흘러내려왔기 때문이다.

"도대체 무슨 말이 듣고 싶어서 그러나?"

나는 웃으며 말했다.

"참 당신도……."

스트로브 부인이 미소지으며 끼여들었다.

"어떤가? 굉장히 멋있어 보이지? 이봐, 자네도 시간 낭비하지 말고 어서 장가를 가게. 나는 이 세상에서 그 누구보다도 가장 행복한 사람 같네. 보라고, 저렇게 앉아 있는 내 아내를 보란 말일세. 한 폭의 그림이지 뭔가. 샤르댕의 초상화라고 할까? 나도 지금까지 많은 미인들을 봐왔지만 마담 더크 스트로브만한 미인은 아직 본 일이 없네."

"여보 그만 해두세요. 안 그러면 전 나가버리겠어요."

"몽 쁘띠 슈(귀여운 사람)."

그가 말했다. 그녀는 그 말투 속에 담긴 정열에 당황한 듯 얼굴을 약간 붉혔다. 그의 편지로 아내를 몹시 사랑하는 줄은 알고 있었지만, 정말 그는 한 시도 부인에게서 눈을 떼지 않는 모양이었다. 그러나 아내 쪽에서도 역시 그를 사랑하고 있는지는 알 수 없었다. 그는 결코 여자의 연애 감정을 불러일으킬 그런 남자는 아니었기 때문이다.

그러나 그녀의 미소띤 눈에는 부드러움과 깊은 애정이 담겨 있었던 것 같다. 그가 보는 것처럼 사랑스러워 못 견딜 만큼 매혹적인 미인은 아니었지만, 용모는 단정한 편이었다. 키는 좀 큰 편이며 검소하게 잘 재단된 잿빛 드레스는 그녀의 몸매를 그대로 드러내고 있었다. 양장점에서보다는 조각가가 좋아할 몸매였다. 탐스러운 갈색 머리를 수수하게 틀어올렸고, 얼굴빛은 상당히 창백했으며 생김새도 이렇다 할 두드러진 점은 없었으나 균형이 잘 잡혀 있었다. 눈동자는 부드러운 잿빛이었다. 요컨대 미인이 될 기회를 아슬아슬하게 놓쳐 미인이 되지 못한 느낌이었다. 스트로브가 그녀를 샤르댕의 그림에 비유한 것은 터무니없는 엉터리만은 아니었다. 그녀를 바라보고 있으면 이 거장의 걸작인 실내용 머릿수건을 쓰고 앞치마를 두른 발랄한 주부의 초상화가 떠올랐기 때문이다. 스트로브 부인이 냄비와 솥 사이를 바삐 움직이며 조용히 일하는, 마치 어떤 의식이라도 치르는 것처럼 한 가지씩 해나가는 것을 보면 저절로 그 부엌일까지 뭔가 일종의 정신적 의미를 띠고 있다는 생각까지 들었다. 특별히 그녀가 똑똑하다든지 재미있는 여인이라고는 생각하지 않았지만, 그러면서도 그녀 자신의 일에 열중해 있는 모습에는 왠지 나도 모르게 끌리는 뭔가가 있었다.

그러나 어딘가 이해가 안 가는 점이 없는 것도 아니었다. 어째서 이 여자가 더크 스트로브와 결혼했는지 궁금했다. 나처럼 영국인이라고는 했지만 어떤 환경에서 자랐는지 어디 출신인지 확실히 알 수도 없었다. 또 결혼 전에는 무엇을 했는지 그 점도 확실치 않았다. 말이 거의 없는 여자였지만, 한번 입을 열면 명랑하게 이야기했으며 그 태도도 자연스러웠다. 나는 스트로브에게 지금도 그림을 계속 그리느냐고 물었다.

"그림 말인가? 예전보다 더 잘 그리네."

우리는 화실에 앉아 있었는데 그는 손가락으로 이젤 위에 놓여 있는 자신의 그리다 만 그림을 가리켰다. 그 그림을 보고 나는 약간 놀랐다. 여전히 캄파냐 풍으로 차려입은 한 무리의 농부들이 로마 교회의 돌계단에 기대어 쉬고 있는 장면이었기 때문이다.

"이걸 지금 그리고 있다는 말인가?"

"응, 모델은 로마에서와 같이 파리에도 얼마든지 있다네."

"정말 아름답다고 생각하지 않으세요?"

스트로브 부인이 말했다.

"나 참, 이 사람은 나를 무슨 위대한 화가인 줄 알고 있다니까."

그는 그렇게 말하고는 쑥스러운 듯 웃었지만, 그 속에서 우러나오는 기쁨은 감출 수 없었다. 그의 눈은 계속 자기 작품을 향해 있었다. 남의 작품에 대해서는 그처럼 정확하고 인습에 얽매이지 않는 그의 비평 감각도 자기 작품을 대하게 되면 이렇게 달라져, 아주 보잘것없고 속된 그림에 만족한다는 것은 정말 이상한 일이었다.

"좀더 보여드리면 어때요?"

다시 그의 부인이 말했다.

"그럴까."

그처럼 동료들의 조소에 괴로워하면서도 역시 더크 스트로브는 칭찬을 받고 싶은 마음과 자기만족에 빠져서 자신의 작품을 남에게 보이지 않고는 못 견뎌했다. 그는 마침내 머리가 곱슬곱슬한 개구쟁이 이탈리아 꼬마 둘이서 공기놀이를 하고 있는 그림을 꺼내왔다.

"예쁘지 않아요?"

스트로브 부인이 말했다. 이어서 그는 다른 그림도 보여주었다. 파리에 와서도 역시 몇 년 동안 로마에서 그렸던 그림과 똑같은 낡아빠진 수법으로 겉으로 보기에 아름다운 그림만을 그려왔다는 것을 알 수 있었다. 하나같이 헛되고 위선적이고 표면만을 꾸민 작품뿐이었다. 그러면서도 더크 스트로브만큼 세상에서 정직하고 성실하고 솔직한 사람은 없었다. 이 모순은 그 누구도 풀 수 없는 문제였던 것이다.

어쩌다 그런 생각을 했는지 나 역시 확실하게 기억나지는 않지만, 그때 내가 불쑥 물어보았다.

"자네 혹시 찰스 스트릭랜드라는 화가를 만나본 적 있나?"

스트로브가 깜짝 놀라며 소리쳤다.

"자네도 그 사람을 알고 있나?"

"그 보기 싫은 사람 말이죠?"

부인이 말참견을 하자 스트로브가 다시 유쾌하게 웃어댔다.

"마 포브르 셰리(이 딱한 사람)."

그는 부인이 있는 곳으로 다가가 그녀의 손에 입맞추었다.

"이 사람은 그를 싫어한다네. 그런데 자네가 그를 어떻게 아는가?"

"전 그런 무례한 사람은 딱 질색이에요."

스트로브 부인이 말했다. 여전히 웃고 있던 더크는 마침내 나에게 그 이유를 설명하기 시작했다.

"실은 요전에 내가 그 사람보고 우리 집에 와서 내 그림을 좀 봐달라고 했다네. 그래서 우리 집을 찾아왔기에 그림을 다 보여주었지."

거기까지 말하자 스트로브는 어딘가 난처한 표정을 지으며 입을 다물었다. 그가 왜 자신에게 이롭지 않은 이야기를 꺼냈는지는 모르겠지만 어쨌든 말을 마칠 때까지 기분 나쁜 기억을 떠올리고 있는 모양이었다.

"그래서 내 그림들을 봐주기는 했는데, 그림에 대해 아무 말도 하지 않더군. 어쨌든 다 본 후에 비평해주리라는 생각에, 일단 다 보이고 난 다음 '이것이 전부요' 하고 말했지. 그러자 그 사람은 '사실은 당신한테 20프랑만 꾸고 싶어서 온 거요' 하지 않겠나."

"그런데 이분은 정말 그 돈을 꾸어주었답니다."

부인이 옆에서 사뭇 화가 난다는 듯이 말했다.

"나도 정말 당황했어. 그러나 거절할 수도 없었네. 그 사람, 돈을 받아 주머니 속에 넣더니 고개를 끄덕이며 고맙다고 한 뒤 그대로 돌아가버리는 거야."

멍청한 표정으로 이야기를 하는 더크 스트로브의 얼빠진 얼굴을 바라보고 있자니 웃음이 터져나올 것만 같았다.

"그림이 별로라고 느꼈으면 차라리 그렇다고 솔직하게 말해주면 될 것 아냐. 그런데 그야말로 한마디도 안 하는 거야."

"당신은 무슨 좋은 말이라고 남에게 그런 말을 하세요?"

부인이 나무라듯 말했다. 나 역시 스트릭랜드의 분별없는 행동에 분개하기보다 오히려 이 네덜란드인의 익살스러운 표정을 보는 것이 더 우습고 재미있었다.

"그런 사람은 다시는 만나고 싶지 않아요."

부인이 말했다. 스트로브는 미소지으며 어깨를 움츠렸다. 벌써 기분이 좋아진 것이다.

"그러나 중요한 건 그는 아주 보기 드문 훌륭한 화가라는 사실이야."

"스트릭랜드가 위대한 화가라고? 그럼 동명이인(同名異人)인가 보군."

"붉은 수염을 기른, 몸집이 아주 큰 영국인일세."

"내가 만났을 때에는 수염을 기르고 있지 않았었는데 길렀다면 아마 붉은 수염일 거야. 하지만 내가 말하는 사람은 그림을 배우기 시작한 지 고작 5년 정도밖에 안 된단 말일세."

"그럼 분명히 그 사람이야. 그는 위대한 화가야."

"그럴 리가……."

"이보게, 내가 사람을 단 한 번이라도 잘못 본 일이 있던가? 그 사람은 천재라구! 분명히 천재야. 나는 확신하네. 앞으로 백 년 뒤에 만일 자네나 내 이름이 조금이라도 세상에 남아 있다면 그것은 다만 우리가 찰스 스트릭랜드를 알았다는 이유 때문일걸세."

나는 전혀 뜻밖의 말에 흥분감을 감출 수 없었다. 그리고 문득 그를 마지막으로 만나 이야기 나누었던 때의 일이 생각났다.

"그래, 그 사람 작품이 어디 나와 있나? 정말로 성공한 건가? 지금 그는 어디에 살고 있나?"

"아직 성공은 하지 못했어. 아마 자기 그림을 한 장도 팔지 못했을걸세. 그 사람 이야기를 하면 모두 비웃고 마네. 그러나 나는 그가 위대한 화가라는 것을 알고 있네. 마네도 역시 남의 비웃음만 받았고 코로 역시 그림이라곤 한 장도 팔지 못했었네. 지금은 어디 살고 있는지 모르지만, 그가 잘 다니는 곳을 안내해주지. 그는 매일 밤 7시만 되면, 클리시 거리의 어느 카페에 나타난다네. 어때, 내일 밤에라도 함께 갈 수 있네만."

"하지만 그쪽에서 나를 만나줄지가 의문일세. 나를 보면 잊고 싶은 옛 일이 생각날지도 모르니까. 그래도 일단 가보기로 하세. 그런데, 그 사람 그림을 아무 거라도 좋으니 좀 볼 수 없겠나?"

"그에게 부탁해봐도 그건 안 될걸세. 아마 한 장도 보여주지 않을 거야. 그렇지만 다행히 내가 아는 어느 화상이 그의 그림을 몇 장 가지고 있네. 그러나 자네 혼자 보러 가선 안 돼. 도저히 이해할 수 없을 테니까. 내가 직접 가서 설명해줘야 하네."

"여보, 난 당신 이야기를 듣고 있으면 화가 치밀어요. 그런 대접을 받고도 당신은 화가 안 나는지, 그 사람 그림을 그렇게 좋게 말하다니 정말 모르겠군요."

스트로브 부인이 말했다. 그리고는 나를 향해 돌아앉으며 말을 이었다.

"사실은 언젠가 대여섯 명의 네덜란드 사람이 이분 그림을 사러 왔었어요. 그런데 이분은 자꾸 스트릭랜드의 그림을 사라고 권하지 뭐예요. 그리고는 결국 손수 그 그림을 가져와서는 사라고 졸랐답니다."

나는 웃으며 그녀에게 물었다.

"그래 부인께서는 그 그림을 어떻게 생각하셨나요?"

"형편없는 그림이었어요."

"당신은 몰라서 그래."

스트로브가 말했다.

"하지만 그 네덜란드 사람들도 당신에게 화를 냈잖아요. 틀림없이 당신이 자기들을 놀리는 줄 알았을 거예요."

더크 스트로브는 안경을 벗어 유리로 된 알을 닦았다. 약간 흥분한 나머지 빨갛게 상기된 얼굴이 번들거리며 빛나고 있었다.

"어쨌든 이 세상에서 가장 귀중한 아름다움이란 그냥 지나가다 힘 안 들이고 주울 수 있는 해변가의 조약돌 같은 건 아니야. 아름다움이란 이 혼돈의 세계에서 영혼의 고뇌를 겪으면서 만들어낸 거야. 그러나 그것을 모든 사람이 다 알아볼 수 있는 것은 아닐세. 아름다움을 인식하기 위해선 예술가가 거쳐온 괴로움을 이쪽에서도 거쳐보아야 하는 거야. 즉 그것은 예술가가 우리에게 들려주는 아름다운 멜로디와도 같은 것이며, 제대로 판별해 들으려면 이쪽에서도 그만한 지식과 감수성, 그리고 상상력이 필요하게 되는 걸세."

"그럼 어째서 제 눈에는 당신 그림이 언제나 아름답게 보였을까요? 저는 처음 보자마자 감탄하고 말았거든요."

스트로브의 입술이 조금 떨렸다.

"여보, 당신은 그만 자구려. 나는 이 친구와 잠깐 산책 나갔다 오겠소."

20

더크 스트로브는 다음날 저녁에 나를 찾아와 스트릭랜드가 잘 다니는 카페로 안내해주겠다고 했다. 따라가보니 그곳은 바로 내가 전에 스트릭랜드를 만나러 파리에 왔을 때 그와 함께 압생트를 마신 곳이었다. 그 뒤 그가 싫증도 안 느끼고 줄곧 한 군데 카페만을 다니고 있다는 사실은 그의 특징 중에 하나인 게으른 습성을 떠올리게 하였다.

"보게, 저기 있군."

카페에 이르자 스트로브가 말했다. 10월인데도, 그날 밤은 따뜻하여 테라스의 테이블에도 많은 손님으로 붐비고 있었다. 나는 카페 안을 한 번 둘러보았지만 스트릭랜드의 모습은 보이지 않았다.

"저기 구석을 보게나. 체스를 하고 있는 자가 바로 그 사람일세."

그쪽을 바라보니 과연 한 남자가 체스판 위에 몸을 구부리고 앉아 있었다. 하지만 이쪽에선 다만 커다란 펠트 모자와 붉은 턱수염이 보일 뿐이었다. 우리는 테이블 사이를 헤치고 그 사람 옆으로 갔다.

"스트릭랜드."

그가 고개를 들고 쳐다보았다.

"여어, 뚱보. 무슨 일로 그러나?"

"당신을 만나러 온 옛 친구를 데리고 왔소."

스트릭랜드는 나를 힐끔 쳐다보았으나, 누군지 알아보지 못하는 모양이었다. 그는 다시 체스판을 들여다보았다.

"거기 앉게나. 그리고 조용히들 하고 있게."

그가 말했다. 그리고는 말을 하나 움직이더니 곧 체스에 몰두하고 말았다. 호인인 스트로브는 자못 난처하다는 얼굴로 나를 쳐다보았으나, 나는 아무렇지도 않았다. 마실 것을 시키고 그 판이 끝날 때까지 조용히 기다리기로 했다. 오랜 시간에 걸쳐 마음놓고 스트릭랜드라는 남자를 자세히 관찰할 수 있는 좋은 기회였기 때문이다. 다른 곳에서 만났다면 도저히 알아보지 못했을 것이다. 무엇보다도 눈에 띄는 것은 더부룩하게 자란 채 손질도 하지 않은 붉은 턱수염이 얼굴을 덮은 점이었으며, 머리도 무척이나 긴 장발로 변해 있었다. 가장 놀란 것은 얼굴이며 몸이 극도로 수척해 보인 일이었다. 그 큰 코가 전보다 더 불룩 튀어나와 있었고 광대뼈도 불거져 있었으며 눈도 조금 더 커 보였다. 관자놀이 부분도 움푹 꺼져 있어 그의 몸은 마치 시체처럼 보였다. 5년 전에 만났을 때의 옷을 아직도 입고 있었는데, 때에 절은 데다 여기저기 찢어지고 실밥이 드러나 보였으며 마치 남의 옷을 빌려입은 것처럼 헐렁헐렁했다. 좀더 자세히 보니 꾀죄죄한 손에 손톱마저 자랄 대로 자랐고 살이 빠져 굵은 뼈와 힘줄만 앙상하게 남아 있었다. 나는 보기 좋았던 예전의 그의 손을 생각해보았다. 체스에 정신이 팔려 몰두하고 있는 그의 모습은 어떤 이상하고도 강렬한 인상을 심어주었는데, 뼈와 가죽만 남은 그의 외모는 오히려 그러한 느낌을 더욱 강하게 했다.

이윽고 그는 한 수 두고 나더니 몸을 뒤로 젖히고 멍한 눈초리로 물끄러미 상대방을 응시했다. 그의 적수는 턱수염을 기른 뚱뚱한 프랑스인으로 한동안 형세를 살펴보더니, 갑자기 쾌활한 어조로 소리치며 이제는 졌다는 듯 몸을 움츠려 보이고는 빠르게 말을 긁어모아 상자 속에 집어던졌다. 그리고 진 것이 분한 듯 스트릭랜드를 향해 거리낌없이 몇 마디 억지소리를 퍼붓더니 웨이터를 불러 술값을 치르고 카페를 나가버렸다. 그러자 스트로브는 앉아 있던 의자를 테이블 앞으로 바짝 끌어당겼다.

"이제야 이야기할 수 있겠군."

스트로브가 말했다. 스트릭랜드는 심술궂은 표정으로 한동안 그를 물끄러미 쳐다보았다. 뭐라고 놀려줄 말을 찾고 있는 것 같았으나 그럴 듯한 말이 떠오르지 않아 할 수 없이 참고 있는 것처럼 보였다.

"당신을 만나고 싶어하는 옛 친구를 데리고 왔소."

스트로브는 싱글싱글 웃으며 아까 했던 말을 되풀이했다. 스트릭랜드는 생각에 잠긴 듯 우두커니 앉아 1분 가까이나 나를 빤히 쳐다보았다. 나는 아무런 반응도 보이지 않았다.

"전혀 본 기억이 없는 사람이오."

어째서 그가 그렇게 말했는지 나는 아직도 알 수가 없다. 그때 그의 눈에는 내가 누구인가를 알아본 듯한 기미가 엿보였기 때문이다. 그러나 나도 몇 년 전처럼 그렇게 쉽게 물러나지는 않았다.

"얼마 전에 당신 부인을 만났지요. 아마 당신도 부인의 최근 소식을 듣고 싶어하실 것 같습니다만."

그는 잠깐 웃더니 눈을 반짝였다.

"언젠가 하룻저녁 이야기를 나눈 적이 있었지. 그러니까, 몇 년 전 일이더라?"

"5년 전이지요."

그는 압생트를 한 잔 더 주문했다. 스트로브는 자기와 내가 알게 된 동기며, 어떤 계기로 둘 다 스트릭랜드를 알고 있다는 사실이 드러나게 되었는지 떠벌리기 시작했다. 스트릭랜드가 그 이야기에 귀를 기울이고 있는지는 의심스러웠다. 한두 번 나를 쳐다보았는데 내가 보기엔 대체로 그 자신의 생각에 잠겨 있는 것 같았다. 스트로브가 지껄이는 바람에 그나마 대화가 이루어졌지, 그렇지 않았더라면 서로 입만 쳐다보고 앉아 있었을 것이다. 이윽고 한 30분 가량 지껄이던 이 네덜란드인은 시계를 쳐다보고는 그만 집에 가겠다고 말했다. 함께 가지 않겠느냐고 내게 물었으나, 나는 단

둘이 있게 되면 스트릭랜드로부터 뭔가 알아낼 수 있을 것 같은 생각이 들었으므로 좀더 있다 가겠다고 대답했다. 뚱뚱한 몸을 흔들며 스트로브가 나가자 내가 먼저 말했다.

"더크 스트로브는 당신을 위대한 화가로 생각하고 있더군요."

"도대체 그게 어떻다는 말이오?"

"괜찮다면 당신 그림을 좀 보여주시지 않겠습니까?"

"어째서 당신에게 보여주어야 하오?"

"어쩌면 한 장쯤 사고 싶어질지도 모르니까요."

"내가 한 장도 팔고 싶지 않을지도 모르지."

나는 웃으며 다시 물었다.

"어떻게, 생활은 잘 됩니까?"

그도 빙긋이 웃었다.

"당신이 보기엔 어떤 것 같소?"

"마치 아사 직전같이 보입니다."

"곧 그렇게 될지도 모르겠소."

"그럼, 우리 함께 저녁식사나 하러 갑시다."

"그건 또 왜?"

"뭐, 선심을 쓰고 싶은 것은 아닙니다. 솔직히 말해 당신이 굶어죽거나 말거나 나와는 전혀 상관없는 일이니까요."

내가 냉담하게 대답했다. 그의 눈에 다시 반짝이는 빛이 떠올랐다.

"그럼, 갑시다. 제대로 식사다운 식사를 하겠군."

그가 말했다.

21

그에게 가고 싶은 곳으로 안내하라고 했더니 그는 나를 어느 레스토랑으로 데리고 갔다. 가는 도중 나는 신문을 한 부 샀다. 요리를 주문하자, 나는 그 신문을 생 갈미에 술병에 기대어놓고 읽기 시작했다. 우리는 아무 말도 하지 않고 식사를 했다. 가끔 그가 나를 쳐다본다는 것을 알았지만 나는 일부러 모르는 체했다. 그가 먼저 입을 열게 하려는 속셈이었기 때문이다.

"신문에 뭐가 실렸소?"

식사가 거의 끝나갈 무렵이 되자, 그가 먼저 물었다. 약간 부아가 치미는 듯한 기미가 보이는 목소리였다.

"저는 언제나 문예란을 즐겨 읽습니다."

나는 신문을 접어 옆에 놓았다.

"정말 맛있게 먹었소."

그가 말했다.

"그럼, 커피를 마실까요? 괜찮겠어요?"

"그게 좋겠군."

우리는 함께 담배를 피워 물었다. 나는 잠자코 담배만 피우고 있었다. 가끔 그가 엷은 미소를 띠고 이쪽을 물끄러미 쳐다본다는 것을 눈치채고 있었지만, 나는 참을성 있게 또다시 그가 먼저 말을 꺼내기만을 기다렸다.

"그래, 지난번 만나고 난 뒤 당신은 줄곧 무슨 일을 하며 지냈소?"

마침내 그가 말했다. 내 이야기는 별로 할 만한 것이 많지 않았다. 그 동안 물론 내 할 일을 열심히 하긴 했으나, 모험이라곤 전혀 없이 즐거운 생각만 하고, 이것저것 실험을 해보기도 하고, 인간과 책에 대한 이해가 점차 깊어져갔다는 것, 그런 정도였다. 나는 일부러, 당신은 무엇을 했느냐는 말은 묻지 않았고 그에 대해 전혀 관심없다는 듯한 태도를 보이고 있었다. 그러자 역시 효과가 있었다. 묻지도 않았는데 그가 자진해서 스스로의 이야기를 시작했기 때문이다. 그러나 본디 말솜씨라곤 워낙 없는 사람이라 5년 동안 겪은 체험을 대강만 말하는 것이 고작이었다. 그 이야기의 살이 되는 부분은 내가 상상으로 채울 수밖에 없었다.

그는 나에겐 무척 흥미로운 인물인데, 그 정도밖에 모르고 넘어가야 하다니 참으로 안타까운 일이었다. 마치 골자가 빠진 원고를 읽고 있는 것 같았다. 그러나 어쨌든 그가 인생의 온갖 역경과 싸우며 투쟁하고 있는 듯한 느낌을 받았다. 그리고 보통 사람 같으면 두려워할 여러 가지 일도 그는 전혀 문제시하지 않는다는 것을 알았다. 생활의 안락함에 대해서는 아주 무관심하다는 점에서 스트릭랜드는 보통 영국인과는 확실히 달랐다. 1년 내내 조그만 방에서 살아도 그는 아무렇지도 않았다. 방 안을 아름답게 장식할 필요도 느끼지 않았다. 내가 처음으로 그를 찾아갔을 때 본, 방의 벽지도 그는 한 번도 지저분하게 느껴본 일이 없었을 것이다. 그는 꼭 안락의자에 앉아 편히 쉬고 싶다는 마음도 없었고, 오히려 식탁용 의자가 마음 편하다고 생각하는 모양이었다. 먹을 때는 매우 맛있게 먹었지만 무엇을 먹는지에도 무관심했다. 그에게 있어 음식이란 다만 굶주림의 고통을 없애기 위해 게걸스럽게 먹는 것에 불과했다. 더구나 그 음식이 없을 때에는 그냥 끼니를 굶고 말았다. 어떤 때에는 6개월 동안 매일 한 조각의 빵과 우유 한

병으로 목숨을 이어왔다고 했다. 본디 육감적인 사람인데도 그런 것에는 전혀 무관심했다. 궁핍한 것쯤은 아무렇지도 않은 모양이었다. 그처럼 온통 정신력으로만 살아가는 그의 모습에는 뭔지 모르게 상당히 인상적인 점이 있었다.

런던에서 가지고 온 몇 푼 안 되는 돈을 다 쓴 뒤에도 그는 태연하기만 했다. 그림은 한 장도 팔리지 않았다. 아마 팔려고도 하지 않았을 것이다. 그래서 그는 몇 푼의 돈을 벌기 위해 다른 방법을 강구했다. 싱글싱글 웃으며 반은 농담 삼아 지껄이는 그의 말에 의하면 어떤 때는 파리의 밤 생활을 보고 싶어하는 런던 사람들을 안내해주고 끼니를 이어온 일도 있었던 듯싶다. 냉소적인 그의 성격에 잘 맞는 일이었던 만큼, 그럭저럭 그 일을 하다 보니 그는 도시의 고상하지 못한 지역에 대해 꽤 많은 견문을 갖게 되었다. 어쨌든 법률로 금지된 일을 보고 싶어하는, 영국인을 찾으려고 그것도 되도록 한잔 얼큰하게 취한 이를 찾으려고 몇 시간이고 마들레느 거리를 헤매었다는 이야기도 했다. 운이 좋을 때는 상당한 돈이 생기는 수도 있었지만, 그의 옷차림이 너무 남루해 나중에는 결국 관광객 쪽에서 겁을 집어먹고 그를 꺼리게 되었으며, 그에게 안내를 부탁할 만큼 대담한 손님도 없었다. 그 뒤 영국 의사를 상대로 선전하기 위한 특허약 광고문을 번역하는 일을 하기도 하고 또 페인트공들이 파업을 하는 동안 그들 대신 고용된 적도 있었다.

그러는 동안에도 그는 계속 그림을 그렸다. 더구나 화실에 다니는 일은 금방 싫증이 나서 완전히 혼자 힘으로 공부를 하고 있었다. 궁색하긴 했지만 캔버스와 물감을 살 만한 돈은 어떻게든 마련했으므로 그로선 솔직히 말해, 그것 외에는 필요한 것도 없다는 태도였다. 그러나 내가 본 바로는 창작에 있어서도 지독한 어려움을 거듭한 모양이었다. 그도 그럴 것이 남의 지도를 받기 싫어했으므로, 선인들이 이미 하나하나 해결해주고 있다는 기법상의 여러 가지 문제를 혼자 힘으로 풀어나가는 데 많은 시간을 소비했을 것이기 때문이다. 그는 나뿐만 아니라, 아마 그 자신도 잘 모르고 있는 듯한 어떤 것을 추구하고 있었다.

전에도 그런 것을 느꼈지만, 그는 마치 뭔가에 홀린 듯 제정신이 아닌 것 같았다. 작품을 보여주지 않으려는 것도 사실은 이미 그린 그림에 대한 흥미를 스스로 잃었기 때문인 것 같았다. 꿈속에서 사는 사람인 만큼 현실은 아무 의미도 없었기 때문일 것이다. 마음의 눈에 보이는 것을 붙잡으려고 열중한 나머지, 그 밖의 일은 모두 잊어버리고, 다만 그 강렬한 개성을 모든 힘을 다해 캔버스 위에 쏟아놓지만 일단 그 일이 끝나면 그것에 대한 관심을 모두 잃어버리는 것 같았다. 그러나 그의 관심은 뭔가를 그리는 일이 아니라 오히려 자신을 불태우던 그 정열에 대한 관심이었을 것이다. 그가 자기 작품에 만족한 적은 한 번도 없었다. 그런 건 그의 마음에 비치는 환상에 비하면 아무 문제도 되지 않는 모양이었다.

"어째서 전람회에 출품하지 않으십니까? 당신 그림에 대한 평을 듣고 싶으실 텐데요."

마침내 내가 물었다.

"그렇게 생각하오?"

그의 이 한마디에는 뭐라 말할 수 없는 경멸감이 담겨 있었다.

"그럼, 유명해지고 싶지 않다는 말입니까? 대부분의 예술가들은 그렇지 않을 텐데요."

"풋내기들이나 그렇지. 개인의 의견에도 관심이 없는데, 어떻게 그런 자들의 비평이 신경쓰이겠소."

"하지만 인간이란 항상 합리적으로만 일을 해결할 수 없는 경우도 있으니까요."

내가 웃으며 말했다.

"당신은 명성을 만드는 자들이 누구라고 생각하오? 비평가와 문인, 주식 중개인, 그리고 여자들이 만드는 거요."

"그러나 당신이 전혀 알지 못하는 사람들이나 만난 일도 없는 사람들이 당신 작품에서 미묘하고 격렬한 감동을 받는다는 것을 생각하면 당신도 어쨌든 기분 좋지 않겠어요? 누구나 힘을 동경하지요. 그 중에서도 인간의 영혼을 움직여 동정심을 일게 하고, 연민 또는 전율을 느끼게 할 수 있는 힘이라면 얼마나 멋있겠어요."

"흔해빠진 감상이지."

"그럼, 왜 작품이 잘 되고 못 되고를 신경쓰시나요?"

"난 그런 적 없소. 다만 눈에 비치는 것을 그리고 싶을 뿐이오."

"제가 무인도에 가서, 제아무리 좋은 작품을 써봤자 영영 아무도 읽어줄 사람이 없다는 것을 알면서도 과연 계속 글을 쓸 수 있을는지는 적잖은 의문거리입니다."

스트릭랜드는 오랫동안 침묵을 지키고 있었는데, 그 눈빛은 뭔가 그의 영혼을 뒤흔들어 황홀한 경지에 이르게 하는 환상이라도 보고 있는 듯 기이하게 반짝이고 있었다.

"나도 이따금 머릿속에 망망한 바다에 떠 있는 외로운 섬이 떠오르오. 그런 섬의 아무도 모르는 골짜기 속에서 낯선 나무들에 둘러싸여 조용히 살 수 있었으면 좋겠소. 그렇게 하면 내가 원하는 것을 어쩌면 찾을 수 있을지도 모르니까."

그러나 그는 이렇게 알아듣기 쉽게 말하지는 않았다. 적당한 형용사가 떠오르지 않을 때는 몸짓으로 대신하고 말도 더듬거렸다. 그러므로 그가 하고자 한 말이라고 생각해서 내가 그것을 내 식으로 표현했을 뿐이다.

"지난 5년 동안의 일을 돌이켜보면 그만한 가치가 있었다고 생각하십니까?"

그는 나를 쳐다보았으나 내가 말하는 뜻을 잘 알아듣지 못하는 것 같아 나는 다시 이렇게 덧붙여 물었다.

"당신은 남부럽지 않은 가정과 행복한 생활을 버린 셈입니다. 그때는 꽤 잘 사셨지요. 그러나 지금 파리에선 비참한 생활을 하고 계신 것 같군요. 만일 다시 한 번 예전 생활로 돌아간다 하더라도 그때와 똑같이 행동하실 작정인가요?"

"물론이오."

"당신 부인과 아이들 소식은 한마디도 묻지 않으시는군요. 그들 생각은 전혀 하지 않습니까?"

"안 하오."

"그렇게 매정하게 대답하실 줄은 몰랐습니다. 집안 식구들을 그토록 불행하게 만들어놓고도 조금도 미안하다는 생각이 들지 않습니까?"

그는 미소지으며 고개를 가로저었다.

"말씀은 그렇게 하시지만 때로는 옛일이 생각나겠지요. 7, 8년 전 일이 아니라 더 오래된 일 말입니다. 당신이 처음으로 부인을 만나 부인을 사랑하고 결혼했을 때의 일을 말하고 있는 것입니다. 부인을 처음으로 가슴에 안았을 때 느꼈던 그 즐거움이 생각나지 않습니까?"

"나는 과거를 생각하지 않소. 나에게 중요한 것은 다만 영원한 현재뿐이오."

나는 잠시 마음속으로 그의 말을 곰곰이 생각해보았다. 물론 확실치 않았지만, 어렴풋하게나마 그가 말하는 뜻을 알 수 있을 것 같았다.

"그럼 지금은 행복하십니까?"

"그렇소."

나는 입을 다물고 한동안 그의 얼굴을 자세히 쳐다보았다. 그는 아무 말 없이 나의 시선을 받아들이더니 이내 그 눈에 냉소적인 빛을 번뜩였다.

"아무래도 내 말에 실망하신 모양이군."

"무슨 말씀을, 천만에요."

내가 즉각 대답했다.

"상대방이 구렁이 같은 사람이라면 좋고 나쁘고도 없으니까요. 뿐만 아니라 나는 오히려 그런 사람이 갖는 심리 상태에 흥미를 느낍니다."

"당신이 나에게 관심을 갖는 것은 순전히 소설가의 직업적인 흥미 때문이겠지."

"네, 그렇습니다."

"어쨌든 내가 하는 일을 보고 이러쿵저러쿵하는 것은 당신 마음이지만, 당신도 정말 비열한 사람이오."

"그래서 당신도 나와 함께 있을 때 마음이 편한 게 아닙니까?"

나 역시 지지 않고 받아넘겼다. 그는 아무 감정 없는 웃음을 띤 채 더 이상의 대꾸는 하지 않았다. 나에게 그 미소를 묘사할 만한 글재주가 없는 것이 유감이다. 매력적인 미소는 아니었지만 그러나 그 웃음으로 인해 대체로 어두웠던 그의 표정이 환해졌으며 순진한 짓궂음을 연상케 하는 표정으로 변했다. 그것은 마치 눈빛 속에 떠오른 채 사라져버리곤 하는 흐린 미소였다. 잔인하지도 않으며 부드럽지도 않은 육감적인 미소로, 인간적이라기보다는 오히려 사티로스가 즐거움을 느끼며 짓는 미소였다. 내가 다음과 같은 질문을 하게 된 것도 바로 그의 이런 미소 때문이었다.

"파리에 오신 뒤 연애를 하신 일은 없습니까?"

"그런 바보 같은 짓을 할 시간이 어디 있소. 인생은 사랑과 예술, 양쪽을 다 누릴 만큼 길지 않으니까."

"하지만 지금 당신 모습은 세상을 등진 사람으로는 보이지 않는데요."

"그런 일은 생각만 해도 구역질이 나오."

"하지만 인간의 본능이란 그렇게 귀찮고 지겨운 것 아니겠어요?"

"왜 그렇게 내 얼굴을 보고 웃는 거요?"

"당신이 하는 말을 믿지 않기 때문입니다."

"그럼, 당신은 지독히 머리가 둔한 편이로군."

나는 말을 멈추고 그의 얼굴을 찬찬히 쳐다보았다.

"나를 속이면 도대체 무슨 이득이 있습니까?"

"무슨 얘긴지 모르겠군."

그를 향해 나는 다시 미소지어 보였다.

"이렇게 말하면 뭣하지만, 대여섯 달 동안이라면 그런 문제가 마음속에 떠오르지 않을 수도 있겠죠. 그리고 이제 그런 일과는 아주 영원히 인연을 끊었다고 스스로 믿고 있을지도 모릅니다. 이제야 비로소 나의 영혼은 나의 것이 되었다는 생각에 마치 머리를 높이 쳐들고 밤하늘의 별들 사이로 걸어다니는 것 같은 기분이 들겠죠. 그런데 갑자기 더 이상 참을 수 없게 되어 자신의 두 다리가 지금까지 줄곧 진흙 속에 빠져 있었다는 사실을 돌연 깨닫게 됩니다. 그러면 이번에는 오히려 그 진흙 속에서 뒹굴고 싶다는 생각이 들죠. 그야말로 야비하고 천한, 말하자면 음탕하고 파렴치한 짐승 같은 여자를 찾아내, 자기 자신도 야수처럼 몸을 내던지게 된단 말입니다. 그리고 욕정에 눈이 멀 때까지 완전히 취해버리는 겁니다."

그는 꼼짝도 않고 내 얼굴을 빤히 보고 있었다. 나는 천천히 그를 마주 쳐다보며 여유 있는 목소리로 말을 계속했다.

"그리고 이상하게도 일단 그러한 황홀경 상태가 지나가면 그 뒤는 그야말로 거짓말처럼 순수해진 기분이 드는 법이죠. 마치 육체에서 빠져나온 영적인 상태에 이른 듯한 기분이 들어 아름다움이라는 것이 손으로 만질 수 있는 것 같은 상태에 이릅니다. 그리고 산들거리는 신록의 나무들이며, 무지개 빛깔로 반짝이는 냇물의 흐름 같은 것과 은밀히 마음이 통하는 것 같은 기분이 듭니다. 마치 신이 된 듯한 기분이 드는 거죠. 그 기분을 제게 설명해줄 수 있으신가요?"

그는 계속해서 나를 쳐다보더니 내 말이 끝나자마자 곧바로 고개를 돌려버렸다. 그의 얼굴에는 어떤 야릇한 빛이 떠올라 있었다. 인간이 고문을 당하면서 죽어갈 때의 얼굴과 똑같다고 생각했다. 그는 계속해서 침묵을 지키고 있었다. 그리고 다음 순간, 나는 그와의 이야기도 이것으로 끝났구나 하는 생각이 들었다.

22

나는 파리에 자리를 잡은 후 희곡을 쓰기 시작했다. 오전에는 일을 하고 오후에는 뤽상부르 공원이나 거리를 산책하는 등 대단히 규칙적인 생활을 했다. 그리고 루브르 박물관은 수많은 미술관 중에서도 가장 친근감을 주었고 사색하기에도 가장 안성맞춤인 곳이었기 때문에 나는 툭하면 그곳에서 오랜 시간을 보냈다. 또 조금도 살 마음이 없는 헌 책들을 뒤적이며 강변 거리를 거닐기도 했는데, 그때 이것저것 닥치는 대로 한 페이지씩 책을 읽어 그나마 내가 알고 싶어했던 수많은 작가들에 대해서 알게 되었다. 밤에는 친구들을 만나러 다녔다. 스트로브의 집에도 가끔 들러 함께 조촐한 식사를 하기도 했다. 더크 스트로브는 자신의 이탈리아 요리 솜씨 자랑이 대단했는데, 솔직히 말해 그가 만든 스파게티 요리는 그의 그림 솜씨보다 월등히 좋았다. 그가 만든 토마토 케첩을 듬뿍 친 스파게티 요리는 큰 접시에 먹음직스럽게 담은 임금의 진수성찬도 부럽지 않은 것이었으며, 우리는 그것에다 집에서 구운 빵과 붉은 포도주를 함께 곁들여 먹었다.

나는 블란치 스트로브와도 차츰 친해졌다. 그녀도 이곳에 알고 있는 영국인이 전혀 없었으므로 나를 만나는 일을 즐거워했다. 밝아 보이고 상냥한 성격이었으나 늘 말이 없는 편이라 이유는 알 수 없었지만 어딘지 모르게 어두운 비밀이라도 지니고 있는 것처럼 보였다. 그러나 그것은 그녀의 타고난 성격 탓이며 너무도 솔직하게 떠들어대는 그녀의 남편 때문에 유별나게 눈에 띄는 것뿐이라고 나는 생각했다. 더크는 무엇이건 절대로 숨기고 사는 성격이 아니었으며 아무리 개인적인 내밀한 일이라도 누구 앞이건 아랑곳없이 지껄이는 버릇이 있었다. 그런 탓에 때로는 부인을 곤혹스럽게 만드는 일도 있는 모양이었다. 한번은 나도 그런 장면을 본 일이 있다. 그때 더크는 부인이 말리는데도 듣지 않고 설사약을 먹었을 때의 이야기를 꺼내 있는 그대로 실감나게 설명을 해주었다. 그때 겪은 난처한 장면을 너무도 자세하게 설명했으므로 나는 마침내 배를 움켜쥐고 웃었는데, 스트로브 부인은 그것을 보고 더욱 화가 났다.

"당신은 자기 자신을 남의 웃음거리로 만드는 것이 좋은 모양이죠?"

그녀가 화를 내자 그는 동그란 눈을 더 동그랗게 뜨고 이맛살을 찌푸리며 자못 난처한 듯이 쩔쩔매는 것이었다.

"여보, 당신 화났소? 다시는 그런 약 안 먹을게. 다만 변비 증세가 있었기 때문에 그랬어. 어쨌든 늘 앉아 있기만 해서 운동 부족이라 그래. 그때는 사흘 동안 한 번도……."

"제발 그만 해두세요!"

그녀는 도저히 참을 수 없다는 듯 눈물까지 글썽이며 그의 이야기를 가로막았다. 그는 마치 꾸중들은 아이처럼 머리를 숙인 채 입을 내밀고 있었다. 어떻게 손 좀 써달라는 듯한 눈치였으나, 나는 그의 표정을 보고 그저 우습기만 하여 배를 움켜쥐고 웃을 수밖에 없었다.

어느 날 스트로브와 함께, 스트릭랜드의 그림을 가지고 있다던 그 화상을 찾아갔다. 그러나 가보니 공교롭게도 이미 스트릭랜드가 그림을 다시 가져갔다고 했다. 화상도 그 이유를 잘 모르고 있었다.

"하지만 그렇다고 제가 뭐 서운해하는 것은 아니니까 그 점은 염려 마십시오. 사실 그 그림은 스트로브 선생님의 얼굴을 봐서 받았던 것이고 팔 수 있으면 팔아보겠다고 생각했던 것인데, 하지만 사실상……."

그렇게 말하고 화상은 어깨를 움츠렸다.

"저도 신인들의 작품에는 꽤 신경을 쓰고 있습니다만, 그렇지만 설마 선생님께서도 그 사람에게 재능이 있다고는 생각지 않으시겠죠?"

"나의 명예를 걸고 하는 말이지만, 현재 활약하고 있는 화가들 중에서 그 사람만한 재능을 가진 사람은 아무도 없을 거요. 내가 하는 말을 믿어요. 당신은 정말 큰 돈벌이를 놓친 거요. 머지 않아 그의 그림이 이 가게 안에 있는 그림들을 모두 합해도 받을 수 없는 엄청난 값으로 팔리게 될 테니 두고 보시오. 모네를 봐요. 그 무렵에는 단 100프랑을 주고도 살 사람이 없었다오. 그 그림이 지금 도대체 얼마나 하는지 알아요?"

"그야 그렇지요. 그러나 그 시절에도 모네와 같은 그림 솜씨를 가졌으면서도 전혀 팔리지 않는 화가가 많이 있었으니까요. 그리고 그런 그림은 아직도 팔리지 않습니다. 누가 앞일을 알겠어요? 그리고 그분의 그림이 과연 값어치가 있는지 여부는 아직은 더 두고 봐야 할 문제니까요. 어쨌든 그 사람에게 재능이 있다고 말씀하시는 분은 오직 선생님 한 분뿐입니다."

"그럼, 당신은 도대체 예술가에게 재능이 있고 없고를 어떻게 분간할 수 있단 말이오?"

더크가 화가 나서 얼굴을 붉히며 물었다.

"그건 오직 한 가지, 잘 팔리느냐의 여부에 달려 있는 겁니다."

"이런 속물 같으니라고!"

더크가 소리쳤다.

"하지만 과거의 위대한 화가들을 생각해보세요. 라파엘로나 미켈란젤로도 그렇고, 앵그르, 들라크르와, 모두 다 잘 팔리지 않았습니까."

"자, 가세."

스트로브가 나를 재촉했다.

"그대로 여기 더 있다가는 이 사람을 죽여버릴 것 같아."

23

그 후 나는 스트릭랜드와 꽤 자주 만나 가끔 체스 상대를 해주기도 했다. 하지만 그 사람은 정말 종잡을 수가 없었다. 때로는 옆에 누가 있는지도 모르고 말없이 멍하니 앉아 있기도 했고 또 어떤 때는 기분이 좋아서 그 특유의 더듬거리는 말로 띄엄띄엄 지껄이기도 했다. 결코 똑똑한 말은 아니었지만, 거칠고 난폭하게 빈정거려서 상대방을 놀라게 하는 일도 있었고, 항상 자기가 생각한 바를 그대로 드러내는 사람이었다. 그는 상대의 기분은 전혀 아랑곳없이 하고 싶은 말을 했으며, 상대방의 감정이 상하면 오히려 즐거워했다. 특히 더크 스트로브의 기분을 유독 상하게 했다. 그러면 더크는 또다시 그와 말을 하면 사람이 아니라고 화를 내며 발길을 돌렸다. 그런데 스트릭랜드에게는 어딘가 모르게 이 뚱뚱한 네덜란드인을 끄는 강한 힘이 있었다. 그래서 스트로브는 가보았자 당할 것이 뻔한데도 그를 되찾아가곤 했다. 스트릭랜드가 어째서 나에게는 그런 식으로 대하지 않았는지 나 자신도 알 수 없었다. 우리의 관계는 기묘한 것이었다. 어느 날 그는 나보고 50프랑만 빌려달라고 했다.

"당신이 그런 말을 할 줄은 꿈에도 생각지 않았습니다."

"왜, 하면 안 되오?"

"별로 듣고 싶은 이야기가 아니니까요."

"난 지금 굉장히 곤란하단 말이오."

"그건 내가 알 바 아니죠."

"내가 굶어죽어도 상관없단 말이오?"

"내가 무슨 상관 있겠어요?"

그는 너저분하게 자란 수염을 잡아당기며 한동안 나를 쳐다보았다. 나는 빙긋이 웃었다.

"도대체 무엇이 우습소?"

분노에 찬 눈을 번뜩이며 그가 물었다.

"당신은 정말 단순하군요. 당신이라는 사람은 의무 따위 일체 인정하는 일이 없지 않습니까. 그러니까 어느 누구도 당신에게 의무감을 느낄 필요는 없는 것이죠."

"만일 내가 방 값을 못 내고 쫓겨나 목을 맸다 해도, 당신은 아무런 양심의 가책을 받지 않는단 말이오?"

"네, 전혀."

그는 이를 드러내며 껄껄거리고 웃었다.

"공연히 허세 부리지 말아요. 만일 정말 그렇게 된다면 당신은 그야말로 양심의 가책으로 어쩔 줄 모를 거요."

"그렇게 해보세요. 그러면 알 게 아닙니까."

즉각적인 나의 대꾸에 그는 입가에 웃음을 흘리며 말없이 압생트를 휘저었다.

"체스 한 판 두시겠습니까?"

내가 물었다.

"좋소."

우리는 말들을 늘어놓았다. 다 차려지자 그는 다시 기분이 좋은 듯이 체스판을 둘러보았다. 전투 준비를 갖춘 부하들을 바라보듯 그의 눈에 일종의 만족감이 일었다.

"정말 내가 당신에게 돈을 빌려줄 줄 알았습니까?"

"빌려주지 못할 이유도 없으니까."

"좀 뜻밖이군요."

"왜?"

"당신도 역시 마음속으로는 감상적이라는 것을 알고 좀 실망했어요. 당신이 나의 동정심에 그토록 순진하게 호소하는 일이 없었으면 나도 당신을 좋아했을지 모르죠."

"당신이 그런 호소에 감동했다면 나도 당신을 경멸했겠지."

그가 말했다.

"차라리 그 편이 나았겠군요."

내가 웃으며 말했다. 우리는 체스를 두기 시작했고, 두 사람 다 체스에 열중했다. 잠시 후 내기가 끝나자 나는 다시 그에게 말했다.

"만일 몹시 생활이 곤란하다면 당신 그림을 보여주십시오. 마음에 드는 것이 있으면 한 장 살 생각이니까요."

"헛소리 하지 마시오."

그가 대답했다. 그리고는 일어서서 밖으로 나가려고 하자, 나는 얼른 그를 붙들었다.

"당신은 압생트 값을 내지 않았어요."

빙그레 웃으며 내가 말했다. 그는 나에게 뭐라고 투덜대더니 테이블 위에 돈을 내던지고는 곧장 밖으로 나가버렸다.

그 뒤 나는 며칠 동안 그를 만나지 못했다. 그러던 어느 날 저녁 내가 그 카페에 앉아 신문을 읽고 있으려니까 그가 불쑥 들어와 내 옆에 털썩 주저앉았다.

"아직 목을 매지는 않으신 모양이군요."

내가 먼저 입을 열었다.

"그렇소. 일을 맡았소. 지금 나는 200프랑 계약으로 장사를 그만둔 어느 땜장이의 초상화(이 그림은 전에 릴의 돈 많은 어떤 공장주가 소유하고 있었는데 그 사람이 2차 대전시 독일군의 침입을 받자 도망가버려 지금은 스톡홀름 국립 미술관에 보관되어 있다. 스웨덴 사람은 혼란한 틈을 타서 횡재하는 데는 귀신같은 솜씨를 가지고 있다)를 그리고 있소."

"어떻게 그 일을 얻게 되었습니까?"

"단골 빵 가게 주인여자가 소개해준 거요. 그 땜장이가 자기 초상화를 그려줄 사람을 찾고 있다는 말을 그 여자에게 했던 모양이오. 물론 그 대가로 그 여자에겐 20프랑의 수수료를 지불해야 하지만."

"어떤 사람인데요?"

"굉장하더군. 커다란 얼굴은 마치 양고기의 넓적다리 살처럼 붉었소. 게다가 오른쪽 볼에는 아주 큰 점이 있고 거기에 긴 털들이 나 있지."

스트릭랜드는 아주 기분이 좋았는데, 그 자리에 더크 스트로브가 나타나서 옆에 앉자 그는 또다시 스트로브를 지독하게 놀리기 시작했다. 지금까지 그에게 그런 점이 있으리라고는 믿지 못할 정도의 말재주로, 그는 이 불행한 네덜란드인의 가장 아픈 급소를 사정없이 찔렀다. 스트릭랜드는 풍자나 조롱이 아니라 숫제 악담과 욕설을 예고도 없이 퍼부었다. 스트로브는 갑작스런 급습에 방어할 여지도 없었다. 마치 겁먹고 이리저리 우왕좌왕하는 놀란 한 마리 양 같았다. 그는 너무나도 놀라고 아연해 있다가 결국 눈물까지 흘렸다. 게다가 가장 딱한 일은 그런 스트릭랜드를 아무리 얄밉게 생각하고 스트로브가 눈뜨고 보기에 너무 안됐다는 생각이 들면서도 웃음이 터져나온다는 사실이었다. 더크 스트로브는 진지한 태도로 나오면 나올수록 남에겐 익살맞게 보이는 불운한 사람들 중 하나였다.

하지만 파리에서 지낸 그 해 겨울을 회상해보면 나의 가장 즐거웠던 추억은 이 더크 스트로브에 관한 일이었다. 그의 조그만 가정에는 뭔가 묘하게 잊을 수 없는 매력이 있었다. 그와 그의 부인은 상상만 해도 즐거운 한 폭의 그림을 이루고 있었으며, 부인에 대한 그의 애정은 아주 여유 있고 우아한 취향을 갖추고 있었다. 그는 우스꽝스러운 사람임에 틀림없지만 그의 진실된 애정에는 남의 동정을 사는 애틋함도 깃들어 있었다. 그러한 그를 안타깝게 여기는 부인이 어떤 마음이었는지 이해할 수 있었고 그녀의 애정이 얼마나 다정한 것인가를 알았으므로 나는 기쁘기도 했고 감동을 받기도 했다.

그는 언제까지나 그녀의 변함 없는 연인이었다. 비록 그녀가 나이를 먹어 몸의 곡선미를 잃고 그 아름다운 용모가 빛을 바랜다 하더라도 그의 눈에는 조금도 변함 없는 여자로 보일 것이다. 그에게는 그녀가 세상에서 가장 아름다운 여자로 남아 있을 것이다. 두 사람의 생활 속에는 질서 정연한 어떤 기분 좋은 우아함이 있었다. 그들이 사는 곳에는 화실과 침실 하나, 그리고 좁은 부엌이 전부였다. 스트로브 부인은 혼자서 모든 집안 살림을 직접 꾸려나갔다. 더크가 시시한 그림을 그리고 있는 동안 그녀는 장을 보러 가고, 점심 준비를 하고, 바느질을 하는 등 하루종일 개미처럼 부지런히 일했다. 그리고 밤이 되면 화실에 앉아 다시 바느질을 시작하는데, 이때 더크는 부인이 이해하지도 못하는 음악을 연주하곤 했다. 그는 제법 멋지게 연주했으나 언제나 필요 이상으로 감정을 더하여, 음악 속에도 진실하고 감상적이고 화려한 자신의 영혼을 쏟아넣었다.

그들의 생활은 하나의 전원 목가와도 같은 것이었고 독특한 나름대로의 아름다움을 만들어내는 데 성공하고 있었다. 더크 스트로브와 관계되는 모든 일에 반드시 따라다니는 그 우스꽝스러움이 뭔가 조화되지 않는 불협화음처럼 그들의 삶에 기묘한 맛을 풍기고 있었으나, 또한 어딘가 모르게 보다 현대적이고 인간적인 냄새가 나기도 했다. 마치 진지한 장면에서 튀어나온 거친 농담처럼 모든 아름다움이 지니는 신랄함을 더 높여주고 있었다.

24

크리스마스를 며칠 앞둔 어느 날 더크 스트로브는 나를 찾아와 그날을 자기와 함께 지내자고 말했다. 그는 크리스마스에 대해선 자신의 기질에 따른 감상을 지니고 있어 거기에 알맞은 의식을 갖추어 친구들과 함께 지내고 싶어했다. 그 즈음 우리 두 사람은 스트릭랜드를 이삼 주 동안이나 만나지 못했다. 나는 잠시 파리에 머물던 친구들을 만나느라 바빴고 스트로브는 아주 심하게 그와 싸웠기 때문에 이제 다시는 만나지 않겠다고 결심했었기 때문이다. 스트릭랜드의 행동에 대해서는 도저히 참을 수 없으므로 두 번 다시 그와 말하지 않겠다는 거였다. 그러나 크리스마스가 가까워지자 그의 마음은 절로 누그러져 스트릭랜드가 혼자서 크리스마스를 지낼 것을 생각하고는 또 가슴이 아파진 것이다. 그처럼 화를 냈던 것은 모두 자기 탓이라고 생각하고 진실한 우정을 위해 마련된 날에 그 외로운 화가가 혼자서 쓸쓸하게 있을 생각을 하니 그냥 있을 수 없었던 것 같다.

스트로브는 화실에 크리스마스 트리를 장식했는데, 나뭇가지에 매달아 놓은 작은 선물꾸러미들을 보고 우리가 또 우스꽝스럽게 생각하지나 않을까 걱정하는 눈치였다. 그리고 그는 스트릭랜드를 다시 만나는 것을 조금 쑥스러워하고 있었다. 그처럼 심한 모욕을 너무나 쉽게 용서한다는 것은 아무래도 굴욕적인 자세라고 생각했기 때문이다. 그래서 그는 스트릭랜드와 화해하는 자리에 나도 함께 있어주기를 바랐다.

우리는 함께 클리시로 찾아갔으나 카페에서는 스트릭랜드의 모습이 보

이지 않았다. 바깥에 앉기에는 너무 추웠으므로 우리는 안에 있는 가죽의
자에 앉아 그를 기다렸다. 실내는 무덥고 답답했으며 공기는 담배연기 때
문에 잿빛으로 흐려져 있었다. 결국 스트릭랜드는 오지 않았고, 얼마 안 있
어 가끔 그와 체스를 두는 프랑스인 화가의 모습이 보였다. 나와 안면이 있
었으므로 그는 우리 자리에 와서 앉았다. 스트로브는 그에게 스트릭랜드
를 보지 못했느냐고 물었다.

"그는 앓고 있어요. 모르셨던가요?"

프랑스인 화가의 대답이었다.

"많이 아픈가요?"

"네, 꽤 심한 모양이에요."

스트로브의 얼굴에서 갑자기 핏기가 사라졌다.

"왜 편지라도 써서 알려주지 않았을까? 그와 공연히 싸움만 하고! 빨리
가봐야겠군. 돌봐주는 사람도 없을 텐데. 그래, 어디 살고 있는지 아세요?"

"전혀 모릅니다."

화가가 대답했다. 결국 우리들 중에는 그가 사는 곳을 아는 사람이 아무
도 없는 셈이었다. 스트로브는 점점 더 안절부절못했다.

"어쩌면 그 사람은 죽을지도 모르는데, 그래도 아무도 그 사실을 모를
테니 정말 무서운 일이군. 도저히 견딜 수가 없네. 빨리 그를 찾아야겠어."

나는 막연히 파리 시내를 돌아다닌다는 것이 얼마나 어리석은 일인가
를 스트로브에게 알려려고 노력했다. 우선 무슨 계획을 세워야만 했다.

"하긴 그래. 이러고 있는 사이에 그는 어디선가 죽어가고 있는지도 모
르지. 우리가 도착했을 때는 너무 늦어 전혀 손쓸 수 없을지도 몰라."

나는 더 이상 참을 수가 없었다.

"이보게, 우선 진정하고 차분히 무슨 방도를 강구해봐야 할 것 아닌가."

내가 알고 있는 유일한 주소는 벨쥬 호텔뿐인데 스트릭랜드가 그곳을 떠난 지는 벌써 꽤 오래 되었으므로 그곳에 가본들, 아무도 그를 기억하고 있을 리 없었다. 그는 자기 거처를 비밀로 해두는 묘한 성격을 가진 사람이니까, 그곳을 나갈 때 자기가 가는 곳을 알렸을 리도 없었다. 그리고 그것은 벌써 5년 전의 이야기다. 하지만 나는 그가 그곳에서 그리 멀리 가지는 않았을 것 같은 생각이 들었다. 처음 그 호텔에 들었을 때와 똑같은 카페에 다니고 있는 이상 아마 그곳이 편리했기 때문일 것이다.

그때 문득 스트릭랜드가 늘 단골로 다니던 빵 가게 주인을 통해 초상화를 그려 달라는 부탁을 받았다고 했던 것이 생각났다. 그곳에 가면 그의 거처를 알 수 있을 것 같았다. 나는 전화 번호부를 가져오게 하여 샅샅이 찾아보았다. 그런데 그 근처에는 빵 가게가 다섯 개나 있었다. 그곳을 일일이 다 찾아볼 수밖에 없었다. 스트로브는 마지못해 나를 따라나섰다. 그의 의견은 클리시 거리로 뻗은 모든 거리를 돌아다니며 스트릭랜드라는 화가가 살고 있지 않나 집집마다 물어보자는 것이었다. 하지만 나의 평범한 계획이 그대로 들어맞았다. 우리가 찾아간 두 번째 빵 가게에서 카운터를 지키고 있던 부인이 그를 안다고 했다. 그가 어디에 살고 있는지는 확실히 모르지만 맞은편에 있는 세 개의 건물 가운데 하나일 거라고 했다. 그리고 운이 좋아 우리가 제일 먼저 찾아간 첫번째 건물 관리인이 제일 꼭대기 층에 그가 살고 있다고 알려줬다.

"그 사람, 앓고 있다면서요?"

스트로브가 물었다.

"그럴지도 모르죠. 그리고 보니 요즘 통 못 본 것 같군요."

관리인이 무관심한 표정으로 대답했다. 스트로브는 앞장서서 계단을 뛰어올라갔다. 따라서 올라가보니, 그는 속옷 바람의 어떤 노동자와 이야기를 하고 있었다. 스트로브가 두드린 노크소리에 문을 연 사람이었다. 그 노동자는 다른 방을 가리키며 그곳에 살고 있는 사람이 화가인 것 같다고 말했다. 그도 그 화가의 모습을 한 1주일 동안이나 보지 못했다고 했다. 스트로브는 곧 노크를 하려다가 자못 난처한 듯 나를 돌아다보았다. 완전히 공포에 사로잡힌 표정이었다.

"만일 죽었으면 어떡하나?"

"그럴 리가 있겠어."

불안한 마음으로 나는 조심스레 노크를 했다. 그러나 대답이 없었다. 손잡이를 돌려보았더니 잠겨 있지 않았다. 안으로 들어가자 스트로브도 곧 뒤따라 들어왔다. 방 안은 캄캄했다. 간신히 그곳이 경사진 다락방이라는 것을 알 수 있었다. 희미한 빛이 천장으로 새어들어오긴 했으나 겨우 어둠만 면할 정도였다.

"스트릭랜드 씨!"

나는 소리쳐 그의 이름을 불러보았다. 역시 대답이 없었다. 다소 신비감이 느껴질 정도로 실내는 조용했다. 내 바로 뒤에 서 있는 스트로브는 덜덜 떨고 있는 모양이었다. 한순간 나는 불 켜기를 망설였다. 방 한구석에 침대가 있는 것처럼 느껴져 혹시 불을 켜면 그 위에 시체가 누워 있는 모습을 보게 될지도 모른다는 생각이 들었다.

"정말 한심한 자들이군. 대체 성냥도 없소?"

나는 깜짝 놀랐다. 어둠 속에서 갑자기 스트릭랜드의 꺼칠한 목소리가 들려왔기 때문이다.

"오, 하나님, 다행이군! 당신이 죽은 줄 알았소."

스트로브가 갑자기 큰 소리로 외쳤다. 나는 성냥불을 켠 후 초를 찾았다. 방 안을 한 바퀴 둘러보았으나 그곳은 거실 겸 화실로, 침대 하나와 벽 쪽으로 돌려놓은 몇 장의 캔버스, 이젤, 테이블, 그리고 의자 한 개가 고작이었다. 바닥에는 카펫도 깔려 있지 않았고 난로도 없었다. 테이블 위에는 그림 물감, 팔레트, 칼 같은 것이 어지럽게 흩어져 있었고 그 속에 양초가 하나 있었다. 나는 초에 불을 붙였다. 스트릭랜드는 침대에 누워 있었는데 체구에 비해 침대가 너무 작아 거북해 보였다. 추웠던 모양인지 옷이란 옷은 다 뒤집어쓰고 있었다. 첫눈에도 열이 많다는 것을 알 수 있었다. 스트로브는 침대 옆으로 다가가더니 감정에 복받쳐 목 메인 소리로 말했다.

"이 딱한 친구, 도대체 어떻게 된 거요? 당신이 이렇게 앓아누운 줄은 전혀 몰랐잖소. 왜 나한테 알려주지 않았소? 당신을 위해서라면 무슨 일이든지 다 해줬을 텐데. 내가 그때 한 말이 마음에 걸렸던 거요? 그건 진심이 아니었는데…… 내가 나빴소. 화를 내다니, 내가 정말 바보였어."

"멋대로 지껄이는군. 집어치워요."

스트릭랜드가 소리쳤다.

"자, 말해봐요. 내가 편안하게 돌봐줄 테니. 그래, 지금은 곁에 아무도 없는 거요?"

스트로브는 그 누추한 다락방을 어이없다는 표정으로 둘러보았다. 그리고는 이불을 끌어올려 다시 잘 덮어주었다. 괴로운 듯 숨을 헐떡이면서도 스트릭랜드는 줄곧 침묵을 지키고 있었다. 그는 원망스러운 눈빛으로 나를 쳐다보았고, 나 역시 아무 말 하지 않고 계속 그를 바라보았다. 마침내 그가 먼저 입을 열었다.

"정말 나를 위해 무슨 일을 해주고 싶으면 우유나 좀 사다 주시지."

"벌써 이틀 동안이나 밖에 나가지 못하고 있으니까."

침대 밑에는 빈 우윳병이 놓여 있었으며 신문지 조각 안에 빵 부스러기가 남아 있었다.

"그럼 그 동안 무얼 드셨습니까?"

"아무 것도!"

내 물음에 스트릭랜드가 소리치듯 대답했다.

"뭐라구요? 그럼 당신은 이틀 동안이나 전혀 먹지도 않고 마시지도 않았단 말입니까? 맙소사!"

"물을 마셨지."

그는 팔을 뻗으면 닿을 만한 곳에 있는 큰 깡통을 한동안 쳐다보았다.

"내가 갔다 오겠소. 그 밖에 또 먹고 싶은 건 없소?"

스트로브가 물었다. 나는 그에게 우선 체온계와 빵, 그리고 포도를 사오면 좋겠다고 말했다. 스트로브는 그저 자기가 도움이 된다는 게 기뻐서 쿵쾅거리며 계단을 내려갔다.

"저런 멍청이 같으니라고."

스트릭랜드가 중얼거렸다.

그의 맥을 짚어보니 아주 힘없는 맥박이 빠르게 뛰고 있었다. 한두 가지 질문을 했는데 그는 대꾸조차 하지 않았다. 그래도 자꾸 묻자 그는 신경질을 내며 벽 쪽으로 돌아누워버렸다. 나는 그저 잠자코 기다릴 수밖에 없었다. 10분쯤 지나자 스트로브가 숨을 헐떡이며 돌아왔다. 그는 내가 말한 것 말고도 양초 몇 자루와 고기즙과 알코올 램프도 사왔다. 요리를 잘하는 땅딸보 스트로브는 곧바로 빵과 우유로 간단한 음식을 준비했다. 내가 스트릭랜드의 체온을 재어보았더니 섭씨 40도나 되었다. 아무리 보아도 중태인 것 같았다.

25

얼마 뒤 우리는 스트릭랜드를 남겨놓고 그곳을 나왔다. 더크는 저녁식사를 하러 집으로 돌아가기로 하고 나는 의사를 불러 스트릭랜드를 진찰해보기로 했다. 그러나 답답한 다락방에서 거리로 나와 시원한 공기를 쐬자 네덜란드인은 곧 자기 화실로 함께 가자고 했다. 생각하고 있는 계획이 하나 있는데 여기서 말할 수는 없다며, 내가 꼭 함께 자기 집에 가야 한다고 우겨대는 거였다. 사실 의사를 데리고 가봐야 우리가 한 것 이상은 할 것 같지도 않아서 나는 그러자고 했다. 그의 집으로 가니, 스트로브 부인이 저녁식사 준비를 하고 있었다. 더크는 그녀 곁으로 다가가더니 그녀의 두 손을 꼭 잡으며 말했다.

"여보, 당신에게 청이 한 가지 있소."

그녀는 자신의 매력인 그 애교 있는 밝은 미소를 띠면서 진지한 표정으로 그를 바라보았다. 그의 빨간 얼굴은 그새 땀으로 번들거리며 흥분한 모습을 보이고 있었는데 익살스러울 정도로 놀란 듯한 동그란 눈에서는 간절한 소망이 불타고 있었다.

"스트릭랜드가 중병을 앓고 있어. 어쩌면 죽을지도 모르오. 더러운 다락방에 혼자 누워 있는데 돌봐줄 사람이 아무도 없소. 그래서 우리 집으로 데려왔으면 하는데……."

그녀는 즉시 두 손을 빼냈다. 나는 그녀가 그토록 재빠른 동작을 하는 것을 아직 한 번도 본 일이 없었다. 그리고 얼굴도 붉어졌다.

"안 돼요."

"블란치, 제발 그렇게 거절하지 말아요. 나는 그를 저대로 내버려둘 순 없어. 그 생각을 하면 도저히 잠도 못 잘 것 같단 말이오."

"당신이 그를 간호해주는 것을 반대하는 게 아니에요."

그녀의 목소리는 냉담하고 차가웠다.

"하지만 그는 죽을지도 몰라."

"할 수 없죠, 뭐."

스트로브는 잠깐 한숨을 내쉬더니 얼굴의 땀을 닦았다. 그는 도움을 청하는 눈초리로 나를 돌아보았으나 나로서도 뭐라고 말해야 좋을지 알 수가 없었다.

"그는 위대한 예술가야."

"그게 무슨 상관이에요. 어쨌든 나는 그 사람이 싫어요."

"아니, 당신, 설마 진심으로 그러는 건 아니겠지? 제발 부탁이니 그를 데리고 옵시다. 이곳에 오면 그도 편안할 거요. 우리가 그 사람 목숨을 구

142

해줄 수 있을지도 모르오. 그렇다고 당신을 귀찮게 굴지는 않겠소. 내가 모든 걸 다 할 테니까 화실에 그 사람 침대 하나만 마련해줍시다. 그를 개죽음 당하게 내버려둘 순 없단 말이오. 그건 너무 몰인정한 일 아니겠소?"

"그럼 병원으로 가면 되잖아요."

"병원이라니! 그 사람은 애정으로 간호해줄 손길이 필요하오. 이것저것 세밀한 점까지 신경을 써서 돌봐줘야 해."

나는 그녀의 마음이 동요되는 것을 보고 놀라지 않을 수 없었다. 그녀는 여전히 식사 준비를 하고 있었는데 두 손이 떨리고 있었다.

"당신은 참 답답한 사람이군요. 만일 당신이 그렇게 되었다면, 그가 당신을 살리기 위해 손가락 하나라도 까딱할 것 같아요?"

"그런 게 무슨 상관이 있소? 나에게는 당신이 있는데, 그 사람 신세를 질 필요가 없지. 그리고 그는 나하고는 달라. 나에겐 그렇게 위대한 점이라곤 조금도 없어요."

"당신은 남자로서의 기개라고는 전혀 없군요. 이건 마치 땅바닥에 엎드려서 날 밟아줍쇼, 하고 있는 격이에요."

스트로브는 가볍게 웃어넘겼다. 아내가 어째서 그렇게 나오는지 나름대로 생각하고 있는 것 같았다.

"아아, 당신은 그가 내 그림을 보기 위해 이곳에 왔을 때의 일을 생각하고 있군. 그에게 그림을 보인 내가 어리석었소. 내 그림은 그다지 훌륭한 것이라고는 할 수 없단 말이오."

그는 슬픈 표정으로 자신의 화실을 둘러보았다. 이젤 위에는 검은 눈을 지닌 소녀의 머리 너머로 포도송이를 들고 미소를 띠고 있는 이탈리아 농부를 그린, 아직 완성시키지 못한 그림이 놓여 있었다.

"비록 그림이 마음에 안 들었다고 해도 최소한 예의쯤은 지켜야 할 것 아니에요. 그가 당신을 경멸하고 있다는 것을 보란 듯이 겉으로 나타내는데 당신은 마치 강아지처럼 그 사람 손을 핥고 있잖아요. 난 그런 사람은 정말 싫어요."

"하지만 그는 천재야. 내가 나 자신을 천재라고 생각하진 않는다는 것 당신도 알 거요. 나도 천재였으면, 하고 생각은 하지. 어쨌든 나는 천재를 보면 그냥 있을 수 없어. 천재는 이 세상에서 가장 훌륭한 사람이니까. 그러나 천재적인 재능을 지니고 있는 사람에겐 그것이 무겁고 가혹한 짐이 되는 거요. 그러니 우리는 그런 사람에게 최대한의 아량과 참을성을 베풀어줘야만 하오."

이런 식으로 부부간의 의견 대립이 생기자 나는 조금 난처한 입장이 되어 멀찌감치 떨어져서 보고만 있었는데, 도대체 왜 스트로브는 나에게 함께 오자고 했을까 생각하고 있었다. 그의 부인은 금방이라도 울음을 터뜨릴 것만 같았다.

"그러나 내가 그를 데려오고 싶다는 것은 다만 그가 천재이기 때문만은 아니오. 그자 역시 한 인간인데 지금 병들어 누워 있으니 불쌍해서 그러는 거지."

"나는 절대로 그 사람을 우리 집에 들이고 싶지 않아요, 절대로!"

스트로브는 얼른 나를 돌아보았다.

"아내에게 말 좀 해주게. 이 문제가 한 사람이 죽느냐 사느냐 하는 중대한 사안이라는 것을, 그를 그렇게 굴 속 같은 방에 혼자 놔둘 수는 도저히 없는 일이라는 것을 말일세."

"물론 그를 이곳으로 데려와 간호하는 편이 훨씬 더 좋다는 거야 나도 알고 있지만, 그러나 불편한 점도 한두 가지가 아닐 거야. 누군가 밤낮으로 꼭 붙어 있어야 할 테니까."

"만일 그 사람이 이곳에 오면, 내가 나가겠어요."

스트로브 부인이 격한 목소리로 말했다.

"설마 그럴 리야…… 당신답지 않은 말을 하는군. 그렇게 친절하고 부드러운 당신이……."

"제발 부탁이에요. 나 좀 그냥 내버려두세요. 이러다가는 당장 미쳐버릴 것만 같아요."

마침내 그녀는 울음을 터뜨리고 말았다. 그리고는 의자에 털썩 주저앉더니 두 손으로 얼굴을 가려버렸다. 양 어깨가 경련을 일으킨 것처럼 들먹였다. 더크는 곧 그녀 옆에 무릎을 꿇더니 두 팔로 그녀를 감싸안고는 키스를 하기도 하고 온갖 애칭을 불러가며 그녀를 달랬다. 있는 대로 부르기도 했다. 그 흔한 눈물까지 그의 볼을 타고 흘러내렸다. 이윽고 그녀는 움츠린 몸을 빼고 눈물을 닦았다.

"내 걱정은 하지 마세요."

조금은 누그러진 목소리였다. 그녀는 나를 쳐다보더니 애써 미소지으며 말을 이었다.

"이런 모습을 보여드려 어떻게 생각하실지 모르겠군요."

스트로브는 아내를 쳐다보며 이제 어떻게 해야 할지 망설이는 눈치였다. 이마에는 주름이 잡히고 입술은 비죽이 내밀어져 있었다. 이상하게도 그의 그런 모습은 흥분 상태에 있는 실험용 흰쥐를 떠오르게 했다. 이윽고 그가 다시 입을 열었다.

"그럼 당신은 역시 안 된다는 말이군."

그녀는 기운이 하나도 없어 보였다. 지칠 대로 지쳐버린 것이다.

"이 화실은 당신 거예요. 모든 것이 다 당신 거예요. 만일 당신이 그를 꼭 집에 데려와야 한다면, 그걸 내가 어떻게 말리겠어요."

순간 그의 동그란 얼굴에 미소가 번졌다.

"그럼 허락해주는 거요? 틀림없이 그럴 줄 알았어."

그녀는 초췌한 눈빛으로 그를 쳐다보았다. 심장의 고동을 견디지 못하겠다는 듯 두 손을 가슴 위에 얹은 모습이었다.

"여보, 내가 당신과 만난 뒤로 날 위해 뭔가 부탁한 일은 없었잖아요."

"그야 당신을 위해서라면 이 세상 어떤 일이라도 다 해줄 수 있지."

"그럼 부탁이니 제발 스트릭랜드 씨를 데리고 오지 마세요. 다른 사람이라면 누구라도 좋아요. 도둑도 좋고, 술주정꾼도 좋고, 거리의 부랑자도 좋으니, 아무나 데려오세요. 누구를 데려오든지 그들을 위해 내가 할 수 있는 일은 다 하겠다고 약속하겠어요. 하지만 스트릭랜드 씨만은 데려오지 마세요. 정말 이렇게 부탁하겠어요."

"아니, 도대체 이유가 뭐요?"

"난 그 사람이 무서워요. 이유는 모르겠지만 그에겐 뭔가 나를 두렵게 하는 것이 있어요. 그는 우리에게 큰 해를 끼칠 거예요. 분명히 그럴 것 같은 예감이 들어요. 만일 그를 데리고 오면 불행한 일이 생길 거예요."

"그런 사리에 맞지 않는 말이 어디 있소!"

"아뇨, 절대로 그렇지 않아요. 내 말 들으세요. 반드시 뭔가 무서운 일이 우리에게 생길 거예요."

"우리가 좋은 일을 했기 때문에 그런 일이 생긴다는 거요?"

그녀는 심하게 숨을 헐떡였으며, 그 얼굴에는 뭐라 형언할 수 없는 공포의 빛이 떠올라 있었다. 도대체 그녀가 무슨 생각을 하고 있었는지는 모르겠으나, 어떤 이상한 두려움이 그녀의 모든 자제력을 빼앗아갔다는 것은 쉽게 알 수 있었다. 보통 때의 그녀는 아주 조용한 성격이었으므로 그때 그녀의 흥분은 정말 놀라운 것이었다. 스트로브는 한동안 난처한 듯 멍하니 그녀를 쳐다보고 있었다.

"당신은 내 아내요. 이 세상 어느 누구보다도 나에게 소중한 사람이오. 당신의 전적인 동의 없이는 아무도 데려오지 않겠소."

그녀는 눈을 감고 있었는데, 현기증을 일으킨 것 같았다. 나도 그녀에게 약간 짜증이 났다. 지금까지 그녀가 그렇게 예민한 여자인 줄은 몰랐기 때문이다. 잠시 후 스트로브의 목소리가 다시 들려왔다. 그의 목소리는 기묘하게도 주위의 정적을 뒤흔드는 것 같았다.

"당신도 언젠가 몹시 어려운 지경에 빠져 있을 때 구원의 손길을 받아본 경험이 있었잖소. 그것이 얼마나 고마운 일인지 당신도 잘 알 거요. 기회가 있으면 당신도 누군가에게 친절을 베풀고 싶다는 생각, 한 번도 해본적 없었소?"

그의 말은 참으로 당연한 말이었고, 나에겐 일종의 설교로 들렸으므로 나는 하마터면 웃음이 터져나올 뻔했다. 그러나 놀랍게도 스트로브 부인에게는 그런 평범한 말이 어떤 효과가 있었다. 그녀는 정신이 번쩍 든 듯 남편을 오랫동안 쳐다보았다. 그는 시선을 떨어뜨린 채 꼼짝 않고 앉아 있었다. 왜 그가 갑자기 당황한 기색을 보였는지 나로선 알 수 없었다. 그녀의 볼에 엷은 빛이 떠오르더니 마침내 창백해졌다. 아니 창백해진 정도가 아니라 죽은 사람처럼 새하얗게 질려버렸다. 마치 그녀의 몸에서 핏기가 싹 가신 것 같았다. 손까지 하얗게 변했으며 온몸이 파르르 떨렸다. 화실 안의 침묵이 서서히 엉겨 손으로 만질 수 있는 덩어리로 변해가는 것 같았다. 나는 무척 난처했다.

"여보, 스트릭랜드 씨를 데리고 오세요. 최선을 다해 간호해보겠어요."

마침내 그녀가 말했다.

"고맙소."

그가 미소지으며 아내를 안으려고 했으나 그녀는 그를 피했다.

"당신도 참, 손님 앞에서는 너무 그러지 마세요. 내가 얼마나 어리석은 사람으로 보이겠어요."

그녀의 태도는 완전히 정상적인 상태로 돌아와 있었다. 그러한 그녀를 보면, 방금 전 그녀가 그처럼 격한 감정에 사로잡혔다고는 아무도 상상할 수 없을 터였다.

26

다음날, 우리는 스트릭랜드를 데려왔다. 그를 설득하는 데는 굳은 의지와 그보다 더한 인내력이 필요했다. 그러나 사실상 그는 몹시 앓고 있었으므로 스트로브의 간절한 부탁과 나의 단호함에 저항할 만한 힘이 없었다. 우리 두 사람이 가까스로 옷을 갈아입히는 동안에도 그는 뭐라 중얼거리며 욕설을 지껄여댔지만, 그러건 말건 그를 아래층으로 떠메고 내려와 마차에 태워 마침내 스트로브의 화실로 데려왔다. 화실에 도착하자 그도 지칠 대로 지쳐 아무 말 없이 우리가 시키는 대로 침대에 누웠다. 그는 6주 동안이나 앓았다. 한때는 몇 시간을 더 살지 못할 것 같던 순간도 있었다. 그런 그가 병을 이겨낼 수 있었던 것은 오직 네덜란드인의 끈질긴 정성 때문이었다.

어쨌든 그렇게 다루기 어려운 환자는 생전 처음 보았다. 무슨 요구를 하거나 불평을 하는 게 아니라 오히려 반대로 아무 불평도 없고 무엇 하나 요구하는 일도 없으며 전혀 말이 없었기 때문이다. 누군가의 보살핌을 받고 있다는 자체가 못 견디겠다는 투였다. 기분이 좀 어떠냐고 묻거나 뭐 먹고 싶은 게 없느냐고 물어도, 언제나 조롱과 욕설로 대꾸했다. 이러는 데는 나도 밉살스러운 생각이 들었다. 그래서 위험한 고비를 넘어서자 곧 그 점을 서슴없이 지적해주었다.

"마음대로 해."

그의 대답은 간단했다.

한편 더크 스트로브는 자기 일을 다 포기하다시피 하고 온 정성을 다해 스트릭랜드를 간호했다. 그는 환자를 기분 좋게 해주는 능숙한 솜씨를 갖고 있었다. 또 어디에 그런 재주가 숨어 있었는지 묘한 꾀를 내어 도저히 불가능하다고 생각한 나의 예상을 뒤엎고, 스트릭랜드에게 의사가 처방한 약을 보기 좋게 먹였다. 어떠한 일도 귀찮아하는 법이 없었다. 그들 내외가 살아가기에는 충분한 살림이었지만 그래도 여유는 별로 없었을 텐데, 스트릭랜드의 변덕스러운 입맛을 맞추느라고 제철도 아닌 비싼 음식을 장만하는 데 돈을 아끼지 않았다. 영양가 있는 음식을 먹이려고 환자에게 차근차근 알아듣도록 타이르던 그의 참을성을 나는 결코 잊을 수 없다. 스트릭랜드의 무례한 말에도 단 한 번 화를 내는 일이 없었다. 상대방이 뚱하니 기분 나빠할 때는 전혀 그런 눈치를 못 챈 것처럼 모른 척했고 반대로 공격적으로 나오면 킬킬 웃어넘겨버리곤 했다. 얼마쯤 병세도 차도를 보이고 스트릭랜드가 그 버릇대로 조롱을 할 때면 스트로브는 거기에 박차라도 가하듯 일부러 어리석은 짓을 해 보이고는 만족스러운 눈길로 나를 힐끔 쳐다보는 것이다. 마치 환자가 이렇게 좋아지지 않았느냐는 말이라도 할 것처럼. 스트로브는 정말 숭고한 사람이었다.

그러나 나를 가장 놀라게 한 것은 그의 아내였다. 그녀는 부지런히 일했을 뿐만 아니라 참으로 헌신적인 간호 솜씨를 보여주었다. 그녀의 그런 태도에는, 앞서 스트릭랜드를 화실로 데려오겠다는 남편의 의견에 강경하게 반대했을 때의 모습은 조금도 찾아볼 수 없었다. 환자에게 필요한 시중이라면 반드시 그녀가 직접 하겠다고 자진하고 나섰다. 환자를 옮겨 눕히지 않고도 시트를 갈 수 있도록 머리를 쓴 것도 그녀였다. 환자의 몸을 씻겨주기도 했다. 정말 감탄했다고 내가 칭찬을 하면 그녀는 그 특유의 미소를 띠며 전에 얼마 동안 병원에서 좀 일한 경험이 있다고 대답했다. 그처럼 그녀는 스트릭랜드를 싫어했다는 눈치는 조금도 보이지 않았다. 환자에게 이야기는 별로 하지 않았지만 그가 원하는 것을 눈치 빠르게 먼저 알아차렸다. 처음 2주 동안은 밤새도록 누가 옆에 있어야 했기 때문에 그녀는 남편과 교대로 간호했다. 캄캄한 어둠 속에서 오랫동안 환자를 지켜보고 앉아 그녀는 무슨 생각을 했을까? 무섭게 야위고 자랄 대로 자란 수염이 더부룩한 채, 열이 오른 벌건 눈으로 허공을 쳐다보고 있는 그의 모습은 섬뜩한 느낌을 주었다. 병으로 말미암아 그의 눈은 더욱 커졌으며, 이상한 광채마저 띠고 있었던 것이다. 나는 그녀에게 물어보았다.

"그 사람, 밤에 부인에게 뭐라고 말을 하지 않던가요?"

"아뇨, 전혀 없어요."

"지금도 역시 그가 싫은가요?"

"네, 전보다도 더 싫어요."

그렇게 말하고 그녀는 잿빛 눈으로 조용히 나를 쳐다보았다. 그것은 너무도 평온한 표정이었으므로, 그녀가 언젠가처럼 다시 격한 감정을 불러일으킬 수 있으리라고는 도저히 생각되어지지 않았다.

"당신이 도와드린 일에 대해 그는 고맙다는 말을 한 적이 있습니까?"

"아뇨."

그렇게 대답하고 그녀는 미소를 지었다.

"정말 사람도 아니군요."

"정말 싫은 사람이에요."

물론 스트로브는 그녀의 태도에 대단히 만족해했다. 자신이 감당해야 할 무거운 짐인데 그 짐을 함께 짊어지고 헌신적으로 일을 하는 데 대해서 뭐라 감사의 말을 할 수 있었겠는가. 다만 조금 마음에 걸리는 일은 서로 상대방을 대하는 블란치와 스트릭랜드의 태도였다. 더크도 언젠가 내게 이런 말을 했다.

"이보게, 자네도 보았는가? 무슨 영문인지 두 사람이 몇 시간이고 같이 앉아 있으면서 서로 한마디 말도 하지 않는 것을?"

마침 스트릭랜드도 병세가 많이 좋아져, 앞으로 하루나 이틀 정도면 일어날 수 있을 때였다. 나는 그들과 함께 화실에 앉아 있었다. 나는 더크와 이야기를 나누고 있었으며 스트로브 부인은 바느질을 하고 있었는데, 손에 들고 있는 셔츠가 스트릭랜드의 것임을 알 수 있었다. 그는 말없이 똑바로 누워 있었는데, 나는 그의 눈길이 블란치 스트로브를 향하고 있는 것을 알았다. 이상한 냉소의 눈빛을 던지고 있는 듯했다.

그런데 그의 시선을 느낀 듯 그녀도 고개를 들었으므로 얼마 동안 두 사람의 눈이 마주쳤다. 그녀의 표정이 무엇을 의미하는 것인지 나로선 잘 이해할 수가 없었다. 그녀의 눈은 뜻밖에도 당혹감과 불안, 놀라움의 빛을 띠고 있었다. 그리고 다음 순간 스트릭랜드는 시선을 돌려 멍하니 천장을 쳐다보았는데, 그녀의 눈은 그대로 계속 그를 향하고 있었다. 도저히 설명할 길이 없는 묘한 눈빛이었다.

며칠이 지나자 스트릭랜드는 겨우 자리에서 일어날 수 있게 되었다. 그는 뼈와 가죽뿐이었으므로 마치 허수아비에게 누더기를 걸쳐놓은 것처럼 보였다. 턱수염은 보기 흉하게 자랐고 머리는 더부룩했으며, 안 그래도 커보이는 얼굴이 병을 앓고 난 뒤라 더욱 크게, 그리고 더욱 강조되어 보였다. 그러나 이상하게도 추하다고는 말할 수 없었다. 기이한 그의 모습 속에는 뭔가 불멸의 것이 드러나 보였다. 그때 그에게 받은 인상을 정확히 뭐라고 표현해야 좋을지 모르겠다. 비록 육체라는 칸막이가 거의 투명해졌다 하더라도 그곳에 뚜렷이 보이던 것을 결코 영적이라고는 할 수 없었다. 그의 얼굴에 난폭한 관능이 뚜렷이 나타났었기 때문이다. 그러나 그 관능에는, 이렇게 말하면 조금 우습게 들릴지 모르겠지만 어딘가 영적인 무엇이 있었다. 그의 몸 속에는 뭔가 원시적이고 원초적인 것이 깃들어 있었다. 그리스인들이 사티로스니 파우누스 같은 반인반수(半人半獸) 속에 구체화시킨 자연의 불가해한 힘을 그대로 지니고 있는 것 같았다. 신을 상대로 감히 노래 실력을 겨루었기 때문에 산 채로 껍질이 벗겨지는 벌을 받게 되었다는 희랍 신화의 마르시아스가 문득 머릿속에 떠올랐다. 스트릭랜드라는 사나이는 아직 아무도 시도한 일이 없는 행동 양식을 내면에 간직하고 있는 것 같았다. 나는 그가 고통과 절망 속에서 최후를 맞을 것 같은 예감이 들었다. 마치 악마에게 사로잡힌 사람이라는 느낌을 받았는데, 그것이 반드시 사악한 악마라고는 할 수 없었다. 선이나 악이 생겨나기 전에 이미 존재했던 어떤 원시적인 힘이라고 생각되어졌기 때문이다.

아직 그림을 그리기에는 몸이 약했으므로 그는 말없이 화실에 앉아 뭔가 알 수 없는 명상에 잠기거나 책을 읽곤 하였다. 그가 읽는 책이 또한 색다른 것이었는데, 곧잘 말라르메의 시를 열심히 읽고 있는 것을 보았다. 마치 아이들이 읽는 것처럼 한마디 한마디 입술로 입 모양을 만들어가며 읽었다. 그 이해하기 힘든 운율과 애매모호한 글귀에서 도대체 어떤 감정을 일으키고 있을까 궁금했다. 또 어떤 때는 가보리오의 탐정소설에 푹 빠져 있었다. 그처럼 책을 선택하는 데도 그의 기상천외한 성격 속에 담긴 서로 모순되는 양면이 뚜렷이 나타나는 것을 보고 나는 참으로 재미있는 현상이라고 생각했다. 게다가 이상하게도 그처럼 몸이 쇠약한데도 조금도 몸을 편안하게 하려고는 하지 않았다. 스트로브는 편히 쉬는 것을 좋아했으므로 화실에는 육중하고 푹신한 안락의자 두 개와 긴 의자가 하나 놓여 있었는데, 스트릭랜드는 그런 의자에는 절대로 앉으려고 하지 않았다.

어느 날 내가 우연히 그가 혼자 있는 화실을 찾아갔을 때도 그는 역시 다리가 세 개인 둥근 의자에 앉아 있었다. 요컨대 그는 금욕주의자인 척하는 것이 아니라 단지 편히 쉴 수 있는 안락의자를 좋아하지 않았던 것이다. 그는 곧잘 팔걸이가 없는 부엌 의자에 걸터앉아 있었다. 그를 보면 때때로 공연히 분통이 치밀었다. 주위 환경에 대해 이처럼 전혀 관심이 없는 사람은 처음 보았기 때문이다.

27

다시 몇 주가 지났다. 어느 날 아침 나는 쓰던 작품을 일단락지었으므로 하루쯤 쉬어볼까 하고 루브르 박물관을 찾아갔다. 이것저것 낯익은 그림들을 감상하며 혼자만의 공상에 잠겨 돌아다니다가 어느 결에 긴 화랑으로 나왔다. 그런데 언뜻 주위를 둘러보니 스트로브가 그곳에 있었다. 눈에 띄게 둥글고 더구나 놀란 듯한 표정을 짓고 있는 그의 모습을 보고 나는 나도 모르게 웃음이 나왔다. 그런데 가까이 다가가보니 그는 전에 없이 침울한 표정을 짓고 있었다. 우수에 젖어 있으면서도 어딘가 모르게 익살스러워 보이는 것이, 마치 옷을 입은 채 물 속에 빠졌다가 남의 도움으로 가까스로 살아나왔는데 아직도 겁을 먹고 있는 바보 같은 모습이었다. 그는 돌아서서 한동안 내 쪽을 쳐다보고 있었는데 내가 누군지 모르는 모양이었다. 안경을 쓴 그의 새파랗고 동그란 눈에 괴로움의 빛이 떠올라 있었다.

"스트로브!"

내가 부르자, 그는 조금 놀란 듯한 표정을 보이더니 마침내 웃는 얼굴로 나를 쳐다보았다. 그러나 그 미소는 어딘가 모르게 슬퍼 보였다.

"오랜만에 루브르에 와봤네. 뭐 새로운 것은 없나 하고."

"하지만 자넨 이번 주 안에 그림 한 장을 완성해야 한다고 그러잖았나."

"스트릭랜드가 내 화실을 쓰고 있기 때문에……"

"그래?"

"그것도 애당초 내가 그렇게 하라고 말했네. 아직 자기 집으로 돌아갈 만큼 완쾌되지 않은 것 같아서…… 실은 내 화실을 둘이 함께 쓸 생각이었네. 화실을 같이 쓰고 있는 사람들이야 이곳 라탱에 얼마든지 있으니까. 그렇게 하면 틀림없이 재미있을 줄 알았지. 일에 지쳤을 때 이야기 상대를 해줄 사람이 있다면 얼마나 즐거울까 하는 생각을 전부터 했었으니까."

중간에 말이 끊어지곤 했으나 그는 천천히 한마디씩 내게 모든 얘기를 들려주었다. 그리고 그 어리석고 착해 보이는 눈으로 나를 물끄러미 쳐다보았다. 눈에 눈물이 가득 고여 있었다.

"나는 아무래도 무슨 말인지 모르겠는데?"

"스트릭랜드는 옆에 누가 있으면 일을 못한다더군."

"그런 소리가 어디 있나. 거긴 자네 화실 아닌가. 그는 자기 화실을 찾으면 될 것 아냐."

스트로브는 가련한 모습으로 나를 쳐다보았다. 그의 입술이 파르르 떨리고 있었다.

"무슨 일이 있었나?"

목소리를 높여서 내가 날카롭게 물었다. 그는 머뭇거리더니 얼굴이 점점 빨개졌다. 그리고는 무척 난처한 표정으로 벽에 걸린 그림을 힐끔 쳐다보았다.

"그가 나에게 일을 못하게 해. 나보고 나가라는 거야."

"그럼 자네는 그런 말을 듣고도 그냥 있었다는 말인가?"

"그가 나를 쫓아낸 거야. 그와 다투고 싶지도 않고. 그는 내 모자를 등뒤로 내던지고 문을 잠가버렸어."

나는 스트릭랜드에 대해 심한 분노를 느꼈다. 아니 오히려 더크 스트로브의 어리석은 꼬락서니에 웃음이 터져나올 뻔했던 나 자신에 대해 분노를 느꼈다는 편이 옳을 것이다.

"그래 부인은 뭐라고 하던가?"

"그 사람은 마침 시장에 가고 없었어."

"부인은 안에 들어갈 수 있겠지?"

"글쎄, 모르지."

나는 어이가 없어 스트로브의 얼굴을 가만히 들여다보았다. 그는 마치 선생에게 꾸중을 듣는 아이와 같은 모양을 하고 서 있었다.

"그럼, 내가 자네 대신 그 녀석을 쫓아내줄까?"

그는 조금 놀라는 빛을 보이더니 그 번들거리는 얼굴이 금세 붉어졌다.

"아냐, 자네는 그냥 있는 게 좋겠어."

갑자기 당황한 듯 그가 서둘러 말했다. 그리고는 가볍게 고개를 끄덕인 뒤 그는 곧바로 자리를 뜨고 말았다. 그 문제에 대해 나와 더 이상 상의하고 싶지 않은 데에는 분명히 무슨 이유가 있는 모양이었지만, 나로서는 도저히 뭐가 뭔지 갈피를 잡을 수가 없었다.

28

그로부터 1주일 뒤 그 일에 대한 실상을 알게 되었다. 저녁 10시경이었다. 나는 혼자 레스토랑에서 식사를 하고 나의 작은 아파트로 돌아와 거실에 앉아 책을 읽고 있었다. 갑자기 요란한 벨소리가 울려 문을 열고 복도로 나가보니 스트로브가 그곳에 서 있었다.

"들어가도 되겠나?"

어두컴컴한 층계참이라 그의 얼굴은 잘 보이지 않았지만 그 목소리에서 뭔가 심상치 않은 것이 느껴졌다. 만일 그가 금주가라는 것을 몰랐다면 아마 어디서 한잔하고 취해서 온 줄 알았을 것이다. 나는 곧 그를 거실로 데리고 가 앉으라고 권했다.

"자네가 있어서 정말 다행일세."

"도대체 무슨 일이야?"

나는 전에 없이 격한 그의 목소리에 놀라서 우선 이렇게 물었다. 거실로 들어왔으므로 이제는 그의 모습을 잘 볼 수 있었다. 여느 때는 으레 옷차림이 깔끔한 사람인데 그날 밤 그는 아주 엉망인 차림새를 하고 있었다. 마치 갑자기 구지레해진 것 같았다. 그럼 그렇지, 역시 술을 마셨구나, 생각하고 나는 미소를 지었다. 자칫하면 도대체 그 꼴이 뭐냐며 그를 놀릴 뻔했다.

"어디로 가야 좋을지 모르겠어서……."

그가 말했다.

"조금 전에 들렀더니 공교롭게도 자네가 집에 없더군."

"저녁을 늦게 먹었기 때문일세."

그제야 나는 그가 이렇게 자포자기한 태도를 보이는 것은 술 탓이 아니라는 것을 알았다. 여느 때는 항상 장밋빛으로 발그레하던 얼굴이 그날 밤에는 이상하게도 얼룩덜룩해 보였다.

"무슨 일이 있었나?"

내가 물었다.

"아내가 날 떠났어."

그는 겨우 이 말만 하더니 헐떡이듯 숨을 삼켰다. 그러자 동그란 볼 위로 눈물이 흘러내리기 시작했다. 나는 뭐라고 이야기해야 좋을지 몰랐다. 처음에 생각했던 것은, 틀림없이 그가 스트릭랜드에게 정신을 빼앗기고 있는 데 대해 그녀가 더 이상 참을 수 없어서, 게다가 스트릭랜드의 냉소적인 태도에 못 이겨, 결국 그를 쫓아내라고 요구한 모양이라고 생각했었다. 무척이나 얌전해 보여도 그 정도의 성질은 있는 여자였으며, 스트로브가 그녀의 요구를 계속 거절했다면 다시는 돌아오지 않겠다고 하며 집을 뛰쳐나갈 수도 있는 사람이었다. 그러나 어쨌든 이 작은 사나이를 보니 너무도 풀이 죽어 있었으므로 나는 그냥 웃어넘길 수가 없었다.

"이보게, 그렇게 너무 비관할 것까진 없네. 부인은 돌아올 거야. 여자가 홧김에 하는 말은 너무 심각하게 받아들이면 안 돼."

"자네는 아무 것도 몰라서 그래. 사실을 말하자면 그녀는 스트릭랜드에게 완전히 반했다네."

"뭐라고?"

나는 깜짝 놀라지 않을 수 없었다. 너무도 어이가 없었고 도저히 믿어지지가 않았다.

"왜 또 그런 바보 같은 말을 하나? 설마 스트릭랜드에게 질투심을 느끼고 있는 것은 아니겠지?"

그렇게 말하고는 나는 하마터면 웃음을 터뜨릴 뻔했다.

"부인이 그 사람이라면 꼴도 보기 싫어했다는 것쯤은 자네도 잘 알고 있을 것 아닌가."

"자넨 몰라서 그래."

그가 신음을 흘리며 중얼거렸다.

"정말 바보로군. 자네, 정신이 좀 이상해진 것 아냐?"

나는 좀 안타까워하며 말을 이었다.

"위스키 소다라도 한 잔 만들어줄까? 그럼 기분이 좀 좋아질 거야."

더크란 녀석, 자기 아내가 스트릭랜드를 좋아한다고 오해한 모양이었다. 그리고 서툰 짓을 하는 데는 선수니까 그가 부인의 마음을 상하게 했을 수도 있었다. 그러니까 그녀는 남편의 화를 돋구려고 일부러 그의 질투심을 불러일으켰을 것이다. 사실 인간은 스스로를 괴롭히기 위해 별의별 궁리를 다 꾸며내는 법이니까 말이다.

"이보게. 그럼 우리 자네 화실로 함께 가보세. 그리고 만일 자네가 지나친 생각으로 어리석은 짓을 저지른 거라면 부인에게 먼저 사과하는 거야. 어쨌든 자네 부인은 그 일을 그렇게 오랫동안 꽁하게 가슴속에 묻어둘 사람 같지는 않으니까 말야."

"내가 어떻게 화실로 다시 돌아간단 말인가? 그곳에 그 두 사람이 함께 있는데…… 나는 그들에게 그곳을 비워주고 온 거야."

그가 침울한 목소리로 말했다.

"그럼, 자네가 부인을 버린 게 아닌가."

"그런 식으로 말하지 말게."

그래도 여전히 그가 진담으로 그런 말을 한다고는 생각할 수 없었다. 나로선 그의 말이 도저히 믿어지지 않았다. 그러나 그는 진심으로 괴로워하고 있었다.

"그래, 그럼 자네는 그 말을 하려고 나를 찾아왔단 말인가? 그렇다면 어떻게 된 일인지 처음부터 자세히 얘기해보게."

"오늘 오후, 나는 더 이상 참을 수 없어서 스트릭랜드에게 이렇게 말했네. 이제 당신도 몸이 다 나았으니까 집으로 돌아가도 되지 않겠느냐고 말이야. 내가 화실을 써야 했거든."

"상대방이 스트릭랜드가 아니었다면 일부러 그런 말을 꺼낼 필요도 없었겠지. 그래, 그는 뭐라던가?"

"웃더군. 왜 자네도 알지? 우스워서 웃은 게 아니라 마치 이 바보 같은 놈, 하고 비웃는 듯한 그 웃음 말이야. 그리고는 당장 나가겠다며 물건을 한 군데 모으기 시작했네. 자네도 알다시피 그에게 필요할 것 같아서 언젠가 내가 죄다 그의 방에서 가져왔던 물건들을 말일세. 그러더니 아내한테 짐을 꾸리겠으니 종이와 끈을 갖다달라고 하더군."

스트로브는 여기까지 말하더니 말을 멈추고 숨을 헐떡거렸다. 이러다가 정신을 잃지나 않을까 하는 생각이 들 정도였다. 나는 이런 이야기를 그에게서 들으리라고는 꿈에도 생각지 못했었다.

"집사람은 얼굴빛이 창백해졌지만 이르는 대로 종이하고 끈을 가지고 왔네. 그자는 아무런 말도 안 했어. 짐을 묶으며 휘파람을 불지 않겠나. 곁에 우리 부부가 있다는 것을 완전히 무시하더군. 눈에는 조롱하는 듯한 미소를 띠고 있었어. 나의 마음은 납덩이처럼 무거웠지. 혹시 뭔가 이상한 일이 일어날 것 같은 예감에 공연히 그런 말을 했다고 후회했네. 잠시 후 그자가 두리번거리며 자기 모자를 찾더군. 그런데 집사람이 이렇게 말하지 않겠나. '더크, 나도 스트릭랜드 씨와 함께 나가겠어요. 당신하고는 이제 더 이상 같이 살 수 없어요' 나는 무슨 말이든 하려고 했지만 입에서 아무 말도 나오지 않더군. 그자는 마치 자기하고는 아무 관계 없는 일이라는 듯 여전히 휘파람을 불고 있었네."

스트로브는 여기서 다시 말을 멈추고 얼굴에 흐른 땀과 눈물을 닦았다. 나는 꼼짝도 않고 그의 이야기를 듣고만 있었다. 여기까지 듣고 보니 이제 그의 말을 믿지 않을 수 없었다. 하지만 정말 어이가 없었다. 여전히 앞뒤 사정을 완전히 납득할 수는 없었다.

이윽고 그는 떨리는 목소리로 두 볼에 눈물을 흘리며 얘기를 계속했다. 그가 아내에게 다가가 안으려고 하자 그녀는 몸을 피하며 자기에게 손을 대지 말라고 하더라는 것이다. 그는 아내에게 제발 부탁이니 그를 버리지 말라고 애원했다. 그가 얼마나 아내를 사랑하고 있는지, 지금까지 그녀를 위해 얼마나 헌신적으로 모든 것을 바쳐왔는지, 또 그 동안 둘이서 얼마나 행복하게 살아왔는지를 낱낱이 그녀에게 말했다. 그는 그녀에게 화를 내고 있지도 않으며 조금도 그녀를 나무라지 않는다는 말도 했다. 마침내 그녀가 이렇게 말했다.

"더크, 아무 말도 하지 말고 나를 조용히 보내줘요. 내가 스트릭랜드 씨를 사랑한다는 것을 당신은 아직도 모르나요? 저분이 가는 곳이라면 나는 어디든지 따라가겠어요."

"하지만 저 사람은 결코 당신을 행복하게 해줄 수 없다는 걸 알아야지. 당신을 위해서라도 가면 안 돼. 앞으로 당신 앞에 얼마나 많은 괴로운 일들이 생길지 당신은 아직 모르고 있는 거야."

"이렇게 된 것도 다 당신 잘못이에요. 저분을 이리로 데려오겠다고 우기던 것도 당신이었어요."

그는 스트릭랜드 쪽으로 다가가서 애원했다.

"제발 이 여자를 불쌍히 여겨주시오. 아무리 당신이라도 자기 아내가 이렇게 정신없는 짓을 하게 그냥 보고만 있지는 않을 것 아니오."

"그야 자기가 하고 싶은 대로 하는 거지. 난 강제로 따라오라는 말은 하지 않았소."

스트릭랜드가 말했다.

"이미 결심은 되어 있어요."

그녀가 생기 없는 목소리로 말했다. 남에게 해를 가하면서도 평온하게 말하는 스트릭랜드의 뻔뻔스러운 태도 앞에서 스트로브의 모든 자제심은 와르르 무너지고 말았다. 맹목적인 분노가 그를 사로잡아 그는 자신이 무슨 짓을 하고 있는 줄도 모르고 스트릭랜드에게 덤벼들었다. 갑작스런 공격에 그는 순간적으로 비틀거렸으나 병을 앓고 난 후였음에도 원래 주먹이 강했으므로 어떻게 해서 그렇게 되었는지는 모르지만 정신을 차리고 보니 스트로브는 벌써 마룻바닥 위에 쓰러져 있었다.

"정말 웃기는 놈이군."

간신히 몸을 일으킨 스트로브는 그곳에 아내가 꼼짝도 않고 서서 자기를 바라보고 있다는 것을 알았다. 그녀가 보는 앞에서 웃음거리가 되었다는 생각에 그는 한층 더 심한 굴욕감을 느꼈다. 격투중에 안경이 벗겨져 바닥에 떨어져버렸지만 어디 있는지 빨리 찾아낼 수가 없었다. 그때 그녀가 안경을 집더니 아무 말 없이 그에게 건네주었다. 그는 갑자기 자기 앞에 놓인 불행을 뼈저리게 깨달았고 슬픔이 왈칵 솟아올랐다. 자신의 어리석음을 한층 더 드러내는 일인 줄은 알았지만 마침내 그는 두 손으로 얼굴을 가리고 엉엉 울기 시작했다. 남은 두 사람은 그대로 서서 한동안 말없이 그를 쳐다보고 있었다. 이윽고 그가 신음을 흘리며 말했다.

"아, 블란치! 당신은 어쩌면 그렇게 잔인할 수가 있소."

"저도 어쩔 수 없어요, 더크."

"나는 당신을 지금까지 어느 누구보다도 숭배해왔소. 만일 내가 당신 마음에 거슬리는 짓을 했다면 왜 진작 말해주지 않았소? 그랬다면 틀림없이 고쳤을 텐데. 나는 당신을 위해 모든 노력을 다해왔소."

그녀는 아무런 대꾸도 하지 않았다. 얼굴빛조차 변하지 않았다. 그는 자신이 무슨 말을 하더라도 그것은 다만 그녀를 더욱 지겹게 만드는 일에 불과하다는 것을 알았다. 이윽고 그녀는 외투를 입고 모자를 쓴 뒤 조용히 문쪽으로 걸음을 옮기기 시작했다. 순간 그는, 드디어 그녀가 영원히 그의 곁을 떠나버리는구나, 하는 생각이 들었다. 그는 재빨리 그녀 앞으로 다가가 무릎을 꿇고 그녀의 두 손을 꼭 움켜잡았다. 마지막 자존심마저 버리고 덤벼든 것이다.

"여보, 제발 부탁이니 가지 마오. 나는 당신 없이는 살 수 없소. 자살이라도 해버릴 거요. 만일 뭔가 당신 마음을 상하게 한 일이 있다면 용서해주오. 나에게 한 번만 더 기회를 주오. 당신을 행복하게 해주기 위해 더욱 노력하겠소."

"일어나세요, 더크. 당신은 완전히 바보 꼴만 될 뿐이에요."

그는 비틀거리며 일어났으나 여전히 그녀를 놓으려고는 하지 않았다.

"대체 어디로 갈 작정이오? 당신은 스트릭랜드가 살고 있는 곳이 어떤 곳인지 모르오. 그런 데서는 살 수 없을 거요. 어떤 곳인지 알기나 하오?"

그가 다급하게 물었다.

"내가 상관없다는데 당신이 걱정할 필요가 어디 있어요?"

"잠깐만 기다려주오. 당신에게 꼭 할 말이 있소. 이 정도 부탁쯤이야 들어줄 수 있을 것 아니오."

"그런 것이 무슨 소용이 있어요? 나는 마음을 정했어요. 당신이 뭐라고 한들 나의 결심은 변하지 않아요."

그는 침을 한 번 삼키고는 고통스럽게 뛰고 있는 심장 박동을 가라앉히려는 듯 두 손으로 가슴을 쓸어내렸다.

"당신보고 마음을 바꿔달라는 것은 아니오. 다만 잠깐 하고 싶은 말이 있을 뿐이오. 제발, 나의 마지막 부탁이라 생각하고 거절하지 말아요."

그녀는 걸음을 멈추고 생각에 잠긴 듯한 눈으로 그를 쳐다보았지만, 그것은 너무나 무관심한 눈빛이었다. 그녀는 다시 화실 안으로 들어와 테이블에 기대섰다.

"무슨 말이에요?"

스트로브는 마음을 가라앉히려고 필사적으로 애썼다.

"조금은 냉정하게 생각해줘요. 사람이 공기만 먹고 살아갈 수 있는 것은 아니니까. 스트릭랜드는 돈이라고는 한 푼도 없는 사람이오."

"알고 있어요."

"당신은 앞으로 고통스런 생활을 하게 될 거란 말이오. 저 사람 병이 그렇게 시간을 오래 끌었던 것도 사실은 굶어 죽어가고 있었기 때문이오."

"돈은 내가 벌 거예요."

"당신이 벌겠다니, 어떻게 말이오?"

"아직 그것까지는 생각하지 않았지만, 무슨 방법이 있을 거예요."

그러자 어떤 무서운 생각이 문득 머릿속을 스쳐지나가 그는 저도 모르게 몸을 부르르 떨었다.

"틀림없이 당신은 지금 제정신이 아니오. 도대체 어쩌다가 이렇게까지 되었단 말이오?"

그녀는 흠칫 어깨를 움츠렸을 뿐이었다.

"이제 가도 되겠죠?"

"잠깐만."

그렇게 말한 뒤 그는 지친 모습으로 화실을 한 번 둘러보았다. 그녀의 존재가 이 화실을 명랑하고 가정적인 분위기로 꾸며주었기 때문에 그는 이곳을 가장 사랑해왔다. 그는 한순간 눈을 감았다 뜨고는 그녀를 지그시 바라보았다. 마치 그녀의 모습을 마음속 깊이 새겨두려는 것처럼……. 이윽고 그는 벌떡 일어나 모자를 집어들었다.

"내가 나가지."

"당신이?"

그녀는 깜짝 놀랐다. 그가 하는 말을 잘 알아들을 수 없었기 때문이다.

"당신이 그 끔찍하고 더러운 다락방에서 산다는 것을 생각하면 도저히 참을 수가 없소. 이곳은 내 집인 동시에 당신 집이기도 하오. 이곳이라면 당신도 불편 없이 살 수 있을 거요. 적어도 최악의 비참한 생활만은 면할 수 있을 거요."

그는 돈을 넣어둔 서랍을 열고 몇 장의 지폐를 꺼냈다.

"여기 모아두었던 돈의 반을 당신에게 주리다."

그리고는 그 지폐를 책상 위에 놓았다. 스트릭랜드도 블란치도 잠자코 있었다. 그런 뒤 그는 또 다른 일을 생각해냈다.

"미안하지만 내 옷들을 싸서 아파트 관리인에게 맡겨주오. 내일 와서 찾아가리다."

그는 애써 미소지어 보였다.

"그럼 잘 있어요. 지금까지 나에게 베풀어준 모든 행복에 감사하오."

마침내 그는 밖으로 나와 문을 닫았다. 나의 눈에는 스트릭랜드가 쓰고 있던 모자를 책상 위로 홱 집어던지고 털썩 주저앉아 궐련을 피워 무는 모습이 선명하게 보이는 것만 같았다.

29

스트로브의 이야기를 생각하면서 나는 한동안 입을 다물고 있었다. 그의 연약한 성격에 화가 치밀어 참을 수가 없었다. 그러한 나의 불만을 알아차린 듯 떨리는 목소리로 그가 다시 입을 열었다.

"스트릭랜드가 어떤 생활을 해왔는지 자네도 알고 있지? 나로선 블란치에게 그런 생활을 하게 할 수는 없었어, 도저히."

"그건 자네가 마음먹기에 달려 있는 거야."

"만일 자네라면 어떻게 했을 것 같은가?"

"모든 것을 알고도 부인 스스로 정한 일이니, 어느 정도 불편을 겪게 되더라도 그것은 그녀 자신의 문제야. 자네가 알 바 아니잖는가."

"그건 그래. 하지만 자네는 그 여자를 사랑하고 있는 게 아니니까 알 수 없을걸세."

"그럼 자네는 아직도 부인을 사랑하고 있나?"

"물론일세. 전보다 더 사랑하고 있네. 스트릭랜드는 여자를 행복하게 해줄 남자는 못 되네. 그런 일이 오래갈 수는 없지. 하지만 나는, 비록 어떤 일이 있더라도 그녀를 버릴 수 없다는 것을 그녀에게 알려주고 싶네."

"그렇다면 자네는 그녀를 다시 받아들일 용의가 있다는 말인가?"

"그야 물론이지. 언젠가는 그녀는 나를 지금까지보다 더 필요로 하게 될 테니까. 결국 버림받게 되어 비참한 처지에서 상심하고 있을 때 아무 데도 갈 곳이 없다면 그 얼마나 무서운 일인가?"

그는 조금도 그녀를 원망하고 있는 기색이 없었다. 그의 기백 없음에 조금이라도 분노를 느꼈던 내가 오히려 평범하고 흔해빠진 인간이었던 것 같다. 그도 그런 나의 마음을 알아차렸는지 다시 이렇게 말했다.

"물론 나는 내가 그녀를 사랑하고 있는 것처럼 그녀도 나를 사랑해주기를 바라지는 않네. 나는 어릿광대에 불과하니까. 난 여자의 사랑을 받을 만한 남자가 아니야. 나도 그 정도는 알고 있지. 그래서 그녀가 스트릭랜드를 사랑하게 되었다 하더라도 그녀를 나무랄 생각은 전혀 없네."

"정말이지 자네만큼이나 남자로서의 자존심이 전혀 없는 사람은 태어나서 처음 보네."

"나는 나 자신보다도 그녀를 훨씬 더 사랑하네. 사랑이라는 감정 속에서 자존심이 생겨난다는 건 상대방보다도 자기 자신을 더 사랑하고 있음을 증명할 뿐이라고 생각하네. 흔히 남자가 결혼을 하면 또 다른 여자를 사랑하게 된다고들 말하지만, 그 고비를 넘어서면 남자도 결국 부인에게 돌아오는 법일세. 그리고 부인 쪽에서도 역시 돌아온 남편을 받아들이지. 모든 사람이 이런 일을 극히 자연스럽게 생각하고 있지 않은가. 그러니까 남자 쪽에서도 여자의 경우와 같다고 생각하네."

"논리적인 말이긴 하군."

나는 이렇게 말하고 웃었다.

"그러나 대부분의 남자는 그것과는 좀 다른 식으로 생각하지. 그러니까 자네가 하는 말은 전혀 현실적이지 못해."

그러나 사실상 스트로브와 얘기를 나누는 동안에도 도대체 이번 일이 너무도 갑자기 터진 데 대해 이상한 생각이 들었다. 스트로브가 그 일에 대해 지금까지 조금도 눈치를 못 챘을 리는 없을 것이다. 나는 문득 언젠가 블란치의 눈동자에 떠올랐던 그 이상한 빛을 생각해냈다. 그녀 자신도 놀라고 두려워하던 어떤 감정이 어렴풋이 싹트고 있었음을 그때 이미 그녀는 의식하고 있었던 것이 분명했다.

"자네는 도대체 그 두 사람 사이의 일을 여태껏 전혀 눈치채지 못했나?"

그는 한동안 대답이 없었다. 마침 책상 위에는 연필이 한 자루 놓여 있었는데, 그는 무의식적으로 그것을 들고 압지 위에 사람의 머리 같은 것을 그리고 있었다.

"내 질문이 듣기 싫다면 그렇다고 말해도 돼."

"다 말해버리는 것이 속이 후련하겠지. 아아, 자네가 내 마음속의 무서운 괴로움을 조금이라도 알아주면 좋으련만."

그렇게 말하고 그는 연필을 바닥에 집어던졌다.

"하기야 2주 전부터 눈치는 챘었지. 그녀보다 내가 먼저 알고 있었네."

"그렇다면 왜 자네는 스트릭랜드를 그때 당장 내쫓지 않았나?"

"나는 이런 일이 일어나리라곤 도저히 생각조차 할 수 없었네. 어쨌든 아내는 그 사람 얼굴 보는 것도 몸서리쳐진다고 했으니까. 그래서 이것은 단순한 나의 질투심이려니 생각했지. 나라는 인간은 전부터 질투심이 많았으니까. 그러나 내색하지 않으려고 애써왔다네. 그녀와 알고 지내는 모든 남자에게 나는 질투를 느끼고 있었지. 물론 한때였지만 자네한테까지 말일세. 내가 그녀를 사랑하는 만큼 그녀가 나를 사랑하고 있지 않다는 것을 잘 알고 있었기 때문이지. 어쩌면 그게 당연한 일일지도 모르고 말야. 그녀는 아무 말 없이 나의 사랑을 받아주었네. 그것만으로 나는 충분히 행복할 수 있었지. 그래서 나는 그 두 사람만 있을 수 있도록 일부러 몇 시간이고 외출을 하기도 했네. 쓸데없는 의심을 품고 괴로워하는 나 자신에게 벌을 주고 싶었기 때문일세. 그러나 밖에서 돌아와보면 나 같은 건 없는 것이 좋겠다는 눈치였어. 스트릭랜드가 그랬다는 게 아닐세. 그자는 내가 있거나 없거나 개의치 않는 사람이니까. 오히려 블란치의 눈치가 그렇더군. 내가 키스를 하려고 다가가면 아내는 몸서리를 치는 거야. 마침내 사실이 뚜렷이 밝혀지자 나는 정말 어찌해야 좋을지 모르겠더군. 만일 부부싸움이라도 하게 된다면 틀림없이 두 사람의 웃음거리밖에 안 되리라는 생각이 들었네. 그래서 차라리 입을 다물고 있으면 모든 것이 곧 잘 해결되리라 생각했네. 그래서 나는 공연히 말다툼을 할 것이 아니라 조용히 그자를 내보내려고 했지. 그때의 내 괴로움을 자네는 도저히 알 수 없을걸세."

그리고 그는 스트릭랜드에게 나가달라고 말했을 때의 상황을 다시 한번 이야기했다. 우선 적당한 기회를 봐서 지나가는 말로 자연스럽게 말하려고 했으나, 그로서는 떨리는 목소리를 억제할 수가 없었다. 아무리 친숙하고 자연스럽게 말하려 해도, 자신도 모르는 사이에 질투의 감정이 목소리 가득 묻어났던 것이다. 설마 나가라고 해서 스트릭랜드가 곧바로 짐을 꾸릴 줄은 몰랐다. 더구나 부인이 함께 나가겠다고 하리라고는 꿈에도 예상하지 못한 일이었다. 지금에 와서는 차라리 입을 다물고 있을걸, 하고 후회하는 눈치가 뚜렷하게 엿보였다. 그에게는 이별의 괴로움보다는 차라리 질투의 괴로움이 더 나은 모양이었다.

"그 자리에서 당장 그자를 죽여버리고 싶었어. 그러나 결국 나 자신을 웃음거리로 만든 게 고작이었지."

그는 한동안 침묵을 지키고 있다가 이윽고 마음속에 품고 있던 생각을 털어놓기 시작했다.

"만일 내가 조금만 더 기다리고 있었더라면 모든 일이 잘 되었을 텐데, 너무 성급하게 서둘렀던 거야. 아아, 불쌍한 블란치, 내가 그만 그녀를 그런 꼴로 만들어버렸어⋯⋯."

나는 어깨를 움츠렸을 뿐 아무 말도 하지 않았다. 사실 나는 블란치 스트로브라는 여자에 대해서 조금도 동정심을 느끼지 않았다. 그렇다고 해서 그녀에 대한 나의 의견을 솔직히 말해봤자 불쌍한 더크만 더 괴롭힐 뿐이었다. 그는 잠시도 입을 다물고 있을 수 없다는 듯이 스트릭랜드와 싸우며 주고받았던 말을 한마디도 빼놓지 않고 거듭해서 되뇌었다. 그런가 하면 전에는 얘기하지 않았던 일까지 생각해내 말했고, 그렇게 말하지 않고 이렇게 말했더라면 좋았을걸 하며 후회하기도, 또 자신의 눈먼 행동을 한탄하기도 했다. 그렇게 계속 실수를 후회하고 그 결과에 대해 스스로를 탓하기만 했다. 그럭저럭하다 보니 밤도 깊었고 마침내 나도 지쳐버렸다.

"그래, 결국 앞으로는 어떻게 하겠다는 건가?"

참다 못해 결론짓자는 식으로 내가 물었다.

"내가 뭘 어떻게 할 수 있겠는가? 그녀가 부르러 올 때까지 기다리고 있을 수밖에⋯⋯."

"잠시 아무 데고 여행이라도 다녀오지 그래."

"아냐, 그건 안 돼. 그녀가 다시 나를 찾을 때 어디 가까운 곳에 있어야 하니까."

지금으로서는 그도 어찌할 바를 모르는 모양이었다. 앞으로의 대책도 전혀 없었다. 어쨌든 이제 그만 자도록 하라고 일렀지만, 그는 도저히 잠이 올 것 같지 않으니 밖에 나가 날이 샐 때까지 거리를 쏘다니겠다고 말했다. 그러나 아무리 보아도 아직은 혼자 내버려둘 수 없는 상태였다. 할 수 없이 오늘밤은 내 방에서 자라고 달랜 다음 그를 침대에 눕혔다. 나는 거실에 있는 긴 의자에서도 얼마든지 잘 수 있었다. 그 무렵에는 그도 지칠 대로 지쳤으므로 내 말을 거역할 만한 기력도 없었다. 어쨌든 몇 시간은 푹 잘 수 있도록 나는 그에게 수면제를 조금 먹였다. 그것이 당장 내가 해줄 수 있는 최선의 서비스라고 생각했기 때문이다.

30

그러나 잠자리가 그다지 편치 못했으므로 나는 밤새 잠을 못 이룬 채, 불운한 네덜란드인이 말해준 일을 이것저것 곰곰이 생각하고 있었다. 나로선 블란치 스트로브의 행동에는 그다지 당황하지 않았다. 그것은 육체적 매력에 이끌린 데 불과하다고 보았기 때문이다. 그녀가 단 한 번이라도 진정으로 남편을 좋아했다고는 생각할 수 없으며, 내가 애정이라고 생각했던 것도 사실은 애무와 위안에 대한 여성적인 반응에 불과한 것으로 대부분의 여자들은 그것을 사랑이라고 여기는 것이다. 그것은 어떤 나무 위에서나 성장할 수 있는 덩굴처럼 어떤 대상에 대해서나 불타오를 수 있는 수동적인 감정이다. 세상 이치를 아는 어른들이 처녀의 마음을 동요케 하여, 나중에는 자연히 사랑이 생길 거라는 확신 아래 자신을 원하는 남자와 결혼하게끔 만드는 것은 바로 여자들의 그런 감정의 힘을 알기 때문이다. 그것은 생활의 안정에 대한 만족, 재산에 대한 자부심, 상대방의 갈망의 대상이 되고 있다는 쾌감, 가정을 지니고 있다는 충족감, 그런 것으로 성립되는 감정이며, 여자가 거기에 정신적 가치를 부여한다는 것도 믿지 않은 허영심에 지나지 않는다. 그러나 그것은 열정에 휩싸여 있을 경우 아무런 방어력도 지니지 않은 감정이다. 스트릭랜드에 대한 그녀의 심한 혐오감 속에는 처음부터 막연한 성적 매력의 요소가 있었을지도 모른다.

그러나 내가 성의 복잡한 신비를 풀려고 한다면 그야말로 건방진 일일 것이다. 아마도 스트로브의 정열은 그녀의 그러한 성격의 한 면을 만족시킨 게 아니라 다만 자극한 것에 불과했던 것 같다. 그리고 그녀가 스트릭랜드를 증오한 것은 그녀 자신이 필요로 했던 것을 만족시켜줄 힘을 느꼈기 때문이리라. 스트로브가 그를 화실로 데려오겠다고 했을 때 완강히 반대했던 것도 결코 말로만 그런 게 아니라 진심이었을 것이다. 왠지 모르지만 그녀는 그를 두려워하지 않았던가. 게다가 지금에야 생각난 일이지만 그녀는 곧 불행이 닥쳐올 것을 예감하고 있었던 것이다.

그녀가 그에게 느끼던 공포는, 아주 묘하게도 그녀의 마음을 동요케 해 그녀 자신에게 느껴왔던 공포가 변형된 것이었다고 생각된다. 그의 외모는 거칠고 야성적이었으며, 그 눈에는 냉정함이, 입매에는 관능적인 데가 있었다. 또한 크고 건장한 몸에서는 걷잡을 수 없는 열정이 느껴졌었다. 그리고 그녀 역시, 물질이 대지(大地)와의 최초의 접합에서 비롯된 기운을 간직하고 스스로 그러한 정신을 지키며 살던 시대의 야생 동물과도 같은 그 사악한 요소를 스트릭랜드에게서 분명히 느꼈을 것이다. 만일 이러한 그가 그녀에게 어떤 영향을 끼쳤다면 그녀는 그를 사랑하든가, 아니면 증오하든가 둘 중 하나를 택해야만 했을 것이다. 그리하여 그녀는 그를 미워한 것이다.

그리고 날마다 환자와 지냈던 일도 그녀의 마음을 묘하게 움직이게끔했을 것이다. 그녀는 그에게 음식을 먹이기 위해 그의 머리를 들어주었는데 그 머리는 그녀의 손에 묵직한 중량감을 주었으리라. 그가 음식을 다 먹고 나면 그녀는 그의 육감적인 입술과 턱수염을 닦아주었다. 털북숭이인 그의 손발을 씻겨줄 때도 보면, 몸이 쇠약해졌음에도 뼈마디가 굵어 힘이 세어 보이는 손이었다. 손가락은 가늘고 길었으며, 정말 예술가 특유의 손재주가 있어 보이는 손이었다. 그러한 남자의 육체적 특성이 그녀의 마음속에 어떠한 고통을 심어주었는지 나로선 알 수 없었다.

그는 꼼짝 않고 조용히 잠들어버리므로 죽은 듯이 느껴질 때도 있었으며, 그의 모습은 오랜 추적 끝에 한가하게 휴식을 취하고 있는 숲속의 야수와도 같았다. 그녀는 그가 꿈 속에서 어떤 공상을 하고 있을까 궁금했을 것이다. 그리스의 숲속을 사티로스에게 쫓겨 도망가는 요정의 꿈이라도 꾸고 있는 것일까? 발이 빠른 요정은 필사적으로 도망치는데, 사티로스는 한발 한 발 소녀를 따라잡아 마침내 그녀는 그의 뜨거운 숨결을 볼에 느끼게된다. 그래도 그녀는 여전히 도망치고 그는 소리 없이 그녀를 쫓는다. 드디어 그에게 붙잡혔을 때 그녀의 가슴을 두근거리게 한 것은 공포였을까? 아니면 황홀함이었을까?

블란치 스트로브는 욕망의 잔인한 손에 꽉 붙잡히고 말았다. 그녀는 그를 증오했지만 동시에 그를 갈망하기도 했다. 지금까지 그녀의 생활을 이루고 있던 그 모든 것이 이제는 의미를 잃고 말았다. 그녀는 이미 친절한 동시에 성격이 급하며, 동정심이 많은 동시에 생각이 좁은, 그런 복잡한 여성이 아니다. 욕망 그 자체로 변한 것이다.

하지만 이것은 나의 지나친 공상일지도 모른다. 그녀는 다만 자기 남편에게 싫증을 느끼고 무감각한 호기심에서 스트릭랜드를 원했을 뿐인지도 모른다. 혹은 그에 대해 별다른 감정 없이 다만 가까이 있었기 때문이든, 아니면 자신의 무료함을 달래기 위해 그의 욕구에 굴하게 되었든, 결국 그녀 스스로 파놓은 함정에 빠져 꼼짝 못하게 되었는지도 모른다. 어쨌든 그 반듯한 이마와 침착한 잿빛 눈동자 뒤의 생각이나 감정이 어떤 것이었는지 나로서는 전혀 알아낼 재주가 없었다.

그러나 인간처럼 종잡을 수 없는 상대에 대해선 어느 것도 확신할 수 없다 하더라도 블란치 스트로브의 행동에 대해서는 그럴듯한 설명을 얼마든지 할 수 있었다. 반면 스트릭랜드에 대해서는 이해할 수 없었다. 아무리 머리를 짜보아도 내가 아는 그와 이처럼 차이가 나는 행동에 대해 도저히 뭐라고 설명할 재간이 없었다. 그가 친구의 신의를 그렇게 무자비하게 짓밟았다든지, 자신의 일시적인 기분을 만족시키는 데 남의 행복을 짓밟는 것을 전혀 주저하지 않았다든지 하는 것은, 그의 경우에서 보면 조금도 이상할 것이 없다. 그의 성격이 바로 그러했기 때문이다. 그는 고맙다는 관념을 전혀 갖지 않았으며 동정심도 없었다. 대부분의 인간들이 공통으로 지니고 있는 감정도 그에게는 없었으며, 그렇다고 그런 것을 느끼지 못하는 그를 탓하는 것은 호랑이가 사납고 잔인하다고 나무라는 것과 마찬가지로 어리석은 짓이다. 그러나 내가 납득하기 어려웠던 점은 그의 변덕이었다.

스트릭랜드가 블란치 스트로브와 사랑에 빠졌다고는 믿어지지 않았다. 나로선 그가 사랑할 수 있으리라고는 생각할 수 없었기 때문이다. 사랑이란 부드러움을 그 중요한 부분으로 갖는 감정인데, 스트릭랜드는 자신에 대해서나 타인에 대해서나 부드러움이란 없는 사람이었다. 사랑에는 허약의 느낌, 그것을 보호해주고자 하는 마음이 있으며, 뭔가 도움이 되는 일을 해주고 싶고 즐겁게 해주려는 열망이 있다. 비록 사심이 없다고까지는 말할 수 없어도 어쨌든 그런 마음은 그 실체를 감쪽같이 숨겨버리는 법이다. 게다가 어떤 부끄러움 같은 것도 있다. 그러나 내가 아는 그에게는 결코 이러한 것들이 없었다.

사랑은 놀라울 정도로 연인의 마음을 한 곳에 몰두하게 하고 그에게서 자의식을 앗아간다. 아무리 명철한 인간이라 해도 사랑을 느끼면서 언젠가는 그 사랑이 끝나리라고는 생각지 못한다. 이성으로는 사랑이 아무 것도 아니라는 것을 알면서도 육체는 사랑의 환각에 빠져버리고, 그 환각을 현실 이상으로 받아들이는 것이다. 사랑은 인간을 조금은 현재의 모습 이상으로 더 나아지게 하고, 조금은 그 이하로 위축되게도 만든다. 그 때문에 사랑하는 자는 그 자신이 아니다. 즉 이미 하나의 인간이 아니라 하나의 사물, 자신의 자아와는 거리가 먼, 어떤 목적을 위한 도구에 지나지 않는다. 사랑에는 감상적인 면이 결코 배제될 수 없지만 스트릭랜드는 내가 알고 있는 인간 중에서 그런 종류의 약점을 거의 지니지 않은 사람이었다.

사랑이 그러하듯이 그가 자신을 다른 사람이 차지하도록 내버려둔다는 것은 도저히 믿을 수 없는 일이었다. 그는 외부에서 오는 멍에를 결코 참을 수 없어했다. 그가, 자기 자신과 미지의 어떤 것을 향해 계속 스스로를 몰아치는 그 불가해한 열망 사이에서 자신을 떼어놓는 것은 무엇이건 마음속에서 뿌리째 뽑아버릴 수 있다고 나는 믿고 있었다. 비록 거기에는 심한 고뇌가 따르고, 그 뒤에 피투성이로 만신창이가 된다고 하더라도 그는 능히 그럴 수 있었다. 만일 내가 스트릭랜드라는 인간에 대해 느낀 복잡한 인상을 독자들에게 전하는 일이 조금이라도 가능하다면, 그는 사랑을 하기에는 지나치게 위대한 동시에 지나치게 왜소한 사람이라고 말할 것이며, 이렇게 말하더라도 사람들에겐 전혀 터무니없는 소리로 들리지 않을 것이다. 그러나 정열에 대한 관념은 각자 그 자신의 독자적인 특성에서 형성되는 것이므로 그것은 사람마다 각기 다르리라고 생각한다. 스트릭랜드 같은 사람도 자기만의 특유한 방법으로 사랑을 할 것이다. 그러므로 그의 감정을 분석해보려고 해도 그것은 결국 헛일일 따름이다.

31

다음날 스트로브는 더 묵고 가라고 붙잡았으나 그냥 돌아가버렸다. 짐은 내가 화실에 가서 가져오겠다고 했는데도 그는 굳이 자기가 가겠다고 우겨댔다. 아마 그는 그들이 정말 그의 짐을 꾸릴 생각을 하지 않고 있을지도 모르며, 따라서 아내를 만나 그에게 돌아오라고 다시 한 번 사정해볼 기회가 있을지도 모른다는 기대를 하고 있는 눈치였다. 그러나 막상 가보니 짐은 현관 앞 관리 사무실에서 그가 가지러 오기를 기다리고 있었으며, 블란치는 외출했다고 관리인이 말했다. 거기서도 그는 또 관리인 아주머니에게 자신이 겪게 된 괴로움을 이러니저러니 하고 하소연했을 것이다. 나는 그가 아는 사람에게 무턱대고 자신의 괴로움을 털어놓고 있다는 것을 알았다. 물론 동정을 받고 싶었던 것이겠지만 사람들의 웃음거리만 될 뿐이었다.

그는 못난 행동만 골라서 하고 있었다. 아내가 몇 시쯤 시장을 보러 나가는지 알고 있었으므로, 어느 날 그는 견디다 못해 길목에서 그녀를 기다리고 있었다. 그녀는 그에게 말을 붙이려고도 하지 않았지만, 그는 그녀에게 집요하게 말을 걸었다. 만일 그가 그녀에게 뭔가 잘못한 일이 있다면 어떻게든지 화가 풀릴 때까지 사과하겠다고 침을 튀기며 열심히 지껄여댔다. 헌신적으로 그녀를 사랑하고 있으니 제발 돌아오라고 애원하기도 했다. 그녀는 아무 대꾸도 하지 않고 외면한 채 걸음을 빨리 옮겼다. 나는 그가 통통하고 짤막한 다리로 뒤뚱뒤뚱 그녀를 쫓아가는 모습을 상상해보았다. 급하게 쫓아왔으므로 숨을 헐떡이면서 지금 자신이 얼마나 비참해하고 있는가를 그녀에게 구구절절이 말했다. 제발 자기를 불쌍히 여겨달라고 애원하고, 용서만 해준다면 그녀가 원하는 것은 무엇이든 다 들어주겠다는 약속도 하고, 어디로든 여행도 데려가겠다고 말했다. 스트릭랜드라는 사람은 머지 않아 곧 그녀에게 싫증낼 것이라는 말도 했다.

그 비참한 광경에 대한 이야기를 들었을 때 나는 울화가 치밀어 어찌할 바를 몰랐다. 그에겐 도대체 분별이나 위엄이라는 것은 손톱만큼도 없었다. 그는 부인에게 경멸받을 만한 짓은 하나도 빠뜨리지 않고 다 해 보인 셈이다. 아마 여자의 잔인성 중에서, 상대방은 사랑하지만 자기 쪽에서는 사랑하지 않는 남자에 대한 잔인성만큼 잔혹한 것은 없을 것이다. 그런 경우 여자는 부드러움은 고사하고 아량도 없고 다만 미칠 듯한 울화통만 터뜨릴 뿐이다. 그녀는 갑자기 걸음을 멈추더니 그야말로 힘껏 남편의 뺨을 후려갈겼다. 그리고 그가 당황하고 있는 틈을 타 그녀는 도망치듯 아파트 계단을 뛰어올라갔다. 그때까지 그녀의 입에서는 단 한마디의 말도 튀어나오지 않았다. 이 사실을 나에게 이야기해주면서 그는 아직도 얻어맞은 곳이 아프기라도 한 듯 한쪽 손으로 계속 자신의 볼을 어루만졌다. 또한 그의 눈에는 가슴을 에는 듯한 고통의 빛과 함께 아내에게 맞은 것에 대한 놀라움의 표정도 나타나 있어 익살스럽다고밖에 볼 수 없었다. 그는 마치 체구만 지나치게 자란 초등학생처럼 보여 정말 딱한 생각도 들었지만, 나는 아무래도 웃음을 참을 수가 없었다.

그런 일이 있은 뒤로도 그는 그녀가 가게에 가려면 꼭 지나다니는 길에서만 어슬렁거렸고 그녀가 지나가면 반대쪽 길모퉁이에 서서 그녀의 모습을 바라보곤 했다. 그녀에게 다시 말을 붙일 용기가 사라져버렸기 때문에 자신의 동그란 눈에 애절한 빛을 띠고 그녀에게 호소하려고 했다. 그렇게 비참한 모습을 보면 틀림없이 그녀도 마음이 어느 정도 동요되리라고 생각했기 때문일 것이다. 그러나 그녀는 장을 보러 가는 시간을 바꾸지도 않았고 다른 길로 돌아갈 생각도 하지 않을 정도로 냉담했다. 그녀의 그러한 냉담 속에는 어떤 잔인성 같은 것이 숨겨져 있지 않았나 하는 생각이 든다. 아마도 자신이 그에게 주는 고통을 통해 어떤 희열마저 느꼈을지도 모른다. 도대체 왜 그녀는 그렇게도 그를 미워하고 있었을까 궁금했다.

나는 스트로브에게 좀더 똑똑하게 처신하라고 거듭 충고했다. 정말 화가 치밀 정도로 그에겐 남자로서의 기백이 없었다.

"그런 식으로 해봐야 아무 소용 없어. 몽둥이로 그녀의 머리라도 한 대 갈겨주는 편이 훨씬 나을 거야. 그렇게 했으면 최소한 그 여자도 지금처럼 자네를 경멸하지는 않을 거야."

이렇게 말하며 나는 잠시 고향에 돌아가 있으면 어떻겠느냐고 그에게 권유했다. 그는 전에도 곧잘 부모가 살고 있는 네덜란드 북부 어느 조용한 고장인 그의 고향에 대해 나에게 말해주곤 했다. 그의 부모는 가난했다. 아버지는 목수였으며, 잔잔히 흐르는 운하 옆에 지어진 아담하고 깨끗한 붉은 벽돌집에서 살고 있었다. 고향 거리는 넓고 한적했으며, 지난 200년 동안 줄곧 쇠퇴의 길을 더듬어왔으나 그곳 집들은 소박하면서도 전성기 때의 품위를 그대로 간직하고 있었다. 예전에 멀리 서인도 제도로 상품을 수출하던 부유한 상인들은 그런 집에서 평안하고 풍요로운 생활을 누렸으며, 장사가 점점 쇠퇴해가도, 그런 대로 남부럽지 않게 생활하고 과거의 향기만은 그대로 지녀왔다. 수로를 따라 걸어가노라면 널따란 푸른 들판에 여기저기 풍차가 보이고 그곳에서 얼룩소가 한가롭게 풀을 뜯고 있다고 했다. 스트로브가 소년 시절의 여러 가지 추억이 깃든 그런 환경으로 돌아가면 현재 겪고 있는 정신적 불행을 다소라도 잊을 것이라고 나는 생각했다. 그러나 그는 고향에 돌아가려고 하질 않았다. 그는 또다시 같은 말을 되풀이했다.

"그녀가 나를 필요로 할 때 나는 꼭 그녀 곁에 있어야만 해. 그녀에게 무슨 일이 일어났을 경우 내가 곁에 없으면, 그야말로 정말 큰일이지."

"도대체 무슨 일이 일어난다는 건가?"

내가 물었다.

"모르지. 그러나 걱정일세. 마음이 놓이질 않아."

나는 어깨를 움츠려 보았다. 그렇게 괴로워하고 있는데도 스트로브의 익살스러운 모습은 조금도 달라진 데가 없었다. 만일 그가 정신적 고통으로 수척하게 야위기라도 했다면 사람들의 동정을 샀을는지도 모른다. 그러나 조금도 수척해지지 않았고 야위지도 않았다. 전이나 다름없이 살이 쪘으며 동글동글한 빨간 뺨은 잘 익은 사과처럼 번들거렸다. 옷차림도 깔끔했고, 늘 단정한 검은색 웃옷과 중산모를 쓰고 다녔다. 배도 점점 튀어나와 슬픔의 흔적이라고는 전혀 나타나지 않았다. 한창 돈을 잘 벌고 있는 외판원과 같은 모습이 한층 더 눈에 띄었다. 사람의 외모가 내면의 영혼과 이렇게 판이하게 다를 때가 있다는 건 정말 드문 일이다.

더크 스트로브는 셰익스피어의 희극 『십이야』에 나오는 뚱뚱보 기사 토비 벨치 경의 육체 속에 로미오의 정열을 지닌 사람이었다. 부드럽고 너그러운 천성을 지니고 있었지만 항상 못난 실수만 되풀이했다. 아름다움에 대해서는 참된 감정을 지니고 있었지만 그 재주는 흔해빠지고 보잘것없는 것밖에 만들어내지 못했다. 감각은 묘하게도 섬세했지만 태도가 천했다. 남의 문제에는 발벗고 나서서 재치 있는 솜씨를 발휘했지만 자기 일은 전혀 그렇지 못했다. 이처럼 수많은 모순된 요소를 한 인간 속에 한꺼번에 모아 그 사람을 냉혹한 우주 속에 내던져버리다니 자연의 여신도 상당히 잔인한 장난을 한 셈이다.

32

나는 몇 주 동안이나 스트릭랜드를 만나지 않았다. 그에 대해 너무나 질렸으므로 그와 마주치기라도 한다면 보는 앞에서 면박을 주어 내 심정을 말해주려고 했지만, 그러기 위해 그를 일부러 찾아간다는 것도 좀 뭣했다. 그리고 나로서는 도덕적으로 분개한다는 것이 좀 쑥스러웠다. 그런 일에는 일종의 자기만족 같은 요소가 있어, 조금이라도 유머 감각이 있는 사람이라면 거북스러울 뿐이다. 자기 자신이 웃음거리로 보이는 일에 대해 철면피가 되려면, 상당한 정열이 필요하다. 스트릭랜드라는 남자에게는 냉소적인 성실함이 있었으므로 허세를 연상케 하는 언동에 대해서는 민감하게 경계를 해야만 했다.

그러나 어느 날 밤, 스트릭랜드가 자주 드나드는, 그래서 내가 요즘 피하고 있던 클리시 거리의 카페 앞을 지나는 길에 그와 정면으로 마주치게 되었다. 그는 블란치 스트로브를 동반하고 있었으며, 마침 두 사람은 그가 늘 즐겨앉던 구석자리로 들어가려던 참이었다.

"아니, 도대체 요즈음 당신은 어디에 있었소? 난 또 다른 곳으로 가버린 줄 알았지."

그의 정중한 태도는, 내가 그와 말을 나누고 싶어하지 않는다는 것을 이미 알고 있다는 증거였다. 그는 무의미하게 정중한 태도를 취하는 그런 사람은 아니었다.

"아뇨, 난 아무 데도 간 적이 없어요."

"그럼 왜 이곳에 통 들르지 않았소?"

"파리에는 잡담이나 하며 시간을 보낼 카페가 이곳 한 군데만 있는 게 아니니까요."

그제야 그녀는 나에게 손을 내밀며 인사를 건넸다. 나는 그녀가 조금은 변하지 않았을까 하는 기대를 갖고 있었다. 그러나 그녀는 늘상 입고 있던 깔끔하고 잘 어울리는 잿빛 드레스를 입고 있었고, 화실에서 집안 일을 하고 있을 때 내가 봐온 모습과 똑같았다.

"우리 체스나 한 판 둘까?"

스트릭랜드가 말했다. 그때 왜 내가 거절할 구실을 생각해내지 못했는지 모르겠다. 나는 못마땅한 표정으로 두 사람 뒤를 따라 스트릭랜드가 늘 앉는 테이블이 있는 곳까지 갔다. 그는 곧 체스판과 말을 가져오라고 했다. 두 사람이 너무도 태연스럽게 행동했으므로, 나도 그렇게 하지 않고는 안 될 것 같은 생각이 들었다. 스트로브 부인은 무엇을 생각하고 있는지 알 수 없는 표정으로 물끄러미 체스판만 들여다보고 있었다. 그녀는 말없이 앉아 있었다. 그리고 보면 그녀는 언제나 조용한 여자였다. 나는 그녀가 무슨 생각을 하고 있나 알아보고 싶었다. 뭔가 그녀의 표정에 실망이나 비통함의 암시라도 있지 않을까 하는 마음에 그것을 찾아보려고 했다. 또 마음의 침착성을 나타내는 내색이라도 하지 않을까 하고 그녀의 이마를 자세히 바라보았다.

그러나 그녀의 얼굴은 표정을 읽을 수 없는 가면과도 같았다. 두 손을 조용히 무릎 위에 올려놓은 채 느슨하게 포개고 앉아 있었다. 나는 지금까지 들어온 바로 판단하여 그녀는 격한 감정의 소유자가 틀림없다고 생각하고 있었다. 그녀에게 헌신적으로 사랑을 바친 더크의 따귀를 갈긴 일은 그녀도 무서운 잔인성을 나타낼 수 있는 여자라는 것을 폭로한 것이다. 아무리 보아도 위험하기 짝이 없는 것을 택하기 위해 그녀는 남편의 보호라는 안전한 은신처와 모든 것이 다 갖추어진 편리한 집안 살림을 버렸다. 그것은 모험에 대한 열망과 하루살이 생활이라도 두려워하지 않은 것이었지만, 그녀가 가정을 소중히 하던 일이며, 집안 살림을 잘 꾸려가기를 좋아했다는 사실을 종합해보면 다소 놀라운 일이었다. 그녀는 복잡한 성격을 지닌 여자였으며, 그런 격한 기질과 참한 외모와의 대조에는 극적인 어떤 것이 있었다.

나는 그들과의 만남에 몹시 흥분하고 있었다. 게임에 주의를 집중하려고 노력하면서도 나의 상상은 정신없이 움직이고 있었다. 나는 언제나 스트릭랜드와 내기를 할 때에는 그를 이기려고 온 힘을 다했다. 왜냐하면 그는 게임에서 진 상대방을 깔보는 성격이었기 때문이다. 그가 승리에 대해 의기양양해하는 모습은 패배자를 더욱 괴롭게 만든다. 이에 반해 만일 그가 지게 되면 더없이 좋은 기분으로 싱글벙글 웃어 보였다. 그는 고약한 승리자요, 너그러운 패배자였다. 내기를 할 때만큼 사람의 성격을 잘 나타내는 일은 없다고 생각하는 사람은 이런 경우 상당히 신경써서 추리를 해야만 할 것이다.

내기가 끝나자 나는 웨이터를 불러 음료 값을 지불하고 그들과 헤어졌다. 결국 그날의 만남에는 아무 일도 일어나지 않았다. 무언가를 짐작할 수 있는 한마디 말도 없었으므로 내가 어떤 추측을 해보았자 그것을 뒷받침할 만한 근거가 없었다. 그만큼 나의 호기심은 더욱 커졌다. 두 사람이 어떻게 지내고 있는지 나로서는 알 도리가 없었다. 나는 내 육체에서 영혼만 빠져나와 화실에 있는 두 사람의 모습과 표정을 몰래 엿보거나 둘이 나누는 대화를 엿듣거나 할 수 있다면 얼마나 좋을까 하는 생각도 해보았다. 그러나 그때 나로서는 내 상상력의 실마리가 되는 아무런 단서도 얻지 못했다.

33

그로부터 이삼 일이 지나자 더크 스트로브가 나를 찾아왔다.

"블란치를 만났다면서?"

그가 말했다.

"그건 어떻게 알았나?"

"자네가 그들과 함께 있는 것을 본 사람에게서 들었네. 왜 나한테 얘기하지 않았나?"

"자네에게 고통만 줄 뿐이라고 생각했기 때문일세."

"괴로워도 나는 상관없네. 그녀에 대해선 아무리 사소한 일이라도 알고 싶어한다는 걸 자네도 잘 알 텐데."

나는 그가 물어올 질문을 기다리고 있었다.

"그래 그녀의 모습은 어떻던가?"

"전혀 변하지 않았어."

"행복해 보이던가?"

나는 어깨를 움츠렸다.

"내가 어떻게 알 수 있겠나? 우리는 카페에서 체스를 두었네. 그러나 그녀에겐 한마디도 말할 기회가 없었어."

"하지만 얼굴 표정으로 조금은 알 수 있지 않은가?"

나는 고개를 가로저었다. 나로서는 그녀가 말로나 아니면 몸짓으로나 자기 마음을 나타내는 기색이 전혀 없었다는 말을 되풀이할 수밖에 없었다. 그녀의 자제력이 얼마나 강한가는 나보다도 그가 더 잘 알고 있을 터였다. 그는 감정이 복받쳐 두 손을 마주잡았다.

"아아, 나는 무서워서 못 견디겠네. 틀림없이 어떤 끔찍한 일이 일어날 것만 같아. 그러나 내 힘으로는 막을 도리가 없네."

"무슨 일이 일어난다는 건가?"

"그건 나도 몰라."

그는 두 손으로 머리를 움켜잡고 신음하듯 말을 이었다.

"다만 어떤 무서운 재앙이 닥쳐올 것만 같아."

스트로브는 원래가 흥분하기 쉬운 남자였지만, 이때는 완전히 제정신이 아니었다. 나도 블란치 스트로브가 스트릭랜드와의 생활을 그렇게 언제까지나 참고 견뎌내지는 못하리라고 생각했다. 세상에 흔히 알려진 속담에도 자기가 뿌린 씨는 자기가 거둔다는 말이 있다. 인생 경험에 의하면 인간이란 벌을 받아 마땅한 일을 계속해서 저지르지만 어떤 우연한 일로 자신의 어리석은 행위의 결과를 모면해버리는 것이다. 스트릭랜드와 다투면 그녀는 단지 그와 헤어져버리면 된다. 그렇게 되면 그녀의 남편은 모든 것을 용서하고 모든 것을 잊어버리고 겸손한 마음으로 그녀를 맞이할 것이다. 그러므로 나는 그녀에 대해 추호도 동정할 생각은 없었다.

"역시 자네는 그녀를 사랑하지 않으니까 그렇게 말하는 거야."

스트로브가 말했다.

"하지만 결국 그 여자가 불행하다는 것을 증명할 만한 근거는 하나도 없었단 말일세. 그 두 사람은 부부로서 아주 행복한 생활을 하고 있는지도 모르지."

스트로브는 슬픈 눈으로 나를 쳐다보았다.

"물론 그런 것이 자네한테야 대수로운 문제가 아니겠지만, 나에게는 중요해. 무지무지 심각한 문제일세."

만일 내가 한 말이 너무 성급하고 불성실하게 들렸다면 미안하게 됐다고 나는 사과했다.

"자네, 나를 좀 도와주지 않겠나?"

"뭐든 도와주겠네."

"나를 대신해서 아내에게 편지를 좀 써주게."

"왜 자네가 직접 못 쓰나?"

"실은 지금까지 여러 번 썼지. 물론 답장을 받을 생각도 하지 않아. 아마 읽어보지도 않았을 거야."

"자네는 여자의 호기심이란 것을 전혀 모르고 있는 모양이군. 그런 호기심을 그녀가 견뎌낼 것 같은가?"

"견뎌내겠지. 특히 나의 편지라면……."

나는 재빨리 그를 쳐다보았다. 그는 시선을 아래로 떨구었다. 그의 그러한 대답이 나에게는 몹시 굴욕적으로 들렸다. 그의 필적을 보고 읽어보지도 않고 버릴 만큼 그녀가 그를 무시하고 있다고 생각하는 것이다.

"자네는 그녀가 돌아오리라는 것을 진심으로 믿고 있나?"

"아니야. 다만 최악의 사태가 일어나면 나에게 의지할 수 있으리라는 것을 그녀에게 알려주고 싶어. 자네에게 부탁하는 것도 바로 그 말을 전해 달라는 것일세."

나는 종이를 한 장 꺼냈다.

"자네가 하고 싶은 말이 정확하게 뭔가?"

그의 말을 듣고 나는 다음과 같은 편지를 썼다.

친애하는 스트로브 부인

더크는 언제고 부인이 원한다면 자신은 부인을 도와주고 싶은 마음임을 전해달라고 제게 부탁했습니다. 그는 앞서 일어난 일로 당신에게 조금도 나쁜 감정을 품고 있지는 않습니다. 당신에 대한 그의 애정도 예전 그대로입니다. 그는 언제나 다음 주소에서 당신을 기다리고 있습니다.

34

스트릭랜드와 블란치의 관계가 불행한 결말을 가져오리라는 데 대해서는 나도 스트로브 못지않게 확신을 갖고 있었지만, 이 문제가 그처럼 비극적인 파국을 맞을 줄은 전혀 예기치 못했다. 숨막힐 것 같은 무더운 여름이 찾아와, 밤이 되어도 지친 신경이 쉴 수 있는 서늘한 곳이라곤 전혀 없었다. 태양에 달아오른 거리는 한낮의 열기를 한꺼번에 다시 내뱉는 것 같았고, 행인들은 무거운 발걸음을 질질 끌고 있었다. 나는 벌써 몇 주 동안이나 스트릭랜드를 만나지 못했다. 다른 일을 하느라고 그와 그의 주변 문제에 대해서는 생각할 겨를이 없었던 것이다. 더크는 더크 나름대로 언제나 따분한 한탄이나 늘어놓았으므로 나는 싫증이 나 되도록 그와의 만남을 피하고 있었다. 이런 골치 아픈 문제에는 더 이상 관여하고 싶지 않은 것이 솔직한 나의 심정이었다.

어느 날 아침 나는 잠옷 차림으로 앉아 일을 하고 있었다. 이리저리 머리를 굴리며 햇볕이 내리쬐는 브리타니 해변가며, 그곳의 신선한 공기 등을 생각하고 있었다. 한쪽 옆에는 관리인 아주머니가 갖다준 밀크커피 찻잔과 식욕이 없어 먹다 남긴 크로와상이 조금 남아 있었다. 옆방에서는 아주머니가 목욕물을 퍼내고 있는 소리가 들렸다. 그때 현관에서 벨 소리가 났으나 나는 아주머니가 열어주겠지, 하고 내버려두었다. 그러자 곧 들려온 소리는 내가 방에 있느냐고 묻는 스트로브의 목소리였다. 나는 자리에 앉은 채 들어오라고 큰 소리로 말했다. 그는 곧 들어오더니 내가 앉아 있는 테이블 옆으로 다가왔다.

"그녀가 자살했어."

그의 목소리는 잔뜩 쉬어 있었다.

"아니, 그게 무슨 소린가?"

나는 깜짝 놀라 소리쳤다. 그는 뭐라고 말하려는 듯 입술을 움직이고는 있었으나 채 소리가 되어 나오지를 않았다. 마침내 말소리가 들리긴 했으나, 마치 백치처럼 빨리 지껄이고 있을 뿐이었다. 나의 심장은 방망이질하

듯 두근거렸으며, 웬일인지 나도 모르게 울컥 화가 치밀었다.

"제발 정신 좀 차리게! 도대체 자네 무슨 말을 하고 있는 건가?"

그는 두 손으로 절망적인 시늉을 해 보였으나 아직도 목소리가 제대로 나오지 않았다. 충격을 받아 벙어리가 된 것만 같았다. 도대체 왜 그랬는지 알 수 없는 일이지만 나는 그의 양 어깨를 붙잡고 그의 몸을 마구 흔들었다. 지금 생각하면 내가 그런 어리석은 짓을 했던 것이 화가 난다. 아마 며칠 밤을 새우다시피 한 탓에 신경이 날카로워져 있었던 모양이다.

"좀 앉아야겠네."

그가 숨을 헐떡이며 말했다. 나는 생 갈미에 술을 한 잔 따라 그에게 권했다. 마치 어린아이에게 하는 것처럼 나는 잔을 그의 입에 갖다대주었다. 그는 한모금 꿀꺽 삼켰지만 셔츠 앞가슴에 몇 방울이 엎질러졌다.

"누가 자살을 했단 말인가?"

그가 말하고 있는 사람이 누구인지 알고 있으면서도 왜 그런 것을 물어보았는지 나도 잘 모르겠다. 그는 마음을 진정하려고 애쓰고 있었다.

"지난밤에 둘이 크게 싸운 모양이야. 그리고 그자는 곧바로 집을 나가 버린 거야."

"죽었나?"

"아니, 사람들이 병원으로 데리고 갔어."

"그럼 도대체 자네는 무슨 말을 하고 있는 건가? 그녀가 왜 자살을 했다는 거야?"

나는 너무 초조한 나머지 소리를 질렀다.

"그렇게 야단치지 말게. 자네가 자꾸 그러면 내가 뭐라고 할 말이 없지 않은가."

나는 초조한 마음을 가라앉히려고 두 주먹을 불끈 쥐고 입가에 미소를 띠려고 애썼다.

"미안하네. 천천히 이야기하게. 서두르지 말고 침착하라구."

안경 너머로 보이는 그의 파란 눈이 공포로 휘둥그래졌다. 돋보기 안경이 눈동자를 더욱 일그러져 보이게 했다.

"오늘 아침 관리인 아주머니가 편지를 전하려고 올라갔는데, 아무리 벨을 눌러도 대답이 없더라는 거야. 그래 귀를 기울이니 신음소리가 나더래. 마침 문이 열려 있어서 안으로 들어가보았더니 블란치가 침대 위에 누워 다 죽어가고 있었다는 거야. 테이블 위에는 수산 병이 놓여 있었고……."

스트로브는 두 손으로 얼굴을 가리더니 몸을 앞뒤로 흔들며 신음소리를 내었다.

"의식은 있었다던가?"

"있었어. 그녀가 얼마나 고통스러워했을지 자넨 모를 거야. 난 도저히 못 참겠어, 도저히."

그의 목소리는 날카로운 비명으로 변했다.

"자네가 왜 고통을 겪어야 하나? 고통을 겪어야 할 사람은 그 여자야."

초조한 마음을 감추지 못하고 내가 다시 소리를 질렀다.

"자네는 어쩌면 그렇게도 잔인한가?"

"그래, 자넨 어떻게 했나?"

"사람들이 의사와 나를 부르러 오고 경찰에도 신고했어. 나는 벌써부터 관리인 아주머니에게 20프랑을 주고 만일 무슨 일이 생기면 내게 즉시 알려달라고 부탁해놓았었거든."

그는 잠깐 말을 멈추었다. 앞으로 나에게 해야 할 말이 그로서는 도저히 입에 담기조차 고통스러운 말이라는 것을 알아차릴 수 있었다.

"곧바로 달려갔지만 그녀는 내게 일체 말을 하지 않으려고 했어. 다른 사람들에게 나를 내보내라고만 할 뿐이었지. 내가 모든 것을 용서해주겠다고 맹세했는데도, 그녀는 내 말을 들으려고 하지 않았네. 그리고는 머리를 벽에 부딪히려고 했어. 의사 말이 내가 곁에 있으면 안 되겠다는 거야. 그녀는 '저 사람 내보내요!' 하고 계속 소리쳤어. 나는 할 수 없이 그 자리를 나와 화실에서 기다리고 있었지. 그리고 구급차가 와서 그녀를 들것에 실었을 때 내가 그곳에 있는 것을 알면 안 된다며 그들이 나를 부엌으로 밀어넣었던 말일세."

스트로브는 곧 병원까지 동행해달라고 나에게 부탁했다. 내가 옷을 갈아입는 동안 그는 부인이 적어도 지저분하고 혼잡한 공동 병실만은 면할 수 있도록 개인 병실을 주선하고 왔노라고 말했다. 병원으로 가는 도중 그는 왜 나에게 같이 가달라고 했는지 그 이유를 설명했다. 만일 그녀가 그를 만나기를 거절할 경우에 내가 대신 그녀를 만날 수 있으리라는 것이다. 그리고 그가 아직도 그녀를 사랑하고 있다는 것, 무슨 일이 생겼든 그녀를 나무랄 생각이 없으며 다만 도와주고 싶을 뿐이라는 것, 그녀의 행동에 대해선 일체 간섭하지 않으리라는 것, 또 회복한 뒤에도 그에게로 돌아오라고 강요하지 않을 것이므로 그녀는 완전히 자유로운 몸이라는 것, 이런 말들도 그녀에게 전해달라고 간곡히 부탁했다.

병원에 도착해보니 그곳은 아주 쓸쓸하고, 겉에서 보기만 해도 사람의

192

마음을 답답하게 하는 건물이었다. 이쪽 사무실에서 저쪽 사무실로 한없이 계속되는 계단을 올라가야 했고, 아무런 장식도 없는 긴 복도를 지나가야 했다. 마침내 우리는 가까스로 담당 의사를 만날 수 있었으나, 결국 환자의 용태가 매우 좋지 않아 그날은 면회를 허락할 수 없다고 거절당했다. 흰 가운을 입고 있는 의사는 참으로 무뚝뚝해 보였으며 턱수염을 기른 자그마한 남자였다. 그에게 있어서는 환자는 어디까지나 환자요, 옆에서 애를 태우는 가족들은 단호한 태도로 취급하지 않으면 안 된다고 생각하는 것이 분명했다. 게다가 그로서는 그러한 사건이 아주 흔해빠진 일인 듯했다. 히스테릭한 부인이 정부와 다투고 음독했다는 사실에 지나지 않을 것이기 때문이다. 처음에 의사는 더크를 이 불행의 원인이라고 생각했던 모양이다. 그래서 그에 대해서 몹시 무뚝뚝한 태도를 취했던 모양이다.

내가 더크를 그 여자의 남편이며 모든 일을 용서할 마음이라고 설명하자, 의사는 갑자기 호기심에 찬 눈초리로 그를 찬찬히 쳐다보았다. 나는 그의 눈에서 조롱하는 빛을 본 것 같았다. 사실 스트로브는 마누라에게 속아넘어갈 것 같은 어리석은 얼굴을 지니고 있었다. 의사는 살짝 어깨를 움츠려 보였다.

"당장 심각한 위험은 없습니다. 다만 얼마나 마셨는지 알 수가 없어요. 두려움 때문에 약을 먹는 수도 있으니까요. 여자들이란 언제나 애정 때문에 자살을 기도하지만 대부분의 경우 성공하지 않도록 조심하니까요. 대체적으로 보아 사랑하는 남자에게 동정심을 불러일으키기 위한 하나의 속셈이죠."

의사의 말투에는 여전히 차가운 경멸의 빛이 담겨 있었다. 그에게 블란치 스트로브는, 그 해 파리 시내의 자살 미수자 통계 수치를 하나 더하는 것에 불과했다. 그는 바쁜 몸이라, 그 이상의 시간을 우리 때문에 허비할 수는 없다면서 만일 내일 블란치의 용태에 차도가 있으면 어느 시간에 남편만은 면회할 수 있을지도 모른다고 말했다.

35

그날 하루를 어떻게 보냈는지 거의 생각이 나지 않는다. 어쨌든 스트로브는 도저히 혼자 있을 수 없다고 해서 나는 하루종일 그의 기분을 달래주느라고 녹초가 되었다. 우선 그를 루브르 미술관으로 데리고 갔다. 그러나 그는 그림을 보는 체했을 뿐 사실상 아내만을 생각하고 있음이 분명했다. 억지로 점심을 먹이고 침대에 좀 누우라고 했으나 그는 잠을 이루지 못했다. 며칠 묵었다 가라고 말했을 때는 반갑게 내 제안을 받아들였다. 책을 읽으라고 몇 권 주었으나 겨우 한 페이지를 읽더니 책을 내려놓고 허공만 물끄러미 바라보았다. 밤에는 피케트 게임을 몇 번 했지만, 내가 그에게 너무 신경을 쓴다고 느꼈는지 그는 다만 나를 실망시키지 않으려는 마음에서 그냥 재미있어하는 것처럼 보이려고 애썼다. 결국 술을 한 잔 마시게 했더니 꾸벅꾸벅 졸음이 오는 모양이었다. 곧바로 그는 불편한 잠에 빠져들었다.

다음날 다시 병원에 가서 간호원을 만났다. 그녀는 환자의 병세가 좀 나아졌다고 하며, 블란치에게 남편을 만나겠느냐고 물으러 병실로 들어갔다. 병실 안에서 뭐라고 말을 주고받는 소리가 들리더니 마침내 간호원이 나와, 환자가 아무도 만나고 싶어하지 않는다고 말했다. 그래서 우리는 간호원에게 만일 그녀가 남편을 만나기 싫다면 나라도 만나주지 않겠느냐고 물어봐달라고 했다. 그러나 그것조차 블란치는 거절했다.

"환자에게 강요할 수는 없어요. 상태가 워낙 나쁘니까요. 아마 하루나 이틀 지나면 기분이 좀 달라질지도 모릅니다."

간호원이 말했다.

"혹 어느 누구든 만나고 싶은 사람이 없답니까?"

더크가 낮은 목소리로 마치 속삭이듯 물었다.

"그분은 그냥 혼자 있게 해달라는 거예요."

더크는 두 손을 묘하게 움직였는데 마치 그의 몸과는 아무 관계도 없이 제멋대로 움직이고 있는 것 같았다.

"죄송합니다만, 혹시 다른 사람이라도 만나고 싶은 사람이 있다면 데려다주겠다고 좀 전해주십시오. 난 단지 아내의 마음을 조금이라도 위로해주고 싶을 뿐입니다."

그러자 간호원은 친절한 눈빛으로 그를 쳐다보았다. 그 눈은 이 세상의 모든 전율과 고통을 보아왔지만 죄 없는 세계의 환상으로 가득 차 있는 고요한 눈이었다.

"좀더 안정이 되면 그렇게 전해드리죠."

더크는 블란치가 불쌍해서 못 견디겠다는 듯 그 말을 당장 전해달라고 애원했다.

"그렇게 하면 분명히 회복에 도움이 될 거예요. 제발 지금 곧바로 물어

봐주십시오."

간호원은 연민의 미소를 지으며 다시 병실로 들어갔다. 안에서 우선 간호원의 낮은 목소리가 들리고 다음은 누구인지 알 수 없는 이상한 목소리가 대답했다.

"싫어, 싫어."

간호원은 다시 나와 고개를 가로저었다.

"그 목소리는 환자의 목소리였나요? 아주 달라진 목소리던데요."

내가 물었다.

"산으로 인해 성대가 탄 것 같아요."

더크는 나직하게 비탄의 소리를 내질렀다. 나는 간호원과 하고 싶은 이야기가 있으니 먼저 나가 현관에서 기다리라고 그에게 말했다. 그는 이유도 묻지 않고 잠자코 나가버렸다. 그는 의지력을 완전히 상실한 것 같았다. 마치 말을 잘 듣는 아이처럼 고분고분했다.

"그 여자가 왜 그런 짓을 했는지 당신에게 말했습니까?"

내가 다시 간호원에게 물었다.

"아뇨, 도대체 입을 열려고 하질 않아요. 조용히 누워 있을 뿐이에요. 몇 시간이고 꼼짝도 안 합니다. 그러나 계속 울고 있어요. 베개가 푹 젖어버렸어요. 손수건을 쓸 힘도 없는 모양이에요. 눈물이 흐르는 대로 그냥 내버려두고 있어요."

그 말을 듣자 나는 가슴이 꽉 죄어드는 느낌이었다. 스트릭랜드를 당장 죽여버리고 싶은 생각도 들었다. 간호원에게 인사를 하는 내 목소리는 심하게 떨리고 있었다.

더크는 현관 앞 계단에서 기다리고 있었다. 그는 아무 것도 보이지 않는 듯, 그의 팔을 붙잡을 때까지 내가 옆에 와 있다는 것도 모르고 있었다. 우리는 말없이 걸었다. 나는 도대체 무엇 때문에 그 불쌍한 여자가 그처럼 무서운 짓을 저질렀을까 곰곰이 생각해보았다. 틀림없이 스트릭랜드도 이 일을 알고 있을 것이다. 경찰에서 누가 그를 찾아갔을 것이고 그는 경찰 심문에 진술을 했을 것이다. 지금 그가 어디 있는지는 나도 모른다. 아마도 전에 화실로 쓰던 그 비참한 다락방으로 돌아갔으리라는 생각이 들었다. 그러나 그녀가 그를 만나려 하지 않는 것은 이상한 일이었다. 아마 그를 부르러 보내봐야 올 사람이 아니라는 것을 알고 있었기 때문일지도 모른다. 공포에 사로잡힌 나머지 목숨을 끊으려고 결심한 이상, 틀림없이 그녀도 그의 내부에 있는 어떤 무서운 잔인성의 심연을 들여다보았을 것이다.

36

그 다음 한 주일은 참으로 악몽과도 같은 날들이었다. 스트로브는 하루에 두 번씩이나 아내의 용태를 알아보려고 병원을 찾아갔지만 아내는 여전히 면회를 거절했다. 그도 처음에는 회복되어간다는 말만으로 안심하고 돌아왔으나, 마침내 어느 날은 절망에 가득 찬 모습으로 돌아왔다. 결국 의사가 염려하던 대로 합병증이 그녀의 회복을 절망적으로 만들어버렸기 때문이다. 간호원은 비탄에 빠진 그를 동정했지만 위안이 될 만한 말은 할 수가 없었다. 그 가엾은 여자는 입을 꽉 다문 채, 마치 다가오는 죽음을 바라보듯 허공을 응시하며 조용히 누워 있었다. 이제 죽음이 오늘내일 하는 위기에 이르렀다.

그러던 어느 날 밤 스트로브가 찾아왔다. 나는 그를 보는 순간 그녀가 죽었다는 소식을 전하러 왔다는 것을 직감했다. 그는 아주 지칠 대로 지쳐 있었다. 그렇게 잘 지껄이던 입심도 다 잃어버린 그는 힘없이 소파에 주저앉아버렸다. 이제 새삼 위로의 말을 해봤자 아무 소용 없을 것 같아서 나는 그를 그냥 내버려두었다. 만일 내가 책을 읽거나 하면 무정한 놈이라고 섭섭해할까 봐 나는 창가에 앉아 담배를 피워 물고 그가 말을 꺼낼 때까지 기다리고 있었다.

"그 동안 자네한텐 정말 신세 많았네."

마침내 그가 입을 열었다.

"모든 일을 친절히 잘 돌봐줬어."

"쓸데없이 무슨 소린가?"

나는 약간 당황해서 이렇게 대꾸했다.

"가니까 병원에선 좀 기다려보라고 하더군. 의자를 내주기에 나는 문 밖에서 기다리고 있었네. 그녀가 의식을 잃자 들어와도 괜찮다고 하는 거야. 그녀의 입이며 턱이 온통 산으로 타버렸지 뭔가. 그 곱던 피부가 온통 일그러진 걸 보니 정말 눈뜨고는 볼 수가 없었지. 너무 조용히 숨을 거두었기 때문에 간호원이 말해줄 때까지 나는 죽은 줄도 몰랐어."

그는 너무 지쳐서 울 기력도 없는 듯했다. 온몸에서 힘이 다 빠져버린 듯 벌렁 눕더니, 곧바로 깊은 잠에 빠져들었다. 이것은 그가 1주일 만에 처음으로 자연스럽게 잠든 것이었다. 때로는 냉혹하기 이를 데 없는 자연도 자비를 베푸는 법이다. 나는 그에게 이불을 덮어준 뒤 불을 껐다. 아침이 되어 눈을 떠보니 그는 아직도 세상 모르고 자고 있었다. 어젯밤에 누운 채로 꼼짝도 하지 않았다. 그의 금테 안경도 그때까지 코 위에 걸쳐 있었다.

37

블란치 스트로브의 죽음은 사정이 사정인 만큼 까다로운 수속이 필요했으며, 그런 절차를 거친 뒤에야 겨우 매장 허가가 나왔다. 영구차를 따라 묘지까지 간 사람은 더크와 나 두 사람뿐이었다. 마차는 갈 때는 천천히 갔으나 돌아올 때는 굉장한 속도로 달렸다. 마부가 마구 채찍을 휘둘러 말을 달리게 하는 것이 나로서는 왠지 공포감마저 느껴졌다. 마치 어깨를 들썩여서 죽은 사람을 잊어버리게 하려는 것처럼 보였다. 가끔 앞서가는 영구차가 흔들리며 달려가면 이쪽 마부도 뒤떨어질세라 속력을 내는 것이었다. 나 역시 이번 일을 모두 깨끗이 잊어버리고 싶은 마음이었다. 사실상 나와 아무런 관계도 없는 이 비극에 대해 서서히 지겨운 생각마저 들기 시작했다. 스트로브를 위로하는 척하면서 나는 홀가분한 마음으로 다른 화제를 꺼냈다.

"잠시 여행이라도 가는 게 좋지 않을까? 이제 파리에 있어야 할 아무런 이유도 없을 테고."

그는 아무 대답이 없었다. 그러나 나는 몰인정하게 말을 계속했다.

"앞으로 무얼 할지 계획이 서 있나?"

"아니."

"어떻게든지 다시 새 출발을 해야 하네. 왜 이탈리아에 가서 일을 시작해보지 그러나?"

이번에도 그는 대답이 없었다. 그러나 다음 순간 마부가 나를 구원해주었다. 잠깐 마차의 속도를 늦추며 뭔가 물었다. 무슨 말을 하는지 알아들을 수 없었으므로 나는 차창으로 머리를 내밀었다. 어디서 내리겠느냐고 묻는 것이었다. 나는 잠깐만 기다리라고 마부에게 이른 뒤 곧바로 더크를 돌아보았다.

"점심식사라도 같이하세. 피갈 광장에서 내려달라고 하겠네."

"아냐, 안 가겠어. 화실에 가볼 생각이네."

나는 잠시 망설였다.

"함께 가줄까?"

내가 물었다.

"아니, 혼자 가보고 싶어."

"그래."

나는 가야 할 곳을 마부에게 일러주었다. 이리하여 또다시 침묵 속에서 마차는 움직이기 시작했다. 그러고 보니 블란치를 병원에 입원시킨 그 불행한 아침 이후로 더크는 화실에 한 번도 가지 않았다.

같이 가자는 말을 하지 않아 나로서는 다행이었다. 문 앞에서 그와 헤어지자 나는 홀가분한 기분으로 혼자 걷기 시작했다. 파리의 거리에서 다시 기쁨을 만끽하며 바쁘게 오가는 사람들을 나는 웃음띤 얼굴로 바라보았다. 맑게 갠 밝은 날이었다. 내 마음속에 끓어오르는 생명의 기쁨은 그보다 더 찬란했다. 그 기분은 나 자신도 억제할 수 없는 것이었다. 스트로브의 일도 그의 슬픔도 다 떨쳐버리고 오로지 파리에서의 생활을 즐기고 싶을 뿐이었다.

38

그로부터 1주일이 다 되도록 그를 만나지 못했다. 그러던 어느 날 저녁 7시가 좀 지났을 무렵, 그가 불쑥 나타나 함께 저녁을 먹으러 가자고 했다. 그는 온통 검은 상복 차림을 하고 중절모에도 너비가 넓은 검은 테를 두르고 있었다. 심지어 손수건마저 검은색이었다. 마치 이 세상 친척이란 친척은 한꺼번에 모조리 잃어버린 듯한 차림새였다. 뚱뚱한 몸집과 혈색 좋은 통통한 볼은 도무지 그런 비통한 심경과 어울리지 않았다. 불행한 처지에 놓여 있으면서도 어딘가 익살스러운 점을 지니고 있어야 하는 것은 정말 잔인한 일이다. 그는 내게 파리를 떠나기로 했다고 말했다. 그가 가기로 한 곳은 내가 제안한 이탈리아가 아니라 네덜란드였다.

"내일 떠날 예정일세. 이것이 우리의 마지막 만남이겠지."

나는 내 나름대로 적절하게 대꾸했고, 그는 힘없이 미소지어 보였다.

"벌써 5년이나 고향에 못 가봤어. 이제 기억도 잘 나지 않는군. 멀리 떠나 있다가 이제 새삼 부모님 곁에 찾아갈 면목은 없네만, 그러나 지금 내가 쉴 수 있는 곳이라고는 그곳밖에 없단 말일세."

마음의 상처로 지쳐버린 그로서는 따뜻한 어머니 품으로 달려가고 싶을 뿐이었다. 몇 년 동안 견뎌왔던 세상의 조소가 이제야 그에게도 부담스러워진 것 같았다. 게다가 아내의 배신이 결정적 타격이 되어 그때까지 그 조소를 명랑하게 받아넘기던 마음의 여유가 없어져버렸는지도 모른다. 이제 그에겐 사람들과 함께 웃을 수 있는 힘이 더 이상 남아 있지 않았다. 세상에서 버림받은 외로운 몸이 된 것이다. 그는 깨끗한 벽돌집에서 보낸 어린 시절의 일이며 어머니의 병적인 결벽성 등을 말해주었다. 부엌은 놀라울 만큼 언제나 깨끗했고 물건들은 늘 제자리에 정돈되어 있어 티끌 하나 찾아볼 수 없었다고 했다. 정말이지 그녀의 결벽성은 일종의 병이라고 하는 편이 옳을 것이다. 사과 같은 붉은 볼을 지닌 단정한 노모가 일생을 아침부터 밤까지 집안을 치우고 닦으며 돌아다니고 있는 모습이 눈앞에 보이는 것 같았다.

몸이 야윈 편인 그의 아버지는 일생 동안 일만 해온 탓으로 손마디가 굵었다. 말수가 적은 정직한 노인이며, 밤이면 소리를 내어 신문을 읽었고 그 옆에서는 부인과 딸 — 지금은 작은 어선의 선장과 결혼한 — 이 시간을 아껴 바느질에 열중하고 있었다. 문명의 진보에서 뒤떨어진 이 작은 마을에서는 모든 것이 평온하게 되풀이되어간다. 한 해 한 해가 변함 없이 지나가고, 어느 날 오로지 열심히 일만 해온 사람들에게 친구처럼 찾아오는 죽음은 휴식을 안겨줄 뿐이다.

"아버지는 나도 아버지처럼 목수가 되기를 원하셨지. 우리 집은 그 직업을 5대째 이어온 집안이거든. 아마 그것이 삶의 지혜라는 건가 봐. 한눈 팔지 않고 아버지 뒤를 이어 부지런히 일하는 것 말야. 어렸을 때 나는 이웃집에 사는 마구(馬具) 만들던 자의 딸에게 장가들겠다고 말한 적이 있었지. 파란 눈에 노란 금발을 땋아내린 소녀였는데, 그 아이와 결혼했더라면 우리 집 살림도 잘해줬을 테고 내 뒤를 이을 자식들도 벌써 낳았을 거야."

스트로브는 가볍게 한숨을 내쉬더니 입을 다물었다. 그는 자기가 그렇게 되었을지도 모르는 삶의 모습들을 머릿속에 그려보고 있었다. 스스로 거부해버린 안정된 생활에 대한 동경심 같은 것이 그의 가슴을 적셨다.

"세상은 험하고 냉혹한 곳이야. 왜 왔는지도 모르고 태어나 어디로 가는지도 모르고 사라져버리는 거야. 아무도 모르는 일이지. 인간은 겸손해야 돼. 그리고 침묵하는 것이 미덕임을 알아야 해. 운명의 신의 눈에 띄지 않도록 일생을 수수하게 보내야 한단 말일세. 단순하고 무지한 사람들처럼 평범한 사랑을 찾아야 했어. 그런 사람들의 무지는 우리가 지닌 모든 지식보다도 존귀한 거야. 우리도 잠자코 스스로의 행운에 만족하고 그들처럼 온순하고 부드럽게 살아야 했어. 그것이 바로 인생의 지혜라는 거야."

이런 말은 단지 그의 좌절된 마음을 드러내고 있을 뿐이었다. 나는 그의 이러한 체념에 즉각 반발하고 싶은 마음이었으나, 그것을 입 밖에 내지는 못했다.

"그런데 왜 화가가 될 생각을 했나?"

내 물음에 그는 어깨를 움츠리고는 이렇게 대답했다.

"그림에 소질이 있었는지 학교에서 늘 상을 탔었지. 어머니는 내가 대견해서 그림 물감을 선물로 사주셨어. 그리고 그림을 목사며 의사며 판사에게 보이고 돌아다니셨네. 그래서 그들이 권하는 대로 나는 암스테르담 장학생 시험을 치르러 갔었지. 그 시험에 당당히 합격했어. 어머니는 너무도 자랑스러워하셨지. 나를 떠나보내는 것은 몹시 가슴아픈 일이었을 텐데도 웃는 얼굴로 보내주시더군. 아들이 예술가가 된다는 생각에 무척 즐거워하셨어. 모두들 절약하고 또 절약해서 내가 부족함을 느끼지 않도록 해주었어. 내 그림이 처음으로 전람회에 전시되던 날 아버지와 어머니, 그리고 동생까지 모두 암스테르담까지 보러 왔는데, 어머니는 내 그림 앞에서 울음을 터뜨리셨지."

그의 부드러운 눈에서 눈물이 반짝이고 있었다.

"지금도 고향집의 벽이란 벽에는 모두 아름다운 금테 액자에 넣은 내 그림들이 걸려 있다네."

뿌듯한 자랑스러움으로 그의 얼굴이 상기되었다. 나는 사실 그대로 그려놓은 농부들이며, 사이프러스 나무며, 올리브 나무 등이 있는 그의 생명감 없는 그림을 생각해보았다. 그런 그림들이 화려한 금테 액자 속에 넣어져 농가의 벽에 걸려 있는 모습은 정말 기묘한 느낌일 것이다.

"어머니는 나를 화가로 키운 것에 굉장한 긍지를 가지고 계시지만, 지금 와서 생각해보면, 차라리 아버지 의견대로 평범하고 정직한 목수가 되었더라면 더 좋았을걸 하는 생각이 들어."

"하지만 예술의 가치를 아는 자네가, 이제 새삼 삶의 방법을 바꿀 수 있을까? 지금까지 예술이 안겨주던 기쁨, 그것을 잃어도 상관없단 말인가?"

"예술은 이 세상에서 가장 위대한 거야."

잠시 침묵을 지킨 뒤 그가 대답했다. 그리고 한동안 망설이는 듯 나를 쳐다보더니 다시 말을 이었다.

"내가 스트릭랜드를 만나러 간 일 알고 있나?"

"자네가?"

나는 어이가 없었다. 그 사람의 얼굴을 보는 것만도 스트로브로서는 못 견딜 일일 텐데……. 스트로브는 힘없이 웃었다.

"자네도 알겠지만, 나라는 인간은 자존심이라곤 전혀 없는 인간일세."

"그게 무슨 소린가?"

마침내 그는 그 기이한 이야기를 들려주었다.

39

블란치를 묻고 나서 나와 헤어진 뒤, 스트로브는 무거운 마음으로 자신의 집을 찾아갔다. 뭔가 알 수 없는 것이 그의 걸음을 화실로 이끈 것이다. 눈앞에서 기다리고 있는 고통을 생각하면 두려움에 가슴이 떨렸으나, 그는 발을 질질 끌다시피 하며 계단을 올라갔다. 그의 두 다리까지 말을 들으려 하지 않는 것 같았다. 문 앞에서 방으로 들어갈 용기를 내지 못하고 한참을 서성이고 있으려니까 몹시 기분이 언짢았다. 당장에라도 계단을 뛰어내려가 나를 붙들고는 함께 들어가자고 부탁하고 싶은 심정이었다. 누군가 화실 안에 있는 것만 같았다. 지난날 계단을 뛰어올라와서는 층계참에 서서 가쁜 숨을 돌리던 일이 곧잘 있었는데, 모처럼 가라앉힌 마음도 사랑스런 아내를 만나고 싶은 초조함 때문에 금방 허물어져버렸던 그때의 어리석음이 생각났다.

그녀를 만나는 일은 언제나 그칠 줄 모르는 기쁨이었다. 겨우 한 시간 남짓 집을 비웠을 뿐인데도 마치 한 달이나 헤어져 있던 사람처럼 흥분되곤 했었다. 문득 그는 아내가 죽었다는 사실이 믿어지지 않았다. 지금까지 일어났던 일은 하나의 꿈, 무서운 악몽이었을 뿐이다. 열쇠를 돌려 문을 열면 그곳에 아내가, 늘 그가 그토록 칭찬했던 샤르댕의 「식전의 기도」에 나오는 여인과도 같이 우아한 태도로 테이블에 기대어 앉아 있을 것만 같았다. 그는 급히 호주머니에서 열쇠를 꺼내 문을 열고 안으로 들어갔다.

침실은 전혀 비워두었던 것 같지 않았다. 아내의 깔끔한 성격은 그를 기쁘게 해준 특성 중 하나였다. 그 자신이 자란 환경이 정돈의 기쁨에 대해 예민했기 때문이다. 그러므로 그녀가 본능적으로 물건을 정리하려 한다는 사실을 알았을 때 그는 흐뭇한 느낌마저 들었다. 침실은 이제 막 그녀가 빠져나간 것만 같았다. 화장대 위에는 빗과 두 개의 브러시가 가지런히 놓여 있었고, 침대는 화실에서 마지막 밤을 보낸 누군가가 깨끗이 치워놓았으며, 잠옷도 작은 상자에 담겨 머리맡에 놓아두었다. 그녀가 다시는 이 방에 돌아오지 않으리라는 것을 도저히 믿을 수가 없었다.

갈증을 느낀 그는 물을 마시러 부엌으로 갔다. 그곳 역시 깨끗이 정돈되어 있었다. 선반 위에는 스트릭랜드와 다투던 날 저녁식사 때 사용한 듯한 접시가 놓여 있었다. 전부 다 설거지를 끝내놓은 상태였다. 나이프와 포크는 서랍 속에 있고, 덮개 밑에는 치즈 한 조각이, 깡통 속에는 먹다 남은 빵이 한 조각 들어 있었다. 그날그날 필요한 분량만 샀기 때문에 절대로 다음날까지 음식을 남기지 않는 것이 그녀의 습관이었다. 경찰의 조사에 따르면 스트릭랜드는 저녁을 마친 뒤 곧바로 집을 나갔다는 것이다. 여느 때처럼 그녀가 말끔히 설거지를 해놓았다는 사실에 대해 그는 소름끼치는 전율을 느꼈다. 그녀의 이러한 빈틈없는 점으로 보아 자살도 신중히 생각한 끝에 취한 행동이라는 것을 알 수 있었다. 그녀의 침착성에는 사람을 놀라게 하는 그 무엇이 있었다. 갑자기 예리한 고통이 치솟아올랐다. 무릎에서 힘이 빠져나가 하마터면 넘어질 뻔했다. 그는 다시 침실로 돌아가 침대에 몸을 던지고는 큰 소리로 울부짖었다.

"블란치! 블란치!"

그녀의 고통을 생각하니 가슴이 찢어질 것만 같았다. 부엌이라야 그릇선반 하나만 겨우 있을 정도의 작은 곳에서 그녀는 서서 접시며 컵, 포크, 숟가락 등을 씻고, 칼은 숫돌에 민첩하게 갈아 찬장 속에 넣은 뒤, 개수대를 닦고 나서 행주를 줄에 널었으리라. 낡은 회색빛 행주가 아직 그대로 줄에 걸려 있었다. 그리고 설거지를 빠뜨린 건 없나, 잊어버리고 청소하지 않은 곳은 없나, 하고 사방을 둘러보았을 것이며 그런 뒤에야 소매를 내리고 앞치마를 벗었으리라. 앞치마가 문 안쪽 못에 걸려 있었다. 그리고 수산 병을 집어들고 침실로 들어간 것이다.

너무나 고통스러워 그는 침대에서 일어나 방을 뛰쳐나왔다. 그리고는 곧장 화실로 들어갔다. 창문마다 커튼을 쳐놓았기 때문에 그곳은 어두컴컴했다. 그는 얼른 커튼을 제쳤다. 환해진 방을 둘러보자 자신도 모르게 울음이 솟구쳤다. 그곳은 그가 그렇게도 행복한 나날을 보낸 장소였으며 변한 것이라곤 하나도 없었다.

스트릭랜드는 주위 환경에 무관심한 사람이었으므로 화실의 가구 배치를 하나도 바꾸지 않았다. 예술적 분위기를 살리려고 세심하게 꾸며놓은 그 화실은, 스트로브가 생각한 예술가에게 알맞은 환경을 그대로 나타내고 있었다. 벽에는 수놓은 비단이 드리워져 있었고 피아노에는 약간 색이 바랜 아름다운 비단 덮개가 씌워져 있었다. 방 한쪽 구석에는 밀로의 비너스 모조품이, 다른 구석에는 메디치의 비너스 모조품이 놓여 있었다. 여기 저기 놓인 이탈리아제 장식장에는 델프트 식으로 구운 도기를 비롯, 입체적으로 조각한 공예품 등이 가득했다. 또 벨라스케스의 「교황 인노센트 10세」가 훌륭한 금테 액자에 끼워져 벽에 걸려 있었다. 스트로브가 로마에 있을 때 모사(模寫)한 것이었다.

그 밖에 스트로브 자신의 그림 여러 장이, 훌륭한 액자에 넣어져 장식 효과를 돋보이려는 듯 주의 깊게 배치되어 있었다. 스트로브는 항상 자기 취미를 자랑했고 화실의 로맨틱한 분위기를 만끽해왔다. 지금은 그것을 보기만 해도 가슴이 찢어질 것만 같은데, 그런 와중에도 그는 자신이 가장 아끼는 루이 15세 시대의 테이블 위치를 조금 바꿔놓았다. 그때 문득 벽에 세워놓은 캔버스 하나가 눈에 띄었다. 그가 늘 사용하던 것보다 훨씬 큰 것이었다. 어째서 저런 곳에 두었을까? 무엇이 그려져 있을까? 그는 그 앞으로 다가가 그림을 볼 수 있도록 자기 쪽으로 끌어당겼다. 나체화였다. 스트릭랜드의 그림이라는 것을 안 순간 심장이 마구 뛰었다. 어쩌자고 이런 곳에 내버려두었단 말인가? 그는 불쑥 화가 치밀어 캔버스를 벽 쪽으로 밀어붙였다. 그런데 그 순간 그림은 마루 위로 엎어져버렸고, 비록 누구의 것이건 그림을 그런 먼지 속에 그냥 내버려둘 수는 없다는 생각이 들었다. 그는 다시 캔버스를 들어올렸다. 그때 호기심이 솟아올랐다. 자세히 봐야겠다는 생각에 그는 그 그림을 이젤 위에 올려놓았다. 그리고 뒤로 물러나 찬찬히 바라볼 수 있는 장소에 섰다.

순간 그는 헉하고 숨이 막혀왔다. 한 여자가 소파에 누워 있는 그림이었다. 한쪽 팔은 베개 삼아 머리를 받치고 또 한쪽 팔은 몸 위로 뻗고 있었다. 한쪽 무릎은 세우고 다른 한쪽 다리는 곧바로 뻗은 고전적인 자세였다. 그는 아찔한 현기증을 느꼈다. 블란치였다. 슬픔과 질투, 분노가 왈칵 솟아올랐다. 그는 거칠게 소리쳤다. 그러나 그 소리는 입 밖으로 나오지 않았다. 그는 두 주먹을 불끈 쥐고 보이지 않는 적을 향해 위협이라도 하듯 마구 휘둘렀다. 있는 힘을 다해 소리질렀다. 꼭 미친 것만 같았다. 견딜 수가 없었다. 사나운 기세로 무슨 연장이라도 없나 사방을 둘러보았다. 그 그림을 갈기갈기 찢어버려야 속이 풀릴 성싶었다. 그러나 적당한 것이 눈에 띄지 않았다. 그림 도구를 들춰보았으나 웬일인지 이렇다 할 만한 것이 전혀 보이지 않았다. 마침내 그는 커다란 그림 주걱 하나를 찾아냈다. 승리의 환성을 내지르고 그것을 집어든 뒤, 단검이라도 뽑아든 것처럼 곧바로 그는 그림을 향해 달려갔다.

이야기를 하면서도 스트로브는, 그 일이 있었을 때나 다름없이 흥분해 있었다. 그는 우리 둘이 마주앉아 있는 식탁 위의 칼을 움켜쥐고는 마구 휘둘러댔다. 금방이라도 후려칠 것처럼 팔을 치켜들었으나 갑자기 손바닥을 펴고 칼을 마룻바닥에 떨어뜨렸다. 그는 경련을 일으킨 듯한 웃음을 띠고 나를 쳐다보더니 아무 말도 하지 않았다.

"계속 얘기해보게."

"왜 그런 마음이 들었는지 나도 몰라. 당장에 그 그림 한가운데를 쫙 찢어버리려고 했어. 힘껏 내려치려는 순간 그때 나는 본 거야."

"봤다니, 뭘?"

"그 그림을. 그것은 예술 작품이었어. 나는 손을 댈 수가 없었어. 무서워진 거야."

스트로브는 다시 말을 멈추고 말았다. 그러더니 멍하니 입을 벌리고 동그랗고 푸른 눈이 튀어나올 듯 뚫어지게 나를 쳐다보았다.

"그것은 정말 위대한 그림이었네. 나는 완전히 경외감에 사로잡혔어. 하마터면 무서운 죄를 저지를 뻔했지. 좀더 자세히 보려고 조금 움직이는 순간 떨어뜨렸던 그림 주걱에 내 발이 걸리자 가슴이 오싹해지더군."

스트로브를 사로잡았던 감동이 나에게도 어느 정도 전달된 것 같았다. 묘한 느낌이었다. 전혀 가치가 다른 세계로 갑자기 옮겨진 것 같았다. 주위 사물에 대한 인간의 반응이 내가 알고 있던 방식과는 전혀 다른, 새로운 고장을 찾아온 낯선 사람처럼 나는 갈피를 못 잡고 서 있었다. 스트로브는 그림에 대한 설명을 하려고 했으나 그의 말이 워낙 횡설수설이어서 도무지 무엇을 말하려는 것인지 내가 눈치껏 추측해볼 도리밖에 없었다.

스트릭랜드는 지금까지 자기를 묶어놓았던 모든 것을 벗어버렸다. 그는 발견했다. 그렇다고 소위 말하는 자신의 자아를 발견했다는 것은 아니다. 상상을 초월하는 힘을 지닌 새로운 영혼을 발견한 것이다. 그의 풍부하고 독특한 개성은 대담하게 단순화시킨 붓터치에서만 나타나 있는 것이 아니었다. 그 육체는 기적적인 무엇인가를 내포한 정열적인 관능으로 그려져 있었다. 그러나 그것은 화법만이 아니었다. 그것은 육체의 무게를 느끼게 하는 이상한 중량감을 지니고 있었지만 그뿐이 아니었다. 어떤 영적인 힘까지 있었고, 보는 이의 마음을 뒤흔드는 새로운 무엇인가를 지니고 있었다. 그것은 우리의 상상을 놀라운 방향으로 이끌며 영원한 별빛만이 밝혀주는 어두컴컴한 텅 빈 공간을, 벌거벗은 영혼이 새로운 신비를 찾아서 두려운 모험에의 길을 헤매는 그런 공간을 보여주고 있었다.

내가 하는 말이 지나치게 수사적(修辭的)이라면 그것은 당사자인 스트로브의 말이 수사적이었기 때문이다. 인간은 감동했을 경우에는 으레 시적인 표현을 하게 되는 것이 아닐까? 스트로브는 지금까지 겪어본 일이 없는 감정을 설명해보려고 했으나 평범한 말로는 아무래도 잘 표현할 수 없는 듯했다. 그는 도저히 표현할 수 없는 일을 억지로 말로 나타내려는 신비가와도 같았다.

그러나 한 가지 나는 분명히 깨닫게 되었다. 사람들은 아름다움에 대해 지나치게 가볍게 말한다는 사실이다. 우리는 말을 너무 무신경하고 경솔하게 쓰고 있기 때문에 오히려 밖으로 내뱉은 말은 힘을 상실하고 만다. 참된 아름다움이라는 말이 나타내고 있는 것을 하찮은 무수한 사건과 섞어 쓰고 있기 때문에 그것은 오히려 위엄을 잃고 마는 것이다.

사람들은 옷이나 개, 설교 같은 것에 무턱대고 아름답다는 말을 쓴다. 그러나 막상 참된 아름다움을 발견했을 때는 그것을 알아보지도 못하는 것이다. 아무런 값어치도 없는 생각을 과장되게 꾸며 말하다가 오히려 자신의 감수성을 둔하게 만들어버렸다. 어쩌다가 경험하는 영감을 가지고 남을 속이는 사기꾼처럼, 사람은 이 말의 힘을 스스로 없애고 말았다. 그러나 스트로브는 구제불능의 완고한 어릿광대이긴 했지만 아름다움에 대한 사랑과 이해는 성실하고 정직한 그의 영혼 못지않게 진실된 것이었다. 그에게 있어서의 아름다움은 신자에게 있어서의 신이나 다름없었다. 그러므로 그것을 눈앞에 보자 그는 그만 두려움을 느낀 것이다.

"그래, 스트릭랜드를 만났을 때 자네는 뭐라고 했나?"

"함께 네덜란드로 가지 않겠느냐고 했지."

나는 너무 어이가 없어 아무 말도 못하고 멍하니 스트로브의 얼굴만 자세히 쳐다보았다.

"둘 다 블란치를 사랑했으니까. 어머니한테 그를 머물게 할 만한 여유는 있을 거고, 게다가 가난하고 순박한 사람들과 함께 지낸다는 것은 그의 영혼을 위해서도 매우 좋을 거라고 생각했네. 그리고 그들로부터 유익한 것을 배우게 될지도 몰라."

"그래, 그는 뭐라고 하던가?"

"히죽히죽 웃더군. 나를 굉장히 어리석은 자라고 생각했던 모양이야. 자기에게는 더 중요한 일이 있다고 하더군."

스트릭랜드도 거절하려면 좀더 듣기 좋게 거절하는 방법도 있었을 텐데, 하는 생각이 들었다.

"블란치의 그림을 나에게 주더군."

스트릭랜드가 왜 그런 행동을 했을까, 하는 의문이 났지만 그 말을 입밖에 내지는 않았다. 잠시 침묵이 흘렀다.

"자네가 쓰던 물건들은 다 어떻게 했나?"

마침내 내가 물어보았다.

"유태인이 들어오게 돼서 꽤 좋은 값으로 그 사람에게 집을 팔았다네. 내 그림은 가져갈 생각이야. 그 밖에는 옷 상자 하나와 책이 몇 권 있을 뿐이지. 그게 전부야."

"고향으로 돌아간다니 정말 잘 생각한 일일세."

새 출발을 하면 그는 과거를 다 잊어버릴 것이다. 지금은 견디기 힘든 슬픔도 시간이 흐름에 따라서 깨끗이 사라질 것이고, 마침내는 자비로운 망각이 인생의 무거운 짐을 짊어지고 다시 일어설 힘을 그에게 안겨줄 것이다. 그는 아직 젊다. 몇 년쯤 지나면, 이 모든 불행도 일종의 즐거움이 깃든 서글픔으로 돌아볼 수 있으리라. 언젠가는 그곳에서 네덜란드 아가씨와 결혼하여 행복하게 살 것이다. 그리고 죽을 때까지 그 서툰 그림을 열심히 그려댈 것이다. 그러한 그림도 상당수에 이르려니 생각하자 나도 모르게 웃음이 나왔다.

다음날 나는 암스테르담으로 떠나는 그를 전송해주었다.

40

그로부터 한 달 동안, 나는 내 일에 쫓겨 그 비참한 사건에 관계되었던 사람을 만나본 일이 없었으므로 어느 새 그 일을 거의 잊고 있었다. 그런데 어느 날 거리를 지나다가 우연히 찰스 스트릭랜드와 마주치게 되었다. 그를 본 순간 가능하다면 완전히 잊어버리고 싶었던 그 진저리나는 사건이 되살아나, 장본인인 그에 대한 혐오감이 울컥 치밀어올랐다. 그렇다고 모르는 체하는 것도 점잖지 못한 것 같아 가볍게 고개를 숙여 보인 뒤 그대로 지나가려고 했다. 그러나 다음 순간 그의 손이 나의 어깨에 와닿는 것이 느껴졌다.

"꽤 바쁜 모양이오."

그가 친근하게 말을 붙여왔다. 자신을 꺼려하는 사람에게는 상냥한 태도로 나오는 게 스트릭랜드의 성품이었으므로, 나의 냉담한 태도가 그의 그런 성격을 건드린 듯했다.

"그래요."

내가 무뚝뚝하게 대꾸했다.

"그럼 당신과 함께 가야겠군."

"왜요?"

"당신과 함께 있는 영광을 누리고 싶기 때문이오."

나는 아무 대답도 하지 않았다. 그러자 그는 말없이 내 곁에서 나란히 걷기 시작했다. 이렇게 4분의 1마일 가량 걸었을까? 나는 좀 멋쩍은 기분이 들기 시작했다. 이윽고 문구점 앞까지 왔을 때 종이라도 사가지고 가야겠다는 생각이 뇌리를 스쳤다. 그러면 그를 떼어버릴 수 있는 핑계도 될 것 같았다.

"나는 여기 좀 들렀다 가야겠어요. 그럼 실례합니다."

"볼일 끝날 때까지 기다리고 있겠소."

나는 어깨를 으쓱해 보이고는 그대로 가게 안으로 들어갔다. 그러나 프랑스 종이는 질이 나쁘다는 생각과 함께 기왕에 계획이 틀어진 바에야 구태여 불필요한 물건을 사서 짐을 만들 필요는 없다는 생각이 들었다. 그래서 있지도 않은 물건 이름을 들어 물어본 뒤 곧장 밖으로 나와버렸다.

"원하는 물건은 샀소?"

"아뇨."

우리는 다시 말없이 걸었다. 이윽고 몇 개의 길이 한 군데 모인 교차점에 이르자 나는 길 옆 돌 위에 멈춰서서 그에게 물었다.

"당신은 어느 쪽으로 갈 건가요?"

"당신이 가는 쪽으로."

스트릭랜드가 빙그레 웃으며 대답했다.

"난 집으로 가는 길입니다."

"그럼 같이 가서 담배라도 한 대 피워야겠군."

"이쪽에서 초대할 때까지 기다리는 것이 예의가 아닐까요?"

"그야 그럴 가망이 있다면 기다리지."

"저기 있는 흰 벽 보입니까?"

손가락으로 가리키며 내가 물었다.

"보이다마다."

"그럼 당신과 함께 있고 싶지 않다는 말이 내 얼굴에 씌어 있는 것도 보일 텐데요."

"솔직히 말해서 짐작은 하고 있었소."

나는 나도 모르게 웃음이 터져나왔다. 웃음이 나오게 만드는 사람을 근본적으로 미워할 수 없는 것이 내 성격의 결점이었으나, 나는 마음을 다부지게 먹었다.

"당신은 정말 진절머리나는 사람입니다. 당신처럼 그렇게 짐승 같은 사람을 나는 아직까지 본 일이 없어요. 왜 하필 당신을 이처럼 싫어하고 경멸하는 사람과 함께 있으려고 합니까?"

"이것 보시오. 당신이 나를 어떻게 생각하건 내가 그런 것에 아랑곳하는 사람인 것 같소?"

"빌어먹을! 당신과는 상종도 하기 싫어요!"

처음부터 이쪽 동기가 그다지 칭찬할 만한 것이 못 된다는 것을 알고 있었기 때문에, 나는 더욱더 난폭하게 대꾸했다.

"함께 있으면 나쁜 물이 든다고 생각하는 거요?"

그의 대꾸에 나는 너무나 어이가 없었다. 그가 곁눈질하며 조소를 던지고 있다는 것을 알 수 있었다.

"또 돈이 다 떨어진 모양이군요?"

내가 거만하게 말했다.

"나도 당신한테서 돈을 빌릴 수 있다고 생각할 정도로 바보는 아니오."

"당신도 아첨을 하는 걸 보니 이 세상 사람이 다 되었군요."

그가 갑자기 히죽거리며 웃었다.

"당신이란 사람은 가끔 내가 좋은 말을 할 수 있는 기회를 주는 한, 진심으로 나를 싫어하지는 못할 거요."

나는 웃음을 참느라고 입술을 깨물고 있어야 했다. 화가 났지만 그의 말은 사실이었다. 그리고 역시 내 성격의 결점이지만, 아무리 타락한 사람이라도 1 대 1로 맞선다면 기꺼이 그를 사귀게 된다는 사실이 정말 난처했다. 스트릭랜드에 대한 나의 증오심도 억지로 애를 쓰지 않는다면 소리 없이 사라져버릴 것 같았다. 나 자신의 도덕적인 약점이었지만, 그에 대한 나의 비난 속에는 일종의 허세가 내포되어 있었던 것이다. 그것을 나 스스로 느낄 정도이니, 스트릭랜드의 날카로운 본능이라면 벌써 옛날에 꿰뚫어보았을 것이다. 지금까지 그는 분명 속으로 나를 비웃고 있었을 것이다. 그의 말을 마지막으로 나는 다만 어깨를 움츠려 보였을 뿐 더 이상 아무 말도 하지 않았다.

41

우리는 내가 살고 있는 아파트에 도착했다. 들어오라는 말도 없이 잠자코 계단을 올라갔는데, 그는 내 뒤를 따라 계단을 오르더니 집 안으로 들어왔다. 처음 방문한 것임에도 불구하고 그는 내가 고심해서 꾸며놓은 집 안 내부는 살펴볼 생각조차 하지 않았다. 테이블 위에 담배 상자가 있는 것을 보고 그는 곧바로 파이프를 꺼내 담배를 채워넣었다. 그리고 여러 개의 많은 의자 가운데 오직 하나밖에 없는, 팔걸이 없는 의자를 골라 앉더니 의자 뒷다리에 무게를 실어 금방이라도 뒤로 넘어갈 것 같은 자세를 취했다.

"편히 앉으려면 안락의자에 앉지 그래요."

불안한 마음을 참지 못하고 내가 말했다.

"내가 편하게 앉건 말건 당신이 신경쓸 문제는 아니잖소."

"당신을 걱정해서 하는 소리가 아닙니다. 다만 보는 사람이 거북해서 그럴 뿐이에요. 남이 불편하게 앉아 있는 걸 보면 내가 불안해지니까요."

그는 소리내어 웃어 보일 뿐 움직이려고는 하지 않았다. 그리고는 더 이상 나를 거들떠보지도 않고 잠자코 담배만 피워댔다. 아마도 무엇인가 생각하고 있는 듯했다. 도대체 이 사람은 무슨 생각으로 여기까지 따라왔을까? 작가에겐 오래된 습관으로 감수성이 무뎌지지 않은 이상, 특이한 인간성에 대해선 어쩔 수 없이 강한 흥미를 느끼는 본능이 숨겨져 있게 마련이다. 그 본능은 도의심 따위로는 억제할 수 없을 정도의 강한 힘으로 작가의 마음을 사로잡아버리며, 악을 응시하는 동안 작가는 예술적 만족에 빠져 있는 자신을 발견하고는 깜짝 놀라게 된다. 그러나 어떤 행위에 대해 느끼는 비난의 감정은 그 행위의 동기에 대해 느끼는 호기심에는 미치지 못한다는 것이 작가의 거짓 없는 심정이다. 논리적으로 완벽한 악인의 성격은, 법이나 질서의 측면에서는 증오해야 마땅하지만, 그것을 창조하는 작가의 입장에서는 말할 수 없는 엄청난 매력을 풍기는 것이다.

셰익스피어도 악인 이아고를 창조해낼 때, 환상으로 달빛을 엮어내듯 데스데모나를 묘사할 때는 결코 느끼지 못했던 깊은 예술적 홍취에 젖어 있었을 것이다. 그것은 문명 사회의 예의나 관습 때문에 잠재의식이라는 신비 속에 깊숙이 간직되어질 수밖에 없었던 자신의 뿌리 깊은 본능, 바로 그 본능이다. 자신이 만든 인물에 피와 살을 붙임으로써, 작가는 다른 방법으로는 표현할 수 없는 자신의 내부에 감춰진 그런 부분에 생명을 부여하는 것이다. 그리고 작가의 이러한 만족감은 곧 스스로에 대한 해방감이다. 작가는 판단에 앞서서 조사하고 캐내는 일에 보다 많은 관심을 갖는 법이다. 내 속에는 분명히 스트릭랜드를 미워하는 감정이 있었지만 동시에 그의 동기를 확인하고 싶은 냉정한 호기심도 있었던 게 사실이었다. 그처럼 친절하게 대해준 사람들의 일생을 비극으로 몰고 간 자신의 행위를 그는 과연 어떻게 생각하고 있는지 무슨 수를 써서라도 알아보고 싶었다. 그래서 나는 대담하게 메스를 대어보기로 했다.

"스트로브의 말로는 당신 작품들 중에서는 그의 부인을 그린 것이 가장 걸작이라고 하던데요."

나의 말을 듣자 스트릭랜드는 파이프를 입에서 빼더니 환하게 미소를 지어 보였다.

"그 그림을 그릴 때는 정말 즐거웠지."

"왜 그 그림을 그에게 주었나요?"

"다 그렸기 때문이오. 다 그린 이상 내겐 필요치 않소."

"스트로브가 하마터면 그것을 찢어버릴 뻔했다는 사실 알고 있나요?"

"역시 완벽하다고는 볼 수 없으니까."

그는 잠자코 있더니 파이프를 입에서 빼내고는 다시 싱긋 웃었다.

"알고 있소? 그가 나를 만나러 왔었다는 것을 말이오."

"그 사람 말에 뭔가 느껴지는 바가 없었나요?"

"전혀! 어리석기 짝이 없는 감상이라고 생각했소."

"당신이 그 사람 인생을 망쳐놓았다는 사실을 잊은 모양이군요."

그는 생각에 잠긴 듯 수염이 난 턱을 쓰다듬었다.

"그는 엉터리 화가요."

"그러나 좋은 사람입니다."

"하기야 요리 솜씨 하나는 알아줘야겠더군."

스트릭랜드가 비웃으며 말했다. 정말 피도 눈물도 없는 냉혈한이었다. 나는 분개한 나머지 더 이상 망설일 것도 없이 모두 밝혀야겠다는 생각이 들었다.

"그저 호기심에서 물어보는 말이긴 하지만, 도대체 당신은 블란치 스트로브의 죽음에 대해 양심의 가책은 전혀 느끼지 않는 건가요?"

얼굴빛이 좀 변하나, 하고 나는 그의 얼굴을 지켜보고 있었다. 그러나 여전히 무표정한 얼굴이었다.

"내가 왜?"

오히려 그가 되물었다.

"솔직히 얘기해봅시다. 스트로브는 당신을 집으로 데려와 어머니처럼 간호해주었습니다. 그는 당신 때문에 시간과 돈, 그리고 즐거움까지 다 희생해버린 거예요. 그렇게 당신을 죽음의 문턱에서 구해준 겁니다."

스트릭랜드는 어깨를 움츠려 보였다.

"그는 얼빠진 작자요. 남을 도와주는 것이 그의 취미이자 그것이 바로 그의 생활이란 말이오."

"스트로브에게 감사할 필요가 없다면, 좋아요, 그렇다고 칩시다. 그런데 왜 그에게서 아내까지 빼앗아야만 했나요? 당신이 나타나기 전까지 그 두 사람은 행복하게 살았습니다. 그런데 왜 그들을 그냥 놔두지 못했느냔 말입니다."

"두 사람이 행복했다는 것을 당신이 어떻게 안단 말이오?"

"분명한 사실입니다."

"당신도 꽤 똑똑한 척하는데, 그가 한 일을 그녀가 용서할 수 있었을 거라고 생각하오?"

"그건 또 무슨 뜻인가요?"

"스트로브가 그 여자와 결혼한 이유를 모른단 말이오?"

나는 고개를 가로저었다.

"그 여자는 로마의 어느 공작 집에서 가정교사를 하고 있었다더군. 그런데 그 집 아들의 유혹에 넘어간 거지. 결혼해줄 줄 알았는데 느닷없이 거리로 쫓겨났던 거요. 아이까지 가진 몸이라 자살이라도 할 작정이었는데, 그때 스트로브가 나타나서 결혼하게 된 거요."

"정말 그 사람다운 행동이군요. 나는 지금까지 그처럼 동정심 많은 사람은 만나보지 못했어요."

나는 전부터 어떻게 그처럼 어울리지 않는 남녀가 결혼을 하게 되었을까, 하고 이상하게 생각하곤 했다. 그러나 그런 사정이 있는 줄은 꿈에도 생각지 않았었다. 아내에 대한 더크의 유별난 애정 속에 어딘가 보통의 정열과는 다른 것이 있었음을 나도 물론 알아차리긴 했다. 그리고 그녀의 조심스러운 태도에 나로선 알 수 없는 그 무엇이 숨겨져 있는 것이 아닐까, 생각했던 적도 있었다. 그러나 사정을 알고 보니 거기에는 부끄러운 비밀을 감추고 싶은 마음만 있었던 것도 아니었다. 그녀의 침착함은 마치 태풍이 지나간 뒤에 밀려드는 음울한 정적과도 비슷했다. 그 쾌활함은 바로 절망적인 쾌활함이었던 것이다.

그때 갑작스런 스트릭랜드의 목소리가 내 의식을 다시 현실 속으로 불러들였다. 그리고 스스로 간파한 사실에 대해 그가 철저하게 냉담한 모습을 보여 나는 그만 놀라고 말았다.

"여자란 남자에게서 받은 상처는 용서할 수 있지만 자신을 위해 베풀어주는 남자의 희생은 결코 용서할 수 없는 존재들이오."

"그렇다면 당신은 여자에게서 원한을 살 위험 따윈 전혀 없을 테니 무척 안심이겠군요?"

내가 되받아넘겼다. 그의 입가에 냉소가 번졌다.

"당신은 재치 있는 말대답을 하기 위해서라면 언제든 자신의 주장 따위는 버릴 태세로군."

"뱃속의 아이는 어떻게 되었나요?"

"사산이었지. 결혼한 지 석 달인가 넉 달 만에."

이윽고 나는 내가 가장 이해할 수 없었던 점을 물어보기로 했다.

"그런데 어떻게 해서 블란치 스트로브에게 흥미를 갖게 되었는지 말해 줄 수 있나요?"

오랫동안 대답이 없기에 다시 한 번 질문을 되풀이하려고 했을 때였다. 그가 가까스로 이렇게 말했다.

"그 이유를 내가 어떻게 안단 말이오? 그 여자는 나를 보는 것조차 싫어 했소. 그래서 흥미를 느꼈던 거겠지."

"그랬군요."

갑자기 그는 버럭 화를 냈다.

"젠장, 흥미는 무슨 흥미! 그 여자가 탐이 났던 거지!"

그러나 곧 냉정을 되찾더니 미소띤 얼굴로 나를 쳐다보았다.

"처음에는 겁을 내고 있었지."

"그녀에게 그렇게 말했나요?"

"아니, 그럴 필요는 없었소. 말하지 않아도 그 여잔 다 알고 있었으니까. 나는 아무 말도 하지 않았소. 몹시 겁을 먹었지만 그녀는 결국 내 여자가 된 거요."

이야기를 하는 그의 말투에는 무서울 정도로 격렬한 욕정을 생각케 하는 것이 있었는데, 그것이 뭔지는 나도 알 수 없었다. 그것은 사람을 불안에 빠뜨리는, 두렵기까지 한 것이었다. 그의 생활은 이상할 정도로 육체적인 일에서 동떨어져 있었으나, 그 때문에 가끔은 그 육체가 오히려 정신에 무서운 복수를 가하는 것 같았다. 그의 내부에 숨어 있던 사티로스가 갑자기 그를 사로잡아, 그는 원시적인 자연의 힘과 같은 격한 본능의 포로가 되어 완전히 무력한 존재로 변하고 마는 듯했다. 그 본능의 힘이 그의 영혼을 철저하게 휘어잡아 분별이나 감사의 마음이 들어앉을 여지를 없애버리는 것이다.

"화실을 나올 때 어떻게 그녀를 데려나올 마음이 생겼던 건가요?"

"처음부터 그럴 생각은 아니었소. 그녀가 나를 따라가겠다고 했을 때는 나도 스트로브만큼이나 깜짝 놀랐소. 그래서 이렇게 말해줬지. 내가 당신에게 싫증이 나면 당신은 쫓겨나게 될 거라고. 그러자 그녀는 그런 각오쯤 되어 있다고 하더군."

그는 잠깐 말을 끊었다.

"훌륭한 육체의 소유자였소. 나는 나체화를 그려볼 생각을 했지. 그러니까, 그 그림이 완성되었을 때는 난 이미 그 여자에게서 아무런 흥미도 느낄 수 없었던 거요."

"그래도 그녀는 당신을 진심으로 사랑했던 겁니다."

그는 갑자기 벌떡 일어나 좁은 방 안을 서성이기 시작했다.

"나는 연애 따위는 질색이오. 나에겐 그럴 시간적 여유가 없소. 그런 것은 인간의 약점이오. 물론 나도 남자니까 때로는 여자가 그리워질 때도 있지만, 일단 욕정을 채우고 나면 다른 일로 마음이 쏠리고 말지. 욕망을 이겨내지는 못하지만 나 역시 그것을 증오하고 있소. 욕망이라는 것은 내 영혼을 꼼짝 못하게 사로잡기 때문이오. 욕망으로부터 완전히 해방되어 아무런 방해 없이 내 일에 몰두할 수 있기만을 바랄 뿐이지. 여자들이란 사랑밖에 할 줄 모르기 때문에 그것에다 터무니없는 중요성을 부여하거든. 그리고 남자들에게까지 그것이 인생의 전부라고 설득하려 드는 거요. 사랑이란 인생에 있어선 보잘것없는 일부분에 지나지 않는단 말이오. 육욕이라면 또 몰라도. 그것은 정상적이고 건강한 거니까. 그러나 사랑이란 일종의 병이오. 내게 있어서 여자는 쾌락의 도구일 뿐이오. 그런 여자들이 협력자니 친구니 반려자니 하고 날뛰는 꼬락서니를 나는 도저히 견딜 수가 없단 말이오."

스트릭랜드가 한꺼번에 이렇게 많은 말을 하는 것은 처음 보는 일이었다. 아주 분개한 목소리였다. 이번 경우만이 아니라 늘 그렇지만, 그가 한 말을 그대로 옮겨적지는 않았다. 그의 어휘는 빈약하고 게다가 문장을 엮어내는 재능은 전혀 없었으므로 그의 감탄사나 표정, 몸짓, 진부한 어구 등을 이쪽에서 연결해 그가 말하고자 하는 뜻을 종합해볼 수밖에 없었다.

"당신은 여자가 노예고 남자가 노예를 부리던 시대에 태어났더라면 좋았을 걸 그랬군요."

"천만에, 나는 지극히 정상적인 사람이오."

너무도 진지한 표정으로 말하는 그를 보며 나는 웃지 않을 수 없었다. 그러나 그는 여전히 우리 속에 갇힌 야수처럼 방을 계속 왔다갔다했다. 어떻게든지 자기 마음을 나타내보려고 하는 것 같았지만 조리 있게 설명하기가 무척 힘든 모양이었다.

"여자들이란 일단 좋아하면 그 상대방 남자의 영혼까지 차지해야 직성이 풀리는 존재들이오. 왜냐하면 여자는 약하니까 어떻게든 지배권을 잡으려고 날뛰는 거지. 마음이 좁기 때문에 자신이 이해할 수 없는 추상적인 건 싫어하고 물질적인 일에만 마음을 빼앗기기 때문에 정신적인 이상에 대해서는 시기심을 갖게 마련이오. 남자의 영혼은 우주 끝까지 헤매고 다녀도 싫증을 모르는데, 여자는 그것을 자신의 가계부라는 틀 속에 가두려는 거요. 당신도 내 아내를 잘 알잖소. 나는 블란치가 조금씩 온갖 계책을 부리기 시작한다는 걸 알았소. 참으로 끈기 있게 기다리면서 올가미를 씌워 나를 묶어놓을 작정이었지. 자기 수준으로 나를 끌어내리려고 했던 거요. 나라는 존재는 조금도 생각지 않고 오직 나를 자신의 소유물로 만들려고 했을 뿐이오. 그녀는 나를 위해 무슨 일이고 기꺼이 해줬지만, 내가 원하는 단 한 가지만은 예외였지. 즉 나를 가만히 내버려둬달라는 것만은 말이오."

나는 한동안 잠자코 있었다.

"당신에게서 버림받았을 때 그녀가 어떻게 할 거라고 생각했습니까?"

"스트로브에게 돌아갔더라면 좋았을걸……. 그 녀석은 언제라도 받아줬을 텐데……."

그가 초조한 듯이 말했다.

"당신은 사람도 아니에요. 당신 같은 자에게 이런 말 해봤자 소용없겠죠. 장님에게 색깔 이야기를 하는 거나 다름없는 일일 테니까요."

그는 내 앞으로 걸어와 서더니 나를 빤히 내려다보았다. 그의 얼굴에서 조롱섞인 놀라움의 빛이 엿보였다.

"블란치 스트로브의 죽고 사는 문제가 정말 조금이라도 걱정이 돼서 하는 소리요?"

그가 물었다. 나는 그의 질문을 곰곰이 생각해보았다. 어쨌든 나의 영혼에 대해서 거짓 없는 대답을 하고 싶었기 때문이다.

"그녀가 죽었다는 사실이 나에게 하찮게 여겨진다면, 그것은 아마 내 자신 속에 동정심이 부족하기 때문이겠죠. 그녀에게는 아직도 앞날이 창 창한 미래가 있는데, 그것을 그토록 잔인하게 박탈당하다니 무서운 일이 라고 생각합니다. 하지만…… 사실은 나도 진심으로 걱정하지는 않으니 부끄러운 생각이 드는군요."

"당신은 자신의 신념을 밀고 나갈 용기가 없군. 인생은 무가치한 것이 오. 블란치 스트로브가 자살한 것은 내가 버렸기 때문이 아니라, 어리석고 마음의 균형이 잡혀 있지 않았기 때문이오. 그 여자 이야기는 넌덜머리가 나오. 정말 하찮은 여자였소. 그보다도 내 그림이나 보러 오지 않겠소?"

마치 아이를 어르는 듯한 어투로 그가 말했다. 화가 났지만, 그것은 그 에 대해서라기보다 오히려 나 자신에 대해서였다. 몽마르트르의 아늑한 화실에서 지내고 있던 스트로브와 그 부인의 행복한 생활을 다시 한 번 생 각해보았다. 소박하고 친절하고 진심으로 나를 대해주던 두 사람이었다. 그들이 무자비한 운명의 손에 의해 그처럼 무참히 짓밟혀버리다니 정말 잔인하다는 생각이 들었다. 그러나 무엇보다도 가장 잔인한 것은 이러한 비극에도 불구하고 세상은 여전히 잘 돌아가며, 세상 사람들 역시 달라진 점이 전혀 없다는 사실이었다.

그렇다. 더크 역시 감정의 깊이보다 겉으로 나타나는 감정의 반응이 더 큰 사람이므로 오래지 않아 모든 걸 잊게 될 것이다. 블란치의 인생이 얼마 나 아름답게 빛나는 희망과 꿈을 지니고 시작되었는지는 모르겠지만 이렇 게 되고 보니, 차라리 태어나지 않은 편이 더 좋았을 거라는 생각이 들었 다. 모든 것이 헛되고 덧없어 보였다.

스트릭랜드는 모자를 집어들더니 다시 나를 내려다보았다.

"같이 가겠소?"

"왜 나를 가까이 하려는 거죠? 내가 당신을 싫어하고 경멸한다는 걸 잘 알고 있을 텐데요."

스트릭랜드는 즐거운 듯 큰 소리로 웃어댔다.

"당신이 멋대로 화를 내는 건 당신이 날 어떻게 생각하든 내가 전혀 개의치 않기 때문이오."

나는 갑자기 얼굴이 확 달아오르는 것을 느꼈다. 무신경한 독선자가 상대방의 기분을 얼마나 뒤흔들어놓는가를 스트릭랜드에게 이해시킨다는 것은 도저히 불가능한 일이었다. 나는 그의 철저한 무관심의 갑옷을 꿰뚫어놓고 싶었다. 그러나 또한 그의 말에도 진실이 있다는 것을 인정하지 않을 수 없었다. 아마도 무의식이겠지만, 우리는 타인이 우리 자신에게 보이는 관심에 의해 상대방에 대한 지배력을 지키는 것이며, 그 같은 영향력이 먹혀들어가지 않는 상대에 대해선 반감을 갖게 되는 것이다. 이처럼 통렬하게 인간의 자존심을 상하게 하는 것은 없을 것이다. 그러나 나로서는 화가 난 모습을 그에게 보이고 싶지 않았다.

"과연 어느 누가 남의 일을 전적으로 무시하고 살아갈 수 있을까요?"

나는 이렇게 물었지만 이것은 그에게라기보다 오히려 나 자신을 향한 질문이었다.

"당신 역시 살기 위해서 하나에서 열까지 남의 신세를 지고 있는 겁니다. 완전히 자기 혼자의 힘만으로 살아간다는 건 있을 수 없는 일이죠. 언제고 병이 들 수도 있고 쇠약해져 빨리 늙어버리기도 하겠죠. 그렇게 되면 역시 가족이나 동료들의 도움이 필요할 수밖에 없을 겁니다. 당신에게도 그러한 위로와 동정을 바랄 때가 닥쳐올 텐데, 그때 부끄럽지 않겠어요? 당신은 되지도 않는 일을 하려는 거예요. 머지 않아 당신 내부에 숨어 있는 또 다른 당신이 사람들 사이의 공통된 유대를 간절히 원하게 될 겁니다."

"어쨌든 그림을 보러 갑시다."

"죽음이라는 것을 생각해본 일이 있습니까?"

"그런 걸 뭣 때문에 생각해? 나와는 상관없는 일인데."

나는 그를 쳐다보았다. 그는 미동도 없이 두 눈에 조소를 담은 채 떡 버티고 서 있었다. 한순간 나는 육신에 묶인 정신으로서는 생각조차 할 수 없는 어떤 위대한 것을 쫓으며 상처받고 있는 불꽃 같은 영혼을 느낄 수 있었다. 뭔가 말로는 표현할 수 없는 신성한 것을 구하는 한결같은 영혼을 본 것이다. 초라한 옷을 입고 큰 코와 번쩍이는 눈, 붉은 수염과 더부룩한 머리를 지니고 내 앞에 서 있는 남자를 나는 한동안 계속 쳐다보았다. 이것은 하나의 껍질에 불과하며 지금 내가 마주하고 있는 것은 육체를 벗어난 영혼인 듯한 묘한 감동을 느꼈다.

"그럼, 당신 그림이나 보러 가도록 하죠."

마침내 내가 말했다.

42

스트릭랜드가 왜 갑자기 그림을 보여주겠다고 했는지 나는 그 이유를 알 수가 없었다. 그러나 어쨌든 좋은 기회라고 생각했다. 작품이란 그 작가 자신을 나타내는 것이다. 누구든 사교적인 접촉만으로는 세상에 내 보이고 싶은 좋은 모습밖에는 알 수 없다. 그러므로 무의식중에 보이는 사소한 행위나 자신도 모르게 순간적으로 짓는 표정 같은 데서 그 사람의 참된 모습을 추측하는 수밖에 없다. 그리고 때로는 너무도 철저하게 가면을 쓰고 있는 탓에 사람은 어느 결에 바로 그 외양의 가면에서 벗어나지 못하게 되는 경우도 있다. 그러나 어떤 사람이라도 글이나 그림 속에서는 여지없이 자신을 드러내는 법이다. 겉모습은 다만 그 사람의 공허를 폭로할 뿐이다. 색을 칠해 철판처럼 보이게 한들 나무는 어디까지나 나무에 불과하다. 아무리 허세를 부리더라도 진부한 정신을 숨길 수는 없는 것이다. 그렇듯 무심히 그린 사소한 작품이라도 날카로운 감식안 앞에서는 가장 깊숙한 영혼의 비밀을 드러내게 되는 법이다.

스트릭랜드가 살고 있는 아파트의 끝도 없이 계속되는 계단을 올라가는 동안 솔직히 말해 나는 어느 정도 흥분하고 있었다. 웬일인지 놀라운 모험 속으로 발을 들여놓은 것 같은 기분이었다. 나는 호기심에 가득 찬 눈으로 그의 방을 둘러보았다. 생각했던 것보다 훨씬 더 작았고 텅 비어 있었다. 화실은 충분히 넓어야 된다느니 모든 조건이 충족되지 않으면 일을 할 수 없다느니 하고 투덜대는 화가 친구들에게 이곳을 보여주면 뭐라고들 할까, 하는 생각이 들었다.

"거기 서 있는 게 좋을 거요."

방 한구석을 가리키며 그가 말했다. 아마 곧 보여주려는 그림을 감상하기에 가장 적당하다고 생각되는 위치인 모양이었다.

"그림에 대한 평을 듣고 싶은 건 아니겠지요?"

"물론이지. 입은 꼭 다물고 봐주시오."

그는 한 장의 그림을 이젤 위에 올려놓고는 내가 보는 동안 잠시 기다리더니 곧 그 그림을 내려놓고 다른 그림을 올려놓았다. 이렇게 대략 30점 가량의 그림을 보여준 것 같다. 그것은 그가 그림을 그려온 지난 6년간의 성과였다. 한 장도 팔지는 않았다. 그림 크기는 각기 달랐으며, 좀 작은 화폭에는 정물, 제일 큰 화폭에는 풍경화가 그려져 있었다. 그리고 초상화가 대여섯 점 있었다.

"이게 전부요."

마침내 그가 말했다. 그 순간 곧바로, 그 그림들이 지닌 아름다움과 위대한 독창성을 느낄 수 있었다고 말했다면 좋았겠지만, 사실상 나는 그러지 못했다. 그 가운데 대부분을 후에 다시 접하고, 그 밖의 것도 복제품을 통해 익숙해진 지금에 와서 생각해보면 처음 그의 그림들을 보고 몹시 실망했었다는 사실에 나 스스로 놀라움을 금할 수 없다. 그때 나는 진정한 예술품이 주게 마련인 독특한 전율을 전혀 느끼지 못했던 것이다.

스트릭랜드의 그림에서 받은 인상은 당혹스러움뿐이었다. 그리고 늘 후회하고 있는 일이지만 나는 그것을 사야겠다는 생각도 하지 않았다. 정말 좋은 기회를 놓쳐버린 것이다. 지금은 절반 이상이 박물관에 들어가 있고 나머지도 돈 많은 미술 애호가의 비장품이 되어버렸다.

이제 내 나름대로의 변명을 해야겠다. 우선 예술에 대한 나의 취향만은 그렇게 나쁘다고는 생각지 않는다. 다만 거기에 독창성이 없다는 것은 나 또한 알고 있는 사실이다. 게다가 그림에 대해서는 극히 빈약한 지식밖에 없었으며 남이 개척해주는 길을 가까스로 쫓아가는 데 불과할 뿐이었다. 그 무렵 나는 인상파 화가들을 가장 존경하고 있었다. 시슬리나 드가의 작품을 탐내고 있었고 그 중에서도 마네를 가장 숭배하고 있었다. 마네의 「올랭피아」를 근대 회화에 있어서 최고의 작품이라고 생각했으며, 「풀밭 위에서의 점심」을 보면서 깊은 감명을 받았다. 당시 나는 이런 작품이야말로 진정 회화의 최고 걸작이라고 생각했었다.

여기서 나는 스트릭랜드가 보여준 그림을 굳이 설명할 생각은 없다. 그런 설명은 보나마나 따분하게 마련일 테고, 게다가 그림에 관심을 가질 만한 사람이라면 그의 그림들은 모두 이미 낯익은 그림이 되었을 테니까 말이다. 스트릭랜드의 그림이 근대 회화에 막대한 영향을 끼쳤고 그가 처음 개척한 영역도 많은 사람들에 의해 샅샅이 연구된 지금은 그의 그림을 처음 보게 되더라도 좀더 쉽게 받아들일 수 있을 것이다. 그런데 나는 그때까지 그런 종류의 그림은 한 번도 본 일이 없었다. 무엇보다도 나는 그 기교의 치졸함에 놀라지 않을 수 없었다.

그 시대 거장들 그림에 익숙해져 있고 앵그르를 근대 최고의 기교가라고 생각하던 나로서는 그의 그림은 아무리 보아도 왠지 졸렬해 보였다. 그가 노린 기법의 단순화에 대해서 나는 아무 것도 알지 못했다. 접시에 담긴 오렌지를 그린 정물화가 생각난다. 접시는 둥글지 않았고 오렌지는 다 찌그러진 모양으로 그려져 있었다. 그것을 보고 정말 어이가 없었다. 초상화는 대개 실물보다 조금 크게 그렸는데 그것이 오히려 인물을 보기 흉하게 만들었다. 아무리 보아도 나에게 그것은 풍자화로밖에는 보이지 않았다. 완전히 새로운 기법이었다. 풍경화는 나를 더욱 당황하게 했다. 퐁텐블로 숲을 그린 그림 두세 점과 파리 거리를 그린 그림이 대여섯 장 있었는데, 보는 순간 이것은 술 취한 역마차의 마부가 그린 것이 아닌가 하는 느낌을 받았다. 정말 뭐가 뭔지 알 수가 없었다. 색채는 너무 거칠어 보였다. 모든 게 요란하고 이해할 수 없는 한 편의 희극 같다는 생각이 머리를 스치고 지나갔다. 그러나 지금 생각해보면 스트로브의 예민한 통찰력에는 갈수록 고개가 숙여질 뿐이다. 그는 처음 스트릭랜드의 그림을 본 순간 예술에 혁명이 일어났음을 간파한 것이다. 이제야 온 세계가 인정하게 된 풍조를 그는 이미 그때 명확하게 인식하고 있었던 것이다.

그러나 어이가 없고 뭐가 뭔지 모른다고 해서 그 그림에서 내가 아무런 인상도 받지 않았다는 것은 아니다. 혼란스러운 가운데서도 그의 그림에는 뭔가를 표현하려고 괴로워하는 참된 힘이 있다는 것을 느끼지 않을 수 없었다. 그것이 나를 흥분시켰고 흥미를 불러일으켰다. 그의 그림은 분명히 나에게 호소해오는 뭔가를 지니고 있었다. 그것이 무엇인지 확실히는 알 수 없었으나 매우 가치 있는 중요한 것이라는 생각이 들었다. 그의 그림에선 흉측해 보이면서도 뭔가 깊은 뜻을 가진 신비로움이 느껴졌었다. 묘하게도 보는 이의 마음을 애타게 하는 그 뭔가……

어쨌든 나로선 분석하기 힘든, 말로는 도저히 표현할 수 없는 커다란 감동을 받은 셈이었다. 스트릭랜드는 물질적인 것들 속에서 어렴풋이 영적인 어떤 것을 발견했는데 그는 그것을 다만 어설픈 상징으로 암시할 수밖에 없었던 것 같다. 마치 우주의 혼돈 속에서 새로운 양식(樣式)을 발견하여, 영혼의 심한 번민에 괴로워하면서도 아주 서툰 솜씨로나마 그것을 표현하려고 애쓰는 듯한 느낌이었다. 그때 나는 표현의 해방을 구하기 위해

몸부림치고 있는 한 영혼을 발견했다.

나는 그를 돌아보며 말했다.

"혹시 표현 수단을 잘못 택한 게 아닌가요?"

"그게 무슨 뜻이오?"

"당신은 뭔가 말하려고 하는 것 같군요. 그것이 뭔지는 잘 모르겠습니다만, 어쨌든 회화라는 수단으로 그것을 표현하려는 것이 과연 최선의 방법인지 나로선 확신을 가질 수 없군요."

그림을 통해 그의 불가해한 성격을 이해할 수 있는 단서를 잡을 수 있으리라고 생각했던 것은 나의 잘못이었다. 이해는커녕 그에 대한 놀라움만 더했을 뿐이다. 나는 어느 때보다도 더 큰 혼란에 빠지고 말았다. 다만 한 가지만은 확실히 알 것 같았다. 물론 이것 역시 한낱 공상에 지나지 않을지도 모르지만, 그는 자신을 속박하는 힘으로부터 벗어나기 위해 필사적으로 허우적거리고 있다는 사실이었다. 그러나 그것이 어떤 힘인지, 그 해방이 어떤 방향을 취하는 것인지는 역시 너무 막막해 파악할 수가 없었다. 이 세상에서 우리는 모두 외톨이일 뿐이며, 황동(黃銅) 탑 속에 갇혀서 동료들과는 부호로 의사를 소통하고 있을 뿐이다. 더구나 그 부호 역시 공통된 가치를 지닌 것이 아니며 그 뜻은 애매하고 불확실한 것이다. 어떻게든지 가슴속의 소중한 뭔가를 남에게 전하려고 피나는 노력을 하지만 상대방에겐 그것을 받아들일 만한 힘이 없는 것이다. 그리하여 우리는 나란히 걸으면서도 서로가 동료인지도 모른 체 맞닿는 법이 없는 평행선상을 오직 혼자서 쓸쓸히 걸어가는 것이다. 마치 언어도 모르는 이국에 사는 사람들처럼, 온갖 아름답고 심오한 것들을 이야기하고 싶어도 그림책에 나오는 진부한 표현밖에는 하지 못하는 것이다. 머릿속에서는 여러 가지 생각들이 용솟음치고 있는데도 '정원사 아주머니, 우산이 집 안에 있습니다' 정도 의 말밖에는 못하는 것이다.

그의 그림에서 내가 받은 마지막 인상은 한 영혼의 상태를 표현하려고 하는 피나는 노력에 대해서였다. 그의 그림이 나를 그토록 어리둥절하게 했던 까닭을 이제야 비로소 알 수 있을 것 같다. 스트릭랜드에겐 색채나 형 태가 독자적인 의미를 지니고 있었던 것만은 확실했다. 자신이 느끼고 있 는 그 무엇을 어떻게든지 전달해야만 했던 그는 그 특유의 색채와 형태를 만들어냈고, 자신이 구하고 있는 미지의 것에 조금이라도 가까이 갈 수만 있다면 단순화나 왜곡화도 주저 없이 행했다. 낱낱의 사실들은 그에게 전 혀 무의미했는데, 그런 무의미한 사건의 이면에서 그는 자신만의 의미를 지닌 뭔가를 탐구하고 있었기 때문이다. 그는 마치 우주의 영혼을 꿰뚫어 보았으나 그것을 표현할 길이 없어 몸부림치는 것 같았다. 나를 혼돈과 당 혹감에 빠뜨리게 했음에도 불구하고, 나는 그의 그림을 가득 메우고 있는 정열에는 감동받지 않을 수 없었다. 그리고 무엇 때문인지는 모르겠으나, 결코 스트릭랜드에게는 느낄 수 없으리라 생각했던 감정이 솟아올랐다. 나는 그에게 불가항력적인 연민을 느꼈다.

"당신이 왜 블란치 스트로브에 대한 감정에 지고 말았는지 이제야 겨우 알 수 있을 것 같군요."

"어째서?"

"당신의 용기가 좌절된 거예요. 육체의 허약함이 당신의 영혼에까지 옮 아간 거죠. 어떤 끝없는 동경이 당신을 사로잡고 있는지는 모르겠지만, 그 동경 때문에 당신 자신을 고통스럽게 하고 있는 정신에서 완전히 벗어날 수 있다고 생각되는 목적지를 향해 당신은 위험하고 고독한 길을 헤매고 있는 겁니다. 세상에 있지도 않은 신전을 찾아 방랑하는 영원한 순례자와 같은 것이죠. 당신이 지향하고 있는 것이 어떤 불가사의한 열반인지 나는 모릅니다. 당신은 알고 있겠죠? 어쩌면 당신이 구하고 있는 것은 '진리'와 '자유'인지도 모릅니다. 그런데 한순간 '사랑' 속에서 구원의 손길을 찾을 수 있으리라는 생각이 들었던 것이죠. 당신의 지친 영혼은 여자의 품에서 휴식을 구했습니다. 그러나 그것도 여의치 않다는 것을 알자 당신은 그녀가 미워진 거예요. 여자에 대해 동정심 따윈 전혀 느끼지 않았어요. 당신 자신에 대한 동정도 전혀 느끼고 있지 않았으니까요. 뿐만 아니라 너무나 두려운 나머지 그녀를 죽여버렸죠. 왜냐하면 당신은 가까스로 피할 수 있었던 위험에 대해 계속해서 혼자 떨고 있었기 때문이죠."

그는 메마른 미소를 띤 채 턱수염을 문지르며 내 얘기를 듣고 있었다. 이윽고 그가 말했다.

"당신, 대단한 감상주의자로군."

그 뒤 1주일쯤 지난 어느 날, 나는 스트릭랜드가 마르세이유로 떠났다는 말을 우연히 전해들었다. 그리고 그 후로 다시는 그를 만나지 못했다.

43

돌이켜보면, 찰스 스트릭랜드에 대해 쓴 나의 기록이 대단히 만족스럽지 못하리라는 생각이 든다. 나로서는 내가 알고 있는 것을 다 쓴 셈이지만, 그것이 도대체 어떤 이유로 그렇게 되었는지에 대해서는 나 자신도 모르기 때문에 여전히 모든 것이 모호하게 끝난 셈이다. 그 가운데서도 가장 이상한 일, 즉 스트릭랜드가 왜 갑자기 화가를 지망했는지 그 이유는 아무래도 일종의 변덕이라고밖에 볼 수 없었다. 물론 그의 생활 환경에 여러 가지 원인이 있었겠지만, 나는 그것에 관해서는 자세하게 알지 못한다. 그와의 대화를 통해서도 납득할 만한 이유를 전혀 알아낼 수 없었다. 만일 이 기록이 어떤 기묘한 인물에 대해 내가 알고 있는 사실만을 진술하는 것이 아니라 하나의 소설을 쓰는 것이라면, 그러한 그의 심경 변화를 설명하기 위해 여러 가지 꾸며댈 수도 있었을 것이다.

이를테면 소년 시절에 이미 천재로서의 재능을 뚜렷이 보였으나 아버지의 반대로 그 뜻이 좌절되었다든가 생계를 유지하기 위해 부득이한 희생을 강요받았다든가 할 수도 있었을 테고, 또 현실 생활의 구속에 못 이겨 그렇게 되었다고 쓸 수도 있었을 것이다. 그리고 그렇게 기록함으로써 예술에 대한 정열과 현실에 대한 의무감 사이에서 고민하는 그에 대해서 독자들의 동정을 불러일으킬 수도 있었을 것이다. 그렇게 했다면 그를 좀더 당당한 인물로 만드는 것도, 그에게서 제2의 프로메테우스로서의 면모를 찾아볼 수 있도록 하는 것도 가능했을지 모른다. 어쩌면 인류의 행복을 위해서 그 어떠한 신의 저주도 기꺼이 받아들인 현대판 영웅을 탄생시킬 기회까지 있었을지도 모른다. 그것은 어느 세대에나 변하지 않는 감동적인 주제인 까닭이다.

또 한편으로는 결혼 생활의 영향이라는 측면에서 그 동기를 찾아내는 것도 가능했을 것이다. 이에 대해선 여러 가지 방법으로 사건을 전개시켜 볼 수 있다. 즉, 이따금 부인이 교제하던 화가나 작가들과의 친분이 실마리가 되어 지금까지 숨겨져 있던 그의 재질이 드러나게 되었다고도 할 수 있었을 것이고, 또 가정적인 불화가 그의 마음을 자신의 내부로 향하게 만든 원인이 되었다고도 할 수 있었을 것이다. 아니면 연애 문제가 계기가 되어 희미하게나마 그때까지 그의 가슴속에 남아 있던 예술에의 정열에 격한 불꽃이 당겨지게 되었다는 가정도 가능했을 것이다. 그럴 경우 나는 당연히 스트릭랜드 부인을 완전히 다르게 묘사했을 것이다. 즉, 눈앞의 사실들을 일체 무시하고 그녀를 아주 극성맞은 여자로, 또는 인간의 정신적 요구에 대해선 손톱만큼의 이해도 하지 못하는 무지한 여자로 그렸을 것이다. 스트릭랜드의 결혼 생활은 다만 도피처를 찾는 것외에는 어찌 해볼 도리가 없는 고뇌의 연속이 되었을 테고, 나로서는 오히려 이 어울리지 않는 배우자에 대한 그의 끈기와, 자신을 압박하고 있던 부부의 인연을 본의 아니게 끊어야만 했던 그의 고민을 강조함으로써 그에 대한 동정을 사려고 했을 것이다. 그리고 이때는 적어도 아이들의 존재만은 어떻게든 제외시켜야 했을 것이다.

또 그가 우연히, 화가를 꿈꾸던 어느 늙은 노인을 알게 되었다는 것으로 재미있는 이야기를 만들어낼 수도 있었을 것이다. 즉, 생계 유지를 위해서였든 물질적 성공을 위해서였든 젊은 날의 재능을 헛되이 묻어버린 노인이 우연히 스트릭랜드를 만나 자기 자신이 헛되게 낭비해버린 화가로서의 가능성을 그에게서 발견했다고 하자. 그리고 스트릭랜드는 그 노인에게 감동받아 마침내 모든 것을 내던져버리고 오로지 신성한 예술적 욕구에 몸을 내맡기게 된다고 하자. 만일 이렇게 묘사했다면, 인생에서 성공해 돈과 명예를 거머쥔 그 노인이 보다 가치 있다는 것을 알면서도 실제로는 경험해보지 못한 생활을 타인에게서 구하려 하는 모습에 뭐라 말할 수 없는 아이러니한 매력을 담아볼 수도 있었을 것이다.

그러나 스트릭랜드를 둘러싼 사실은 그보다는 훨씬 평범하다. 그는 학교를 졸업하자마자 별로 싫어하는 기색도 없이 곧바로 주식 중개인 사무실에 취직했다. 결혼하기 전까지 그는 증권 거래소에서 조심스럽게 도박을 한다든가, 또는 더비 경마나 옥스퍼드와 케임브리지 대학의 조정 경기에서 기껏해야 1파운드나 2파운드를 거는 정도의, 다른 동료들과 조금도 다름없는 지극히 평범한 생활을 하고 있었다. 틈나는 대로 권투도 조금 했던 모양이다. 벽난로 위에는 랑트리 부인이며 메리 앤더슨 같은 여배우들의 사진이 놓여 있었고, 《펀치》나 《스포팅 타임즈》 등을 읽고 있었다. 때로는 햄스테드로 춤을 추러 가는 일도 있었다. 그렇게 오랫동안 내가 그를 만나지 못했다고 해서 상황을 이해하는 데 문제가 되지는 않았다. 힘든 그림 수업을 하느라고 문자 그대로 악전 고투했던 그 몇 년 동안에도 그의 생활은 참으로 단조로웠으며, 어떻게든지 먹고살기 위해 그가 취해야만 했던 생활 수단에 대해서도 특별히 이야기할 만한 것은 없었다.

그런 것을 지금 여기다 상세하게 기록해본들 그것은 다른 사람들에게도 있는 평범한 일을 나열하는 데 불과할 것이다. 적어도 그것이 그의 성격에 어떤 영향을 끼쳤다고는 볼 수 없다. 분명히 그도 오늘날의 파리를 무대로 한 악동소설에 소재를 제공할 정도의 경험은 충분히 쌓았으련만 어쨌든 그는 초연했으며, 그와 나누었던 대화로 미루어보건대 그런 건 그에게 아무런 인상도 주지 못했음이 분명하다. 더구나 집을 떠나 파리로 갔을 때 그는 새삼 주위 환경에 현혹될 나이도 아니었다. 이렇게 말하면 조금 이상하게 들릴지도 모르지만, 그는 언제나 실제적일 뿐 아니라 극히 평범한 인간으로 보였다. 파리에서의 그의 생활은 틀림없이 낭만적이었으리라고 생각되지만, 그 자신은 일체 낭만 같은 건 인정하고 있지 않았다. 어쩌면 인생에서 낭만을 추구하는 사람은 어느 정도 배우적인 기질이 있어야 할 것이다. 자기 자신으로부터 벗어날 수 있어야 하며, 적당한 거리를 두면서도 열정을 가지고 스스로의 행동을 지켜볼 줄 알아야 한다. 그런데 이 점에 있어서 스트릭랜드만큼 단순한 인간은 없었다. 그 사람보다 더 자의식이 결여된 인간을 나는 아직까지 본 일이 없다. 그러나 어쨌든, 그가 그처럼 훌륭한 기법을 어떻게 갈고 분투하여 습득했는지에 대해 한마디도 쓸 수 없다는 것이 못내 안타까울 뿐이다.

만일 내가, 실패에 굴하지 않고 절망의 구렁텅이에 빠져도 용기를 잃지 않으며 예술가에게 있어서 최대의 적인 자기회의에도 결연히 일어나 맞서는 그의 모습을 묘사할 수 있었다면, 이 묘하게도 매력 없어 보이는 인물이 조금은 동정을 살 수 있었을는지도 모른다. 내가 지나치게 신경을 쓰고 있는지는 모르겠지만, 어쨌든 나로서는 그에 대해 이야기할 근거가 하나도 없다. 나는 스트릭랜드가 작업을 하고 있는 모습을 한 번도 보지 못했으며, 다른 사람이 보았다는 이야기도 전혀 들은 적이 없다. 그의 자신과의 투쟁은 그만의 비밀이었다. 비록 화실에서 신의 천사와 필사적인 격투를 벌였다 해도 그는 그 고뇌를 남에게 알리는 짓 따위는 절대로 하지 않았다.

그리고 블란치 스트로브와 그의 관계에 있어서는 내가 알고 있는 사실이 너무도 단편적이라는 것에 화가 날 뿐이다. 만일 이 이야기에 일관성을 부여하려면 그들의 비극적 결합의 진행 과정을 밝혀야 하겠지만 사실상 그들이 동거 생활을 한 3개월 동안에 대해서는 아무 것도 아는 바가 없다. 그들이 어떻게 지냈는지, 어떤 이야기들을 나누었는지도 전혀 모른다. 결국 하루는 24시간이나 되며 감정이 고조되는 정점이 간혹 찾아온다면, 그들의 나머지 시간은 나로서는 상상을 해볼 도리밖에 없다. 빛이 있는 한, 그리고 블란치의 인내력이 견뎌내는 한, 아마 스트릭랜드는 오로지 그림 그리기에만 열중했을 것이다. 그리고 그처럼 일에만 몰두하고 있는 그를 보며 틀림없이 그녀는 신경을 곤두세웠을 것이다. 그럴 때의 그녀는 그에게 있어서 이미 정부로서 존재하는 것이 아니라 다만 모델에 불과했을 것이다. 그리고 두 사람은 나란히 앉아 서로의 본능을 북돋아주는 역할밖에 못한다는 것쯤 총명한 그녀 역시 잘 알고 있었을 것이다. 그들은 침묵 속에서 오랜 시간을 함께 보냈으며 그것이 곧 그녀를 두렵게 했을 것이다. 블란치가 그에게 굴했다는 사실에는 더크 스트로브에 대한 그녀의 승리감이 내포되어 있는 것 아니겠냐고 스트릭랜드가 넌지시 말했을 때 — 왜냐하면 더크는 그녀가 가장 곤란했을 때 그녀를 구해주었으므로 — 그의 말에서는 여러 가지 불길한 억측이 생기기도 했었다.

　그러나 나는 이것이 사실이 아니기를 바랐다. 나는 아무래도 무서운 생각이 든다. 그 누가 인간의 마음을 헤아려볼 수 있단 말인가? 더구나 아름다운 감성과 정상적인 감정만을 기대하는 사람이라면 더 더욱 알지 못할 것이다. 어쨌든 때로는 강렬한 정열을 보이다가도 언제나 초연하기만 한 스트릭랜드를 보며 블란치는 가슴이 답답했을 것이다. 그리고 그런 격정에 휩싸인 순간에도 그녀는 자신이 한 인간으로서가 아니라 다만 쾌락의 도구로서 존재하는 데 지나지 않음을 결국 깨달았으리라고 생각된다. 여전히 낯선 타인일 뿐인 그를 자기 자신에게 꽉 잡아매려고 그녀는 보기 안쓰러울 정도로 여러 가지 방법을 사용해보았을 것이다. 생활의 안락함으로 그의 마음을 잡아보려고 애써봤으나, 그것은 그가 그 같은 일에는 전혀 무관심하다는 사실을 그녀 스스로 인정하지 않으려 한 것일 뿐이었다. 그가 좋아하는 음식을 만드는 데 정성을 다했으나, 그것은 그가 음식에 대해서조차 전혀 관심없는 남자라는 사실을 온몸으로 외면하려는 노력일 뿐이었다. 그를 혼자 있게 내버려두는 것이 너무나 두려운 나머지, 그녀는 한시도 그에 대한 주의를 거두지 않았고 그의 정열이 잠들어 있을 때는 그 잠을 깨우려고 애썼다. 적어도 그 순간만은 그를 소유하고 있다는 환각을 지닐 수 있었기 때문이다.

마치 유리창만 보면 벽돌을 집어던지고 싶은 충동을 느끼는 것처럼, 그녀가 만든 포박의 사슬이 오히려 그의 파괴 본능을 일깨울 뿐이라는 것을 알면서도 그녀의 가슴은 분별을 잃은 채 그렇게 행동하도록 그녀에게 강요했다. 그녀는 틀림없이 불행했을 것이다. 그러나 스트릭랜드에 대한 맹목적인 사랑은 그녀로 하여금 그것이 진실된 결실을 맺을 수 있음을 굳게 믿도록 했다. 그리고 그녀의 사랑이 너무도 컸기 때문에 그와 똑같은 정도의 사랑으로 보답받을 수 있다고 생각했을 것이다.

그러나 스트릭랜드의 성격 연구에는 내가 많은 사실들을 알지 못한다는 것보다도 더 중대한 결함이 있는 것 같다. 나는 지금까지 그의 여성 관계가 명백하게 눈에 띈다는 점을 말해왔지만, 사실상 그것은 그의 생활 속에서 극히 작은 한 부분에 불과하다. 그런데도 그의 여성 관계가 다른 사람들에게 그처럼 비극적인 영향력을 끼쳤다는 사실은 참으로 아이러니한 일이 아닐 수 없다. 하지만 그의 참된 생활은 꿈과 그리고 놀라울 정도의 열성을 기울인 화가로서의 작업, 이 두 가지로 이루어져 있었다.

이렇게 되면 소설이라는 것은 너무도 비현실적인 것이 될 수밖에 없다. 즉 보통 남자들에게 있어 사랑이란 하루 일과 중 하나에 불과하기 때문이다. 따라서 소설에서 사랑에 특별히 중점을 두는 것은 현실에는 맞지 않는 중요성을 강조하는 데 지나지 않는다. 인생에 있어서 사랑이 가장 중요하다고 생각하는 남자는 극히 드물며, 있다 하더라도 그런 남자는 그다지 흥미로운 존재가 되지 못한다. 사랑이라는 문제에 대해 최대의 흥미를 보이는 여자들에게도 그런 남자는 경멸의 대상이 되고 만다. 하기야 사랑을 원하는 여자에게는 그런 남자들도 관심의 대상이 되기도 하지만, 결국 여자는 그들을 한심스럽게 생각하며 불안한 마음을 감출 수 없게 마련이다. 어쨌든 남자들이란 잠깐씩 사랑에 빠져 있을 때도 다른 일에 마음을 쏟는다. 생활을 위한 사업에 정신을 빼앗기는 수도 있고, 스포츠에 열중하는 수도 있으며, 예술에 흥미를 느끼게 될 수도 있다. 대부분의 경우 그들은 여러 분야에서 다양한 활동을 계속하고 있으며, 한동안은 다른 일은 일체 잊고 오직 한 가지 일에만 몰두할 수도 있다. 어느 순간, 완전히 마음을 빼앗긴 한 가지 일에 모든 신경을 집중시킬 수 있는 능력을 남자들은 가지고 있는 것이다. 그리고 그 한 가지 일에 다른 뭔가가 끼여들면 그들은 초조해진다. 함께 사랑을 하면서도 남녀가 다른 점은, 여자는 하루종일 계속 사랑할 수 있지만 남자는 그럴 수 없다는 데 있다.

스트릭랜드의 경우 성욕은 그의 생활에서 극히 일부분에 지나지 않았다. 중요하게 생각하기는커녕, 오히려 귀찮은 일이었다. 그의 영혼은 다른 뭔가를 지향하고 있었다. 본래 격렬한 열정의 소유자인 그는 때때로 욕망이 그의 육체를 사로잡으면 그야말로 그 자리에서 즉시 욕정의 포로가 되어버렸지만, 자제력을 빼앗아가는 그러한 본능을 그는 증오하고 있었던 것 같다. 일단 자제력을 되찾고 나면, 조금 전까지 자신의 욕망을 만족시켜준 여자의 모습을 보는 것조차 몸서리치게 싫었던 것이다. 그때는 이미 그의 마음은 하늘을 조용히 떠다니고 있었는데, 그것은 마치 꽃에서 꽃으로 날아다니는 고운 나비가 금방 자기가 빠져나온 흉측한 껍데기를 보면서 느끼는 것과 같은 전율이었던 것이다.

나는 예술이란 성적 본능의 한 표현이라고 생각한다. 사랑스러운 여자를 대하거나, 달빛 아래서 빛나는 항구 나폴리를 보거나, 티티언이 그린 「매장」이라는 그림을 볼 때 우리 마음속에 이는 감동들은 모두 같은 류의 것이다. 스트릭랜드가 성욕의 정상적인 발산을 증오한 것은 아마도 그것이 예술적 창조에서 얻은 만족감에 비해 너무도 동물적이라는 이유 때문이었을 것이다. 이렇게 잔인하고 이기적이고 동물적이고 관능적인 한 인간을 그리면서, 한편으로는 그를 위대한 이상주의자라고 말하는 것은 나 스스로 생각해도 조금 납득이 안 가지만, 그러나 그것은 분명한 사실이다.

그는 노동자들보다도 더 비참한 생활을 했고 누구보다도 열심히 일했다. 대부분의 사람들이 삶을 즐겁고 아름답게 채워준다고 생각하는 일에는 일체 관심이 없었으며, 돈이나 명예에도 전혀 신경쓰지 않았다. 우리들 대다수가 굴복하고 마는 세상의 유혹에 대해 그가 그 유혹을 뿌리쳤다고 해서 그를 칭찬할 수는 없다. 왜냐하면 그는 애초부터 그런 유혹을 조금도 느껴보지 않았기 때문에 타협의 가능성을 생각해볼 필요도 없었던 것이다. 파리에 머물면서도 그는 테베 사막의 은둔자보다 더 고독한 생활을 하고 있었다. 그가 동료들에게 요구한 것도 다만 자기를 혼자 있게 내버려두라는 것 말고는 아무 것도 없었다. 그는 다만 한 가지 목적을 세우고, 그것을 달성하기 위해서 기꺼이 자신을 희생했을 뿐만 아니라 — 그 정도의 자기희생이야 많은 사람들이 감수하지만 — 타인까지도 희생시키고 돌보지 않았다. 그에게는 환상이, 꿈이 있었던 것이다.

스트릭랜드는 분명 호감을 가질 수 없는 유별난 사람이다. 그럼에도 그가 위대한 인물이라는 생각에는 지금도 변함이 없다.

44

예술에 대한 화가들의 견해는 어느 정도 들을 만한 가치가 있다. 그래서 나는 이 기회에 과거의 위대한 예술가에 대한 스트릭랜드의 의견에 대해 내가 알고 있는 범위 안에서 소개하고자 한다. 그렇다고 특별히 내세울 만한 좋은 의견이 있었던 것은 아니다. 적어도 내 기억 속에서는 그렇다. 스트릭랜드는 소위 말재주가 있는 사람은 아니었다. 상대방의 기억에 오래 남도록 자신의 생각을 인상적인 문구로 적절히 표현해내는 재주도 없었다. 임기응변의 재치 또한 찾아볼래야 찾아볼 수 없었다. 그의 유머라는 것도, 만일 내가 지금까지 다소나마 그의 말투를 재현하는 데 성공했다면 이미 알았겠지만, 남을 비꼬아대는 것뿐이었다. 그의 응수 역시 대단히 난폭한 것이었다. 때로는 진실을 말해 사람들을 웃기는 경우도 있었지만, 그런 종류의 유머는 어쩌다 한 번 사용해야 효과가 있는 것이지 늘상 사용하면 그야말로 무미한 것이 되고 만다.

스트릭랜드는 또한 아무리 좋게 말해준다 해도 뛰어난 지식인이라고는 할 수 없었다. 따라서 그림에 대한 그의 이론 역시 평범한 수준을 전혀 벗어나지 못했다. 이를테면 자신의 작품과 유사한 화풍의 세잔느라든가 반 고호 같은 화가들에 대해 그가 말하는 것을 나는 한 번도 들어본 적이 없다. 그가 과연 그들의 그림을 보았는지조차 의심스럽다. 그는 인상과 화가들에 대해서는 그다지 관심을 갖고 있지 않았다. 그들의 기교에는 감탄하고 있었지만 그들의 관심 분야에 대해선 평범하다고 생각했던 모양이다. 언젠가 스트로브가 모네를 한껏 추켜세웠을 때도 그는 오직 "나는 빈터할터가 더 좋더군" 하고 말했을 뿐이다. 그러나 이 말은 분명 스트로브의 비위를 건드리기 위해 내뱉었다고 생각되며, 만일 그게 사실이라면 그의 의도는 적중했다.

과거의 거장들에 대한 그의 터무니없는 견해에 대해서도 제대로 서술할 수 없다는 것은 실로 유감스러운 일이다. 그의 성격에는 이상한 면이 다분했으므로 그 의견이 터무니없는 것이라면 오히려 스트릭랜드라는 인물에 대한 묘사가 더욱 선명하게 드러날 수 있었을 것이다. 그래서 솔직히 말해, 선배들에 대한 자신만의 독특한 의견을 억지로라도 그의 입에서 나오게끔 하고 싶었으나, 사실 알고 보면 그 의견 역시 보통 사람들과 비슷하다는 데 환멸을 느꼈을 뿐이다. 그는 엘 그레코도 알지 못했을 것이다. 벨라스케스에 대해서는 다소 성급하게 느껴질 정도로 입에 침이 마르도록 칭찬하곤 했다. 샤르댕을 좋아했고 렘브란트에 대해서는 그야말로 황홀할 정도로 감동하고 있었다. 렘브란트에게서 받은 인상에 대해서는 나에게도 말해준 적이 있지만 그때 그가 사용한 음란한 말들을 여기서 되풀이할 수는 없다. 그가 흥미를 느꼈던 사람들 중에 전혀 뜻밖이었던 사람은 브뤼겔 1세였다. 그 무렵 나는 이 화가에 대해 별로 아는 바가 없었고 스트릭랜드 역시 자신의 느낌을 잘 설명하지는 못했다. 그때 그가 들려준 비평이 너무나 이해할 수 없었던 탓에 나는 아직까지도 그 말을 기억하고 있다.

"이 녀석은 정말 훌륭해. 틀림없이 그에겐 그림 그리는 일이 마치 지옥과도 같은 괴로움이었을 거야."

그 뒤 비엔나에서 나는 피터 브뤼겔의 그림을 몇 장 보게 되었는데, 그때 비로소 그 그림이 왜 스트릭랜드의 마음을 끌었는지 어렴풋이 알 수 있었다. 그 화가도 자기만의 특이한 내면 세계를 그림으로 표현했기 때문이다. 나는 그에 대해 뭔가 써볼 작정으로 꽤 많은 분량의 메모를 해두었지만지금은 다 잃어버리고 다만 그때 느꼈던 감명만이 기억 속에 남아 있을 뿐이다. 그는 다른 인간들을 기괴한 존재로 보는 것 같았으며, 그들이 기괴하다는 사실 때문에 울분을 느끼고 있는 듯했다. 인생이란 어리석고 비열한 사건의 혼돈이며 참으로 우스운 거라고 생각하면서도, 그는 웃지 못하고 슬퍼하는 듯했다. 내가 브뤼겔에서 받은 인상은, 다른 형식을 써야 더 적절하게 표현할 수 있을 것 같은 감정을, 자신만의 엉뚱한 형식으로 표현하려고 바둥대는 인간이라는 것이었다. 스트릭랜드가 그에게 공감을 가졌던 것도 어쩌면 그 역시 어렴풋하게나마 그것을 인식하고 있었기 때문일 것이다. 어쨌든 두 사람 다 문학으로 표현해야 적당할 것 같은 관념을 오로지 그림으로 표현해내려 애쓰고 있었던 것 같다. 스트릭랜드는 그때 이미 마흔일곱을 바라보는 나이였을 것이다.

45

앞에서도 이미 한 얘기지만, 만일 내가 우연히 타히티 섬을 여행하게 되지 않았더라면 물론 이 글을 쓰게 되지도 않았을 것이다. 찰스 스트릭랜드가 오랜 방랑 생활 끝에 정착한 곳이 바로 그 섬이며, 또 그의 명성을 확고하게 한 많은 걸작을 그린 것도 바로 그곳에서였다. 누구든 마음속의 이상을 완전히 실현하는 예술가는 아마 있을 수 없겠지만, 특히 기교 문제로 계속 괴로워하던 스트릭랜드의 경우, 자신이 마음의 눈으로 바라본 환상을 표현한다는 건 다른 사람들보다 더 힘들었으리라 생각된다. 그러나 타히티에서는 모든 환경이 그에게 꼭 맞았다. 자신의 영감을 실현시키는 데 필요한 여러 가지 조건이 그의 주위에 얼마든지 있었기 때문이다. 그래서인지 섬에서 그린 그의 말년의 작품들은, 그가 추구하던 게 무엇이었나를 알아내는 데 큰 도움이 된다. 그의 작품들은 인간의 상상력에 새롭고 낯선 요소들을 제공해주었다. 이를테면 육체를 떠나 안식처를 찾아헤매던 그의 영혼이 머나먼 이역 땅에서 다시 그 육체를 찾았다고나 할까. 그는 섬에서 자기 자신을 발견한 것이다.

그리고 보면 우연히 이 먼 섬을 찾아온 내가 곧바로 스트릭랜드에 대한 흥미를 되살리게 되었다고 해도 전혀 이상하게 들리진 않을 것이다. 하지만 처음에 나는 내 일로 바빠 다른 것은 일체 생각할 여유가 없었다. 그렇게 며칠이 지나고 나서야 비로소 스트릭랜드와 타히티 섬과의 관계가 퍼뜩 머릿속에 떠올랐다. 어쨌든 그와 헤어진 지 15년이나 되었고, 그가 죽은 지도 벌써 9년이나 되었다. 타히티에 도착하자마자, 무엇보다도 먼저 그를 생각했어야 했는데 그럴 정신이 없었다. 그보다 더 급하고 중요한 일들이 한동안 내 머릿속에서 사라지지 않아 1주일이 지나도 나만의 조용한 생활로 들어갈 수 없었다. 아마 섬에 도착한 다음날은 꽤 일찍 잠자리에서 일어났던 것 같다. 곧바로 호텔 테라스에 나가보니 아직 아무도 일어나지 않은 듯했다. 부엌 쪽으로 돌아가봤으나 그곳도 잠겨 있었고 바깥 벤치에는 원주민 웨이터 한 명이 자고 있었다. 아침식사가 준비되려면 아직 멀었던 탓에 나는 어슬렁어슬렁 해안 쪽으로 걸어갔다. 중국인들은 벌써 가게를 열고 바쁘게 움직이고 있었다. 하늘에는 새벽의 어둠이 채 가시지 않았고 초호(礁湖)에는 유령과도 같은 침묵이 감돌고 있었다. 10마일 밖에는 모레아 섬이 마치 성배(聖杯)를 지키는 높은 요새처럼 그 신비로운 자태를 드러내고 있었다.

　나는 내 눈을 믿을 수가 없었다. 웰링턴을 떠나온 이후 나에게는 모든 것이 신기하고 이상하게만 느껴졌다. 웰링턴은 산뜻하고 잘 정돈된 영국식 고장으로 어딘가 모르게 영국 남해안의 항구 도시를 연상시키는 곳이었다. 그 뒤 사흘 동안은 파도가 몹시 심하게 일었다. 잿빛 구름이 꼬리를 물고 뒤쫓아오듯 밀려왔다. 그러더니 마침내 바람이 그치고 바다는 다시 조용해졌다. 태평양은 다른 어느 바다보다도 더 황량하고 광활해 보여, 대수룹지 않은 항해조차 무슨 모험이라도 하는 듯한 기분을 느끼게 한다. 숨쉬는 공기마저도 미지의 세계에 대한 기대로 우리의 가슴을 설레게 하는 영약(靈藥) 구실을 해준다. 또 배가 타히티 섬에 가까이 다가갈 때만큼이나, 정말 공상 속의 황금 왕국으로 들어가는 듯한 기분을 느끼게 하는 곳은 이 세상 어디를 가도 없을 것이다.

먼저 타히티의 자매섬인 모레아 섬이 마치 마술지팡이에 의해 홀연히 나타난 것처럼, 신비로운 모습으로 황량한 바다 한가운데 우뚝 솟아오른다. 울퉁불퉁한 섬의 윤곽은 꼭 태평양의 몬트서레트(카리브 해에 있는 암초섬)와 같은 느낌을 주며, 마치 폴리네시아 기사(騎士)들이 이상한 의식(儀式)에 의해 사람의 눈으로는 볼 수 없는 신비를 지키고 있는 듯한 모습을 연상케 한다. 마침내 가까이 다가감에 따라 하나씩 베일이 벗겨져 그 아름다운 산봉우리가 점차 뚜렷하게 눈앞에 나타난다. 그러나 배가 바로 옆을 지나갈 때도 섬은 요염한 아름다움을 여전히 깊이 간직한 채, 일종의 신성함마저 띠고 굳게 스스로를 지키고 있는 것만 같다. 배가 산호초 사이로 들어가는 입구를 찾으며 더 가까이 다가가는 동안에 갑자기 시야에서 섬이 사라져버리고 태평양의 푸른 바다만이 다시 외롭게 펼쳐지는데, 그것은 그리 놀라운 일도 아니다.

타히티는 짙푸른 계곡이 이중삼중으로 겹쳐져 있고, 조용한 골짜기처럼 느껴지는 그늘을 만들며 높게 치솟은 푸른 섬이다. 깊은 신비감에 싸여 있는 그 어두운 골짜기에는 차가운 시냇물이 흘러내리고, 이러한 산그늘에 자리한 부락에는 사람들의 기억이 미치지 못하는 머나먼 태고적 생활이 옛 모습 그대로 영위되고 있을 것 같은 느낌을 준다. 물론 이곳에도 슬폼과 공포가 있겠지만, 그런 인상은 금세 사라져버리고 오히려 그 뒤에 찾아드는 환희가 보다 예리하게 각인되도록 도와줄 뿐이다. 그것은 마치 어릿광대가 관객들을 웃기고 있을 때 그 눈동자 속에 비치는 한 줄기 쓸쓸한 빛과도 같은 것이다. 어릿광대가 웃음의 소용돌이 속에서도 견디기 힘든 고독을 느끼기 때문에 그의 입술은 미소를 띠고 그 익살은 보다 즐겁게 보이는 것이다. 미소와 다정함이 가득한 이곳 타히티는 마치 아름다운 매력을 유감없이 발산하고 있는 사랑스러운 여인과도 같다.

배가 파페테 항구로 들어가는 때만큼 마음이 차분하게 가라앉는 순간은 없다. 부두에 정박한 아담하고 깨끗한 범선들하며, 바닷가에 자리잡은 말쑥하고 세련되어 보이는 조그만 마을, 그리고 만발한 붉은 꽃들은 마치 정열의 외침인 양 푸른 하늘 아래서 빨간빛이 한층 더 선명해 보인다. 그것은 보는 이를 당장에라도 숨막힐 것만 같은 관능과 부끄럼 없는 격정으로 몰고 가는 듯한 느낌이다.

배가 부두에 닿기 전부터 명랑하고 쾌활한 사람들이 잔뜩 부둣가로 모여든다. 와글와글 떠들어대고, 가벼운 손짓 발짓으로 의사를 표시하는 사람들로 온통 북새통을 이룬다. 마치 갈색 얼굴들이 커다란 바다를 이루고 있는 것 같은 느낌이다. 타오르는 듯한 푸른 하늘을 배경으로 한 하나의 색채의 흐름이라고나 할까. 짐을 부리는 일부터 세관 검사에 이르기까지 모든 것이 부산한 소란 속에서 진행되고 모든 사람들이 자신을 향해 미소짓고 있는 것처럼 느껴진다. 타들어가는 듯한 더위와 화려한 색채로 눈이 부실 지경이다.

46

　내가 니컬즈 선장을 만난 것은 타히티에 온 지 얼마 안 되어서였다. 어느 날 아침 호텔 테라스에서 아침식사를 하고 있는데 그가 찾아와 자신을 소개했다. 어디서 들었는지 내가 찰스 스트릭랜드에 대해 홍미를 갖고 있다는 말을 듣고 그에 대해서 이야기하러 왔다고 했다. 이곳 타히티에 사는 주민들도 영국의 여느 마을 사람들과 마찬가지로 남들 이야기 하기를 좋아해서 놀랍게도 내가 스트릭랜드의 그림에 대해 몇 마디 물어보았더니 그것이 확 퍼진 모양이었다. 나는 이 낯선 방문객에게 아침식사는 했느냐고 물어보았다.

　"그럼요. 저는 일찌감치 커피를 마시죠. 하지만 위스키라면 한 잔쯤이야 괜찮겠죠."

　나는 중국인 웨이터를 불렀다. 그러자 선장이 다시 말을 이었다.

　"하지만 술을 마시기엔 너무 이르지 않을까요?"

　"그것은 당신과 당신의 간(肝)이 결정해야 할 문제 아닐까요?"

　"사실 전 금주를 하고 있답니다."

　그는 캐너디언 클럽 위스키를 반 잔 넘게 직접 따랐다. 웃을 때마다 누런 이가 보이는 남자였다. 키는 중간키였으나 몹시 야위었고 반백의 머리는 짧게 깎았으며 코밑에는 짧고 억센 잿빛 수염이 자라 있었다. 요 며칠 면도를 하지 않은 모양이었다. 주름살이 깊게 패인 얼굴은 갈색으로 그을렀으며, 작고 푸른 눈을 유난히도 이리저리 굴리고 있었다. 그의 두 눈동자는 나의 사소한 동작에도 재빠르게 따라 움직였으며, 마치 어떻게든 전혀 손쓸 수 없는 건달과도 같은 인상이었다. 그런 반면 친절함이 넘쳐흐르는 호인처럼 보이기도 했다. 낡아빠진 카키색 옷을 입고 있었으며, 손은 미리 좀 씻고 왔으면 좋겠다는 생각이 들 정도로 심하게 더러워져 있었다.

"저는 스트릭랜드를 잘 알고 있죠."

의자 등받이에 기대어 내가 권한 잎담배에 불을 붙이며 그가 말했다.

"그가 이 섬에 오게 된 것도 실은 저 때문이었습니다."

"어디서 그 사람을 만났습니까?"

"마르세이유에서였지요."

"거기서 당신은 무슨 일을 하고 계셨는데요?"

그는 나의 환심을 사려는 듯 살며시 미소지어 보였다.

"글쎄요. 말하자면 부두에서 어정거리는 건달이었죠."

그의 모습으로 보아 그는 지금도 그때나 다름없이 궁색한 처지에 있는 것 같았다. 그렇다면 이쪽에서도 상대하기 쉬울 것 같다는 생각이 들었다. 부둣가의 건달패들이란 만나보면 신경쓰이고 때로는 골치아픈 일들도 생기지만 상대하기에 따라서는 도움이 될 때가 많은 법이다. 그들은 가까이 다가가기 쉽고, 이야기 상대로서도 상냥하며 여간해서는 잘난 체하는 일 없이 한 잔 술로 속마음을 털어놓기도 한다. 따라서 그들과 가까이 지내기 위해 특별히 노력할 필요는 없다. 다만 그들의 이야기에 귀기울여주기만 하면, 그들의 신뢰를 얻을 수 있을 뿐 아니라 오히려 고마워하기까지 한다. 그들에게는 상대와 마주앉아 이야기하는 것 자체가 바로 인생 최대의 기쁨이다. 그런 점으로 보더라도 그들이 얼마나 문명인인가를 알 수 있다. 대체적으로 이야기를 재미있게 이어갈 줄 알며 경험과 함께 상상력도 적절히 섞어 즐겁게 들을 만한 얘깃거리를 만들어낸다. 악의가 전혀 없을 거라고는 말할 수 없지만, 법 효력이 제대로 유지되는 곳이라면 법도 잘 지키는 사람들이다.

그들을 상대로 포커를 즐기는 일은 그야말로 모험일지 모르나 그 솜씨만은 각별하여 세계 최고의 게임에다 어떤 절묘한 흥분감마저 더해준다. 타히티를 떠날 즈음에는 니컬즈 선장과 나는 아주 친한 사이가 되어 있었다. 덕분에 나로선 꽤 많은 것을 얻었다고 생각한다. 내 부담으로 그가 소비한 잎담배나 위스키 ― 그는 언제나 금주를 하고 있다며 칵테일은 사양했지만 ― 그리고 마치 나를 생각해서 일부러 그러기라도 하는 것처럼 내 손을 빌어 자기 주머니로 옮겨가는 몇 달러의 돈이 있긴 했지만, 내가 그에게서 얻는 즐거움에 비하면 별로 손해랄 것도 없었다. 오히려 내가 빚을 지고 있는 형편이었다. 이쯤에서 다시 본론으로 돌아가야겠지만 그런 사연들로 인해 선장에 대한 이야기를 몇 줄로 간단히 처리해버리기에는 양심상 다소 미안한 생각이 드는 게 사실이다.

니컬즈 선장이 처음 어떻게 해서 영국을 떠났는지는 나도 모른다. 선장 자신도 그 점에 대해서는 언급하지 않았으며 또 상대에게 그런 것을 맞대놓고 묻는다는 것도 그다지 좋은 방법이 아니었다. 다만 자기가 억울하게 불행을 짊어지게 되었다고 넌지시 말했던 것으로 보아, 스스로를 사회 부정의 희생자로 생각하고 있는 것만은 틀림없었다. 사기나 폭력과 관계 있는 게 아닐까, 하고 나는 여러 가지 경우를 생각해보기도 했다. 그가 고국의 관리들은 돼먹지 못하게 형식만 내세운다고 말했을 때 나 또한 동감한 적이 있었다. 그러나 고국에서 받은 불쾌한 대우에도 불구하고 그가 열렬한 애국심을 그대로 간직하고 있는 모습은 매우 보기 좋았다. 그는 곧잘 영국이야말로 세계 제일의 훌륭한 나라라고 단언했고, 스스로도 미국인이나 식민지인, 남유럽인, 네덜란드인, 그리고 남양군도의 원주민에 대해 뚜렷한 우월감을 가지고 있었다.

그러나 나는 그가 결코 행복한 인간이라고는 생각지 않았다. 늘 소화불량으로 괴로워하고 곧잘 펩신 정을 복용하곤 했다. 그래서인지 그는 아침에는 거의 식욕이 없었다. 또한 단순히 그 정도의 병 때문이라면 그도 그렇게까지 기운을 잃지 않았을 텐데, 실은 그보다 더 큰 불만을 가지고 있었던 것이다. 약 8년 전에 그는 되는 대로 경솔하게 결혼을 해버렸다. 세상에는 자비로운 신의 섭리에 의해 평생을 독신으로 지내도록 운명지어진 남자들이 분명히 있는 법이다. 그런데 고의인지 어쩔 수 없는 사정 때문인지는 알 수 없지만, 그들은 그 신의 뜻을 정면으로 거역해버린다. 이 세상에서 결혼했으면서도 독신 생활을 하고 있는 남자만큼 비참한 존재는 없을 것이다. 그런데 니컬즈 선장이야말로 바로 그런 사람이었다.

나도 그의 아내를 만나본 적이 있다. 28세 된 여자로, 외모만으론 나이를 잘 식별할 수 없는 그런 유형의 여자였다. 스무 살 때도 지금과 별로 다르지 않았을 것이고 사십이 되어도 그렇게 나이 들어 보이진 않을 것이다. 그녀는 또한 매우 빈틈 없는 인상을 주는 여자였다. 얄팍한 입술을 한 별로 예쁘지 않은 얼굴도 빈틈이 없어 보였고, 피부도 빈틈없이 탱탱하게 탄력을 유지하고 있는 것 같았다. 웃는 모습이나 머리 모양, 옷맵시 등 모든 것이 말 그대로 전혀 빈틈이 없었다. 그 하얀 색의 능직(綾織) 옷도 그녀가 입고 있으면 마치 검은 상복처럼 보였다. 니컬즈 선장이 어떻게 아내와 결혼하게 되었는지, 또 결혼했다 하더라도 왜 헤어지지 못하는지 그 전후 사정에 대해서는 나의 상상력이 미치지 못했다. 분명히 시도는 여러 번 해봤으리라. 그러나 그때마다 실패를 거듭했기 때문에 아마 오늘날과 같은 불운한 상태가 되었을 것이다. 아무리 먼 곳까지 도망치거나 또 아무리 은밀한 장소에 숨더라도, 니컬즈 부인은 운명처럼 가혹하고 가차없는 여자였으므로 틀림없이 그를 찾아내고 말았을 것이다. 마치 원인이 결과에서 피할 수 없듯이 그는 앞으로도 결코 그녀로부터 벗어날 수 없을 것이다.

건달이라는 자들 역시 예술가나 신사들과 마찬가지로 어떠한 계층에도 속해 있지 않다. 그들은 부랑자의 몰염치에도 놀라지 않으며 귀부인의 예의범절에도 당황하는 법이 없다. 그런데 니컬즈 부인은 요즘에 와서 급속히 발언권을 얻은 소위 중산층에 속해 있었다. 사실 그녀의 아버지는 경찰이었다. 틀림없이 유능한 경찰이었을 것이다. 그녀가 과연 어떤 이유로 선장을 휘어잡고 있는지 나로선 알 수 없었지만 그것이 사랑은 아니라는 것만은 분명했다. 나는 그녀가 입을 여는 것을 한 번도 본 적이 없지만 남편과 단둘이 있을 때는 아마도 대단할 수다쟁이일 거라고 생각했다. 어쨌든 니컬즈 선장은 죽도록 아내를 두려워하고 있었다. 이따금 나와 함께 호텔 테라스에 앉아 있을 때도 그녀가 거리를 지나가는 것을 보면 깜짝 놀라곤 했다. 반면 그녀는 별로 그에게 말을 붙이려고도 하지 않았고 그의 존재를 알아차린 것 같은 눈치도 보이지 않았다. 다만 조용히 왔다갔다할 뿐이었다. 그런데 선장은 그녀만 보면 갑자기 불안감에 사로잡히듯 으레 손목시계를 보고는 한숨을 내쉬었다.

"이제 그만 가봐야겠습니다."

이렇게 되면 재미있는 이야기도 좋은 위스키도 그를 붙잡아둘 순 없었다. 그러나 전에는 분명히 아무리 심한 태풍이나 폭풍이 몰아쳐도 용감히 맞서고, 상대방이 흉기를 가지고 있지만 않으면 흑인 10여 명쯤은 권총 한 자루만 가지고도 능히 대적하고도 남았을 것이다. 이따금 니컬즈 부인은 언제나 얼굴빛이 창백하고 뿌루퉁한 표정을 하고 있는 일곱 살 난 딸을 호텔로 보내곤 했다.

"엄마가 오시래요."

"그래, 곧 갈게."

울음섞인 목소리로 코를 훌쩍이며 아이가 말하면, 그는 즉시 자리에서 일어나 딸을 데리고 허둥지둥 밖으로 나가버리곤 했다. 나는 이것을 정신이 물질을 이기는 좋은 예라고 생각한다. 그러므로 비록 잠시 이야기의 본줄기를 벗어나 약간 탈선을 하긴 했지만 어떤 교훈 한 가지는 분명히 짚고 가는 것이라는 생각이 든다.

47

나는 니컬즈 선장이 기회 있을 때마다 스트릭랜드에 대해 이야기해준 여러 가지 일들을 서로 적절히 연결되도록 써보려고 한다. 그들은 내가 파리에서 스트릭랜드를 마지막으로 만났던 그 해 겨울이 끝나갈 무렵 서로 알게 되었다. 그때까지 몇 달 동안 스트릭랜드가 어떻게 지냈는지는 전혀 알 수 없었지만, 니컬즈 선장이 그를 처음 만난 곳이 무료 숙박소였다는 것으로 미루어보아 생활이 몹시 곤란했던 것만은 확실하다. 마침 그 무렵 마르세이유에선 파업이 벌어져 가진 돈이 바닥나버린 그로서는 생활을 연명할 최소한의 돈을 버는 것조차 어려웠던 모양이다.

무료 숙박소란 돌로 지은 커다란 건물로 확실한 신분 증명서를 가지고 있거나, 더구나 노동자라는 것을 수도사들이 인정해주기만 하면 1주일 동안 잠자리를 얻을 수 있는 곳이다. 니컬즈 선장은 그곳 문이 열리기를 기다리고 있는 군중 속에서 독특한 풍채를 하고 유달리 몸집이 큰 스트릭랜드를 발견하였다. 사람들은 이리저리 서성거리기도 하고 벽에 기대어 있기도 하면서, 또 길가의 돌 위에 앉아 도랑에 발을 담근 채, 모두들 지루한 듯 문이 열리기를 기다리고 있었다. 이윽고 그들이 사무실 안으로 우르르 들어갔을 때, 니컬즈 선장은 수도사가 스트릭랜드의 신분 증명서를 읽고 그에게 뭔가 영어로 질문하는 것을 들었다. 그러나 그가 직접 스트릭랜드와 말해볼 기회는 없었다. 그가 집회실로 들어갔을 때는 벌써 예배가 시작되고 있었기 때문이다. 이 예배 시간만은 숙박 장소를 제공해주는 대가로 어떻게든 참고 있어야만 했다. 스트릭랜드와 그는 각각 다른 방에 들게 되었다. 이윽고 다음날 아침 5시에 한 건장한 수도사의 기상 명령에 따라 일어나 침구를 정리한 뒤 세수를 마쳤을 때는 이미 스트릭랜드의 모습은 보이지 않았다. 니컬즈 선장은 얼어붙을 것 같은 추위 속에서 한 시간이나 그를 찾아 거리를 헤맸다. 마침내 그는 뱃사람들의 집합 장소인 빅토르 젤뤼 광장 쪽으로 발길을 옮겼고, 그때 우연히도 어느 동상의 받침돌에 기대앉아 꾸벅꾸벅 졸고 있는 스트릭랜드를 발견했다. 그는 스트릭랜드를 발로 툭

툭 걸어차 잠에서 깨웠다.

"이봐, 같이 아침이나 먹으러 가자고."

"꺼져버려."

스트릭랜드가 말했다. 나는 평상시의 그의 어투를 익히 알고 있었으므로 니컬즈 선장이 하는 말을 그대로 믿을 수 있었다.

"한 푼도 없나?"

선장이 다시 물었다.

"쓸데없는 참견 마."

스트릭랜드가 다시 대답했다.

"그럼 같이 가자고. 아침은 내가 어떻게든 먹도록 해줄게."

잠시 망설이던 스트릭랜드는 비틀거리며 자리에서 일어났고, 마침내 두 사람은 빵 배급소로 향했다. 그곳에서는 굶주린 자에게 빵 한 조각을 주는데, 대신 빵을 가지고 다른 데로 갈 수는 없으며 그 자리에서 먹어야만 했다. 그러고 나서 두 사람은 다시 수프 배급소로 갔다. 그곳은 1주일 동안 각각 11시와 4시에 멀건 소금 수프를 먹도록 해주었다. 이 두 건물은 상당히 멀리 떨어져 있었기 때문에 정말 굶주린 자가 아니면 두 곳을 동시에 이용할 수 없게 되어 있었다. 그들은 그렇게 아침식사를 마쳤다. 그때부터 찰스 스트릭랜드와 니컬즈 선장의 색다른 우정이 시작되었다.

그 후 두 사람은 마르세이유에서 4개월 가량을 그럭저럭 함께 살았던 모양이다. 그들의 생활은 하룻밤의 잠자리와 굶주림의 고통을 면하게 할 빵 한 조각을 마련하는 데 온통 바쳐지고 있었으므로, 스릴 넘치고 예기치 않은 사건들로 점철되는 그런 모험 가득한 생활과는 거리가 멀었다. 그러

258

나 나는 니컬즈 선장 자신의 생생한 화술로 내 상상력에 호소해온 그 다채롭고 생기가 약동하는 묘사를 여기 그대로 소개하려고 한다. 항구 도시에서 밑바닥 생활을 하면서 그들이 발견한 갖가지 일들은 그것만으로도 재미있는 한 권의 책이 되었을 것이고, 또 그들이 만난 다양한 인간 군상들을 차례로 잘 정리한다면 그야말로 완벽한 부랑자 사전을 만들어낼 수도 있었을 것이다. 그러나 여기서는 한두 가지 소개로 만족하여야 할 것 같다. 나는 그의 이야기에서 강렬하고 잔인하며, 야만스러우면서도 다채롭고 발랄한 생활의 인상을 받았다. 거기에 비하면 지금까지 내가 알고 있던 마르세이유는, 즉 사람들의 몸짓이나 손짓마저도 밝고 명랑한 부유층들이 모이는 쾌적한 호텔과 레스토랑이 즐비한 마르세이유는, 무기력하고 평범한 것으로 생각되었었다. 그 후로 니컬즈 선장을 통해 전해들은 것과 같은 삶의 모습을 직접 눈으로 보고 온 사람을 나는 무척 부럽게 생각했다.

그럭저럭 무료 숙박소의 기한도 지나자 스트릭랜드와 선장은 터프 빌의 신세를 지게 되었다. 터프 빌은 선원 숙박소 주인으로 흑인 혼혈이었으며 튼튼한 뼈대에 유달리 몸집이 컸다. 그를 찾아가면 실직한 선원들에게도 다시 배를 탈 수 있을 때까지 식사와 잠자리를 제공해주었다. 그들은 거기서 한 달쯤 지내며 스웨덴 사람, 흑인, 브라질 사람 등 12명이나 되는 사람들과 함께 두 개의 텅 빈 방에서 묵었다. 그들은 매일 선원을 구하기 위해 찾아온 각종 배의 선장들이 모이는 빅토르 젤뤼 광장으로 주인과 함께 나갔다. 미국인인 숙박소 안주인은 뚱뚱하고 못생긴 아주 칠칠치 못한 여자였다. 어떤 경로를 거쳐 그렇게까지 되었는진 모르지만, 숙박인들은 매일 번갈아가며 그녀의 가사일을 거들어주었다. 그러나 스트릭랜드만은 터프 빌의 초상화를 그린다는 구실로 그 일을 모면할 수 있었는데 니컬즈 선장은 잘된 일이라고 속으로 쾌재를 불렀다. 터프 빌은 스트릭랜드에게 캔버스나 그림 물감, 화필 등 필요한 그림 도구 값을 지불해주었을 뿐만 아니라 밀수입한 담배까지 한 파운드 주기도 했다. 그때 스트릭랜드가 그린 그림은 지금도 졸리엣 부두 근처에 있는 어느 황폐한 작은 집 응접실에 걸려 있을 텐데, 지금 판다면 아마 1,500파운드는 충분히 받을 수 있을 것이다. 스트릭랜드의 생각은 어쨌든 오스트레일리아나 뉴질랜드 행 배를 타고 그곳에서 다시 사모아나 타히티로 가보려는 것이었다.

그가 어째서 남태평양으로 가야겠다는 생각을 갖게 되었는지 나로선 알 수 없는 일이지만, 그는 오래 전부터 북위권에서 볼 수 있는 바다보다는 훨씬 푸른 바다에 둘러싸여 온통 초록으로 뒤덮인 섬의 환영에 사로잡혀 있었다는 것만은 기억한다. 그가 니컬즈 선장과 행동을 함께했던 까닭도 니컬즈가 이 방면에 대해 잘 알고 있었기 때문일 것이다. 또 타히티가 사람 살기 좋다고 그를 설득한 것도 실은 선장이었다.

"타히티는 프랑스 영토 아닙니까. 프랑스인들이란 그렇게 형식만 따지는 친구들이 아니니까요."

그가 나에게 말했다. 나는 그 말이 무슨 뜻인지 알 것 같았다. 물론 스트릭랜드에게 선원 증명서 같은 것은 없었다. 그러나 돈벌이만 되는 일이라면 물불을 가리지 않는 터프 빌이었다. 그는 자기에게 신세를 지고 있는 선원을 소개해주면 그 대가로 선원의 첫 달 월급을 자신이 받기로 되어 있었다. 그리하여 마침 신세를 지다 죽어버린 어느 영국인 화부의 서류를 스트릭랜드에게 주었던 것이다. 그러나 니컬즈 선장과 스트릭랜드가 가야 할 방향은 동쪽이었는데 계약 가능한 배들은 모두 서쪽 행이었다. 스트릭랜드는 미국 행 화물선을 두 번, 뉴우카슬로 가는 석탄 배를 한 번, 도합 세 번이나 거절해버렸다. 터프 빌은 자기가 손해를 보게 되는 이런 고집스러운 행위를 호락호락 참고 있을 사람이 아니었으므로 끝내는 스트릭랜드와 니컬즈 선장을 쫓아내버렸다. 그래서 두 사람은 다시 떠돌이 생활로 돌아가게 되었다. 인색한 터프 빌이 제대로 식사를 주었을 리 없었으므로 식사를 마치고 일어섰을 때도 처음 식탁에 앉았을 때나 다름없는 공복을 느꼈었다. 그랬음에도 그들은 쫓겨난 뒤 며칠 동안은, 그곳에서 나온 것을 몹시 후회했다. 굶주림의 괴로움을 뼈에 사무치게 느꼈기 때문이다. 수프 배급소나 무료 숙박소에도 신세를 질 수 없게 된 현재로서는 그들의 굶주림을 달래주는 것이라곤 다만 빵 배급소에서 나눠주는 한 조각의 빵뿐이었다. 두 사람은 닥치는 대로 아무 데서나 잤다. 어떤 때는 역 근처 철도 측선에 세워져 있는 빈 무개화차 안에서도 잤고, 또 어떤 때는 창고 옆 달구지 안에서도 잤다. 그러나 혹독한 추위 때문에 한두 시간 자는 둥 마는 둥 하고는 일어나 다시 거리를 쏘다니곤 했다. 가장 견딜 수 없었던 것은 담배를 피우지 못하는 거였다. 특히 니컬즈 선장은 담배 없이는 한 시도 참지 못하는 사람이었기 때문에 밤길을 산책하던 사람들이 버리고 간 꽁초나 피다 남은 잎담배 동강이를 찾아 마침내는 쓰레기통을 뒤지기까지 하였다.

"사실 그때처럼 온갖 잡동사니를 파이프에 담아 피워본 일은 아마 없을 겁니다."

그는 내가 권한 잎담배를 두 개나 꺼내 하나는 입에 물고 또 하나는 주머니 속에 넣더니, 세상사를 초월한 듯한 태도로 어깨를 들썩해 보이며 말했다. 그러나 어쩌다 잔돈푼을 벌게 될 때도 있었다. 왜냐하면 이따금 우편배가 들어오곤 했는데, 그럴 때면 니컬즈 선장이 잽싸게 하역 감독에게 접근해 두 사람 몫의 일거리를 얻어왔기 때문이다. 그리고 그 배가 영국 배일 경우 그들은 재빨리 선원 방으로 기어들어가 선원들로부터 아침을 실컷 얻어먹을 때도 있었다. 물론 그럴 경우엔 위험도 따랐다. 배의 일등 항해사와 마주쳤다간 구둣발에 엉덩이를 걸어차여 허겁지겁 트랩을 내려와야 하는 곤욕을 치르기 십상이었기 때문이다.

"그야 배만 부르면 엉덩이 걸어차이는 것쯤 아무 것도 아니죠. 나 개인이라면 그런 일은 조금도 나쁘지 않아요. 배 안의 책임자라면 배의 규율도 생각해야 하니까요."

좁은 트랩을 화가 머리끝까지 난 일등 항해사의 발에 차이며 구르듯 도망치는 니컬즈 선장의 모습, 과연 참된 영국인답게 상선(商船) 정신을 유쾌하게 받아들이는 그의 모습이 그림을 보는 것처럼 눈앞에 선했다. 어시장 주위를 어슬렁거리다가 일거리를 얻을 때도 있었다. 한번은 부두에 내려놓은 많은 오렌지 상자를 짐차에 실어주고 둘이서 각각 1프랑씩 받은 일도 있었다. 또 언젠가 한번은 희망봉을 경유하여 마다가스카르에서 온 화물선의 페인트칠 계약을 어느 하숙집 주인을 통해 맡게 된 행운도 있었다. 그래서 며칠 동안 그들은 온종일 뱃전에 매달려 녹슨 선체에 페인트칠을 했다. 이것은 그 비꼬기 좋아하는 스트릭랜드에겐 알맞은 일이었을 것이다. 나는 이처럼 괴로운 생활을 그가 도대체 어떻게 견뎌냈느냐고 니컬즈 선장에게 물어보았다.

"불평하는 소리를 들어보지 못했어요. 하기야 가끔은 기분 상한 듯 보이긴 했습니다만. 아침부터 빵 한 조각 입에 넣지 않아도, 또 그 '되놈 집'에 가서 하룻밤 잘 돈조차 없어도 그는 여전히 기운이 펄펄했어요."

나는 이 말에 그다지 놀라지 않았다. 스트릭랜드는 대부분의 사람들이 기가 꺾이고 의기소침해질 만한 상황에 부딪히더라도 전혀 동요되지 않고 일어서는 인간이었기 때문이다. 다만 이것이 과연 그의 정신적 평정에서 오는 것인지 아니면 반항적인 그의 기질에서 오는 것인지에 대해선 나도 뭐라고 말할 수 없었다. 선장이 말한 '되놈 집'이란 부테리 거리에서 애꾸눈 중국인이 운영하고 있는 형편없는 여인숙을 말한다. 그 이름은 부랑자들이 붙인 것으로 그곳에서는 단 돈 6수만 내면 간이침대에서 잘 수 있었고 마룻바닥에서 자기 위해선 3수만 내면 충분했다. 그들은 이곳에서 처지가 비슷한 사람들과 친해졌다. 주머니가 텅 비고 바깥 날씨가 추운 밤에는 낮에 한 푼이라도 번 친구들에게서 지붕 밑에서 잘 만한 돈을 빌렸다. 이들 부랑자들은 대부분 인색하지 않아 돈이 있으면 두 말 않고 없는 사람들과 나누어 썼다. 그들의 국적은 가지각색이었지만 그런 것이 서로의 우정에 지장이 되는 일은 없었다. 즉 그들은 자신들 전체를 포용하는 위대한 코케인 왕국에 속하는 자유시민이라고 서로가 자인하고 있었다.

"그러나 스트릭랜드도 한번 화를 내면 걷잡을 수 없었어요."

니컬즈 선장이 그때를 회상하는 듯한 목소리로 말했다.

"언젠가 광장에서 터프 빌과 정면으로 마주친 적이 있었는데, 그 녀석이 찰리에게 예전에 주었던 선원 증명서를 내놓으라는 거예요. 그러자 찰리가 그렇게 필요하다면 언제라도 좋으니 와서 가져가라고 말했어요. 그런데 터프 빌이 어디 호락호락한 인간이라야 말이죠. 아무래도 찰리의 태도가 못마땅했던지 시비를 걸어온 거예요. 닥치는 대로 마구 욕설을 퍼붓고 굉장했어요. 정말 볼 만하더군요. 찰리도 한동안은 잠자코 듣고만 있더니 마침내 한 발 앞으로 다가가 이렇게 내뱉지 뭐예요. '이 돼지 같은 놈, 썩 꺼지지 못해! 이 한 마디뿐이었는데, 터프 빌은 갑자기 얼굴이 하얗게 질려 아무 말도 못하고, 마치 누구와 만날 약속이 생각나기라도 한 것처럼 슬금슬금 도망치고 말았어요."

니컬즈 선장의 표현에 의하면 그때 스트릭랜드가 했던 말이 지금 내가 기록한 것과 똑같다고는 할 수 없지만, 이 글이 가정에서 읽힐 수도 있으리라는 것을 감안해서 사실과는 조금 달라도 보통 사람들이 쓰는 표현으로 기록하는 게 좋겠다는 생각이 든다. 어쨌든 터프 빌도 물론 한낱 선원에 지나지 않은 자에게 모욕을 당하고 가만히 있을 사람은 아니었다. 자신의 힘과 세력이 어떻다는 것을 보여주는 것은 그 사람의 위신과 관계되는 문제였다. 그러다 보니 그 집에 묵고 있던 선원들이 그들을 찾아와 터프 빌이 언젠가는 반드시 스트릭랜드에게 분풀이를 하겠다며 벼르고 있다는 정보를 전해주었다.

어느 날 밤 니컬즈 선장과 스트릭랜드는 부테리 거리의 어느 술집에 앉아 술을 마시고 있었다. 부테리 거리는 각기 방이 하나씩밖에 없는 단층집이 길게 늘어선 좁은 골목이었다. 따라서 그런 집들은 마치 붐비는 시장거리의 구멍가게나 서커스단의 짐승 우리처럼 보였다. 그리고 집 앞에는 여자들이 한 명씩 서 있었다. 어떤 여자는 우울한 표정으로 기둥에 기대서 콧노래를 부르거나 귀에 거슬리는 쉰 목소리로 지나가는 사람을 부르기도 했고, 또 어떤 여자는 들뜬 마음으로 책을 읽고 있기도 했다. 프랑스 여자도 있었고 이탈리아, 스페인, 그리고 일본 여자와 흑인 여자 등 정말 여러 인종의 여자들이 있었다. 뚱뚱한 여자도 야윈 여자도 있었다. 하나같이 짙은 화장을 하고 있었지만, 시커멓게 그린 눈썹과 새빨갛게 칠한 입술 밑으로 나이를 속일 수 없는 주름과 방탕한 생활의 흔적을 숨길 수는 없었다. 검은 속옷에 기다란 살색 양말을 신은 여자도 있었고, 또 어떤 여자는 파마 머리에 빨간 물을 들이고 소녀처럼 짧은 모슬린 원피스를 입고있었다. 활짝 열린 문 너머로는 붉은 타일을 박은 바닥과 커다란 나무 침대, 그리고 주전자와 세숫대야가 놓여 있는 전나무 테이블 등이 보였다. 거리에는 그야말로 온갖 인종의 군중들이 웅성대고 있었다. 반도 동방 정기선에서 내린 인도 선원, 스웨덴 범선으로 찾아온 금발의 북유럽인, 군함에 타고 있던 일본인, 영국인 선원, 스페인 사람, 프랑스 순양함으로 찾아온 쾌활해 보이는 사람들, 미국 화물선에서 내린 흑인들도 있었다.

낮에는 그저 더럽기만 하던 거리도 밤이 되면 이런 작은 집들의 불빛을 받아 일종의 사악한 아름다움을 띠게 된다. 사방의 공기에 가득 차 있는 무서운 욕정에는 오싹 소름이 끼쳐지기도 했으나, 그런데도 그 광경 속에는 사람들의 마음을 붙잡고 늘어지는 뭔가 신비로운 것이 깃들어 있었다. 마치 혐오감을 주면서도 매혹되지 않을 수 없는 어떤 원시적인 힘이랄까? 문명의 가면이 벗겨지고 사람들은 어둡고 우울한 현실을 직면하게 된다. 강렬하고도 비극적인 분위기가 감돌고 있었던 것이다.

스트릭랜드와 니컬즈가 앉아 있던 술집에서는 자동 피아노가 댄스 음악을 요란하게 연주하곤 했다. 사람들은 홀 가장자리에 늘어놓은 테이블에 앉아 있었다. 이쪽에서는 대여섯 명의 선원들이, 그리고 저쪽에는 한 떼

의 군인들이 술을 마시며 뭐라고 큰 소리로 떠들어댔다. 홀 한가운데에서
는 남녀들이 떼를 지어 춤을 추었는데, 검게 그을은 얼굴에 턱수염을 기른
선원들은 그 우악스러운 커다란 손으로 상대방을 꼭 끌어안은 채 춤을 추
었고 가끔 두 사람씩 일어나서는 자기들끼리 한 쌍이 되어 춤을 추기도 했
다. 홀 안은 귀가 멍멍해질 정도로 시끄러웠다. 모두들 노래부르고 소리지
르고 웃고 했다. 한 남자가 자기 무릎 위에 끌어안고 있던 여자에게 오랫동
안 키스를 하자 영국인 선원들의 야유가 터지면서 한층 더 장내를 소란케
했다. 방 안 공기는 남자들의 커다란 장화가 일으키는 먼지로 혼탁했으며
담배연기로 인해 뿌옇게 흐려 있었다. 찌는 듯한 더위였다. 계산대 뒤에서
는 한 여자가 아기에게 젖을 물린 채 앉아 있었고 주근깨투성이의 납작한
얼굴을 한, 몸집이 작은 웨이터는 맥주잔을 잔뜩 올려놓은 쟁반을 들고 바
쁘게 움직이고 있었다.

　　잠시 뒤에 터프 빌이 몸집이 커다란 흑인 두 사람을 데리고 들어왔다.
그가 이미 술이 거나하게 취했다는 것은 보기만 해도 알 수 있었다. 그는
세 명의 군인이 앉아 있는 테이블로 비틀거리며 다가가 서더니 맥주잔 하
나를 깨뜨렸다. 미친 듯이 말다툼이 시작되었고 술집 주인이 나와 터프 빌
에게 나가라고 말했다. 그 주인이라는 사람은 억세고 건장한 사람으로 비
록 상대방이 손님이라도 비위에 거슬리는 행동을 하면 그냥 참고 지나가
는 성격이 아니었다. 터프 빌은 한순간 주저했다. 경찰을 등에 지고 있는
이 주인은 그에게 만만한 상대가 아니었던 것이다. 그는 하는 수 없이 뭐라
고 투덜대며 돌아서서 나가려고 했으나, 그때 문득 스트릭랜드의 모습이
눈에 띄었다. 그는 잠자코 성큼성큼 화가 쪽으로 걸어갔다. 그리고는 입 안

에 침을 모으더니 스트릭랜드 얼굴을 향해 내뱉었다. 스트릭랜드는 마시고 있던 컵을 집어들어 터프 빌을 향해 힘껏 던졌다. 춤을 추던 사람들이 일제히 춤을 멈추었고 실내는 갑작스런 침묵에 휩싸였다.

그러나 다음 순간 터프 빌이 스트릭랜드에게 덤벼들자 이내 험하게 치고 받는 난투극이 벌어졌다. 테이블이 뒤집히고 컵은 박살이 나 마룻바닥에 흩어졌다. 간담이 서늘해지는 싸움판이 벌어진 것이다. 여자들은 모두 문 밖이나 계산대 뒤로 뿔뿔이 흩어지고 지나가던 사람들까지 호기심에 우르르 몰려들어왔다. 사람들은 제각기 자기네 나라 말로 욕설을 퍼부었고 때리고 맞는 소리와 악을 쓰는 소리로 가득 찬 홀 한가운데에는 10여 명의 남자들이 필사적으로 싸우고 있었다. 그때 갑자기 경찰이 들이닥치자 모두 허둥지둥 문 쪽으로 도망쳐버렸다. 그제야 겨우 술집은 조용해졌고, 주위를 살펴보니 터프 빌은 머리를 많이 다쳐서 실신한 채 마룻바닥에 쓰러져 있었다. 니컬즈 선장은 스트릭랜드를 질질 끌다시피 하여 밖으로 데리고 나왔다. 스트릭랜드는 옷이 갈기갈기 찢어져 있었고 팔에 난 상처에서는 계속해서 피가 흐르고 있었다. 선장 자신도 코를 얻어맞아 얼굴이 온통 피투성이가 되어 있었다.

"이것 봐, 터프 빌 녀석이 병원에서 나오기 전에 자네는 일찌감치 마르세이유를 떠나는 게 좋겠어."

두 사람이 중국인 하숙집으로 돌아와 몸을 씻을 때 니컬즈가 스트릭랜드에게 말했다.

"닭싸움하고는 비교도 안 되는군."

입가에 냉소를 띠고 스트릭랜드가 말했다. 니컬즈 선장은 은근히 걱정

되었다. 터프 빌의 끈질긴 성격을 잘 알고 있었기 때문이다. 스트릭랜드가 그 혼혈 인간을 이미 두 번이나 쓰러뜨렸지만 술이 취하지 않았더라면 이야기가 달라질 수도 있었을 것이다. 그는 반드시 기회를 노리고 있을 것이다. 결코 초조하게 서둘지는 않는다 해도 어느 날 밤 스트릭랜드는 등에 칼을 맞게 될 거고 며칠 뒤 신원 불명의 부랑자 시체가 항구의 더러운 물 위에 떠오르게 될 것이다. 니컬즈는 다음날 저녁 터프 빌 집에 가서 눈치를 살펴보았다. 그는 아직 병원에 있었으나, 병원에서 돌아온 그의 부인 말에 따르면 남편은 병원을 나오는 대로 스트릭랜드를 죽여버리겠다고 단언했다는 것이다.

그리고 1주일이 지났다.

"그러니까 나는 이렇게 말했답니다."

니컬즈 선장이 곰곰이 생각에 잠긴 채 말을 이었다.

"이왕 손대려거든 끝을 내야 한다고요. 그 뒤의 일은 나중에 천천히 생각하면 어떻게든 해결되게 마련이니까요."

사실 스트릭랜드는 정말 운이 좋았다. 오스트레일리아로 가는 배가 지브롤터 근해에서 순간적인 정신 착란적 발작으로 투신 자살을 한 남자 대신 화부를 한 사람 구한다고 선원 숙박소에 부탁해왔던 것이다. 선장은 서둘러 스트릭랜드에게 그 사실을 알려주었다.

"빨리 부두로 가보라고. 그리고 당장 계약서에 서명을 하는 거야. 자네는 아직 그 증명서를 가지고 있잖은가."

스트릭랜드는 곧바로 떠났다. 그리고 그것이 스트릭랜드를 마지막으로 본 것이었다. 그 배는 불과 여섯 시간을 항구에 머물렀을 뿐이었다. 니컬즈 선장은 그날 저녁, 겨울 바다를 헤치고 동쪽으로 떠나는 배에서 뿜어내는 연기가 점점 사라져가는 것을 언제까지나 지켜보며 서 있었다.

지금까지 나는 들은 얘기를 되도록 충실하게 썼다고 생각한다. 왜냐하면 나로서는 애쉴리 가든에서 살며 증권이나 주식 일로 여념이 없던 그 무렵에 내가 실제로 알고 있던 스트릭랜드의 생활과, 지금 니컬즈 선장에게서 들은 그에 대한 에피소드들과의 극적인 대조가 무척이나 흥미롭게 생각되었기 때문이다. 그러나 사실은 니컬즈 선장이란 남자가 터무니없는 허풍쟁이라는 것을 나는 알고 있다. 따라서 지금까지 그가 나에게 들려준 이야기도 모두 터무니없는 거짓말인지도 모른다. 스트릭랜드를 만난 일도 전혀 없으며 마르세이유에 대한 그의 지식도 어느 잡지책에서 얻은 것이라 할지라도 나는 그다지 놀라지 않을 것이다.

48

사실, 나는 이쯤에서 이 글을 마무리할 계획이었다. 내가 애초에 구상했던 것은 타히티 섬에서 보낸 스트릭랜드의 말년 생활부터 시작하여 그 비참한 죽음을 이야기한 다음, 거기서 다시 거슬러 올라가 그의 초기 생활을 이야기하는 방식이었다. 물론 무슨 다른 뜻이 있어서라기보다 다만 스트릭랜드가 그 고독한 영혼 속에서, 어떤 신비적인 미지의 섬에 대한 공상의 불꽃을 태우며 배를 타고 떠나는 장면에서 붓을 놓고 싶었기 때문이다. 평범한 사람이라면 이미 안정된 생활의 궤도에 올라 있어야 할 47세라는 나이에 새로운 세계를 향해 떠나는 그의 모습을 나는 늘 사랑해왔다. 싸늘한 북서풍에 하얀 파도가 일렁이는 잿빛 바다로 나가 다시는 보지 못하게 될 프랑스 해안이 점점 시야에서 멀어져가는 모습을 물끄러미 지켜보며 서 있는 그의 모습을 상상했던 것이다. 그런 그의 태도에는 어떤 용기가, 그리고 그의 영혼에는 불굴의 의지가 깃들어 있는 것 같았다. 이처럼 나는 희망을 남겨놓고 이 글을 끝맺고 싶었다. 그렇게 함으로써 비로소 한 인간의 불굴의 정신이 강조된다고 생각되었기 때문이다. 그러나 나는 계획대로 할 수 없었다. 웬일인지 이야기가 순조롭게 풀리지 않았다. 몇 번 되풀이해보다가 결국 단념할 수밖에 없었다. 그래서 다시 처음부터 시작해 일반적인 방법으로 써나갔다. 써나가는 동안에 나는 스트릭랜드의 생활에 대해 알고 있는 사실을 순서대로 이야기해나갈 수밖에 없다는 생각이 들었다.

물론 지금 내가 알고 있는 사실도 단순히 단편적인 것에 불과하다. 마치 한 조각의 뼈를 보고 사멸한 동물의 형태는 물론, 그 습성까지 알아내야 하는 생물학자와 같은 입장에 서 있다고나 할까. 스트릭랜드는 타히티에서 알게 된 사람들에게는 이렇다 할 특별한 인상을 주지는 않았다. 그들에게 스트릭랜드는 늘 돈에 쪼들리는 부둣가의 부랑자로밖에 보이지 않았으며, 다만 한 가지 다른 점이 있다면 그가 그림을 그린다는 점이었으나 그 그림이 그들의 눈에는 참으로 어이없는 것으로 보인 모양이었다. 그가 죽은 뒤 몇 년이 지난 다음, 파리나 베를린의 화상 대리인들이 아직 섬에 남아 있을지도 모를 그의 그림을 찾아 섬을 온통 헤집고 다닐 때야 비로소, 그들은 자기네들 사이에 그렇게도 위대한 한 인간이 살고 있었나, 하고 생각할 정도였다. 지금이야 거액의 가치를 가진 그의 그림들이지만 그때 같으면 단

돈 몇 푼으로 얼마든지 살 수 있었다는 사실을 알고 다들 참으로 아까운 기회를 놓쳐버렸다고 발을 동동 구르며 아쉬워했다. 그곳에 코엔이라는 유태계 상인이 있었는데, 그는 묘한 인연으로 스트릭랜드의 그림을 한 장 가지고 있었다. 그는 부드러운 눈길과 상냥한 미소를 가진 체구가 작고 늙은 프랑스인으로 무역상과 선원을 겸하고 있었다. 그는 조그마한 배를 한 척 가지고 포모투 군도와 마르케이사스 군도 사이를 다니며 여러 가지 다양한 상품을 팔았고 그 대신 코프라(야자 씨), 조개, 진주 같은 것들을 가져왔다. 나는 어느 날 그가 커다란 흑진주를 싸게 팔려고 한다는 말을 들었으므로 그를 찾아간 적이 있었다. 그러나 그것이 나로서는 도저히 생각할 수도 없는 금액임을 알았으므로 간 김에 무심코 스트릭랜드 이야기를 꺼내보았다. 그는 스트릭랜드를 잘 알고 있었다. 그가 말했다.

"아, 그 사람 화가였죠. 그래서 나도 그에게 흥미를 느꼈었습니다. 이 근처 섬에는 화가가 그리 많지 않거든요. 다만 아주 형편없는 그림을 그리는 화가라 나는 그를 딱하게 생각했었어요. 아마 내가 그 사람에게 첫 일자리를 주었을 겁니다. 사실 난 이 섬 한쪽 귀퉁이에 농장을 하나 가지고 있는데 마침 백인 감독을 한 사람 구했으면 했거든요. 어쨌든 백인 감독이라도 돼야 원주민들에게 일을 시킬 수 있으니까요. 그래서 나는 그에게 우리 농장 감독 일을 맡으면 그림 그릴 시간도 많고 돈도 좀 벌 수 있을 거라고 했지요. 그 사람은 당장 끼니가 곤란할 정도라 얼마를 주어도 상관없었지만, 물론 급료는 꽤 많이 줬어요."

"그 주제에 감독 노릇을 할 수 있었다니 대견한 일이군요."

내가 웃으며 말했다.

"그야 나도 여러 모로 편의를 봐준 셈이죠. 나는 평소에도 예술가에겐 이해심이 넓은 편이니까요. 역시 우리는 피를 못 속이나 봅니다. 그런데 그는 겨우 두어 달 있다가는 농장 일을 그만두었어요. 그림 물감이며 캔버스 살 돈이 좀 생기니까 그냥 가버린 거죠. 그 무렵 그는 섬의 주위 환경에 완전히 사로잡히기 시작했고, 그래서 아주 숲속으로 들어가고 싶어진 거예요. 그 뒤로도 나는 가끔 그를 만났어요. 그는 이삼 개월마다 파페테를 찾아와서는 그곳에서 어정거리고 있었으니까요. 그리고 아무 데서고 돈을 좀 구하면 또 모습을 감춰버리는 거예요. 그런 식으로 이 마을에 나타나곤 했을 때 한 번은 불쑥 나를 찾아와 200프랑만 빌려달라고 하더군요. 1주일은 굶은 것 같은 비참한 모습이라 도저히 거절할 수가 없었어요. 물론 나중에라도 그 돈을 받을 생각은 아예 하지도 않았죠. 그런데 1년쯤 지난 뒤 그가 다시 내 앞에 불쑥 나타난 거예요. 그림을 한 장 가지고 왔더군요. 전에 꾸어간 돈 이야기는 꺼내지도 않고 느닷없이 '이것은 당신 농장을 그린 그림인데 주려고 가져왔소' 하는 거예요. 그 그림을 봤는데, 나로서는 뭐라고 할 말이 없더군요. 그러나 물론 고맙다고 한 뒤 그림을 받았죠. 그리고 그가 간 다음 아내에게도 보여주었답니다."

"어떤 그림이었나요?"

"말도 마십시오. 도대체 뭐가 뭔지 통 알 수 없는 그림이라서요. 어쨌든 그런 그림은 생전 처음 보았어요. 그래서 어떻게 하면 좋겠느냐고 아내에게 의논을 했죠. 그랬더니 아내는 그런 그림은 남의 웃음거리만 될 테니 집 안에 걸어놓을 수 없다는 거예요. 아내는 그걸 다락방으로 가지고 가 다른 잡동사니들과 함께 처박아두었던 모양입니다. 무엇이건 버리지 않고 모아

두는 게 그 사람의 성격이니까요. 그런데 전쟁이 일어나기 바로 전입니다. 파리에 계신 형님이 편지를 보냈어요. 타히티에 사는 영국인 화가를 혹시 알고 있느냐? 아무래도 그 사람 천재인 모양이다. 그 사람 그림은 값이 굉장하니, 아무 거라도 되는 대로 구입해 즉시 보내거라. 상당한 돈벌이가 될 것 같다. 대강 이런 내용의 편지였어요. 그래서 곧 아내에게 스트릭랜드에게서 받은 그 그림을 어떻게 했는지, 아직도 그대로 다락방에 있는지 물어보았습니다. 그러자 '그럼요. 제가 아무 것도 버리지 않는다는 건 당신도 잘 알고 있잖아요' 그러더군요. 그래서 곧 다락방에 올라가 살펴보니 과연 이 집에 살게 되면서부터 30년 동안 모은 여러 가지 잡동사니들 속에서 문제의 그림이 나왔어요. 그래서 나는 다시 한 번 그 그림을 자세히 보았죠. 그리고 아내에게 '여보, 전에 200프랑을 빌려준 일이 있는, 농장 감독으로 고용했던 사람이 천재라니 누가 꿈엔들 생각이나 하겠소? 이 그림 알아보겠소?' 하고 물어보았죠. 그러자 아내는 분명히 이렇게 말했어요. '전혀 모르겠어요. 이건 우리 농장하고 전혀 똑같지 않잖아요. 게다가 푸른 잎을 가진 코코넛 나무가 어디 있어요? 하지만 파리에선 지금 그 사람 그림으로 떠들썩하다니까, 당신 형님께 보내드리면 아마 그때 빌려준 만큼의 돈은 될지도 모르겠군요' 그래서 어쨌든 그 그림을 포장해서 형님한테 보내드렸죠. 얼마 안 있다가 기다리던 편지가 왔어요. 그 편지에 뭐라고 써 있었는지 아세요? '그림은 잘 받았다. 솔직히 말해 처음에는 네가 장난을 치고 있는 줄 알았다. 만일 그렇다면 우송료를 지불하지 않겠다고 생각했단다. 그래서 그 이야기를 해준 신사에게 그림을 보여줄 것이 좀 걱정되었지. 그런데 웬걸, 이것은 걸작이다. 그림을 3만 프랑에 사겠다는 말을 들었을 때 나의 놀라움을 짐작이나 할 수 있겠니? 아마 그는 좀더 비싸게 살 의향도 있었던 모양인데, 너무 어이가 없어서 내가 머리가 좀 이상해졌던 것 같다. 그래서 이것저것 생각할 겨를도 없이 당장 그에게 팔아버렸단다' 이렇게 씌어 있더군요."

끝으로 코엔 씨는 근사한 말을 한마디했다.

"가엾게도, 스트릭랜드가 아직 살아 있었으면 얼마나 좋았겠습니까. 만일 '당신 그림 값이오' 하고 29,800프랑을 내주면 그 사람 과연 뭐라고 했을까요?"

49

나는 플뢰르 호텔에 머물고 있었는데 그곳 여주인 존슨 부인도 아까운 기회를 놓쳤다며 아쉬워했다. 스트릭랜드가 죽은 뒤 그의 가재 도구 일부가 파페테 시장에서 경매된 적이 있었다. 그런데 그녀는 그 가재 도구 속에 평소에 갖고 싶어하던 미국식 난로가 있더라는 말을 듣고 일부러 시장까지 찾아가 그것을 7프랑에 샀다고 했다.

"그림도 10여 장 가량이나 있었어요. 하지만 액자에 들어 있는 것도 아니라 사는 사람이 없었죠. 그 중에는 10프랑에 팔린 것도 있었지만, 대부분은 5, 6프랑에 팔렸지요. 생각해보세요. 만일 내가 그때 그 그림들을 사놓았더라면 지금쯤은 큰 부자가 되었을 거예요."

그러나 티아레 존슨이란 여자는 비록 어떤 환경에 놓였다 하더라도 부자가 될 사람으로는 보이지 않았다. 그녀는 돈을 모으는 체질이 아니었다. 원주민 여자와 타히티에 눌러살게 된 영국인 선장 사이에서 태어난 딸이라고 하는데, 내가 그녀를 처음 보았을 때는 이미 오십이 다 되었다고 했지만 나이보다 훨씬 더 늙어 보였고 굉장히 뚱뚱했으며 만일 사람 좋아 보이는 얼굴에 친근감이나 부드러운 표정마저 없었다면 아마 누구든 그녀의 위압적인 외모에서 어떤 부담감을 느꼈을 것이다. 팔은 마치 양의 넓적다리살 같았고, 가슴은 커다란 양배추를 두 개 매달아놓은 것 같았다. 그녀의 커다란 얼굴은 오히려 너무 많이 노출되어 보기 흉한 인상을 주었으며 턱은 겹겹이 겹쳐 널따란 가슴속으로 휘어들어가고 있었다. 보통 때는 늘 마더 허버드 가운을 입고 하루종일 커다란 밀짚모자를 쓰고 있었다. 그러나 그녀가 가끔 자랑하는 그 머리를 늘어뜨리면 길고 검은 머리가 구불거리며 흘러내려 아름다워 보였다. 눈은 아직도 생기 있게 빛나고 있었다. 무엇보다도 그녀의 웃음소리는 내가 여태껏 들어본 중에서 가장 일품이었다. 우선 몸 속에서 낮게 울려나오기 시작해 점점 크게 퍼지면서 이윽고 거대한 그녀의 온몸을 흔들어댄다. 농담과 포도주와 잘생긴 남자, 그녀는 이 세 가지를 더없이 사랑하고 있었다. 어쨌든 그녀를 알게 된 것은 분명히 일종의 행운이었다.

그녀는 또 섬에서 가장 훌륭한 요리사였고 맛있는 음식의 예찬자이기도 했다. 아침부터 밤까지 부엌에 있는 높다란 의자에 앉아 중국인 요리사한 명과 원주민 여자아이 두서넛을 거느리고 지시하기도 하고 서로 어울려 정답게 지껄이기도 하며 그녀가 생각해낸 맛있는 요리를 맛보기도 했다. 또 친구를 초대할 때는 자신이 직접 요리를 했다. 손님을 정성껏 대접하는 것은 그녀에겐 하나의 정열이었다. 그러므로 플뢰르 호텔에 먹을 것이 떨어지지 않는 한, 이 섬에 찾아왔다가 그녀의 호텔에서 한 끼 식사 대접을 받지 않고 가는 사람은 한 사람도 없었다. 비록 식사 값을 지불하지 못하는 손님이라도 결코 내쫓는 법이 없는 여자였다. 낼 때가 되면 언제고 내겠지, 하고 느긋하게 생각하는 것이었다. 언젠가 한번은 형편없이 망해버린 남자가 있었는데 그녀는 그 남자를 몇 달 동안이나 먹이고 재워주었다. 중국인 세탁소에서 돈을 내지 않으면 더 이상 그 손님의 옷을 세탁해줄 수 없다고 거절하면 그녀는 자기 것과 함께 보내 세탁하게끔 해주었다. 그녀의 말에 따르면 아무리 궁색하다 하더라도 남자에게 더러운 셔츠를 그대로 입힐 수는 없다는 것이었다. 또 그가 남자인 이상 담배를 안 피울 수는 없다며 담배 값으로 하루에 1프랑씩 주었다. 더구나 그녀는 1주일에 한 번씩 어김없이 계산해주는 손님을 대하는 것과 똑같이 그에게도 상냥하게 대해주었다.

나이로 보나 또 지나치게 뚱뚱한 점으로 보나 남녀간의 정사(情事)를 운운할 처지는 아니었지만 그녀는 젊은이들의 정사에 대해 특별한 흥미를 지니고 있었다. 그녀는 정사라고 하면 남녀를 불문하고 인간의 자연스러운 행위라고 생각했다. 그래서 늘 그녀 자신의 풍부한 경험에서 나온 교훈과 실례를 남들에게 기꺼이 들려주곤 했다.

"나에게 좋아하는 남자가 있다는 것을 아버지가 눈치채신 것은 아직 내가 열다섯도 되기 전이었어요. 그 사람은 '열대조'라는 배의 삼등 항해사였죠. 참 좋은 사람이었어요."

그녀는 그렇게 말하고는 가만히 한숨을 내쉬었다. 여자들이란 언제나 첫사랑을 잊지 못하고 그리워한다고 하지만 그녀의 경우는 반드시 그렇지만도 않은 것 같았다.

"아버지는 분별 있는 분이셨죠."

"어째서요?"

"죽도록 나를 매질한 다음, 존슨 선장과 결혼시켰어요. 난 그다지 싫지는 않았어요. 물론 꽤 나이가 많았지만 역시 좋은 사람이었으니까요."

티아레는 스트릭랜드에 대한 많은 것을 기억하고 있었다. 말이 나온 김에 하는 말이지만 '티아레'란 향기가 무척 좋은 흰 꽃의 이름인데, 그 꽃향기를 한 번 맡은 사람은 아무리 먼 곳을 떠돌아다니다가도 마침내는 반드시 그 향기에 이끌려 다시 타히티로 돌아온다고 한다. 그녀의 아버지는 그 꽃 이름을 딸에게 붙인 것이다.

"그는 가끔 이곳에도 왔었고 파페테 근처를 돌아다니고 있는 것을 자주 보았어요. 정말 보기 딱했어요. 몸은 바짝 야위었고 돈도 거의 없었으니까요. 그래서 나는 그가 이곳에 왔다는 말을 들으면 늘 사람을 보내 집에 와서 함께 저녁을 먹자고 했었죠. 몇 번인가 일자리도 구해준 적이 있지만 어디 한 군데 붙어 있지를 않았지요. 얼마 안 있으면 또 숲으로 가고 싶어서 소리 없이 슬그머니 자취를 감춰버리는 거예요."

스트릭랜드가 타히티에 도착한 것은 마르세이유를 떠난 지 대략 여덟 달이 지난 후였다. 오클랜드에서 샌프란시스코로 가는 배를 타고 그 안에서 일해 뱃삯을 치르며 찾아온 것이다. 도착했을 때 그의 수중에 남아 있던 것은 그림 도구 상자 하나와 이젤 하나, 그리고 캔버스, 그 밖에 시드니에서 번 몇 파운드의 돈이 주머니 속에 들어 있었을 뿐이었다. 그는 그것으로 변두리에 있는 한 원주민의 집에 작은 방 하나를 얻어 세를 들었다. 그는 타히티에 도착하는 순간 다소 마음이 놓였던 모양이다. 언젠가 티아레에게 이렇게 말한 적이 있었다고 한다.

"갑판을 닦고 있는데 갑자기 누군가가 '야아, 저거다!' 하고 외치더군. 고개를 들어보니 어렴풋이 이 섬의 윤곽이 보였소. 나는 곧 저 섬이야말로 내가 지금까지 줄곧 찾아헤매던 곳이라고 생각했지. 그런데 가까이 다가갈수록 왠지 섬에 와본 적이 있다는 느낌이 드는 거요. 가끔 섬을 산책하노라면 눈에 띄는 것들이 전부 낯설지가 않아. 분명히 전에 이곳에서 살았던 적이 있는 것 같은 기분이 든단 말이오."

깊이 생각에 잠긴 채 티아레가 다시 말했다.

"아무래도 이 섬은 사람들로 하여금 그런 기분에 젖게 하는 뭔가가 있는 모양이에요. 타고 온 배가 짐을 부리는 동안, 고작 몇 시간 있다가는 그대로 눌러앉은 사람이 꽤 여럿 있었어요. 그런가 하면 업무상 1년 가량 이곳에 살다가 정말 사람 살 곳이 못 된다며 불평을 하고 또다시 올 바에야 차라리 죽는 게 나을 거라며 떠날 때 큰소리 치던 사람이 반 년 뒤에는 이 섬을 다시 찾아오는 거예요. 그리고는 다른 곳에선 도저히 살 수 없다는 듯한 표정으로 이곳에 계속 머물러 사는 예를 얼마든지 알고 있어요."

50

사람들 중에는 처음부터 고향이 정해져서 태어나는 사람도 있다고 나

278

는 생각한다. 만일 어쩌다 전혀 다른 환경 속에서 살게 된다 해도 그들은 계속 미지의 고향에 대한 향수를 느끼고 있다. 그러므로 태어난 곳에선 오히려 나그네 같은 신세로 지낼 뿐이며, 어린 시절 눈에 익은 푸른 오솔길과 장난치고 뛰놀던 번잡한 시가지도 그들에게는 나그네가 한순간 스쳐지나가는 길에 불과할 뿐이다. 그들은 같은 혈연 집단 속에서도 평생을 이방인처럼 살아갈 수밖에 없으며, 그들이 전부터 유일하게 알고 있는 인생의 여러 사건들 속에서도 외톨이로 떨어져 있어야 한다. 흔히 사람들이 뭔가 잊을 수 없는 영원한 것을 찾아 머나먼 여행을 떠나는 일이 있는데 그것도 아마 이러한 나그네적 감정 때문이 아닐까. 아니면 마음속 깊이 뿌리 박힌 격세유전(隔世遺傳)이라는 것이 나그네의 발길을 먼 역사의 여명기에 그들의 선조가 버리고 간 고장으로 끌어들이는 것인지도 모른다. 그럴 때 우연히 막연하게만 느끼고 있던 신비의 고향을 찾아 들어가는 수도 있다. 그곳이야말로 구하고 있던 마음의 고향인 것이다. 그리고 여태껏 본 적도 없는 광경과 단 한 번 만난 일도 없는 사람들 사이에 자리를 잡고 마치 쉴 곳을 찾은 나그네처럼 마음의 안정을 얻게 되는 것이다.

나는 세인트 토머스 병원에서 알게 된 어떤 남자 이야기를 티아레에게 들려주었다. 에이브러햄이라는 유태인으로 금발에 꽤 건강한 청년이었는데, 내성적이고 아주 겸손한 사람이었다. 그는 머리가 비상하여 의과대학에도 장학생으로 입학했으며, 5년간의 수업 과정을 거치는 동안 상이란 상은 전부 휩쓸 정도로 뛰어난 수재였다. 그리고 병원에서 내과와 외과의를 겸했는데 아무도 이의를 제기하는 일 없는 유능한 의사였다. 마침내 그는 그 병원의 간부직으로 선출되었고 그의 장래는 확실히 보장된 것이었다.

세상의 앞일을 내다볼 수 있다면 분명히 그는 의사로서 최고의 지위에 오를 수 있으리라고 생각했다. 그의 앞길에는 온갖 명예와 부가 기다리고 있었다. 그런데 그는 새로운 자리에 앉기 전에 잠시 휴가를 다녀오겠다고 말했고, 별로 재산이 많지도 않아서 어느 부정기(不定期) 항로 배의 외과의 자격으로 레반트를 향해 떠났다. 그 배는 원래 의사를 두지 않았지만 병원의 선배 의사 한 사람이 그 선박 회사의 중역과 알고 있었기 때문에 에이브러햄은 특별히 그 배의 선의로 채용되었던 것이다. 그런데 몇 주가 지난 뒤, 병원 당국은 누구나 탐내는 간부직을 그만두겠다는 그의 사표를 받았다. 이 사건은 대단한 파문을 일으켰으며 온갖 소문이 떠돌았다. 세상 사람들이란 주위에 전혀 뜻밖의 행동을 하는 사람이 있으면, 으레 그런 행동을 하게 된 이유를 가장 불명예스러운 동기와 연관지으려 하는 법이다. 그러나 어쨌든 에이브러햄의 자리에는 다른 사람이 들어앉았다. 에이브러햄에 대한 일은 사람들의 머릿속에서 사라졌다. 소식은 끊어지고 그의 존재는 잊혀져버렸다.

그리고 10년쯤 지났을까? 어느 날 아침 알렉산드리아에 상륙하려고 할 때, 나는 다른 선객들과 함께 줄을 서서 의사의 검역을 기다리고 있었다. 의사는 낡은 옷을 입은 건장한 남자였는데 모자를 벗으니 완전히 대머리였다. 나는 아무래도 어디서 본 듯한 얼굴이라고 생각했다. 그러자 갑자기 기억이 났다.

"에이브러햄!"

나를 돌아본 그는 어리둥절한 표정을 짓더니 잠시 뒤 내가 누군지 알아보고는 덥석 손을 잡았다. 뜻밖의 만남에 서로가 몹시 놀랐으나, 이윽고 내가 알렉산드리아에 하룻밤 머물 예정이라고 하자, 그럼 영국인 클럽에서 저녁이라도 함께 먹자고 그가 제안했다. 클럽에서 다시 만났을 때 나는 이런 곳에서 그를 만나게 된 놀라움을 숨김 없이 말했다. 그는 현재 의사로서 대단치 않은 직책을 맡고 있었고 생활에도 다소 쪼들리고 있는 것 같았다.

마침내 그가 이야기하기 시작했다. 휴가를 얻어 지중해로 떠날 때는 분명히 런던으로 돌아가 세인트 토머스 병원에서 새로운 자리에 취임하는 일을 당연한 것으로 생각하고 있었다. 그러던 어느 날 아침이었다. 그가 탄 배는 알렉산드리아 항구에 정박하고 있었는데, 갑판 위에 올라선 그는 아침해에 빛나는 도시와 부두에 모인 사람들의 모습을 내려다보았다. 더러운 개버딘 옷을 입은 원주민, 수단에서 온 흑인들과 와글와글 몰려드는 그리스인, 회교도 모자를 쓴 진지한 표정의 터키인, 그리고 아침해와 파랗게 갠 하늘을 바라보았다.

그때 그의 마음에 변화가 일어났다. 말로는 설명할 수 없는, 푸른 하늘을 가르는 날벼락이라고 할까? 아니 그보다 계시라고 하는 편이 더 낫겠다고 그는 말했다. 뭔가 알 수 없는 것이 그의 마음을 꽉 죄어오는 것 같았다. 그리고 갑자기 그는 격한 기쁨을 느꼈는데 그것은 힘껏 고함을 치고 싶어지는 해방감이었다. 그는 고향에 돌아온 것 같은 한없이 마음이 편안해지는 것을 느꼈고, 그 자리에서 곧바로 알렉산드리아에 영주하기로 결심했다. 의사직을 그만두는 것은 간단하여 24시간 뒤에 그는 짐을 꾸려 부두로 내려갔다.

"선장은 틀림없이 자네가 정신이 돌았다고 생각했겠군."

내가 웃으며 말했다.

"남이야 어떻게 생각하건 내겐 전혀 문제되지 않았어. 내 마음속에 있는 더 강력한 뭔가가 발동한 거야. 사방을 둘러보다 아담한 그리스인 호텔로 가야겠다고 생각했지. 그러자 그 호텔이 어디에 있는지 알 것 같더군. 하여튼 이상하게도 나는 그곳까지 곧장 걸어갔다네. 그리고 호텔이 눈에 띄자 곧 '아, 저 집이로구나!' 하는 생각이 들더라니까."

"전에도 알렉산드리아에 와본 적이 있었나?"

"아니. 세상에 태어나서 영국 바깥으로는 단 한 발자국도 나간 일이 없었네."

얼마 안 가 그는 정부 기관의 관리로 들어갔고 그 뒤로 줄곧 그곳에서 지내온 것이다.

"후회해본 적은 전혀 없나?"

"물론이지. 먹고살 만큼 수입은 되고, 아무 걱정이 없네. 죽는 날까지 이렇게 살 수만 있다면 그것으로 만족이야. 이곳 생활은 아주 멋있다네."

다음날 나는 알렉산드리아를 떠났다. 그 뒤 에이브러햄에 관한 일은 잊고 있었다. 그런데 얼마 전 의과대학 시절의 옛 친구이며 역시 의사인 알렉 카마이클이 영국에 왔을 때 둘이서 함께 식사를 한 적이 있었다. 나는 그를 거리에서 우연히 만났는데 우선 전쟁중에 세운 공로로 그가 기사 작위를 받은 것에 대해 축하의 말을 전했다. 하룻저녁 만나 그 동안 쌓인 회포라도 풀자고 이야기가 되어 내가 함께 저녁이나 먹자고 제안했고 그는 단둘이만 이야기하고 싶으니 아무도 부르지 말자고 했다.

그의 집은 퀸 앤 거리에 있는 유서 깊은 훌륭한 저택으로, 고상한 취미를 가진 사람답게 여러 가지 감탄할 만한 가구와 집기들을 갖추고 있었다.

식당 벽에는 훌륭한 벨로토 그림 한 점과 평소에 내가 탐내던 조파니의 그림이 두 점이나 걸려 있었다. 금실로 짠 옷을 입은 키가 홀쩍 큰 미인인 그의 부인이 자리를 떴을 때 나는 옛날 학생 시절에 비하면 지금 그는 너무 달라졌다고 말하며 웃었다. 그 시절에는 웨스트민스터 브리지 거리에 있는 허름한 이탈리아 식당에서 저녁을 먹는 것조차 대단한 사치로 생각했었다. 지금 알렉 카마이클은 여러 개의 병원 간부 자리를 차지하고 있었다. 수입도 1년에 1만 파운드는 넉넉히 되는 것 같았으며, 이번에 받은 기사 작위도, 앞으로 그에게 주어질 수많은 영예로 본다면 한낱 시초에 지나지 않을 것이었다.

"그 동안 내가 힘들게 노력해온 것도 사실이지. 하지만……."

마침내 그가 얘기를 시작했다.

"그러나 묘한 이야기 같네만, 이 성공도 사실상 조그만 행운에서 시작되었다고 볼 수밖에 없다네."

"그건 또 무슨 소린가?"

"자네 에이브러햄이란 친구 기억하고 있나? 앞날이 매우 촉망되던 사람이었지. 학생 시절에 우리들 중에는 그를 당할 사람이 없었지. 내가 노리고 있던 상이나 장학금은 모두 그가 차지해버렸으니까. 나는 언제나 그 녀석 꽁무니만 쫓다가 만 셈이었어. 그 녀석이 그대로 밀고 나갔다면 지금 내가 차지한 이 모든 것은 그 녀석 것이 되었겠지. 그는 정말 외과 의술에 있어선 천재적이었으니까. 그를 쫓아갈 생각은 아예 하지도 못했어. 그가 세인트 토머스 병원의 간부로 임명되었을 때 내가 그곳 간부로 출세할 길은 끝나버린 셈이었지. 나는 개업의가 되어야 할 판국이었으니까. 자네도 알다시피 개업의라야 장래가 뻔한 것 아닌가. 그런데 그 에이브러햄이 그만두는 바람에 내가 그 자리를 얻게 되었다네. 내겐 정말 절호의 기회였어."

"그럴지도 모르지."

"정말 호박이 덩굴째 굴러들어온 셈이지. 아무래도 에이브러햄에겐 좀 기이한 면이 있었던 것 같아. 정말 불쌍한 친구야. 완전히 밑바닥으로 처지고 말았으니. 그 녀석 알렉산드리아에서 말이 의사지 아주 형편없는 생활을 하고 있는 모양이야. 뭐 검역관이라던가? 들리는 말에 의하면 늙고 볼품없는 그리스 여자와 같이 사는데, 병치레하는 아이들이 대여섯이나 된다더군. 정말이지 사람이란 머리만 좋아도 소용없어. 문제는 성격이야. 에이브러햄에겐 그것이 결여되어 있었어."

성격이라고? 아무리 다른 생활에서 삶의 보람을 느꼈다고 해서 30분 남짓의 생각으로 자기 일생의 모든 경력을 내던진다는 점에 있어선 역시 상당한 성격이 필요하리라고 나는 생각하고 싶었다. 뿐만 아니라 그런 파격적인 전환에 대해 조금도 후회하지 않기 위해선 보다 강한 성격이 필요한 것일지도 몰랐다. 그러나 나는 잠자코 있었다. 그러자 알렉 카마이클이 깊은 감회에 빠진 듯 말을 이었다.

"물론 에이브러햄이 취한 행동에 대해 내가 애석해하는 표정이라도 짓는다면 그건 위선이겠지. 결국 나는 그로 인해 덕을 본 셈이니까."

그는 피우고 있던 코로나 담배연기를 기분 좋게 내뿜었다.

"그러나 나 개인 입장을 떠나 생각하면 그렇게 인생을 낭비해버려서는 안 된다고 생각하네. 그 친구처럼 일생을 허무하게 마친다는 것은 어리석기 짝이 없는 노릇이야."

나로선 과연 에이브러햄이 일생을 망친 것인지 확신할 수가 없었다. 자기가 원하는 것을 행동에 옮기고 자기에게 꼭 맞는 환경 속에서 마음 편하게 사는 것이 일생을 망친 것일까? 연간 수입 1만 파운드의 유명한 의사가 되어 아름다운 아내를 얻어 사는 것만이 성공이라 볼 수 있을까? 요컨대 그것은 인생에 어떤 의미를 부여하느냐에 따라 결정되는 일이며, 사회의 자신에 대한 요구를 어느 정도 인정하느냐에 관련된 문제라고 생각했다. 그러나 이번에도 나는 입을 다물고 말았다. 어쨌든 상대는 기사 작위를 가지고 있었으므로 나 같은 자가 왈가왈부할 신분이 아니었던 것이다.

51

티아레는 내가 들려준 이야기를 듣고는 나의 분별을 칭찬해주었다. 그리고 한동안 우리는 묵묵히 완두콩 껍질만 까고 있었다. 그러면서도 계속해서 부엌일에 신경을 쓰고 있던 그녀는 중국인 요리사의 못마땅한 행동이 눈에 띄었는지 얼굴이 갑자기 화난 표정으로 변했다. 요리사 쪽을 돌아본 그녀의 입에선 기관총을 쏘아대듯 욕설이 터져나왔다. 그러자 그 중국인도 질세라 맞대꾸를 하여 당장에 시끄러운 말다툼이 벌어지고 말았다. 두 사람은 원주민 말로 악을 쓰고 있었다. 나는 그 고장 말을 잘 알지는 못했지만 어쨌든 그들은 이 세상이 끝나기라도 할 것처럼 핏대를 올려가며 마구 고함을 질러댔다. 그러나 두 사람은 곧 화해했고, 티아레는 요리사에게 담배를 권했다. 두 사람은 자못 기분 좋은 듯 담배를 피웠다.

"그에게 아내를 얻어준 사람이 바로 나라는 걸 모르시지요?"

티아레가 커다란 얼굴에 웃음을 띠며 불쑥 말했다.

"저 요리사에게 말인가요?"

"아뇨, 스트릭랜드 씨 말이에요."

"하지만 그 사람에겐 이미 부인이 있었는데요."

"그도 그렇게 얘기하더군요. 하지만 그건 영국에서의 얘기고 이곳은 영국과는 지구 반대쪽에 있지 않느냐고, 그에게 그렇게 말해주었어요."

"하기야 그렇죠."

"그 사람은 두어 달에 한 번씩, 그림 물감이나 돈이 필요하면 파페테로 나왔어요. 마치 집 잃은 개처럼, 이리저리 떠돌아다니곤 했는데 측은하다는 생각이 들더군요. 그 무렵, 방 청소 같은 것을 시키던 아타라는 여자아이가 이곳에 있었어요. 나하고 먼 친척 관계가 되는 아이인데 부모가 다 돌아가셔서 우리 집에 와 있었던 거예요. 스트릭랜드 씨는 가끔 나타나서는 실컷 먹기도 하고 웨이터와 체스를 두기도 했어요. 그런데 그 아이의 눈치가 이상한 것 같아 그 사람이 좋으냐고 물어보았지요. 그랬더니 굉장히 좋다고 하지 뭐예요. 이 근처의 여자들이 어떤지 손님도 아시겠지만 백인과 어울리는 걸 무척 좋아하고 있으니까요."

"그녀는 원주민이었나요?"

"네, 백인의 피는 한 방울도 섞이지 않았어요. 그래서 나는 그 아이와 충분히 이야기한 다음 스트릭랜드 씨를 부르러 보냈죠. 그리고 이렇게 이야기했어요. '이제 당신도 자리를 잡을 때가 됐잖아요. 당신 나이에 부둣가의 여자들과 어울려 시시덕거려서야 되겠어요? 쓸 만한 여자들이 못 되니,

어울려 봐야 당신에게 좋을 게 없어요. 당신은 돈도 없고 게다가 일자리가 생겨도 얼마 못 견디는 사람이잖아요. 이젠 당신을 써줄 사람은 없단 말이에요. 그야 당신은 이렇게 말할 수 있겠죠. 아무 때고 숲속에 들어가 원주민 여자와 같이 살면 된다고. 당신은 백인이니까 원주민 여자들이야 좋아하겠죠. 그렇지만 그것은 백인으로서 잘하는 행동이라고 볼 수는 없지요. 그러니 스트릭랜드 씨, 내 말 좀 들어봐요' 하고 말이에요."

영어와 프랑스어를 섞어가며 그녀가 말했다. 그녀는 어느 쪽이고 유창하게 말할 수 있었다. 말투는 꼭 노래하는 것 같았지만 그다지 듣기 싫지는 않았다. 만일 새가 영어를 할 수 있다면 그녀처럼 말할 것 같았다.

"'그러니 아타와 결혼하면 어때요? 그 아이는 마음씨도 착하고 이제 열일곱이에요. 이 근처 여자들처럼 아무하고나 어울리는 그런 아이도 아니구요. 그야 선장이나 일등 항해사 정도라면 상대할지 모르지만, 원주민들은 아직 아무도 손대지 않은 아이란 말이에요. 그러니까 긍지를 가지고 있다 이거죠. 오아후 호 사무장도 얼마 전에 기항했을 때 이 근처 섬에서 저렇게 좋은 아이는 본 일이 없다고 그러더군요. 이제는 그 아이도 시집갈 나이가 됐고 게다가 선장이나 일등 항해사 같은 사람들에게도 좀 변화 있는 환경을 만들어줘야 하겠고, 그래서 우리 집에선 한 여자아이를 오래 두지는 않고 있어요. 반도 쪽 조금 못 미친 타라바오 옆에 그 애 몫의 땅이 조금 있어요. 그곳에서 생산되는 코프라를 내다 판다면 둘이 편안하게 살 수 있을 거예요. 집도 있고 그림은 얼마든지 원하는 대로 그릴 수 있을 테고, 어때요? 하고 내가 물었죠."

티아레는 말을 멈추고 잠시 숨을 돌렸다.

"그 사람이 영국에 있는 부인 이야기를 나에게 한 것은 바로 그때였어요. '참 한심한 분이군요' 하고 나는 그 사람에게 말해줬지요. '아내 없는 사람이 어디 있어요? 그러니까 일부러 이런 섬에 오는 게 아니겠어요? 아타는 영리한 아이니까 정식으로 식을 올리자고는 하지 않을 거예요. 그 아이는 신교도니까 카톨릭 신자처럼 이런 문제를 까다롭게 생각하지도 않을 거구요' 그 사람이, '하지만 아타의 마음이 어떤지 모르잖소?' 하더군요. '아타는 당신을 좋아해요' 하고 내가 대답했죠. '그 아이는 당신만 마음에 있다면 좋대요. 뭣하면 이리로 부를까요?' 하고 말하자 그 사람은 아주 기묘한 웃음을 웃더군요. 그래서 나는 그 아이를 불렀죠. 그 아이는 우리가 무슨 이야기를 나눴는지 다 알고 있었어요. 정말 가볍게 흘려서 볼 아이가 아니더군요. 곁눈질로 자세히 살펴보니 그 아이는 내가 빨아 놓으라던 블라우스를 빨아 다리미질을 하는 척하며 이쪽 얘기에 귀를 기울이고 있었던 거예요. 그 아이는 곧 왔어요. 생글생글 웃고 있었는데 아마 좀 부끄러웠던 모양이에요. 스트릭랜드 씨는 잠자코 그 아이를 바라보았고요."

"미인이었나요?"

"그다지 밉진 않았어요. 손님도 아마 그 아이를 그린 그림을 여러 장 보았을 거예요. 그 사람은 그 아이를 모델로 여러 장의 그림을 그렸으니까요. 파레오를 걸치고 있는 것도 있고, 전혀 아무 것도 걸치지 않은 것도 있어요. 그래요. 꽤 예뻤어요. 게다가 요리도 곧잘 했고, 내가 가르쳐줬죠. 스트릭랜드 씨가 생각에 잠겨 있는 것을 보고 나는 다시 말해줬어요. '이 아이에게 후한 월급을 주고 있었는데 그것을 모두 저금했어요. 게다가 낯익은 선장이나 일등 항해사들도 이따금 돈을 집어주는 것 같았으니까 몇 백 프

랑은 가지고 있을 거예요' 하고 말이에요. 그 사람은 그 큰 붉은 수염을 잡
아당기며 싱긋 웃더군요. '그래, 아타, 넌 나와 결혼하고 싶니?' 하고 마침
내 그가 물었어요. 그러자 그 아이는 아무 말도 하지 않고 그저 웃고만 있
었어요. '참 스트릭랜드 씨도 답답하군요. 이 아이는 당신을 좋아한다고
내가 그랬잖아요' 하고 내가 다시 말했죠. 그러자 그 사람은 '나는 너를 때
릴지도 모른다' 하고 아이를 쳐다보며 말했어요. 그랬더니 '그렇게라도
하지 않으면 당신이 나를 사랑하고 있다는 것을 어떻게 알 수 있겠어요?'
하고 그 아이가 대답하지 뭐예요."

티아레는 잠시 말을 멈추고는, 감회어린 목소리로 다시 말을 이었다.

"말이 났으니 말이지, 나의 첫 남편 존슨 선장은 나를 곧잘 두들겨팼어
요. 6피트 3인치나 되는 멋진 남자였죠. 그런데 술에 취하기만 하면 말릴
장사가 없었어요. 그래서 며칠 동안은 내 몸이 멍으로 시퍼렇게 부어오르
곤 했어요. 그이가 죽었을 때 난 얼마나 울었는지 몰라요. 정말 그 슬픔이
란 참을 수 없더군요. 하지만 조지 레이니와 재혼하고서야 비로소 정말 그
이가 좋았었다는 것을 확실히 깨달았어요. 남자들이란 함께 살아보지 않
고는 그 속을 알 수가 없더군요. 조지 레이니만큼 답답한 사람은 없을 거예
요. 하기야 키 크고 늘씬한 멋진 남자로 존슨 선장에 못지않게 잘생겼죠.
그러나 그것도 다 겉모습뿐이었어요. 술도 마시지 못했고 나에게 손 하나
쳐드는 법이 없었어요. 선교사나 되는 편이 좋았을 거예요. 섬에 배가 닿을
때마다 내가 고급 선원들과 놀아났는데도 조지 레이니는 아무런 눈치도
못 채는 거예요. 끝내는 그 사람에게 울화통이 터져 내가 먼저 헤어지자고
말했죠. 그런 남편의 어디가 좋다는 건지 도무지 모르겠어요. 딱하게도 이

세상에는 여자를 다룰 줄 모르는 남자도 있어요."

나는 티아레에게 위로의 말을 하며 남자들이란 언제나 여자를 속이기 일쑤라고 덧붙인 뒤 스트릭랜드 이야기를 계속해달라고 부탁했다.

"그에게 말했어요. '하지만 뭐 서두를 건 없어요. 천천히 여유를 갖고 잘 생각해봐요. 아타에겐 별채에 아주 좋은 방을 주고 있으니까 한 달이라도 함께 살아보고 좋아질 수 있는지 살펴보도록 해요. 식사는 여기 와서 먹으면 되고요. 그리고 한 달 뒤에 결혼해도 괜찮겠다는 생각이 들거든 곧 나가서 저 아이 집에서 살면 될 것 아녜요' 그러니까 그 사람도 좋다고 대답했죠. 아타는 지금까지 해왔던 것처럼 빨래며 청소하는 일을 봐주고 나는 약속대로 식사를 제공해주었어요. 나의 경험으로 보아 틀림없이 그 사람이 좋아할 거라 생각되는 요리 만드는 법을 몇 가지 아타에게 가르쳐주었지요. 그 사람은 그림을 그다지 많이 그리진 않았고, 숲속을 이리저리 헤매고 다니기도 하고, 냇가에서 목욕을 하기도 했어요. 그리고 바닷가에서 초호를 들여다보기도 하고, 해가 지면 곧잘 아래로 내려가 모레아 섬을 물끄러미 바라보기도 했어요. 그 사람은 또 산호초로 고기잡이를 나간 적도 있었어요. 항구 근처를 왔다갔다하며 원주민들과 이야기하는 것을 무척 좋아하는 것 같았어요. 정말 말이 없는 좋은 사람이었어요. 그리고 매일 밤 저녁식사가 끝나면 아타와 함께 별채로 가버리곤 했어요. 그 사람이 숲속으로 들어가고 싶어하는 눈치이길래 한 달이 거의 다 되었을 무렵 이제 어떻게 할 작정이냐고 물어봤지요. 그러자 아타만 좋다면 기꺼이 아타와 함께 가겠다고 대답하는 거예요. 그래서 나는 결혼 축하 요리를 만들어 대접했죠. 내가 직접 말예요. 완두 수프에 포르투갈 식 요리, 그리고 커리와 코코넛 샐러드, 손님에겐 아직 나의 자랑거리인 코코넛 샐러드를 대접한 일이 없었죠? 떠나시기 전에 꼭 한 번 만들어드리겠어요. 그리고 아이스크림까지 곁들였어요. 샴페인도 충분히 준비했고 나중에는 리큐어도 한 잔 마셨지요. 정말 나는 조금도 손색 없이 하려고 신경을 썼어요. 그리고 만찬이 끝난 뒤 응접실에서 춤을 추었죠. 그 무렵엔 이렇게 뚱뚱하지도 않았고 나는 언제나 춤을 좋아했으니까요."

플뢰르 호텔의 응접실은 아담한 방으로 작은 피아노가 놓여 있었고 무늬가 있는 벨벳을 씌운 마호가니 가구 세트가 벽 쪽으로 나란히 놓여 있었다. 둥근 테이블 위에는 앨범이 있었고 벽에는 티아레와 그녀의 첫 남편 존슨 선장의 사진이 크게 확대되어 걸려 있었다. 티아레는 나이가 들고 몸도 뚱뚱했지만, 기회만 있으면 바닥에 깐 브뤼셀 카펫을 둘둘 말아 밀어놓고, 하녀들과 티아레의 친구 몇 명을 불러 춤을 추곤 했다. 특히 그때는 지글거리는 소리를 내는 낡은 축음기 음악을 반주로 틀었다. 베란다에는 티아레 꽃의 짙은 향기가 감돌고 있었고, 활짝 갠 하늘에는 남십자성이 반짝이고 있었다. 추억 속에 사라진 먼 옛날의 화려한 생활을 머릿속에서 그리는 듯 티아레는 환하게 웃으며 말을 이었다.

"우리는 새벽 3시까지 춤을 추었는데 잠자리에 들었을 때는 꽤 취해 있었어요. 나는 두 사람에게 내 마차를 타고 갈 수 있는 데까지 가라고 일러주었죠. 그렇게 하더라도 걸어가는 거리가 꽤 멀었으니까요. 아타의 땅은 그만큼 깊은 산골짜기에 있었어요. 두 사람은 날이 훤히 밝자 곧바로 떠났는데 내가 딸려 보낸 웨이터는 다음날이 되어도 돌아오지 못할 정도로 먼 곳이었죠. 그래요. 이렇게 해서 그가 이곳에서 결혼을 하게 된 거예요."

52

그로부터 3년간은 스트릭랜드의 생애에서 가장 행복했던 때가 아니었나 생각된다. 아타의 집은 섬을 에워싸고 있는 도로에서 8킬로미터나 들어간 곳에 있었다. 열대 식물이 우거진 사이로 꼬불꼬불 구부러진 시골길을 한참 내려가면 아타의 집이 나타났다. 그녀의 집은 페인트를 칠하지 않은 생나무로 만든 방갈로인데 아담한 방이 두 개 있고 바깥쪽으로 작은 오두막이 딸려 있어 부엌으로 사용했다. 가구래야 침구대신 사용하는 돗자리와 흔들의자가 하나 베란다에 놓여 있을 뿐이었다. 집 바로 옆에는 바나나 나무가 마치 비운을 한탄하는 여왕의 낡은 예복처럼 찢어진 커다란 잎을 드리운 채 서 있었다. 집 뒤에는 아보카도 나무가 한창 열매를 달고 늘어져 있었고 주위에는 야자수 숲이 있어 그것이 그 땅의 재원(財源)을 이루고 있었다.

아타의 아버지가 그 집 주위에 심어놓은 파두 나무는 눈이 부실 정도로 찬란하게 빛나 타오르는 불꽃이 집을 감싸고 있는 것만 같았다. 망고가 한 그루 울타리 안에 서 있고 개간한 땅 가장자리에 홍염화 두 그루가 우거져 있어 야자 열매의 황금빛에 도전이라도 하듯 새빨간 꽃을 피우고 있었다.

바로 이곳에서 스트릭랜드는 살았고 이곳에서 거둔 것을 먹었으며, 여간해서는 파페테에 나가는 일이 없었다. 집에서 그리 멀지 않은 곳에 냇물이 흐르고 있어 그는 그곳에서 목욕을 했다. 어쩌다 물고기가 떼를 지어 그곳에 몰려오면 원주민들이 작살을 들고 소리지르며 바다를 향해 허겁지겁 도망치는 물고기를 찔러 잡았다. 가끔 스트릭랜드는 산호초까지 내려가 아름다운 빛깔의 작은 물고기며, 왕새우를 광주리 가득 잡아오는 일도 있었다. 아타는 그것을 야자기름에 튀겨 요리했다. 때로는 아타 자신이 발 밑으로 달아나는 커다란 게를 잡아 맛있는 음식을 만들기도 했다. 산에는 야생 오렌지 나무가 무성히 자라고 있어 아타는 가끔 마을에서 온 몇몇 여자들과 함께 산에 올라가 녹색의 달고도 향기나는 열매를 듬뿍 따올 때도 있었다.

그리고 코코넛 열매가 먹기 좋게 익어가면 그녀의 사촌들은 — 모든 원주민들이 그렇듯 그녀도 일가붙이가 많았다 — 떼를 지어 나무를 타고 올라가 잘 익은 커다란 열매를 따서 아래로 떨어뜨렸다. 그들은 이렇게 딴 열매를 쪼개어 햇볕에 말렸다. 그리고 코프라를 도려내 자루에 넣으면, 여자들은 그것을 초호 이웃마을에 있는 상인에게 가져갔으며, 대신 쌀과 비누, 통조림이나 약간의 돈을 얻어오는 것이었다. 때로는 근처에서 술잔치가 벌어지는 일도 있었는데, 그런 때는 돼지를 잡기도 했다. 그러면 그곳에 모여 실컷 먹고 춤추고 노래를 부르기도 했다.

그러나 아타의 집은 마을에서 멀리 떨어진 곳에 있었다. 타히티 섬 사람들은 매우 게을렀다. 여행을 좋아하고 잡담도 좋아하지만 걷는 것은 질색들이었다. 그래서 몇 주일이고 계속 스트릭랜드와 아타는 두 사람만의 생활을 보내곤 했던 것이다. 그럴 때면 그는 그림을 그리거나 책을 읽었고 저녁이 되어 어두워지면 함께 베란다에 나가 앉아 담배를 피우고 밤하늘을 바라보며 시간을 보냈다. 그러다가 아타는 아기를 낳았고 산파를 맡았던 노파가 그대로 눌러 있게 되었다. 그리고 얼마 안 있어 그 노파의 손녀딸이

와서 살게 되었고 그리고 청년 하나가 나타나 — 그가 어디서 왔으며 누구
의 친척인지는 아무도 알지 못했지만 — 하는 일 없이 그대로 머물러 다들
함께 살게 되었다.

53

"저분이 바로 브뤼노 선장이에요."

어느 날 티아레가 말했다. 그 무렵 나는 그녀가 스트릭랜드에 대해 이야
기해준 것들을 정리하고 있는 중이었다.

"저분이 스트릭랜드 씨를 잘 알고 있었어요. 그가 사는 집까지 찾아간
적도 있고요."

쳐다보니 그곳에는 중년의 한 프랑스인이 서 있었다. 희끗희끗한 턱수
염에 볕에 탄 얼굴, 번쩍이는 큰 눈을 지닌 사나이로, 산뜻한 즈크 천으로
된 옷을 입고 있었다. 점심식사 무렵 한 번 본 사람이었다. 중국인 웨이터
아린의 말에 의하면 그날 입항한 배로 포모투 군도에서 온 모양이었다. 티
아레로부터 나를 소개받자 그는 명함을 내놓았는데 큼직한 명함에 '르네
브뤼노'라고 적혀 있었고 그 밑에 '롱 쿠르 호 선장'이라고 인쇄되어 있었
다. 우리는 부엌 바깥쪽의 작은 베란다에 앉아 있었는데 티아레는 자기가
데리고 있는 아이에게 입힐 드레스를 재단하고 있었다. 선장도 우리와 함
께 그곳에 앉았다.

"그럼요. 스트릭랜드라면 제가 잘 알고 있지요."

그가 얘기를 시작했다.

"나는 체스를 워낙 좋아해서요. 게다가 그 사람도 한판 둡시다, 하면 언제나 기뻐하는 눈치였어요. 일 관계로 이곳 타히티에는 1년에 서너 번씩 오는데, 그 사람도 파페테에 있으면 이곳에 와서 곧잘 체스를 두었죠. 그가 결혼했을 때⋯⋯."

여기까지 말한 브뤼노 선장은 어깨를 으쓱하며 웃었다.

"결국 그 사람이 티아레가 말해준 아이와 함께 살게 되었을 때, 나보고 자기 집에 한번 놀러오라고 하더군요. 물론 저도 그 사람의 결혼 피로연에 참석했었지요."

그가 티아레 쪽을 쳐다보고 웃자 티아레도 즐거운 듯 따라 웃었다.

"그 뒤로 그 사람은 파페테에는 오는 일이 거의 없었고 그럭저럭 1년 정도 지난 무렵 나는 무슨 볼 일이었는진 잊어버렸습니다만, 어쨌든 그 사람이 살고 있는 쪽으로 갈 일이 생겼답니다. 그래서 볼 일을 마친 뒤 여기까지 와서 스트릭랜드를 만나지 않고 갈 수는 없다는 생각에 원주민 몇 사람에게 그의 집을 물었죠. 마침 내가 있는 곳에서 5킬로미터도 채 떨어져 있지 않은 곳에 산다고 하더군요. 그래서 곧 그를 찾아갔죠. 그때 받은 인상은 결코 잊을 수가 없습니다. 내가 지금 살고 있는 곳은 환초(環礁) 위 낮은 섬입니다만 그곳은 초호를 둘러싸고 있는 기다란 땅으로 훌륭한 바다와 하늘, 다채로운 초호의 아름다움, 우아한 야자수가 너무나 아름다운 곳이었어요. 스트릭랜드가 살던 곳의 아름다움은 에덴 동산을 방불케 했습니다. 정말이지 당신에게 그런 황홀한 아름다움을 보여드릴 수 없는 것이 안타깝군요. 도저히 이 세상이라고는 할 수가 없어요. 머리 위로는 푸른 하늘이 펼쳐져 있고 울창한 수목들이 짙푸르게 우거져, 정말 색채의 향연을 벌이고 있는 것 같았어요. 게다가 알 수 없는 향기가 풍기고 싱그러움이 가득차 있었고 말로는 도무지 표현할 수 없는 낙원이었어요. 그런 곳에서 그는 세상 일은 완전히 잊은 채 또 세상도 그를 잊은 채 살고 있었던 겁니다. 하기야 유럽인의 눈에는 눈살을 찌푸릴 정도로 불결해 보였을지도 모르죠. 그 집은 낡을 대로 낡았고 결코 깨끗하다고는 할 수 없었으니까요. 가까이 가보니 서너 명의 원주민이 베란다에 누워 있었어요. 아시다시피 원주민들은 모여들기를 좋아하지 않습니까. 젊은 남자가 파레오 하나만 걸치고 누워서 담배를 피우고 있더군요."

파레오란 기다란 무명 천으로 빨갛거나 파란 바탕에 흰 무늬가 있으며 허리 둘레에 걸치는데 길이는 무릎까지 내려온다.

"열다섯 살 가량의 여자아이가 판다너스 잎으로 모자를 만들고 있었고 노파 한 명이 웅크리고 앉아 파이프 담배를 피우고 있었습니다. 그리고 아타가 보였어요. 그녀는 갓 낳은 아기에게 젖을 물리고 있었고 그 발치에는 발가벗은 또 한 명의 어린아이가 놀고 있었어요. 그녀는 나를 보자 스트릭랜드를 큰 소리로 부르더군요. 그러자 그가 밖으로 나왔는데 그 사람도 파레오만 걸치고 있더군요. 붉은 수염과 더부룩한 머리와 털이 수북하게 난 가슴, 정말 괴상한 모습이었어요. 늘 맨발로 다녔는지 발은 딱딱하게 군살이 박혀 상처투성이였습니다. 정말이지 원주민이 다 된 모습이었어요. 나를 보자 몹시 반가워하며 저녁때 닭 한 마리 잡으라고 아타에게 말했어요. 그는 나를 집 안으로 불러들여 마침 그리고 있던 그림을 보여주었어요. 방 한쪽 구석에 침대가 놓여 있었고 한가운데는 캔버스를 올려놓은 이젤이 있었어요. 전에 나는 불쌍한 생각이 들어 그 사람 그림을 두 장 싼 값으로 산 일이 있거든요. 또 프랑스에 있는 친구들에게도 몇 장인가 보내준 일도 있고요. 처음 구입하게 된 동기는 동정심에서였지만 그림을 걸어놓고 바라보는 동안 어쩐지 좋아지기 시작하더군요. 사실 그의 그림에는 이상한 아름다움이 있다는 것을 그때야 비로소 알았어요. 모두들 내가 미쳤다고 했지만 지금 와서 내가 잘못 본 건 아니잖아요. 이 근처 섬에선 내가 그의 첫 숭배자인 셈이니까요."

그는 짓궂은 눈으로 티아레를 쳐다보았다. 그러자 그녀는 스트릭랜드의 유품이 경매에 붙여졌을 때 그림에는 전혀 손대지 않고 미제 난로만 27 프랑에 샀던 이야기를 후회스럽다는 듯 되풀이했다.

"아직도 그 그림을 가지고 계십니까?"

내가 물어보았다.

"네, 딸이 시집갈 나이가 될 때까지 가지고 있을 작정입니다. 그때 팔면 그것만으로도 충분한 지참금이 될 테니까요."

그는 스트릭랜드를 찾아갔을 때의 이야기를 계속했다.

"그날 밤 일은 일생을 두고 잊을 수 없을 거예요. 처음에는 조금 있다가 그냥 돌아갈 예정이었는데 그가 자고 가라고 하도 붙잡아서요. 나는 망설였어요. 사실 말이지 그 사람이 깔고 자라고 내놓은 자리를 보고 썩 마음이 내키지 않았으니까요. 하지만 결국 승낙하고 말았죠. 나도 포모투에 집을 지었을 때는 집 밖에 있는 딱딱한 침대에서 몇 주일이고 잔 일이 있어요. 그때는 주위에 우거진 야생 관목 숲만이 몸을 가릴 수 있는 유일한 것이었죠. 어쨌든 내 피부는 단단해서 벌레 따위로는 끄떡도 하지 않았으니까요.

우리는 아타가 저녁식사 준비를 하는 동안 냇가에 나가 목욕을 하고 왔습니다. 식사가 끝난 다음엔 베란다에 앉아 담배도 피우고 이야기도 했어요. 그 젊은 남자는 아코디언을 가지고 나와 10여 년 전에 뮤직홀에서 유행했던 곡을 연주했지요. 문명에서 몇 천 마일이나 떨어진 열대 지방에서 듣는 그 곡은 이상한 여운을 남기고 어둠 속으로 사라져갔어요. 이렇게 외진 곳에서 권태를 느끼지 않느냐고 나는 스트릭랜드에게 물어봤지요. 그는 고개를 가로저으며 자기 그림의 모델이 될 수 있는 것들이 가까이 있다는 것은 무엇보다도 다행한 일이라고 대답하더군요. 얼마 후 원주민들은 하품을 하며 자러 갔고, 스트릭랜드와 나만 남게 되었어요. 그날 밤 가슴속으로 밀려오던 그 적막함은 도저히 말로는 설명할 수 없습니다. 내가 사는 포모투 군도에선 그곳과 같은 적막함을 밤이 되어도 맛볼 수 없죠. 바닷가에선 무수한 생명체들이 돌아다니는 것 같은 소리가 들려요. 마치 작은 조개들이 모조리 나와 바스락대고 기어다니는 것 같지요. 게가 분주히 기어다니는 소리도 들리고 초호에선 간혹 가다 물고기가 헤엄치는 소리며 갈색 상어가 놀라 도망치는 작은 물고기들을 쫓아갈 때의 물 튀기는 소리도 들려와요. 게다가 시간의 흐름처럼 계속 산호초로 밀려드는 파도의 철썩이는 소리도 들리지요. 그런데 그곳에서는 전혀 아무 소리도 들리지 않았어요. 밤에 피는 하얀 꽃들의 향기만이 주위에 가득할 뿐이었습니다. 너무도 아름다운 밤이어서 마치 영혼이 육체의 감옥에서 사르르 빠져나오는 것 같은 기분이었어요. 끝없이 펼쳐진 하늘로 날아오르는 듯한, 그리고 죽음마저도 그리운 친구처럼 느껴지는 것 같았습니다."

티아레는 크게 한숨을 내쉬었다.

"아아, 다시 한 번 열다섯 살 소녀로 돌아갈 수 있다면!"

그때 그녀는 부엌 식탁 위에 놓여 있던 보리새우 접시를 노리고 있는 고양이를 발견하고는 재빠른 솜씨로 도망치는 고양이 꼬리를 향해 책을 집어던지고 마구 욕설을 퍼부었다.

"아타와의 생활은 행복하냐고 그에게 물어보았어요. 그랬더니 아타는 그가 혼자 있도록 가만히 내버려둔다며, 그에게 밥을 지어주고 아이들도 잘 돌본다는 거예요. 그가 하라는 일은 뭐든 다 해주는데, 즉 그가 여자에게 구할 수 있는 모든 것을 제공해준다면서 아주 만족스러운 표정이었어요. '그래 당신은 유럽에 미련이 없소? 파리나 런던의 가로등이며 가깝게 지내던 친구나 동료들, 또 극장이나 신문, 그밖에 자갈을 깐 도로를 달리는 마차의 덜컹대는 소리, 그런 것이 그리워질 때가 없소?' 하고 다시 물어봤어요. 그는 한동안 침묵을 지키더니 이렇게 말하더군요. '나는 죽을 때까지 이곳에 머물 거요' 하고 말예요. '하지만 당신은 도대체 싫증도 나지 않고 외롭지도 않단 말이오?' 내가 또 물었죠. 그는 내 질문에 킬킬거리며 웃었어요. 그리고는 '이보시오, 당신은 아직 모르는 모양이군. 예술을 하는 사람의 마음이 어떻다는 것을 말이오' 하고 말하더군요."

브뤼노 선장은 나를 쳐다보고 조용히 웃었다. 그의 부드러운 검은 눈이 반짝이며 이상한 빛을 띠었다.

"그건 그 사람이 나를 잘못 본 거예요. 나도 내 나름대로 꿈을 갖는다는 게 어떤 것인가를 알고 있답니다. 나도 꿈이 있어요. 나 역시 나대로의 예술가니까요."

우리는 한동안 잠자코 있었다. 그러자 티아레가 커다란 주머니에서 담배를 한 줌 꺼냈다. 그녀는 그것을 나누어주었고 우리 세 사람은 담배를 피워댔다. 이윽고 그녀가 입을 열었다.

"이분은 스트릭랜드 씨에 대한 일을 알고 싶어하니까 쿠트라 박사님께 안내해드리는 게 어떻겠어요? 그 사람이 병든 일이며 죽었을 때의 일을 알고 있을 테니까 말이에요."

"아, 그거야 문제없죠. 6시가 지났군요. 지금 가면 집에 계실 겁니다."

선장이 나를 바라보며 말했다. 나는 곧 자리에서 일어났다. 그리고 그와 함께 박사의 집을 향해 걸었다. 박사는 교외에 살고 있었는데, 플뢰르 호텔은 시내에서 떨어진 곳에 있었으므로 우리는 곧 시골길로 들어서야 했다. 그 넓은 길은 후추 나무로 그늘이 져 있었고 양쪽으로 코코넛 야자와 바닐라 농장이 전개되었다. 해적새의 날카로운 울음소리가 우거진 종려 나무들 사이로 흘러나오고 있었다. 우리는 얕은 강물 위에 가로놓인 돌다리에 이르러 잠시 걸음을 멈추고는 원주민 아이들이 목욕을 하고 있는 모습을 내려다보았다. 그들은 소리지르고 신나게 웃어대며 서로 뒤를 쫓고 있었는데, 물에 젖은 갈색 몸이 햇빛을 받아 반짝이고 있었다.

54

나는 걸음을 걸으며 최근 스트릭랜드에 대해 들은 이야기에서 기억난 한 가지 사실을 생각하고 있었다. 그는 고국에서는 혐오감을 샀었는데 이 먼 섬에 와서는 혐오감은커녕 오히려 동정심을 불러일으켰던 것 같았다.

그의 괴상한 행동에 대해서도, 섬 사람들은 관대했다. 원주민이나 유럽인이나 이곳에 있는 사람들에게 그는 한 사람의 괴짜에 불과했다. 그리고 그들은 그다지 그를 이상하다고는 여기지 않았다. 세상에는 괴상한 짓을 하는 괴짜들이 수없이 많은 것이다. 인간은 자신의 의지대로 되는 것이라기보다 필연적 운명에 의해 만들어지는 것에 불과하다고 그들은 생각했는지도 모른다. 영국이나 프랑스에서 그는 동그란 구멍 속에 박힌 네모난 못과 같은 것이었다. 그러나 이곳에서는 어떤 형태의 못이라도 구멍에 맞지 않을까 봐 걱정하지 않아도 괜찮았다. 그렇다고 그가 이곳에 와서 고분고분해진 것도 아니고, 이기적이지 않은 것도, 잔인성이 사라진 것도 아닐 것이다. 다만 그에게 있어 환경이 좋아졌을 뿐이다. 그도 이와 같은 환경에서 일생을 보냈더라면 특별히 별난 사람으로 취급받지 않아도 되었을지 모른다. 사실 여기서 그는 고국에서는 기대하지도 원하지도 않았던 것을 부여받았다. 그것은 사람들의 동정과 공감이었다. 그런 생각에 나는 아주 이상한 기분이 들었으므로 그 놀라움을 조금이라도 브뤼노 선장에게 전해보려고 했다. 그러나 그는 한동안 아무 대답도 하지 않고 잠자코 있었다.

"내가 그를 동정했다는 것도 생각해보면 그다지 이상할 게 없죠."

그가 겨우 입을 열었다.

"서로가 깨닫지 못했을 뿐, 우리 두 사람은 같은 걸 구하고 있었어요."

"당신과 스트릭랜드처럼 전혀 비슷하지도 않은 두 사람이 같은 것을 구하고 있었다니 도대체 그게 무슨 말씀입니까?"

내가 웃으며 물었다.

"아름다움 말입니다."

"그거 거창한 말씀인데요."

중얼거리듯 내가 말했다.

"사랑에 빠진 사람은 그 밖의 것은 보이지도 않고 들리지도 않는다는 사실을 아십니까? 노예선 안에 사슬로 묶인 노예처럼 자기 마음대로 할 수가 없는 거예요. 스트릭랜드의 마음을 사로잡은 정열도 그런 사랑에 빠진 마음이나 다름없이 폭군과 같은 힘을 가지고 있었던 거예요."

"그렇게 말씀하시니까 정말 이상한 생각이 드는군요! 실은 나도 오래전 일이지만 그를 마치 뭔가에 홀린 사람이라고 생각한 적이 있었습니다."

"그러나 스트릭랜드를 사로잡았던 정열은 아름다움을 창조하고자 하는 정열이었어요. 그 정열은 그의 마음을 끊임없이 독촉하여 쉬는 시간을 주지 않았던 모양이에요. 신성한 노스텔지어에 사로잡혀 영원한 순례자가 된 거예요. 그의 몸 안에 자리잡은 악귀는 무자비함, 바로 그것이었죠. 세상에는 진리에 대한 욕구가 너무 강한 나머지 그것에 도달하기 위해 자신이 서 있는 세계의 기반마저 산산이 허물어버리는 사람들이 있습니다. 스트릭랜드도 그런 사람 가운데 하나였죠. 다만 그의 경우에는 진리 대신 아름다움을 구했다는 것만이 다를 뿐이죠. 정말이지 그 사람에게는 진심으로 동정을 느끼지 않을 수 없어요."

"꽤 재미있는 이야기군요. 실은 그 사람으로 인해 엄청난 상처를 입은 사람이 있었는데 그 사람 역시 그를 몹시 동정한다고 말하더군요."

나는 잠깐 입을 다물었다.

"제가 항상 납득할 수 없었던 어떤 한 인간의 성격을 당신이 정확하게 설명한 것 같군요. 어떻게 그런 생각을 하시게 되었나요?"

그는 웃으며 나를 쳐다보았다.

"아까 말했잖습니까. 나도 내 나름대로 예술가라고. 나도 그가 정열을 불태웠던 것과 같은 욕구를 마음속에서 뚜렷이 느끼고 있었습니다. 그 매체가 그의 경우에는 그림이었지만 나에겐 생활이었을 뿐이죠."

그런 다음 브뤼노 선장은 나에게 자신의 이야기를 들려주었다. 그것은 다만 대조가 된다는 뜻에서만이 아니라 스트릭랜드가 나에게 주는 인상에 약간이나마 도움이 될 것 같고, 그 자체가 아름다움을 지니고 있는 것처럼 보여 이 기회에 말하고자 한다.

브뤼노 선장은 브리타니 사람으로 프랑스 해군에 근무한 일이 있었다. 결혼하자 군생활을 그만두고 큄펠 근처에 있는 한 고장에 정착했다. 그곳에서 여생을 조용히 보낼 작정이었다. 그런데 어느 변호사의 실수로 그는 하루아침에 빈털터리가 되고 말았다. 그때까지 주위 사람들이 알아줄 만큼 남부럽지 않은 생활을 해오던 고장에서 궁핍한 생활을 해야 한다는 것은 그 자신에게나 부인에게나 몹시 괴로운 일이었다. 그래서 해군 시절 남해 방면을 순항한 경험을 살려 이번에는 그곳으로 가 자신의 운명을 개척해야겠다는 생각이 들었다.

그는 파페테에서 여러 달 살며 계획을 세우고 새로운 생활의 경험을 쌓았다. 그리고 프랑스의 한 친구에게 빌린 돈으로 포모투 군도에 있는 작은 섬 하나를 샀다. 그곳은 깊은 초호로 둘러싸인 환상의 무인도로, 잡목과 야생 물레 나무들만이 우거져 있는 섬이었다. 대담한 기질의 아내와 몇 명의 원주민을 데리고 그는 그 섬으로 들어가 집을 짓고 잡목 숲을 베어내 야자수를 심기 시작했다. 그것이 벌써 20년 전의 이야기며, 그 당시 불모지였던 그 섬이 지금은 하나의 정원으로 바뀌었다.

"처음에는 힘들고 괴로운 일이었지만, 우리는 피땀 흘려가며 열심히 일했죠. 나와 집사람 말입니다. 매일 날이 밝기가 무섭게 일어나 숲을 갈고 야자수를 심고, 집을 짓기에 열을 올렸습니다. 해가 져서 침대 위에 쓰러지듯 누우면 그대로 날이 샐 때까지 누가 업어가도 모를 정도로 푹 자버렸어요. 집사람도 열심히 일했어요. 그리고 아이들이 태어났지요. 첫째가 남자아이고 둘째가 여자아이였어요. 집사람과 나는 선생님이 되어 우리가 알고 있는 모든 것을 아이들에게 가르쳐주었습니다. 프랑스에서 피아노를한 대 구해다 집사람이 두 아이에게 피아노를 가르쳤고 영어 회화도 가르쳤어요. 나는 라틴어와 수학을 담당하고 그리고 역사를 함께 공부했죠. 아이들은 여느 원주민 아이들과 마찬가지로 돛을 다루고 수영도 잘했어요. 섬의 일이라면 그 아이들이 모르는 것은 하나도 없었죠. 우리가 심은 나무는 무럭무럭 자랐고 산호초에는 조개류도 생겼어요. 이번에 타히티에 나온 것은 배를 한 척 사려고 온 겁니다. 조개류도 충분히 타산이 맞고 혹시 진주를 따게 될지 누가 알아요? 아무 것도 없던 곳에 나는 이만큼 이룩해놓은 겁니다. 그리고 또 아름다움도 가꾼 셈이죠. 아아, 그 높다랗게 자란 싱싱한 숲을 바라보며 더구나 그 하나하나를 내 손으로 심은 것이라는 생각을 할 때면 어떤 기분에 사로잡히게 되는지 당신은 아마 모를 겁니다."

"그럼 당신이 스트릭랜드에게 했다는 질문을 이번에는 내가 하지요. 당신은 프랑스며 브리타니의 옛 고향이 생각나지 않습니까?"

"언젠가는 딸이 시집을 가고 아들이 장가들어 섬을 나 대신 돌볼 사람이 생기면 우리 부부는 고향으로 돌아가 여생을 보낼 작정입니다."

"그럼 그때는 즐거웠던 이곳 생활이 생각나시겠군요."

"그야 물론이죠. 우리 섬에는 짜릿한 자극이나 흥분 같은 것은 없습니다. 바깥 세계와는 완전히 떨어져 있지요. 생각해보십시오. 타히티에 오는 데만도 나흘이나 걸리니까요. 그러나 우리는 섬에서 충분히 즐거운 생활을 보내고 있어요. 한 가지 일에 마음을 쏟아 그것을 완성하는 기쁨이란 그렇게 흔히 맛볼 수 있는 것이 아니니까요. 이곳 생활은 검소하고 순수하답니다. 지나친 야심에 괴로워할 필요도 없어요. 우리가 자부심을 느끼는 것은 우리 손으로 직접 완성한 일에서 보람을 얻을 때뿐입니다. 남의 악의에 고민하는 일도 없고, 남을 시기할 일도 없어요. 정말이지 흔히 사람들은 노동의 기쁨에 대해 얘기들을 하지만 무의미한 말로 들릴 때가 많더군요. 그러나 나는 그 의미를 아주 잘 안답니다. 나는 정말 행복한 사람이에요."

"물론 그럴 만한 자격이 있는 분이라고 느껴집니다."

내가 환하게 웃으며 말했다.

"나도 그렇게 생각하고 싶어요. 하지만 과연 내가 훌륭한 친구였고 협력자였나, 그리고 또 완전한 아내였고 완전한 어머니였던 집사람에 대해 부끄럽지 않은 인간이었나, 그건 잘 모르겠군요."

이렇게 말하는 선장의 말을 통해서 상상할 수 있는 생활에 대해 나는 한때 여러 가지 생각을 해보았다.

"그러한 삶을 이끌어가면서 그토록 커다란 성공을 거두기 위해서는 무엇보다도 두 분의 강한 의지와 굳센 성격이 필요하셨을 것 같군요."

"그럴 겁니다. 그러나 또 한 가지 꼭 필요한 것이 있었어요. 그것이 없었다면 우리는 아무 것도 하지 못했을 겁니다."

"그게 뭡니까?"

그는 걸음을 멈추고는 다소 극적으로 보이려는 듯 한쪽 팔을 뻗었다.

"신에 대한 믿음이죠. 그것이 없었더라면 우리는 도중에 좌절하고 말았을 겁니다."

그때 우리는 쿠트라 박사의 집 현관 앞에 도착해 있었다.

55

쿠트라 박사는 키가 매우 크고 뚱뚱한 프랑스 노인이었다. 그의 몸은 마치 거대한 오리알과도 같은 모습이었다. 날카로우면서도 인자해 보이는 푸른 눈으로 그는 가끔 아주 만족스러운 듯 불룩 튀어나온 자신의 배를 내려다보았다. 얼굴빛은 불그레했고 머리는 백발이었다. 그는 상대방에게 금세 친밀감을 주는 그런 성격의 인물이었다. 우리를 맞아들인 방은 프랑스의 시골집에서 흔히 볼 수 있는 그런 방이었으며, 장식된 폴리네시아 민속 공예품 한두 개가 색다른 분위기를 만들고 있었다. 그는 내 손을 두 손으로 잡고 ─ 참으로 큰 손이었다 ─ 마음속까지 따뜻해지는 시선으로 나를 바라보았다. 그러나 그 눈에는 날카로움이 빛나고 있었다. 그는 브뤼노 선장과 악수를 하며 부인과 아이들도 잘 있느냐고 공손한 말로 물어보았다. 한동안 서로의 안부와 섬 이야기, 코프라와 바닐라의 수확 예상 이야기 등이 오고 간 뒤 나는 찾아온 용건을 꺼냈다.

나는 쿠트라 박사의 이야기를 그대로 전하기보다 나 자신의 말로 전할 작정이다. 받아들인 그대로의 이야기로는 도저히 박사의 그 생기 넘치는 말투를 정확히 전하기 힘들 것 같기 때문이다. 박사의 목소리는 그 거대한 체구에 잘 어울리는 굵직하고 낮은 목소리였다. 그의 이야기를 듣고 있노라면 마치 연극이라도 보고 있는 것 같은 극적인 효과를 느끼게 했다. 아니 웬만한 연극보다 훨씬 더 재미있었다.

어느 날 쿠트라 박사는 앓아 누워 있는 추장의 부인을 진찰하기 위해 타라바오까지 왕진을 갔던 모양이다. 거창한 침대 위에 누워 담배를 피우며 숱한 흑인 시종들에게 둘러싸여 있던 뚱뚱한 늙은 부인의 모습을 말하는 박사의 이야기는 참으로 눈앞에 보듯 생생했다. 부인의 진찰을 마친 박사는 다른 방으로 안내되어 식사 대접을 받았다. 생선회에 튀긴 바나나와 병아리 요리, 대강 이런 것이었다. ─ 이것이 원주민들의 대표적인 음식들이다 ─ 한창 식사를 하고 있는데, 박사의 눈에 문 밖으로 쫓겨나며 눈물을 흘리고 있는 한 여자아이의 모습이 보였다. 그때는 별로 마음에 두고 있지 않았으나 돌아갈 무렵 마차에 막 오르려 하는데 조금 떨어진 곳에 아직도 그 여자아이가 서 있었다. 그 아이는 슬픔이 가득한 눈으로 박사를 쳐다보고 있었다. 양쪽 볼에는 눈물이 끊임없이 흐르고 있었다. 옆에 있던 원주민에게 여자아이가 왜 우느냐고 물어보았다. 그러자 어떤 백인이 병이 나 박사에게 진찰을 받으려고 산에서 내려왔는데 이곳 사람들이 선생님은 바빠서 안 된다고 거절했다는 이유로 운다는 것이었다. 그 말을 듣고 박사는 직접 그 아이를 불러 무슨 일이냐고 물어보았다. 그러자 그 아이의 대답이 자기는 전에 플뢰르 호텔에 있었던 아타의 심부름으로 왔다며, '붉은 수염 아저씨'가 아프다고 했다. 그리고는 박사의 손에 꼬깃꼬깃 구겨진 신문지를 쥐어주었다. 박사가 그 신문지를 펴보니 안에는 100프랑짜리 지폐가 한 장 들어 있었다.

"붉은 수염 아저씨라니 누구를 말하는 거요?"

옆에 서 있던 원주민에게 다시 물어보았다. 그 원주민의 말에 의하면 영국인 화가를 그들은 그렇게 부르고 있는 것 같았고 거기서 7킬로미터 가량 들어간 산 속에서 아타와 함께 살고 있는 남자였다. 이야기를 듣고 그것이 스트릭랜드라는 것을 알았는데, 그곳까지 마차는 들어갈 수 없었고, 박사가 걸어가는 것도 불가능했다. 그래서 원주민들이 그 여자아이를 쫓았다고 했다.

"사실이 그래요."

박사가 나를 쳐다보며 말했다.

"나도 망설였지요. 걷기 힘든 산길을 왕복 14킬로미터나 걸어야 하다니 기꺼운 일은 아니었어요. 게다가 간다고 하면 그날 밤에 파페테로 돌아오기 힘드니까요. 그리고 나는 스트릭랜드가 별로 마음에 들지 않았어요. 그 사람은 게으른 데다 아무 쓸모도 없는 사람으로 우리들처럼 생활을 위해 부지런히 일하는 게 아니라 원주민 여자에게 적당히 얹혀사는 그런 자였으니까요. 정말이지 그 사람의 천재성이 세상의 인정을 받는 날이 오게 되다니, 신이 아닌 이상 나 같은 사람이 어떻게 알 수 있겠어요? 나는 그 여자아이에게 그 아저씨는 내가 있는 곳까지 올 수 없을 정도로 많이 아프냐고 물어보았죠. 그러나 그 아이는 아무 대답도 하지 않는 거예요. 나는 왜 대답을 하지 않느냐고 심하게 나무랐습니다. 사실 그때는 화가 났어요. 그러나 그 아이는 땅바닥만 내려다보고 있더니 와락 울음을 터뜨렸어요. 어쩔 수 없다고 생각하며 나는 어깨를 움츠렸습니다. 어찌 됐건 환자가 있다는 곳에 가보는 것이 나의 의무였기 때문에 할 수 없이 그 아이에게 앞장서라고 역정을 내며 말하고 말았죠."

그곳에 도착했을 때도 박사의 기분은 조금도 가라앉지 않았다. 땀은 비 오듯 쏟아지고 목은 바싹 타올랐다. 아타가 박사를 기다리다 못해 벌써 마중나와 있었다.

"환자를 보기 전에 뭐 마실 것 좀 주시오. 목이 타서 죽을 것 같소."

박사가 큰 소리로 말했다.

"야자 열매라도 좀 따와요."

아타가 부르자 남자아이 하나가 달려왔다. 소년은 나무 위로 올라가 잘 익은 열매를 하나 따서 내려보냈다. 아타가 열매에 구멍을 뚫어주자 박사 는 아주 맛있게 그것을 마셨다. 그리고 담배를 한 대 말아 입에 무니 한결 기분이 나아졌다.

"그런데 '붉은 수염 아저씨'는 어디 있소?"

박사가 물었다.

"집에서 그림을 그리고 있어요. 그 사람한텐 말하지도 않고 선생님을 불렀습니다. 안에 들어가서서 봐주세요."

"아니 도대체 어디가 아프단 말이오? 그림을 그릴 수 있을 정도라면 타라바오까지 내려올 수도 있었을 것 아니오. 그런데 내가 꼭 여기까지 와야 했단 말이오? 나도 그 사람 못지않게 시간이 귀한 사람이외다."

아타는 아무 말 없이 소년과 함께 박사를 따라 집 안으로 들어갔다. 박사를 안내했던 여자아이는 이제 베란다에 앉아 있었는데 그곳에는 노파

한 사람이 벽에 등을 기대고 누워 담배를 말고 있었다. 아타가 방문을 가리켰다. 박사는 그녀의 태도가 어쩐지 이상하다는 생각에 언짢은 기분이었으나, 결국 방 안으로 들어갔다. 안에서는 스트릭랜드가 팔레트를 닦고 있었다. 이젤 위에는 그림이 한 장 놓여 있었다. 스트릭랜드는 허리에 파레오만 걸쳤을 뿐, 반은 벌거벗은 모습으로 문을 등지고 서 있었는데 구두 소리가 나자 확 돌아서서 화난 표정으로 박사를 쳐다보았다. 예고도 없이 누군가 자기 방을 침범한 데 대해 분노한 듯한 표정이었다. 박사는 소름이 끼쳤다.

"노크도 없이 들어왔군. 도대체 무슨 용건이오?"

스트릭랜드가 물었다. 박사는 마음을 가라앉히려 했으나 뭔가 목에 걸린 듯 아무 말도 나오지 않았다. 조금 전까지 끓어오르던 화는 사라지고 박사는 ─ 그것은 틀림없는 진심이었는데 ─ 참을 수 없는 동정심이 솟아오름을 느꼈다.

"나는 의사 쿠트라요. 마침 추장 부인을 진찰하러 타라바오까지 왔던 참인데 당신을 진찰해달라고 당신 부인이 사람을 보낸 거요."

"바보같이 공연히 시키지도 않은 짓을 하다니! 요즘 여기저기 아프고 열도 좀 있긴 하지만 괜찮소. 곧 나을 거요. 누구 파페테에 나가는 길이 있으면 키니네나 좀 사오라고 할 작정이었는데……."

"거울로 그 몰골을 좀 봐요."

스트릭랜드는 박사를 힐끔 쳐다보고 히죽 웃더니 벽에 걸려 있는 나무테의 작은 싸구려 거울 앞으로 걸어갔다.

"뭐가 어떻다는 거요?"

"얼굴에 이상한 증세가 나타나 있는 것을 모르겠소? 얼굴 전체가 퉁퉁부어 있소. 뭐라고 하면 좋을까? 의사들은 '사자의 얼굴'이라고 부르고 있소만, 그것을 느끼지 못하겠소? 당신이 무서운 병에 걸려 있다는 것을 내입으로 직접 말해야 되겠소?"

"내가?"

"거울을 봐서 알겠지만, 그런 얼굴은 나병 환자의 전형적인 증세요."

"나를 놀리는 거요?"

스트릭랜드가 말했다.

"나도 그랬으면 좋겠소."

"그럼 내가 문둥병에 걸렸다는 말이오?"

"안된 일이지만 의심할 여지가 없소."

오늘날까지 얼마나 많은 사람에게 죽음의 선고를 내려왔던가. 그러나박사는 그때마다 가슴을 짓누르는 듯한 공포심을 극복해내기가 어려웠다. 죽음의 선고를 받은 환자가 정상적이고 건강하고 뭐라 말할 수 없는 삶의기쁨을 누리고 있는 의사와 자신의 몸을 비교해볼 때 틀림없이 느낄 증오심을 박사는 늘 의식하고 있었다. 스트릭랜드는 잠자코 박사를 물끄러미쳐다보았다. 저주스러운 병에 걸려 이미 흉하게 변한 그의 얼굴에서는 아무런 감정의 동요도 찾아볼 수 없었다.

"모두 알고 있소?"

가까스로 입을 연 그는, 그때 뭐라고 설명할 수 없을 정도로 이상하게침묵을 지키고 베란다에 앉아 있던 원주민들을 가리키며 말했다.

"사람들은 이 병을 잘 알고 있어요. 다만 그것을 당신에게 알리기를 두려워하고 있을 뿐이오."

스트릭랜드는 문 앞으로 걸어가 밖을 내다보았다. 그의 얼굴에는 뭔가 소름이 끼칠 만한 징조가 나타나 있었을 것이다. 그를 본 원주민들이 갑자기 큰 소리로 울음을 터뜨리더니 점점 더 슬프게 목놓아 울어댔다. 스트릭랜드는 아무 말도 하지 않았다. 잠시 그들의 모습을 바라보더니 다시 안으로 돌아왔을 뿐……

"앞으로 얼마나 살 수 있을 것 같소?"

"그건 아무도 모르오. 때로는 20년이나 계속되는 일도 있으니까. 그러나 증세가 빨리 진행되는 것이 차라리 나을지도 모르오."

스트릭랜드는 이젤 앞으로 가더니 거기 놓여 있는 그림을 생각에 잠긴 표정으로 물끄러미 쳐다보았다.

"당신은 먼길을 찾아와주었소. 중요한 소식을 알려준 사람에게는 사례를 하는 게 당연한 일이지. 이 그림을 당신에게 주고 싶소. 당장엔 필요없는 그림일지도 모르지만 언젠가는 가지고 있기 잘했다고 생각하게 될 때가 올지도 모르니까."

쿠트라 박사는 왕진비는 필요없다고 말했다. 그 100프랑짜리 지폐도 이미 아타에게 돌려준 뒤였다. 그러나 스트릭랜드는 꼭 그림을 가지고 가라고 간곡히 부탁했다. 그런 뒤 두 사람은 함께 베란다로 나갔다. 원주민들은 하늘이라도 내려앉은 듯 흐느껴 울고 있었다.

"이봐, 조용히 좀 해. 눈물 닦으라고."

스트릭랜드가 아타를 향해 말했다.

"대수로운 일은 아니야. 나는 곧 떠날 테니까."

"혼자 간다는 말씀은 아니겠죠?"

그녀는 목소리에 힘을 주어 거의 외치다시피 말했다. 그때만 해도 섬에서는 격리가 엄격하지 않아 나병 환자도 마음대로 돌아다닐 수 있었다.

"나는 산으로 들어가겠어."

아타는 일어나 스트릭랜드 앞으로 다가섰다.

"떠나고 싶은 사람은 모두 가도 좋아요. 하지만 전 떠나지 않겠어요. 당신은 제 남편이고 전 당신 아내예요. 당신이 저와 헤어진다면 저는 뒤뜰에 있는 나무에 목을 매고 죽어버리겠어요. 하나님 앞에 맹세해요."

그녀의 말투에는 뭔가 격한 데가 있었다. 이미 온순하고 부드러운 원주민 여자가 아니라 단호한 한 명의 아내였다. 놀라울 정도로 그녀는 달라져 있었다.

"왜 나하고 함께 있겠다는 거야? 파페테로 돌아가면 다른 백인을 또 만날 수 있을 텐데. 아이들은 저 노파가 돌봐줄 테고, 그리고 네가 돌아가면 티아레가 좋아할 거야."

"당신은 저의 것이고, 저는 당신의 것이에요. 당신이 가는 곳이라면 어디든 쫓아가겠어요."

순간 스트릭랜드의 굳은 결심이 흔들렸다. 두 눈에서 눈물이 뚝뚝 떨어져 볼을 타고 조용히 흘러내렸다. 그러나 그는 예의 그 비웃음어린 미소를 지어 보였다.

"여자란 확실히 이상한 동물이오. 개 취급을 받고, 팔이 아프도록 패주어도 여전히 남자를 사랑하거든. 뭐 굳이 말할 것도 없지만, 여자에게 영혼이 있다는 것은 크리스트교가 만들어낸 참으로 어리석은 착각에 불과한 거요."

어깨를 움츠려 보이며 그가 쿠트라 박사에게 말했다.

"선생님에게 무슨 말씀을 하고 계신 거예요?"

아타가 근심스러운 듯이 물었다.

"당신 설마, 집을 나가겠다는 건 아니겠죠?"

"네가 정 그렇게 나온다면, 난 여기 있겠어."

아타는 곧 그의 무릎에 몸을 던지더니 두 팔로 그의 다리를 끌어안고 입을 맞추었다. 스트릭랜드는 살며시 웃으며 쿠트라 박사를 돌아보았다.

"결국 여자가 이긴 셈이군. 일단 잡히고 보면 어쩔 수 없는 거요. 살갗이 희건 검건 다 똑같지."

쿠트라 박사는 그런 무서운 병에 걸린 환자에게 이제 새삼 안됐다는 말을 하기도 뭣할 것 같아 그대로 자리를 떴다. 스트릭랜드는 타네라고 불리는 소년에게 박사를 마을까지 안내해주라고 일렀다. 쿠트라 박사는 여기서 잠시 말을 끊더니 나를 향해 이렇게 덧붙였다.

"나는 그 사람에게 호감을 가질 수 없었어요. 아까도 말했지만 도저히 그 사람을 좋게 볼 수 없었으니까요. 그런데 천천히 타라바오까지 내려오며 생각하니, 인간이 겪는 질병 중에서 가장 무서운 질병에 걸렸으면서도 그 고통을 꾹 참고 있는 그 용기에는 정말 감탄할 수밖에 없었어요. 그래서 타네와 헤어질 때 도움이 될 만한 약을 보내주었지요. 하기야 스트릭랜드가 그 약을 먹는지도 의심스러웠지만, 만일 먹는다 해도 그 약이 효력이 있을지는 더욱 기대하기 어려운 일이었지요. 나는 또 부르러 오면 언제든 가겠다 그러더라고 아타에게 전하라고 일렀습니다. 인생은 참으로 가혹한 것이고, 자연은 때때로 자기 아이를 괴롭히며 회심의 미소를 짓는 일이 있으니까요. 파페테의 집에 돌아와 쉬면서도 내 마음은 무겁게 가라앉기만 하더군요."

오랫동안 아무도 입을 여는 사람이 없었다. 이윽고 박사가 다시 말을 이었다.

"그러나 그 뒤 아타는 나를 부르러 오지 않았어요. 그리고 나 역시 그 뒤로는 그쪽으로 갈 기회가 없었구요. 그래서 스트릭랜드의 소식도 알 수 없었죠. 한두 번 아타가 그림 재료를 사러 파페테까지 왔었다는 말은 들었지만 그녀를 만나지는 못했어요. 그리고 2년이 훨씬 넘은 뒤에야 나는 다시 타라바오에 갈 일이 생겼어요. 그때도 그 늙은 추장 부인을 진찰하러 갔었죠. 나는 그곳 사람들에게 스트릭랜드에 대한 소식을 물어보았죠. 그 무렵에는 그가 나병에 걸렸다는 사실을 누구나 다 알고 있었으니까요. 처음에는 남자아이 타네가 집을 나갔고, 뒤이어 노파와 손녀딸이 나갔다고 하더군요. 그래서 지금은 스트릭랜드와 아타, 그리고 아이들만 남아 있다는 것이었습니다. 아무도 그 농장에 가려는 사람이 없었어요. 아시다시피 원주민들도 그 병에는 상당한 공포심을 갖고 있으니까요. 옛날에는 나병 환자가 발견되면 죽였다더군요. 이따금 마을 아이들이 산에서 놀다가 그 붉은 수염의 백인이 어슬렁거리는 것을 보고는 기겁을 하고 도망쳤대요. 그리고 가끔 아타가 밤중에 마을로 내려와 상인을 깨워 생활에 필요한 여러 가지 물건을 사가곤 했다는 거예요. 원주민들이 스트릭랜드와 함께 살고 있는 그녀까지도 무서워하며 피한다는 사실을 알고 사람들 눈에 띄지 않으려 했던 거죠. 한번은 몇몇 여자들이 용기를 내어 농장 가까이 가본 적이 있었는데 아타가 냇가에서 빨래를 하고 있는 모습을 보고는 그녀에게 돌을 던지고 왔다고 하더군요. 그런 뒤 여자들은 또다시 아타가 냇가에서 빨래를 했다가는 남자들을 시켜 그녀의 집에 불을 지르겠다는 말을 전하라고 상인에게 일러뒀다는 거예요."

"무지한 인간들이군."

내가 말했다.

"아니죠. 그렇게 생각할 것까진 없어요. 사람이란 다 그런 거지요. 공포심이 인간을 잔인하게 만들어버립니다. 어쨌든 나는 스트릭랜드를 만날 결심을 했어요. 그래서 추장 부인의 진찰을 마치자 남자아이에게 길을 안내하라고 했는데 아무도 가려고 하지 않는 거예요. 결국 나는 혼자서 길을 찾아가야만 했죠."

농장에 도착한 쿠트라 박사는 불안한 생각이 들었다. 산길을 걸어왔으므로 온몸이 땀에 젖었는데도 왠지 오싹 차가운 소름이 끼쳤다. 알 수 없는 살벌한 공기가 박사의 걸음을 멈추게 했다. 눈에 보이지 않는 힘이 앞을 막고 눈에 보이지 않는 손이 뒤에서 잡아끄는 것 같았다. 아무도 야자를 따러 오는 사람이 없었으므로 열매들이 땅에 떨어져 그대로 썩어가고 있었다. 어디를 보나 황폐해 있었다. 잡목은 자랄 대로 자랐고 그토록 애써 개척한 땅은 다시 울창한 원시림으로 되돌아가는 것이 아닌가 하는 생각이 들기도 했다. 마치 고뇌의 소굴 같다는 생각에 박사는 몸서리를 쳤다. 집은 기분 나쁜 정적으로 둘러싸여 있어서, 처음에 박사는 아무도 살고 있지 않은 줄 알았다. 그때 아타의 모습이 눈에 띄었다. 그녀는 부엌에 쪼그리고 앉아 부글부글 끓고 있는 냄비를 들여다보고 있었다. 그녀 곁에서는 작은 남자

316

아이가 흙투성이가 되어 놀고 있었다. 그녀는 박사의 모습을 보고도 미소조차 짓지 않았다.

"스트릭랜드 씨를 만나러 왔어요."

"그렇게 전하죠."

그녀는 베란다로 연결되는 낮은 계단을 통해 안으로 들어갔다. 박사도 뒤따라가려 했지만 그녀가 손으로 말리는 바람에 밖에서 기다리기로 했다. 그녀가 방문을 열었을 때 나병 환자에게서 나는 메스껍고 달착지근한 냄새가 코를 찔렀다. 아타의 목소리가 들리고 스트릭랜드의 대답이 들려왔다. 그러나 그의 목소리는 예전의 목소리가 아니었으며, 무슨 말을 하고 있는지 알아들을 수가 없었다. 쿠트라 박사는 눈살을 찌푸렸다. 병마가 이미 그의 성대까지 침범했다는 것을 알 수 있었다. 잠시 뒤 아타가 다시 모습을 나타내었다.

"만나지 않겠대요. 그냥 돌아가세요."

쿠트라 박사는 꼭 만나봐야겠다고 고집을 부렸으나 그녀는 박사를 안으로 들어가지 못하게 했다. 쿠트라 박사는 어깨를 움츠리고 잠시 망설이다가 발길을 돌렸다. 그녀도 함께 따라나왔다. 그녀 또한 박사가 그만 돌아가주기를 바라는 눈치였다.

"내가 뭐 도와줄 일은 없겠소?"

박사가 물어보았다.

"그림 물감을 보내주세요. 지금 그이에게 필요한 건 그것뿐이에요."

"아직 그림을 그릴 수 있단 말이오?"

"지금은 집 안 벽에 그리고 있어요."

"가엾게도 당신이 고생이 많겠군요."

그러자 그녀는 생긋 미소지어 보였다. 그녀의 두 눈에는 초인적인 사랑의 빛이 묻어나 있었다. 쿠트라 박사는 그 눈빛을 보고 놀라움과 경외감을 느꼈다. 너무도 두려운 생각에 아무 말도 할 수 없었다.

"그분은 제 남편이에요."

"어린애 하나는 어디 있소? 요전에 왔을 때는 둘인 것 같았는데?"

박사가 물었다.

"한 아이는 죽었어요. 망고 나무 밑에 묻어주었죠."

아타는 박사를 한동안 따라오다가 마을이 가까워지자 그만 돌아가야겠다고 말했다. 사람들을 만날까 봐 두려워하는 것 같았다. 박사는 만일 도움이 필요하게 되면 언제든지 연락하라고 다시 한 번 그녀에게 말했다.

56

그로부터 2년이라는 세월이 더 지나갔다. 아니 어쩌면 3년이 지났는지도 모른다. 어쨌든 타히티에서는 시간의 흐름이 잘 느껴지지 않기 때문에 세월이 얼마나 지났는지 정확히 기억해둔다는 것은 무척 어려운 일이다. 마침내 스트릭랜드가 위독하다는 소식이 쿠트라 박사에게 날아왔다. 아타가 파페테 행 우편마차를 중간에서 기다리고 있다가 박사에게 그 말을 전해달라고 마부에게 부탁했던 것이다. 그러나 마부가 찾아왔을 때 공교롭게도 박사는 외출중이어서 그 소식을 들은 것은 밤이 되어서였다. 그렇다고 밤늦게 떠날 수도 없어 박사는 날이 밝기를 기다렸다가 이른 아침에 출발했다. 타라바오에 도착하자, 그는 아마도 마지막이 될 듯한 7킬로미터나 되는 비탈길을 터벅터벅 걸어올라갔다. 오솔길에는 잡초가 우거져 있었고 지난 몇 년 동안 거의 아무도 지나가지 않았다는 것을 역력히 드러내고 있었다. 길을 찾는 것도 쉬운 일이 아니었다. 비틀거리며 냇가를 따라 걷기도 하고 사방에 우거진 가시나무 사이를 빠져나가기도 했다. 또 머리 위 나무에 매달린 호박벌집을 피하기 위해 할 수 없이 몇 번이고 바위 위를 기어올라가기도 했다. 주위는 온통 무서운 침묵에 싸여 있었다. 가까스로 페인트 칠을 하지 않은 그 작은 집을 찾아냈을 때는 자신도 모르게 안도의 한숨을 내쉬었다. 집은 눈에 띌 정도로 황폐해져 있었다. 집 주위 또한 소름이 끼칠 만큼 조용했다. 가까이 다가가니 작은 남자아이가 양지 쪽에서 무심히 놀다가 그의 모습을 보고는 깜짝 놀라 도망쳐버렸다. 그 아이에겐 낯선 사람이 모두 적으로 느껴졌는지도 모른다. 아이가 나무 그늘에 숨어 몰래 지켜보고 있다는 것을 알 수 있었다. 문은 활짝 열려 있었다. 주인을 불러보았으나 대답이 없었다. 집 안으로 들어가 방문을 두드려봤으나 역시 대답이 없었다. 손잡이를 돌리고 문을 연 순간 지독한 냄새가 코를 찔러왔다. 그는 심한 구토증을 느꼈으나 손수건을 코에 대고 간신히 안으로 들어갔다. 밝은 햇빛 아래 있다가 갑자기 어두운 방 안으로 들어왔기 때문에 얼마 동안은 아무 것도 보이지 않았다. 그러다가 그는 흠칫 놀랐다. 도대체 자신이 지금 어디에 있는지 알 수가 없었던 것이다. 갑자기 마술의 세계로 들어온 것만 같았다. 울창한 원시림과, 그 나무 사이를 나체로 배회하고 있는 사람들의 모습이 흐릿하게 그의 눈에 들어왔다. 이윽고 박사는 그것이 벽 전체에 그려진 커다란 벽화라는 것을 알았다.

"아무래도 더위 때문에 내 머리가 이상해진 모양이군."

그가 중얼거렸다. 그때, 뭔가가 움직이는 것 같아서 자세히 살펴보니 아타가 바닥에 엎드려 소리 없이 흐느껴 울고 있었다.

"아타! 아타……."

대답이 없었다. 코를 찌르는 악취에, 정신이 아득해지는 것 같아 박사는 허둥지둥 잎담배에 불을 붙였다. 눈이 점점 어둠에 익숙해져갔다. 순간 벽화를 보고 있던 박사는 강한 충격에 사로잡혔다. 그는 그림에 대해서 아무것도 몰랐지만 그 그림에는 어딘가 모르게 영혼을 뒤흔드는 듯한 이상한 힘이 담겨져 있었다. 바닥에서 천장까지 벽 전체가, 그야말로 놀라울 만큼 정교한 구도로 그려져 있었다. 형언할 수 없을 정도로 경이롭고 신비로웠다. 그는 자신도 모르게 숨을 삼켰다. 뭐가 뭔지 전혀 알 수 없는 이상한 감동으로 가슴이 메어왔다.

천지창조를 바로 눈앞에서 본 사람만이 느낄 수 있는 이상한 두려움과 환희를 맛본 것이다. 그 그림은 엄청나게 관능적인 정열에 가득 차 있으면서도 한편으로는 사람들로 하여금 두려움을 느끼게 하는 공포스런 요소도 깃들어 있었다. 그것은 아무도 모르게 대자연 속으로 숨어들어가 아름답고도 무서운 갖가지 비밀을 포착해낸 한 인간의 작품이었다. 그것은 인간에겐 허용되지 않은 여러 가지 신성한 비밀들을 찾아낸 한 생명의 작품이었다. 어딘가 모르게 공포스럽고 원시적인 아름다움이 감돌고 있었으며, 도저히 사람의 손으로는 창조해낼 수 없는 것이었다. 그림을 보며 그는 전에 들은 일이 있는 악마의 비법이라는 말을 멍하니 생각하고 있었다. 너무도 암울하고 너무도 아름다운 그림이었다.

"아아, 그야말로 정말 천재로군!"

무의식중에 그의 가슴속에서 튀어나온 말이었다. 이윽고 그는 방 한쪽 구석에 깔려 있는 돗자리 위로 시선을 돌리고 그 옆으로 다가갔다. 그러자 그의 눈에 그가 전에 보았던 스트릭랜드와는 전혀 딴판인, 팔다리가 다 뭉그러져 차마 눈뜨고는 볼 수 없는 무서운 몰골이 비쳐졌다. 스트릭랜드는 이미 숨을 거둔 것이다. 쿠트라 박사는 마음을 단단히 먹고 그 뭉그러진 시체 옆에 쭈그리고 앉았으나, 다음 순간 다시 벌떡 일어섰다. 등골이 얼어붙는 것 같은 공포와 함께 등 뒤에 인기척을 느꼈기 때문이다. 아타였다. 그는 아타가 자리에서 일어나는 것도 모르고 있었다. 그녀는 옆에 서서 말없이 남편의 시체를 내려다보았다.

"맙소사, 내 신경도 어떻게 된 모양이군. 당신 때문에 하마터면 간 떨어질 뻔했소."

그가 말했다. 그리고는 예전엔 한 인간이었지만 이제는 한낱 추악한 살덩이에 지나지 않는 눈앞의 시체를 들여다보았다. 순간 다시 깜짝 놀라 뒤로 물러섰다.

"이런, 눈이 멀었었군!"

"그래요. 그이는 1년 전부터 앞을 볼 수 없었어요."

57

그때 외출중이었던 쿠트라 부인이 돌아와 이야기가 잠시 중단되었다. 그녀는 마치 돛에 바람을 안은 배처럼 당당하고 위압적인 모습이었으며, 커다란 가슴과 살집 좋은 몸을 찹쌀자루처럼 코르셋으로 꽉 조인 비만형의 키가 큰 여자였다. 살이 많은 매부리코와 이중 턱을 이룬 우람한 체구를 허리에 장나무라도 댄 듯 뒤로 젖히고 있었다. 그녀는 사람을 무기력하게 하는 열대 지방 특유의 마력적인 유혹에 한순간도 굴복해본 적이 없을 뿐만 아니라, 오히려 온대 지방에 사는 사람들조차 상상할 수 없을 만큼 더욱 활동적이고 세속적이며 과감한 성격의 소유자인 듯했다. 보기에 말이 많은 여자 같았으며 그때도 벌써 들어오자마자 숨도 쉬지 않고, 새로운 세상 이야기며 그 내막까지 들추어내 떠들어댔다. 그 이야기를 듣고 있자니 그전에 우리가 했던 이야기는 마치 딴 세상 이야기 같았다. 이윽고 쿠트라 박사가 다시 말을 이었다.

"나는 스트릭랜드가 준 그림을 지금도 진찰실에 걸어놓고 있습니다. 한번 보시겠습니까?"

"네, 보여주십시오."

자리에서 일어나 그는 앞장서서 집을 둘러싸고 있는 베란다 쪽으로 우리를 안내했다. 우리는 걸음을 멈추고 뜰에 잔뜩 피어 있는 여러 가지 아름다운 꽃들을 바라보았다.

"스트릭랜드가 자기 집 벽을 온통 뒤덮어놓았던 그 비범한 그림이 오랫동안 나의 머릿속에 아로새겨져 도저히 잊어버릴 수가 없었어요."

박사가 감회어린 목소리로 말했다. 나는 혼자 계속해서 그 일을 생각하고 있었다. 그 그림 속에 스트릭랜드는 마침내 자신이 표현하고자 했던 것을 모두 쏟아놓은 것이 아닐까? 그것이 마지막 기회임을 알고 묵묵히 화필을 움직이며 인생에 대해 알고 있는 모든 것과, 인생에 대해서 그 동안 예측해온 모든 것들을 남김 없이 쏟아부었을 것이다. 아마 그는 그 그림 속에서 처음으로 영혼의 안식처를 발견했을 것이다. 자신의 마음을 사로잡고 있던 악마가 드디어 추방되고, 그 일생이 모두 그것을 위한 고통스런 준비에 지나지 않았던 역작이 완성됨과 동시에 영원한 휴식이 그의 고고하고 괴로움으로 가득 찬 영혼 위에 내려앉았을 것이다. 그리고 마침내 그는 살아오면서 지녔던 뜻을 이루고 조용히 잠들었을 것이다.

"그래, 그 그림의 주제가 무엇이라고 생각하십니까?"

내가 물었다.

"잘은 모르겠지만 어쨌든 지금까지 한 번도 본 적 없는 기이하고 환상적인 작품이었어요. 태초의 세계, 아담과 이브가 살던 에덴 동산을 그린 모양이에요. 말하자면, 남녀를 불문하고 인간 육체의 아름다움에 대한 찬가이며, 웅대하고 비정하고 감미롭고 냉혹한 대자연에 대한 찬사와 같은 것이었습니다. 시간과 공간의 무한함에 대해 두려움을 느끼게 하는 그림이었어요. 그는 자신의 캔버스에다 흔히 볼 수 있는 코코넛 야자나 벵골 보리수, 홍염화, 그리고 아보카도 같은 식물들을 그려넣었지만, 그 그림을 본 뒤로 그런 것을 보는 나의 눈은 아주 달라졌어요. 마치 그런 식물 속에 정체를 알 수 없는 요정 같은 것이 숨어 있어서 그것이 곧 내 손에 잡힐 것 같으면서도 언제까지고 잡히지 않는 그런 느낌 말입니다. 그리고 그 빛깔도 우리에게 친숙한 것이었는데도, 역시 어딘가 달랐어요. 빛깔들이 다 제각기 독특한 맛을 지니고 있었지요. 남자나 여자의 나체도 마찬가지였습니다. 지상에 있는 인간이었지만 역시 어딘가 이 세상 사람 같지 않은 느낌이었어요. 즉 흙덩어리로 이루어진 인간의 체취를 다분히 지니면서도 어딘가 모르게 신과 비슷한 성스러움을 지니고 있었어요. 원시적인 본능을 남김 없이 드러낸 인간의 모습이 그려져 있었습니다. 그것을 보고 두려움을 느낀 것은 그 속에서 우리 자신의 모습을 보았기 때문이겠지요."

쿠트라 박사는 어깨를 움츠리고 조용히 웃었다.

"지금 내 이야기가 우습게들 들리겠지요? 어쨌든 나는 유물론자인 데다 보시다시피 이렇게 뚱뚱하게 살이 쪘으니까요. 마치 셰익스피어의 『헨리 4세』에 등장하는 폴스타프처럼 말입니다. 서정적인 감상 따위는 나에게 맞지 않아요. 그런데 말입니다. 이런 말을 하면 웃음거리밖에 안 되겠지만 그처럼 내가 깊은 감명을 받은 그림은 처음입니다. 하기야 나도 로마의 시스틴 성당에 갔을 때 이와 비슷한 감동을 받은 일이 있었어요. 거기서도 나는 그 천장에 그림을 그린 인간의 위대함에 두려움을 느꼈습니다. 분명히 그것은 뛰어난 천재의 작품이라고 생각했죠. 웬일인지 내가 아주 보잘것없는 존재처럼 느껴졌어요. 그러나 미켈란젤로의 위대함은 보는 쪽에서 그는 위대하다는 마음의 준비가 이미 되어 있었어요. 그런데 스트릭랜드의 그림에서는 너무도 갑작스런 충격을 받았던 것입니다. 어쨌든 문명과는 거리가 먼 타라바오 같은 깊은 산골짜기에 있는 한 원주민 집에서 그것을 보게 되었으니까요. 게다가 미켈란젤로의 작품은 온당하고 건전해요.

그의 그 걸작 속에는 숭고함과 조용함이 감돌고 있지요. 그런데 그 사람 그림 속에는 아름다우면서도 어딘가 사람을 불안하게 하는 것이 있었어요. 그것이 무엇이었는지 나로선 짐작이 가지 않습니다만 어쨌든 보고 있는 동안 나는 어떤 불안한 기분에 사로잡혀버렸어요. 이를테면 방에 앉아 있을 때 옆방에 아무도 없다는 것을 알면서도, 어쩐지 누군가 그곳에 있을 것 같은 바로 그런 기분 말입니다. 그럴 리가 있나, 하고 스스로를 나무라기도 하고 약한 마음 탓인 줄 알고 있으면서도 역시⋯⋯. 웬일인지 무서워서 견디지 못하고 눈에 보이지 않는 공포에 사로잡혀 꼼짝도 못하게 되는 그런 상태였지요. 그래서 나는 그 이상한 걸작이 불에 타버렸다는 말을 들었을 때도 그다지 아까운 생각이 들지 않았습니다."

"불에 타버렸다고요?"

나는 나도 모르게 버럭 소리를 질렀다.

"그렇습니다. 아직 모르셨던가요?"

"모르는 게 당연하죠. 그런 작품이 있었다는 것도 지금 처음 알았으니까요. 그러나 조금 전까지만 해도 다른 사람 손에 넘어간 줄만 알았습니다. 스트릭랜드의 그림에 대해서는 아직 확실한 작품 목록도 만들어져 있지 않은 형편이니까요."

"눈이 멀어 앞이 보이지 않게 된 뒤로, 그는 그림을 그리던 그 방 안에 몇 시간이고 앉아 보이지 않는 눈으로 자신의 작품들을 물끄러미 쳐다보고 있었다더군요. 아마 실명하기 전보다 모든 것이 더 뚜렷하게 보였는지도 모르죠. 아타의 말에 의하면 한 번도 자신의 비극적인 운명을 슬퍼하거나 의기 소침한 적이 없었답니다. 끝까지 평온한 마음을 잃지 않았고 이성을 잃는 적도 전혀 없었대요. 그러나 그는 아타에게 이런 약속을 하게 했답니다. 즉, 자기가 죽거든 우선 시체를 묻고, 아까도 말했듯이 나는 내 손으로 직접 그 사람 무덤을 팠어요. 원주민들은 병균이 우글대는 그 오두막이 무서워 아무도 가까이 오려고 하지 않았기 때문이죠. 그래서 아타와 나 둘이서 파레오를 세 개 가량 이어 꿰매어 그것으로 시체를 싼 다음 망고 나무 밑에 묻어주었죠. 그런데 그 약속이란 매장이 끝나는 대로 오두막에 불을 질러 나무 조각 하나 남지 않도록 전부 다 타버릴 때까지 그 자리를 떠나면 안 된다는 것이었지요."

한동안 깊은 감회에 잠겨 나는 아무 말도 할 수 없었다. 이윽고 무겁게 내가 입을 열었다.

"그는 마지막 순간까지 자신의 모습 그대로였군요."

"나는 그때 벽화를 태우지 말라고 아타에게 충고했죠. 그것이 나의 의무라고 생각했기 때문입니다."

"하지만 방금 전 박사님께서는 그다지 아까운 생각이 들지 않았다고 하셨는데⋯⋯."

"그건 그래요. 그러나 나도 그것이 천재의 작품이라는 것쯤은 알았으니까요. 그렇기 때문에 그런 걸작을 이 세상에서 없애버릴 수는 없다고 생각했어요. 그러나 아타는 내 말을 들으려 하지 않았어요. 약속을 한 이상 어길 수 없다더군요. 나는 그런 약속 이행은 보고 싶지 않아 돌아오고 말았지요. 그러니까 그 뒤의 소식은 나중에 들은 얘기뿐이에요. 잘 마른 마룻바닥과 판다너스 돗자리 위에 석유를 뿌리고 불을 붙였다나 봐요. 그러자 삽시간에 오두막은 잿더미로 변해버리고 그의 최후의 대작이었던 그 위대한 벽화도 지구상에서 영원히 사라져버리고 만 거죠."

"그럼 당사자인 스트릭랜드도 그것이 걸작이라는 것을 알고 있었군요. 그는 자신이 갈구하던 것을 달성하고 전 생애를 마친 셈입니다. 즉, 하나의 세계를 창조한 뒤 그것으로 됐다고 생각했던 거지요. 그러나 결국 자부심과 모멸감이 뒤섞인 기분으로 그것을 태워버리고 만 거예요."

"이야기는 이쯤 해두고 이제 그림을 보러 갈까요?"

쿠트라 박사가 다시 걸음을 옮기기 시작했다.

"그래 아타와 아이는 어떻게 되었습니까?"

"그들 모자는 마르케이사스 군도로 갔다고 합니다. 그곳에 친척이 있다나 봐요. 들리는 말에 의하면 아들은 캐머런의 범선에서 일한다는군요. 자기 아버지를 그대로 닮았대요."

베란다에서 진찰실로 들어가는 문 앞에서 박사는 잠깐 멈춰서더니 조용히 소리내어 웃었다.

"실은 과일 그림인데, 진찰실에 걸어둔다는 게 좀 뭣하긴 하지만 집사람이 응접실에 걸기를 싫어해서요. 왠지 외설적인 느낌이 들어 쳐다볼 수 없다는 거예요."

"과일 그림이 외설적이라고요?"

내가 놀라서 소리쳤다. 진찰실에 들어가니 그 그림이 눈에 띄었다. 나는 오랫동안 그림을 쳐다보았다. 그것은 망고, 바나나, 오렌지, 그 밖에 내가 모르는 과일들을 그린 그림이었다. 언뜻 보기에는 평범한 그림에 지나지 않았다. 어쩌면 후기 인상파의 전람회 같은 데서 수상을 하긴 했지만 별로 눈여겨볼 만한 작품이 아니어서 그대로 지나쳐버리게 되는 그런 그림 같았다. 그러면서도 나중에야 느낀 것이지만, 그리고 나 자신도 그 이유를 알 수 없었으나 일단 눈앞에 떠오르면 다시는 머릿속에서 깨끗이 지울 수 없는 그런 작품이었다. 색채도 아주 기묘해서 보는 이에게 말할 수 없는 마음의 동요를 불러일으켰다. 흐릿한 푸른빛은 마치 정교하게 조각한 청금석(靑金石) 그릇과도 같이 불투명했고, 동시에 신비스러운 생명의 고동을 암시하는 듯 파르르 떨리면서 광택을 발하고 있었다. 자줏빛은 날고기 같은 기분 나쁜 붉은 빛깔이었으나 그러면서도 헬리오가발루스의 옛 로마 제국을 상기시키는 듯한 정열에 빛나고 있었다. 빨간색은 서양 감탕 나무 열매처럼 선명하고 영국의 크리스마스와 눈, 그리고 떠들썩한 잔치며 아이들의 기쁨을 연상케 했는데, 그것이 또 마술에라도 걸린 것처럼 색조가 점점 엷어져 마치 비둘기의 가슴털 빛깔처럼 부드럽게 녹아 사라지는 듯했다. 짙은 노란색은 일종의 변태적인 욕정을 생각나게 하면서도 그것이 슬그머니 녹색으로 변해간 곳은 봄의 새싹처럼 향기롭고 반짝이는 시냇물처럼 투명했다. 도대체 어떠한 영혼의 고통 속에서 이런 과일들이 생겨난 것일까? 그것은 말하자면 남태평양의 헤스페리데스 자매(그리스 신화에서 황금의 낙원을 지키는 네 자매)가 지키던 과수원의 산물이었다. 그려진 과일 속에는 이상한 생기가 깃들어 있었다. 마치 아직 만물이 지금처럼 정돈된 형태를 취하고 있지 않았던 지구의 암담한 혼돈기에 창조된 것 같았다. 과일들은 이상하리만치 탐스러웠고 열대의 향기를 짙게 풍기고 있었다. 과일 특유의 정열을 그 속에 고스란히 간직하고 있는 것 같았다. 그것은 말하자면 마술의 과일이었으며, 만일 맛볼 수 있다면 아무도 모르는 영혼의 비밀과 신비스런 상상의 문을 열 수 있을 것 같은 느낌이었다. 그 그림 속의 과일들은 모두가 예기치 않은 위험에 직면하여 음울한 빛을 띠고 있는 것 같았고, 만일 그것을 인간이 먹는다면 짐승이나 신이 되어버릴 것만 같았다. 건전하고 자연스러운 모든 것, 인간의 행복과 직결되는 모든 것, 단순한 사람들의 단순한 기쁨 그 모든 것이 완전히 시야에서 사라져버렸다. 그럼에도 불구하고 그 그림에는 뭔가 무섭게 끌어들이는 힘이 있었다. 마치 선악과처럼 미지의 세계를 향한 모든 가능성을 품고, 보는 사람의 마음을 공포에 떨게 하는 뭔가가……

이윽고 나는 그림에서 시선을 거두었다. 스트릭랜드는 그 비밀을 가슴 속에 간직한 채, 마침내 무덤으로 사라져버린 것이다.

"여보."

쿠트라 부인의 커다랗고 밝은 목소리가 들려왔다.

"여태 거기서 뭐하고 계시는 거예요? 아페리티프가 준비되었어요. 손님에게 여쭤보세요. 킹키나 뒤보네를 한 잔 드시지 않겠느냐고 말예요."

"네, 고맙습니다, 부인."

베란다로 나가며 내가 대답했다. 그리고 마술은 이미 깨져버렸다.

58

이윽고 타히티를 떠나야 할 때가 왔다. 섬의 아름다운 관습에 따라 나 또한 우연히 알게 된 모든 사람들로부터 야자수 잎으로 만든 바구니며 판다너스의 돗자리며 부채 등 여러 가지 선물을 받았다. 특히 티아레는 작은 진주알 세 개와 그 토실토실한 손으로 직접 만든 구아바 젤리를 두 병이나 선물로 주었다. 웰링턴에서 샌프란시스코로 가는 도중에 이곳에서 24시간 머무는 우편선이 승선의 고동을 울리자 그녀는 그 커다란 가슴으로 나를 꽉 끌어안았다. 마치 큰 파도가 굽이치는 바다 속으로 가라앉는 듯한 기분이었다. 그녀는 자신의 빨간 입술을 나의 입술에 갖다대며 눈물을 글썽거렸다. 초호를 천천히 미끄러져나온 기선이 조심스레 산호초 사이를 빠져나와 확 트인 대양으로 진로를 돌리자, 갑자기 서글픈 생각이 밀려왔다. 산들바람에는 아직도 섬의 산뜻한 향기가 깃들어 있었다. 어쨌든 타히티는 이 세상 끝에 있는 섬이라 다시 찾아올 일은 없을 것 같았다. 이것으로 내 생의 한 장(章)이 끝나고 피할 수 없는 죽음의 운명으로 한 걸음 더 다가선 것이다.

그로부터 한 달이 채 못 되어 나는 런던 땅을 밟았다. 우선 급한 볼 일을 이것저것 마치고 난 뒤 나는 스트릭랜드 부인에게 편지를 보냈다. 그녀도 남편의 말년에 대해 알고 싶어하리라 생각되었기 때문이다. 부인을 마지막으로 만난 것이 전쟁이 시작되기 훨씬 전이었으므로 주소를 찾는 데도 전화번호부를 뒤져야 하는 형편이었다. 부인이 만날 날짜와 시간을 정했고, 나는 약속한 시간에 맞춰 캠프든 힐에 있는 아담한 그녀의 집으로 찾아갔다. 그녀는 이미 육십이 가까운 나이였으나 나이에 비해 그다지 늙지 않아, 누가 보아도 오십 이상으로는 보지 않을 것 같았다. 주름도 별로 눈에 띄지 않는 갸름한 얼굴로 사실 대단한 미인은 아니었음에도 불구하고, 젊었을 때는 얼마나 아름다웠을까, 하는 생각을 하게끔 만들었으며 나이가 들면서 품위 있고 곱게 늙는 타입의 얼굴이었다. 아직 흰 머리도 많지 않았고, 입고 있는 검은 가운도 유행에 맞는 스타일이었다. 언니 맥앤드루 부인이 남편을 잃고 3년도 되기 전에 세상을 뜨자 그 유산이 스트릭랜드 부인 앞으로 돌아왔다는 소문은 이미 들어 알고 있었지만, 사는 형편이라든가 안내하러 나온 하녀의 깨끗한 차림으로 보아 그 유산이 미망인의 조촐한 생활을 이끌어나갈 만한 상당한 금액임을 쉽게 알 수 있었다.

응접실로 들어가니 나보다 먼저 손님 한 사람이 와 있었다. 그러나 나중에 그 손님이란 자의 신분을 알고 보니 나를 그 시간에 오라고 한 것은 아무 이유 없이 그런 건 아닌 듯싶었다. 손님은 반 부시 테일러라는 미국인이었다. 스트릭랜드 부인은 손님을 향해 조심스러우면서도 애교 있는 웃음을 웃어 보이고는 전후 사정을 설명해주었다.

"우리 영국인들은 가끔 지나칠 정도로 무례하지요. 이렇게 갑자기 실례인 줄은 압니다만, 이대로 소개시켜드린다고 너무 나무라진 마세요."

상대방에게 그렇게 말해놓고 그녀는 나를 돌아보았다.

"반 부시 테일러 씨는 미국의 유명한 평론가세요. 이분의 저서를 읽지 않았다면 문명인의 수치일 거예요. 아직 읽지 않으셨다면 꼭 읽도록 하세요. 오늘 오신 것은 찰리에 대한 얘기를 쓰시려고 저의 도움을 바라고 오신 거예요."

반 부시 테일러는 키가 크고 바짝 마른 몸에 반들반들한 대머리의 소유자였다. 지붕과도 같은 크고 둥근 머리 때문에 주름이 깊이 잡힌 노란 얼굴이 더욱 작아 보였다. 말끝마다 굽신거리며 지나치게 공손하게 구는 인물이었다. 그가 쓰는 영어에는 뉴잉글랜드 사투리가 섞여 있었고, 그 태도에도 어딘가 모르게 냉혈 동물과 같은 차가움이 느껴졌다. 어째서 이런 사람이 찰스 스트릭랜드에게 시간을 허비하려는 것인지 나로서는 알 수가 없었다. 또한 스트릭랜드 부인이 남편의 이름을 말할 때마다 간이 녹을 것 같은 부드러운 목소리로 말해 다소 낯간지러운 느낌이 들었다. 두 사람이 대화를 나누는 동안 나는 방 안의 가구들을 하나하나 살펴보았다.

스트릭랜드 부인은 세월의 흐름에 따라 취향도 달라져 있었다. 그 모리스 스타일의 벽지도 안 보였고, 수수한 크레톤 천을 씌운 의자도 보이지 않았으며, 그 전에 애쉴리 가든의 응접실 벽을 장식했던 아런델 프린트도 눈에 띄지 않았다. 대신 방 안이 온통 환상적인 색깔들로 번쩍이고 있었다. 다만 유행을 따라한 것이겠지만 이 같은 색채의 변화 자체가 남태평양의 작은 섬에서 비참한 생애를 마친 한 화가의 꿈에서 나온 것임을 그녀는 과연 알고 있을까? 그러나 다음 순간 이어진 부인의 말로 보아 그녀는 그것을 전혀 모른다는 사실을 알 수 있었다.

"이건 아주 훌륭한 쿠션이군요."

반 부시 테일러가 말했다.

"마음에 드세요? 박스트의 작품이에요."

그녀가 생긋이 웃으며 말했다. 그러나 벽에는 베를린의 모 출판사 기획으로 나온 원색판 스트릭랜드 화집 중에서 몇 장을 골라 걸어놓았다.

"저 그림을 보고 계시는군요."

그녀가 내 시선을 의식한 듯 말했다.

"물론 원화야 구할 수 없지만 이것만으로도 우선은 즐길 수 있어요. 출판사에서 보내준 거예요. 정말 제게는 큰 위안이 된답니다."

"저 그림들을 보며 생활하시니 정말 즐거우시겠습니다."

반 부시 테일러가 말했다.

"그래요. 그리고 또 워낙 장식적이니까요."

"그렇습니다. 저도 그와 같은 일면이 있다는 것을 굳게 믿고 있습니다. 뛰어난 예술이란 언제나 장식적이지요."

테일러가 다시 맞장구를 쳤다. 두 사람은 아기에게 젖을 물리고 있는 나체 여인을 그린 그림을 보고 있었다. 여자아이 하나가 두 모자 옆에 무릎을 꿇고 앉아 아무 것도 모르는 아기에게 꽃 한 송이를 내밀고 있었고, 뼈와 가죽만 남은 쪼글쪼글한 노파 한 명이 그 세 사람을 내려다보며 서 있는 그림이었다. 그것은 스트릭랜드가 자신의 개인적인 해석에 의해 구상한 「성(聖) 가족」이었다. 아마 그림의 모델이 된 것은 타라바오 숲속에 살고 있던 그 집 식구들일 것이다. 물론 그림 속의 어머니와 아기는 아타와 그의 아들일 것이다. 스트릭랜드 부인은 과연 그러한 사실을 알고 있을까?

두 사람은 계속 이야기를 나누었다. 나는 그들의 이야기를 들으면서, 상대방의 비위에 거슬릴 것 같은 이야기는 일체 피하고 듣기 좋은 말만 눈치껏 하는 반 부시 테일러의 빈틈 없는 태도며, 거짓말은 하지 않았지만 부부 사이가 언제나 원만했던 것처럼 얘기하는 스트릭랜드 부인의 천연덕스러운 말솜씨에 적잖이 놀랐다. 이윽고 반 부시 테일러가 돌아가겠다고 하며 자리에서 일어섰다. 그는 여주인과 악수를 나누고는 아주 겸손하고 정중하게 고맙다는 인사를 하고 돌아갔다.

"많이 지루하셨죠?"

손님을 보내고 난 뒤 그녀가 말했다.

"하기야 나도 어떤 때는 막 짜증이 날 때도 있어요. 하지만 역시 찰리를 되도록 세상에 널리 알리는 것이 옳은 일인 것 같아요. 천재의 아내였으니까 나에게도 어느 정도는 의무가 있다고 생각해요."

그녀는 20여 년 전이나 조금도 다름 없는 그 부드럽고 애교 있는 눈초리로 나를 쳐다보았다. 마치 이쪽을 조롱하고 있는 것이 아닌가, 하는 생각마저 들었다.

"물론 사업은 그만두셨겠지요?"

"네, 그만두었어요. 그건 그냥 심심풀이로 했을 뿐인걸요, 뭐. 아이들도 그만두라고들 하고요. 몸에 무리가 간다고 말예요."

그녀가 명랑하게 대답했다. 나는 스트릭랜드 부인이 생계를 위해 일해야 했던 그런 수치스러운 사실조차도 이제는 완전히 잊고 있다는 것을 알았다. 그녀는 교양 있고 점잖은 여자들은 다른 사람이 벌어오는 돈으로 살아야 남부끄럽지 않고 체면이 선다고 생각하는 상류층 부인들의 독특한 본능을 그대로 가지고 있는 여자였다.

"마침 아이들도 집에 와 있어요. 아버지 이야기를 듣게 되면 아이들도 무척 기뻐할 거예요. 로버트를 기억하고 계시죠? 이번에 전공(戰功) 십자훈장을 받게 되었답니다."

그녀는 방문 앞에 가서 아이들을 불렀다. 성복(聖服)처럼 스탠드 칼라가 달린 군복 차림의 키가 큰 청년이 들어왔다. 다소 어두워 보이는 면도 있었지만 아주 잘생긴 청년이었다. 솔직해 보이는 두 눈은 내 기억 속에 남아 있는 어릴 때의 모습과 똑같았다. 오빠 뒤를 따라 동생도 들어왔다. 그녀는 내가 스트릭랜드 부인을 처음 만났을 때와 같은 나이에 이르고 있을 터였다. 또 어머니를 아주 많이 닮아 있었다. 그녀 역시 어렸을 때는 더 예뺐으리라는 착각을 갖게끔 하는 그런 여자였다.

"아마 이 두 아이를 완전히 잊어버리셨겠죠? 딸아이도 지금은 로날드슨 부인이 되었고 남편은 포병 소령이에요."

스트릭랜드 부인이 자랑스럽게 웃으며 말했다.

"제 남편은 앞으로 진짜 군인이 될 생각이에요. 지금 소령에 머물러 있는 것도 그 때문이지요."

로날드슨 부인이 명랑하게 말을 받았다. 나는 예전에 왠지 그녀가 장차 군인의 아내가 될 것 같은 예감이 들었던 것이 생각났다. 그것이 그녀의 운명이었는지도 모른다. 그녀는 군인의 아내로서 갖추어야 할 모든 것을 갖추고 있었다. 온순하고 싹싹했으나 그러면서도 보통 여자와는 조금 다르다는 점을 내세우는 면도 있었다. 로버트는 아주 쾌활한 청년이었다.

"모처럼 찾아오셨는데, 마침 제가 런던에 있게 되어 정말 다행입니다. 휴가가 사흘밖에 안 되거든요."

그가 말했다.

"이 아이는 일선으로 돌아가고 싶어 못 견디는 모양이에요."

그의 어머니가 말했다.

"이런 말씀 드리면 어떻게 생각하실지 몰라도, 저는 일선 근무가 정말 좋습니다. 친구들도 많고, 가보면 최고의 생활이라고 할 수 있어요. 물론 전쟁은 싫지만 인간의 가장 선한 면이 겉으로 드러나는 것도 역시 전쟁터에서입니다. 이 점은 아무도 부정하지 못할 거예요."

로버트의 말이 끝나고 난 뒤, 나는 타히티에서 들은 찰스 스트릭랜드에 대해 이야기해주었다. 아타와 그의 아기에 대해선 말할 필요가 없을 것 같기에 그냥 덮어두었으나, 나머지 일들은 되도록 상세하게 전부 얘기했다. 그리고 스트릭랜드의 비장한 죽음을 끝으로 말을 맺었다. 한동안 방 안에 침묵이 감돌았다. 이윽고 로버트가 성냥을 그어 담배에 불을 붙였다.

"하나님의 절구 찧는 솜씨는 느리긴 해도 매우 곱게 찧느니라, 하는 말과 같군요."

로버트가 차분한 목소리로 말했다. 스트릭랜드 부인과 그녀의 딸 로날드슨 부인은 짐짓 경건한 표정으로 고개를 숙이고 있었다. 그 모습으로 보아 두 사람은 아마 이 구절이 성서에서 인용된 것으로 잘못 알고 있는지도 모르겠다는 생각이 들었다. 솔직히 말해 어쩌면 로버트도 그녀들과 같은 생각인지도 모르는 일이었다.

웬일인지 나는 그때 아타가 낳은 스트릭랜드의 아들을 머리에 떠올렸다. 들은 바에 의하면 명랑하고 마음씨 착한 젊은이라고 했다. 무명 바지 하나만 입고 범선 갑판 위에서 일하고 있는 그의 모습을 상상해보았다. 어둠이 깔리면 배는 잔잔한 바람을 안고 미끄러지듯 바다 위를 나아가고, 선원들은 갑판 의자 위에 누워 있다. 그리고 아타의 아들은 유쾌한 아코디언 연주에 맞추어 다른 젊은이들과 신나게 춤을 추고 있다. 올려다보면 푸른 하늘에 별들이 총총하고, 둘러보면 주위는 망망한 태평양이다.

문득 성서의 한 구절이 입 밖으로 튀어나오려는 것을 나는 가까스로 참았다. 어쨌든 성직자들은 자신들의 영역으로 속인들이 들어오면 마치 그것이 신을 모독하는 행위인 것처럼 생각한다는 것을 잘 알고 있었기 때문이다. 윗스터블에서 27년간이나 관할 사제를 지냈던 나의 숙부 헨리는, 그런 경우 곧잘, 악마도 자신의 목적을 이루기 위해서는 성서의 구절을 마음대로 인용할 수 있다(『베니스의 상인』에 나오는 시편의 한 구절)고 입버릇처럼 말하곤 했었다. 그럴 때면 숙부는 단 돈 1실링으로 훌륭한 영국산 굴을 열세 개나 살 수 있었던 옛 시절을 떠올리고 있었던 모양이다.

작가와 작품 해설

서머셋 모옴의 생애 및 작품 세계

모옴이 등장한 19세기 말엽은 자연주의와 세기말적 유미주의가 병행하
던 시기였다. 이에 모옴은 재빨리 시대적인 경향을 포착하여 한편으로는
『램버스의 라이저』와 같은 추악함과 비극을 직시하는 자연주의적 수법을
시도하는가 하면, 다른 한편으로는 당시 한창 유행하던 오스카 와일드 식
의 유려한 문체를 열심히 모방했다.

모옴은 파리에서 태어나 파리에서 자랐다. 아버지 로버트 모옴은 파리
주재 영국 대사관의 고문변호사였고, 어머니는 영국 왕실의 피가 섞인 군
인의 딸로서 작가적 기질을 겸비한 재원이었다.

그는 열 살 때 고아가 되었다. 여덟 살 때 어머니를 잃고 열 살 되는 해
아버지까지 잃었기 때문이다. 그러나 그의 소설 『인간의 굴레』를 보면 이
것이 반대로 나타나 있다. 고아가 된 그는 할 수 없이 영국 남부 윗스터블

에서 관할 사제로 있는 숙부의 집에서 자라게 된다. 이 숙부는 『인간의 굴레』 속에선 백부로 되어 있다. 숙부 집에서의 불행한 생활, 그리고 캔터버리의 킹즈 스쿨에서 보낸 비참한 생활은 소설 『인간의 굴레』를 탄생시키는 계기가 된다. 내성적인 성격, 프랑스 사투리가 섞인 영어, 타고난 말더듬 증세 등으로 인해 그는 급우들로부터 놀림을 받고, 학교 생활에 재미를 붙이지 못했던 것이다.

그러던 중 폐결핵에 걸려 남프랑스의 이에르에서 요양을 하다가 다시 학교로 돌아가지 않고 독일로 유학을 가게 된다. 하이델베르크 대학에서는 청강생으로 주로 어학과 수학을 공부했다. 이 무렵 신앙을 버리고 무신론자가 되었으며 여행을 즐기면서 문학을 하기로 결심하고 귀국한다.

숙부가 바라던 성직자의 길은 이미 포기하고 의과 대학에 진학했으나, 그것도 곧 창작에 대한 유혹으로 중단하고 만다. 겨우 의사 자격을 얻긴 하나 23세 되던 1897년에 『램버스의 라이저』를 발표해 일약 신진 작가로 인정받자 그 후로는 줄곧 작가로서의 생활만 계속하였다.

이후 1907년 33세 때 희곡 「프레더릭 부인」이 상업 극장에서 대성공을 거두게 되는데, 이전까지 그는 고난의 연속이던 삶을 지탱해왔던 것이다. 1933년 59세에 「셰피」를 쓰고 극작의 붓을 꺾겠다고 선언할 때까지, 거의 30편이 넘는 희곡을 써서 대부분이 성공을 거두어 돈도 벌었으나, 그의 자기비판은 의외로 엄격하여 자작 희곡선을 편집할 때는 그 중 18편밖에 고르지 않았다.

극작에 비하면 소설가로서의 명성은 뒤늦게 이루어진다. 1915년에 발표한 『인간의 굴레』가 별로 호평을 받지 못했고, 소설가로서 유명해지기 시작한 것은 1919년에 『달과 6펜스』를 발표하면서부터이다. 이후 1930년에 발표한 『과자와 맥주』는 그의 글쓰기가 한층 원숙되어 있음을 보여준다. 60대에 접어들면서 그는 『극장』(1937), 『면도날』(1944), 그리고 뛰어난 단편소설집 『세계주의자』(1936) 등을 계속해서 내놓음으로써 노익장을 과시한다. 그러나 1948년에 장편 『카탈리나』를 발표하면서 돌연 소설 창작의 중단을 선언한 후, 84세 되던 1958년에는 모든 저작 활동을 끝내겠다고 선언한다. 그러나 이 약속을 깨고 1962년에 고백적인 수기 형태인 「회상」을 발표한다. 그리고 1965년 12월 아흔한 해 동안의 화려하고도 긴 생애를 남프랑스 니스의 병원에서 마쳤다.

작품 줄거리와 작품 해설

『달과 6펜스』는 1919년에 출판되었는데 장편소설로서는 모옴의 열번째 작품이다. 이 작품은 착상에서 완성까지 14년이라는 긴 시간이 소요되었는데, 처음 『달과 6펜스』에 대한 테마를 그에게 암시한 것은 프랑스의 화가 폴 고갱이었다는 것은 너무나도 유명하다. 작가 자신도 책 머리말에서 "이 소설의 테마는 폴 고갱의 생애에서 얻은 것이다"라고 분명히 밝히고 있다.

주인공인 찰스 스트릭랜드는 런던의 증권 거래소 직원으로 도통 예술 따위와는 전혀 인연이 없을 것 같은 40대 남자이다. 한편, 그의 부인 에이미는 예술가나 작가들을 만찬회에 초대하기 좋아하는 사교적인 여성이다. 그런데 어느 날 갑자기 스트릭랜드는 집을 나와 파리로 떠난다. 부인은 사랑의 도피 행각으로 상상하고 화자인 '나'에게 파리에 있는 스트릭랜드를 만나봐줄 것을 부탁한다. '나'는 그가 부인의 상상과는 달리 단지 그림을 그리기 위해 파리로 왔음을 알게 된다.

지저분한 아파트에서 방 하나를 얻어 식음을 전폐하고 그림에만 열중하던 찰스 스트릭랜드는 끝내 병으로 쓰러진다. 사람 좋은 평범한 화가 더크 스트로브는 그림에 대한 뛰어난 안목으로 일찍이 스트릭랜드의 천재성을 포착하고 있었는데, 아내 블란치의 반대를 물리치고 즉시 스트릭랜드를 자신의 화실로 데려와 돌본다. 지극한 간호 덕에 스트릭랜드는 회복되었으나, 블란치는 야성적인 스트릭랜드에게 매혹되어버린다.

아내의 배신과 자살로 인해 실의에 빠진 스트로브는 자신의 화실에서 벌거벗은 여인을 그린 스트릭랜드의 그림을 보게 된다. 블란치를 모델로 한 그림이었다. 걷잡을 수 없는 분노로 스트로브는 그 나체화를 찢어버리려고 하지만 그의 눈은 그 그림에서 위대한 예술성을 보고 그만 캔버스를 바닥에 떨어뜨린다.

머나먼 이국 땅을 동경하고 있던 불우한 천재 화가 스트릭랜드는 이윽고 마르세이유 항을 배회하며 소일하다가 운좋게 오스트레일리아로 가는 배를 타게 된다. 시드니와 뉴질랜드의 오클랜드를 거쳐 샌프란시스코로 가던 중 배는 남태평양의 외딴 섬 타히티에 기항하고, 그곳이 오랫동안 자신이 찾고 있던 땅임을 깨닫고 그는 하선하게 된다. 이때 그는 이미 47세 가량의 나이였으나, 플뢰르 호텔의 여주인 티아레 존슨으로부터 현지의 아가씨 아타를 소개받고 그녀와 함께 깊은 원시림 속으로 들어가 비로소 행복한 생활을 보내게 된다. 대자연의 품에 안겨 남편이 원하는 모든 것을 줄 뿐 자신은 아무 것도 요구하지 않는 여인의 섬김을 받으며 오로지 좋아하는 그림을 그릴 수 있게 된 것이다.

그러나 그는 풍토병인 나병에 걸려 시력을 잃고 만다. 하지만 온 정열을 쏟아부어 오두막의 벽 일면에 천지창조의 그림을 쉬지 않고 그린다. 그것은 그의 생명을 바친 대작이었으나 아타는 남편의 유언에 따라 오두막과 함께 그 벽화를 태워버린다.

경험이라는 점에서 말하면, 소설 속 등장 인물들의 런던이나 파리에서의 생활은 그대로 작가의 생활 체험 범위 내에 속하는 것이고, 타히티도 전후 두 차례나 방문했으며 티아레 존슨이나 쿠트라 박사 등은 모옴이 만났던 실재 인물들이다. 소설 여기저기에 보이는 인생관, 예술관, 여성관 등은 모두 고갱의 것이라기보다는 모옴 자신의 것이며, 그것이 너무나도 에세이 풍으로 표현되어 있는 것이 소설로서는 다소 흠이 될 수 있다.

작가연보

1874년	프랑스 파리에서 출생. 아버지 로버트 모옴은 영국 대사관의 고문변호사였으며, 어머니는 육군 소령의 딸로 작가로서의 기질을 지니고 있었음.
1882년(8세)	1월 31일 어머니 에디스가 폐결핵으로 41세로 사망.
1884년(10세)	아버지 로버트 모옴 폐렴으로 사망. 서머셋 모옴은 영국의 켄트 주 윗스터블의 신부인 숙부 맥도널드에게 맡겨짐.
1887년(13세)	캔터버리의 킹즈 스쿨에 입학.
1889년(15세)	폐결핵 진단을 받고 남프랑스에서 요양.
1891년(17세)	학교 생활에 혐오를 느끼고, 숙부가 권하는 케임브리지 대학 입학 준비를 구실 삼아 독일의 하이델베르크에 유학.
1892년(18세)	영국에 귀국. 런던의 세인트 토마스 병원 부속 의학교에 입학.
1897년(23세)	『램버스의 라이저』 출판. 의학교 졸업, 내과 의사 자격을 따다.
1898년(24세)	「돈 세바스티안」이라는 제명의 단편을 《코즈모폴리턴》 지에 발표.
1899년(25세)	「돈 세바스티안」 등 6편이 수록된 단편집 『오리엔테이션』 출판.
1900년(26세)	「큐피드와 스웨일 목사」, 「하버트 부인」을 《펀치》 지에 발표.
1901년(27세)	장편 『영웅』 발표.
1902년(28세)	장편 『크래덕 부인』 출판. 희곡 「신의의 사람」 공연.

1903년(29세)	단편 「조국을 위하여」를 잡지 《펠멜》 3월 호에 게재.
	「법의 요점」을 《스트랜드》 9월 호에 게재.
1904년(30세)	장편 『메리 고 라운드』 출판.
1905년(31세)	『성녀의 나라』 출판.
1907년(33세)	희곡 「프레더릭 부인」 공연.
1908년(34세)	희곡 「잭 스트로」, 「도트 부인」 공연. 장편 『마술사』 출판.
	장편 『탐험가』 출판.
1909년(35세)	희곡 「페넬로페」, 「고귀한 스페인 사람」, 「스미스」 초연.
	단편 「어머니」 발표.
1910년(36세)	희곡 「열 번째 사람」 초연.
1913년(39세)	희곡 「약속의 땅」 초연.
1915년(41세)	『인간의 굴레』 출판.
1916년(42세)	미국 뉴저지 주에서 웰컴 부인과 정식으로 결혼.
1919년(45세)	『달과 6펜스』 출판.
1920년(46세)	단편 「매킨토시」를 《코즈모폴리턴》 지 11월 호에 발표.
1921년(47세)	『나뭇잎의 전율』 출판. 인도차이나 여행.
1922년(48세)	여행기 『중국의 병풍』 출판. 희곡 「수에즈의 동쪽」 공연.
1923년(49세)	희곡 「고향의 미녀」, 「손에 닿지 않는 것」 출판.
	단편 「제인」 발표.
1924년(50세)	희곡 『현세의 이익』 출판. 단편 「메이휴」, 「독일인 하리」, 「환경의 힘」, 「이국의 땅」, 「점심」, 「열두 번째의 아내」, 「편지」, 「꿈」, 「오지주둔소」, 「행복한 사람」, 「살바토레」 등 발표.

1925년(51세)	장편 『오색의 베일』, 단편 「생가」, 「개미와 베짱이」, 「만물박사」, 「겁쟁이」, 「루이스」, 「상흔이 있는 사나이」, 「정직한 여자」 등 발표.
1926년(52세)	단편집 『캐수아리나 나무』 출판. 단편 「프랑스인 조」, 「창작의 충동」 발표.
1927년(53세)	단편 「밀림의 발자국」, 「진주 목걸이」, 「매국노」, 「각하」 등 발표. 아내와 이별.
1928년(54세)	단편 「털 없는 멕시코인」, 「해링턴 씨의 세탁물」, 「영국 첩보원 애션던」 발표.
1929년(55세)	보르네오, 말레이 제도를 여행. 단편 「거지」, 「사교감각」, 「스트레이트 플러시」, 「회당지기」, 「영국에 환멸을 느낀 사나이」, 「총독은 어떻게 양처를 얻었는가」, 수필 「맨달레이로 가는 길」 등 발표.
1930년(56세)	여행기 「일등선실의 신사」, 장편 『과자와 맥주』, 희곡 「집의 기둥」, 단편 「인간의 본질」 등 발표.
1931년(57세)	단편집 『1인칭 단수』 출판.
1932년(58세)	단편집 『책가방』 출판. 장편 『궁색한 인생』 출판.
1933년(59세)	단편집 『아, 왕이여』 출판.
1934년(60세)	단편집 『심판의 자리』 출판.
1935년(61세)	기행문 『돈 페르난도』 출판.
1936년(62세)	단편집 『세계주의자』 출판. 단편 「양심적인 사나이」, 「공직」 발표.

1937년(63세)	장편 『극장』 출판.
1938년(64세)	회상록 『요약』 출판.
1939년(65세)	장편 『크리스마스 휴가』 출판.
1944년(70세)	장편 『면도날』 출판.
1948년(74세)	마지막 장편 『카탈리나』 출판.
1952년(78세)	수상집 『인생과 문학』 출판.
1953년(79세)	희곡 『고귀한 스페인 사람』 출판.
1962년(88세)	「회상」이라는 제목으로 자서전의 일부를 연재.
1965년(91세)	12월 16일 남프랑스의 니스에서 사망.